JN136550

了解　古今和歌集

この歌集の詞と心を解き明かす

今井　優

和泉書院

まえがき

近現代における『古今和歌集』の文学的評価はけっして高くはありません。明治31年の2月から3月にかけて新聞『日本』に連載されたという正岡子規の『歌よみに与ふる書』では、「貫之は下手な歌よみにて古今集はくだらぬ集に有之候」と批評し、凡河内躬恒の「心あてに折らばや折らむ初霜の」という和歌に関しては、「初霜が置いた位で白菊が見えなくなる気遣無之候」と切って捨てたことは、評論史上よく知られた出来事であります。また和辻哲郎には大正11年に書かれた「『万葉集』の歌と『古今集』の歌との相違について」(『日本精神史研究』所収)という論文がありますが、そこでもこの歌集の巻頭歌「年の内に春は来にけり」については、「集中の最も愚劣な歌の一つ」と述べ、その理由としては「ここに歌われている春が、直感的な自然の姿ではなくして暦の上での春であり、歌の動機が暦の上の遊戯で過ぎぬという点に看取される」と述べています。ですから私なども時代の子で、『古今和歌集』とはそのようなものであろうかと思っていたのでありました。

ところが文学の趣味いささか嵩じて大学は文学部を選び、そこでの国文学の授業で「この集の頃をひよりぞ、歌の良き悪しきも殊に撰び定められたれば、歌の本体には、ただ古今集を仰ぎ信ずべき事なり」という言葉が、「後鳥羽院」院政下で和歌をもって名を成した藤原俊成著すところの『古来風体抄』においてなされているということを知って大きな驚きをなしたことがありました。文学作品の評価は時代の読み方によっては、こんなにも大きく変わるものかと。また『古今和歌集』「仮名序」には、「人麿亡くなりにたれど、歌のこととどまれるかな。たとひ時うつり事さり、楽しび悲しびゆきかふとも、この歌の文字あるをや。青柳の糸絶えず、松の葉の散り失せずして、まさきの葛長く伝はり、鳥の跡ひさしくとどまれらば、歌のさまをも知り、言の心を得たらむ人は、大空の月を見るがごとくに、古をあふぎて今をこひざらめかも」と、人の心の喜び悲しみを書き留めたこの歌集は、後世の模範にならないはずはないと真顔で述べているところが見出され、これまたまことに不思議の感に打たれた次第でありました。そこで大学の卒業論文でこの歌集を取り上げたところから始まって今日現在に到るまで、『古今和歌集』を研究テーマにし、この歌集のどこをどのように読めば、『古来風体抄』やこの歌集の序文のような『古今和歌集』讃嘆の言葉が発せられることになるのかということを考え続けて現在に到りました。その間高等学校や大学で国語科や国文学の授業を勤め、今はこれを定年退職し93歳に達しました。そしてその間に『古今風の起原と本質』『萬葉集作者未詳歌巻の読解』の二書を書き著し、本書は三冊目の著作であります。これらは書名は違っていますけれども、すべてテーマは一つ、すなわち『古今和歌集』はどのように読むべき歌集であるかを追求してまいりました。そしてようやっと今日に到って言えるようになったことでありますが、これら子規、和辻というすぐれた時代の指導者二人の評論は、近代日本に興った写実主義、自然主義の視点からなされた啓蒙的な裁断であって、歴史そのものを了解しようとした論文ではなかったということであります。いずれの古典もそれぞれその時代の産物でありますから、その古典の評価もその時代の精神や様式に可能な限り沈潜した上でなさるべきものであると考えられます。それを評者の哲学をもって上から裁断することは正当な評論ではありません。

この歌集は古くから日本の古語を学ぶための初学者の教科書となって来たらしく、したがってそのための注釈書は多く書かれて来ましたが、そのほとんどは和歌の詞の意味説明に多くの労力が割かれ、これら和歌の心にまで深く立ち入る試みがなされて来なかったように見受けられます。また『古今和歌集』は古来国文学を学ぶ者の、手始めに学ぶ書物であったらしく、国文学を専攻する者ならば誰でもが立ち入らねばならない領域ではありましたが、その反面いつまでもその処に居続けて勉強する領域でもなかったようであります。そのようなことが原因でありましょうか、『古今和歌集』では未解明な問題がいつまでも昔のままに解明されずに今日にまで残されていたり、あるいは長い間誤解のまま今日に到っているようなところがあるようであります。古今集序文を読んで行きますと、「歌の心を知る」という言葉が三度ばかり出て来ます。そこから察すれば、和歌は言葉だけで成り立っているのではなくて、そのような和歌を詠んだ詠み手の心、すなわち「歌の心」というものを、当時の歌人たちは大切にしていたように見受けられます。しかしそのような「歌の心」というようなことは、同時代の者たちにとっては、注釈書などで解説するに及ばぬ多分に不文の了解事項であったのであろうと私には察せられます。ですからそのような古代中世的事情からまったく脱却してしまった近現代の私どもには、かつては存在したそのような古代中世的事情を、史料をもって了解して行かねば、いつまで経っても『古今和歌集』の批評は印象批評に留まっていて、この歌集の真の了解にはたどり着けないのではないかと私は考えるようになった次第であります。批評とは評者の哲学思想をもって上から裁断するのではなく、まず対象の真底にまで潜り入り、その場所に立ってみるという了解「アンダースタンディング」の行為でなければならないと考えます。そこで本書では『古今和歌集』のもっとも奥に蔵している「歌の心」、すなわちその和歌を詠んだときの詠者の作歌事情というものを実証的に説明することをもって研究目的と致しました。そして『古今和歌集』は言うまでもなく大昔の歌集でありますから、今日の風俗や時代精神に合わないところは幾らでもありますけれども、その時代の条件と制約との中にあって、その生を生きた人々の心が私にも何程かは了解されるに到りました。そこで本書の題名は『了解　古今和歌集―この歌集の詞と心を解き明かす―』と名付けた次第であります。

目　次

第一章　年の内に春は来にけり一年を
去年とやいはむ今年とやいはむ

ふる年に春たちける日よめる　　　　　　　　在原元方

年の内に春は来にけり一年(ひととせ)を去年(こぞ)とやいはむ今年(ことし)とやいはむ（巻1・1）

第一節　この和歌の「心」とは何か

この和歌でまず気付かされることは、詞書には「ふる年に春たちける日よめる」と書いているのに、そのことを和歌本文では「年の内に春は来にけり」と表現しているということであります。この時代で「春立つ」と言えば、それは「二十四気」中の「立春」の日が来たことを意味し、他方この和歌のように「春は来にけり」とか、その他「春来ぬと」「春来ることを」「春来れば」「春の来たれば」などのように「来(く)」という動詞をもってすれば、それは暦の「正月元旦」を迎えたことを意味するという約束事が出来上がっていたようでありました。でもそれは世の中の誰でもが心得ていなければならない厳重な約束事にまでは到っていなかったようでありますので、この和歌の詠み手はこの約束事を知らなかったのか、あるいは故意に踏み破ったのか――おそらく故意に踏み破ったのだろうと思いますが――詞書では「春たちける日」と書きながら、和歌本文ではその日のことを「春は来にけり」と言ってしまったものですから、新年は一年には一度しかないものを、この和歌の詠み手においては、「立春」という新年と、「正月」という新年と、二つの新年を迎えねばならないことになってしまったというのであります。そこでこの和歌の詠み手は言うのでありました。わたしは「立春」という新年を今日迎えることとなったのだから、この「一年」すなわち、これまで過ごして来た「一か年」を、もうすっかり「去年(こぞ)」と言うことにしようか。いや待てよ。わたしは「立春」という一年の始まりはすでに迎えたものの、「正月一日」という一年の始まりはまだ迎えていないのだから、過ごして来た過去「一年」のさまざまな出来事を、すべて「去年」のこととするのは早すぎる。新年をまだ迎えていないとするならば、それら年中の出来事は、まだ「今年」中の出来事と言うことになるのだろうかと。すなわちこれがこの和歌の言葉の意味でありますけれども、この和歌をただそのような意味に受け取って終わってしまうのは、それはあまりにも和歌の言葉そのものに終始し過ぎた理解であるとしなければなりません。なぜならば和歌の「詞」が発せられる背後には、その和歌の「詠み手の心」があるはずでありますから、和歌を受取る者すなわち和歌の「聞き手」は、その発せられた和歌の「詞」を通して、その和歌の詠み手の「心」を摑み取るところまでしなければ、その和歌を了解したことにはなりません。すなわち「去年とやいはむ」という「詞」には、「立春」を迎えたからには、自分はもう新年を迎えた身なのであるという「心」があること、そして「今年とやいはむ」という「詞」には、「正月」をまだ迎えていない自分は、新年を迎えていない身なのであるという「心」があること、この和歌の「詞」には、このような「心」があることを押さえて置く必要があるということであります。ですから「去年とやいはむ　今年とやいはむ」という和歌の「心」とは、自分はもう新年を迎えた身であるのか、それともまだ新年を迎えていない身なのであるか、そのいずれであるかが判別出来なくなってしまったというものであります。和歌を論じた中世の歌学書などでは、しばしば「歌の詞」「歌の心」という用語が用いられていますが、この和歌の場合でも「詞」とその詞の「心」、この二者の関係把握が重要であるようであります。竹岡正夫『古今和歌集評釈』では、この和歌の「一年（ひととせ）」とは、どのような時間幅を指す言葉であるかが明瞭でなく、諸説あって定まるところがないと記されていますが、まことにその詮索は困難なことであって、それはこの和歌の詠み手も考えていなかったことで、だから和歌の詠み手に尋ねてみても、すぐには返答が返って来ない質問であるかも知れません。「ひととせ」とは「とし」の一周回を意味する言葉でありますから、これを説明する言葉としては「昨年の今日から今年の今日までの一年」という、ただそれだけの意味に解するより外はない言葉であると私には解せられます。詠み手はただ「過ぎ去った過去一か年」という概念をもって「去年」、新しく迎えたこれからの一年という概念をもって「今年」と述べただけのことであるに過ぎないように思われます。ただこの和歌の詠み手がこの和歌で訴えているところのものは、いま申しましたように「自分はすでにもう新年を迎えて新しい身になっているのであろうか、いやまだ新年を迎えずに旧いままの身なのであろうか、その判断が出来ないという、今日の新暦の中で暮らしている私どもには理解できない、いささか変な悩みを訴えているのが、この和歌の面白いところであるように解せられるのであります。

第二節　この和歌の詠み手の訴え

いえ今日でも私どもはこれと類似の困惑を経験することがあるかも知れません。それは例えば、腕に着けていた腕時計が何時の間にか止まっていて、ただ今が人と会う約束をしていた時間なのか、まだその時間に到っていないのか、あるいはもうその時間が疾っくに過ぎてしまっているのか、判別出来ない状態で待ち合わせの場所に立っているような苦しみであると言えましょうか。ただ今現在の「時」が分からなくなるということは、大へんに苦しいことであるように感じられます。この和歌を巻頭歌とする『古今和歌集』から数えて四番目の勅撰和歌集『後拾遺和歌集』は、「正月一日よみ侍りける」と題し、「いかに寝て起くる朝にいふことぞ昨日を去年と今日を今年と」という和歌を巻頭に置いていますけれども、これは大晦日から正月元旦への遷り変りは、ただの一夜の隔てであるにもかかわらず、人間を始めとして諸事諸物に及ぶまで万物はなぜこれ程にまで違って見えるのかという暦の不思議さや驚きを詠んでいると受け取られますが、まことにそのように平安朝都人士の間では、新年を迎えたならばすべて万事が新しく違ってしまうという考えがあったように思われます。本当は何ほども違っていないけれども、大へんに違って見える、いえ違って見えるように振舞わなければならない、そのようにさせる不思議な魔力のようなものが暦にはあるというのがこの和歌の「心」でありましょう。そしてもし誰しもがそのような暦が幅を利かせていた平安朝のような世界に身を置いて、自分が新年を迎えた身であるか、まだ新年を迎えていない旧いままの身であるのか、それがいずれであるかが判明しないということが現実に起こったのであれば、その人物の苦悩は並々ではないに違いないと今日の私どもも同情致すことは可能であります。それは今日の私どもがふとその日の日付や曜日などを誤った状態のままで行動していて、そしてそれが誤りであることに気付かされたというような場面を仮に想定して考えますと、その時に起きる心の動揺とか狼狽とかは、本人にとってはあまり心地よいものではありませんし、それを眺めている人にとっては可笑しかったり、あるいは可笑しいだけでは済まされず、重大な事故になり兼ねないことも考えられますから、同情に値する出来事でありましょう。それはあるいは自己のアイデンティティが突然に崩れ始めたような驚きに近いような苦しみになるかも知れません。それならばたしかにこれは同情に値する悩みであります。でも一年に二度の新年があるというような誤解をするような人は、今日の私どもの暦ではまず起こり得ないことで、この和歌の時代に行用されていた暦の中で暮らしていた人々の間でも、そのようなことは現実には起こり得ない「可笑しい」出来事であると想像されますけれども、しかしながら可能性としてそのようなチト可笑しい人物が創作され得たその時代の暦とは、どのような性質のものであったのか、それについての理解が、この和歌の鑑賞に際しての必要条件になるのではないかと考えられます。つまりこの和歌を読み味わって、その鑑賞の任を果たすためには、そもそも人間にとって暦とは何物であるか、そしてその中でも取り分けて、この時代の暦法の何者であるかを、まず思考実験的に追体験をしておく必要に迫られるのであります。

第三節　暦というものの始まり

さて一般に暦というものの目的は、迎えては送り、迎えては送りする一日一日それぞれに対して、何年何月何日という日付を与えることであると考えられます。「こよみ」とは「日(か)読み」という語が訛(なま)って出来た言葉だという説明がなされています。それは尊重すべき有力な説だと思いますが、さらにこれを改良して、暦は「小読み(こよ)」という言葉から出来たのではないかと私は秘かに考えています。一日二日三日と連続する時間を、一日も見落とすことなく「小刻み（こきざみ）」に数えて行くものが「小読み（こよみ）」、すなわち「暦（こよみ）」であったのではないでしょうか。人間は一日や二日や三日くらい前のことならば記憶に留めて置くことが出来ますが、四日五日と日を重ねて行くと、そろそろ記憶が怪しくなり始め、それが五日前のことだったか六日前のことだったか区別が付かなくなって混乱を来すような場合が起こって来ます。ですから迎えては送り、迎えては送りする一日一日すべてに漏れることなく、何年何月何日という日付を与えて記録に便利な方法を講じて置く必要が起こります。またそれは過去の出来事に関してばかりではなく、三日先とか、十日先など、あるいはもっと遠い一か月先、二か月先、あるいはもっと遠い一年先、二年先などの、将来の予定や計画を立てたり語ったりすることがあっても、その予定や計画に日付がなければ、それらの予定や計画は精細に語り進めて具体化して行くことが出来ないでありましょう。ですからそのような過去や未来は夜空に浮かぶ月の満ち欠けで推し量る方法が、いずれの民族や文明でも一般的であったようでありますが、しかし人々は毎日欠かさず日々夜空を見上げることをしている程の閑な時間は許されていなかったでありましょうし、たとえ人々が個々別々にその日その日が何番目の月の何番目の日であるかを凡そに定めることが出来ていたとしても、人々の間で今日は五日だ、いや違う六日だなど月の満ち欠けの程合いを読み取る上で相違が出て来れば困ったことになります。ですから日付は共同体共通のものでなければ用をなしませんので、共同体で選ばれた専任の者が夜空の月の満ち欠けを観測して、今日の空に出ている月は朔日から数えて何日目の月であるかを、広く人々に告示することが行われたに違いありません。また国家的規模でもこれに専当してその技能に熟達した役人や学者や神官や僧侶などが存在していたことが考えられます。日本には「月読（つくよみ）」という神格がありますが、やはりこれにはそのような月の満ち欠けを専門的に正確に読み取る技能を有した神官がいて、毎日の月の満ち欠けを観察して、迎えては送り、迎えては送りする一日一日に対して、神さまの権威を背景にしてその日付を公布する任に当たっていた者があったであろうことが想像されます。

——晦·朔—·————望—————晦·朔—·————望—————晦·朔—·—

上図において「晦」（みそか）は月の姿が全然見えない三十日の夜空であります。その翌日の「朔」（ついたち）は新しい月が立った夜でありますが、まだその月の姿が全然見えない1日目の夜空であります。しかしそれから三日が経過すると細い上弦の月が夜空に浮かびます。それが「—·—」で、この夜が3日であります。そして「望」は満月の日で、「朔」から数えて15日目に相当します。それから月は次第に欠け始めて「晦」に向かって行きます。このようにして「朔」の夜に生まれた新月は15日目には「望」となり、そして30日目の「晦」で月は姿を消します。この一周を「暦月」とか「朔望月」と称しています。そしてそれが12か月に渡って連続すれば「暦年」とか「朔望年」と呼称されるものになります。月はなぜ「つき」と称されるのか、語源に関しては種々な説が昔から行われて来ましたが、月はいずれの文明圏でも、人はそれをもって日数を「量る」ことをして来たからだと、能田忠亮『暦』には記されています。なるほど日本語でも、飲食物を盛る容器を「杯（つき）」と称し、これをもって「一杯」「二杯」と水や酒や米などを計量して来たことが考えられます。さらにそのような「朔」—「望」—「晦」を12回重ねて12か月になりますと、これを「年」（とし）と称します。そこでまたこの12個の月の連続を何故「とし」と称するのか、その理由を考えますと、日本語では何事も中断せずに最後まで続けることを「…し通す」と申しますし、また「通し馬」「通し駕籠」「通し狂言」「通し切符」「通し番号」など、個々別々の途切れた状態になっている個体を繋げて、始め終わりのある一続きの状態になったものを「通し」と称したり、そのような状態にすることを「通し」にするとか称して来ました。だから12個の月から成るものを、「一月」「二月」と繋げて十二月に到る連続した時間にしたものが「通し月」です。そしてこの「通し月」が「とし月」となり、ここから「月」が脱落して「とし」という言葉が生まれたことが考えられます（これは私の新説でありますから、もっと詳しい論証が必要でありますが、その私の論証はこの章の末尾「補説」をご覧下さい）。

しかしこの程度の天体観測ならば簡単でありますが、人類の文明はそこで停まってはいませんでした。毎日月を眺めては一か月の日数を30日と定め、そのような一か月を12回重ね連ねますと、その一年の日数は360日となりますが、実際の月観測によって「朔」から「晦」に到る1朔望月を12回重ねるまでの日数を数えますと、それは360日ではなく、それよりは6日短い354日であることが知られるのであります。ですから1朔望月の長さを30日としたことは、日々の天体観測において、微妙な誤差を重ねていたことに起因していたことになりますので、この360日をそれよりも6日少ない354日にするために、一か年を構成する12朔望月のうち、その半数の6朔望月においては、1日を減じて29日の小月とし、残りの6朔望月においては1朔望月の日数を30日の大月とし、大月の間に小月を投入する調整を加えて、暦の上の12朔望月の実日数は、354日と定められるようになったのでありました。このようにして迎えては送り、迎えては送りするすべての一日一日に対して、それが正月から数えて何番目の月の何日目という「通し番号」が付与されて行きます。考えてみれば暦というものは偉大なものです。これが存在することによって、私どもの今日現在もこのようにして遥かに遠い過去に向かって行くことが可能となり、また遥か彼方の未来に向かっても繋がっていることが自覚されるのであります。そしてその繋がりには一日の欠落もなかったということは偉大であります。ところが今日の私どもの間でも、人はときどきその日の日付の外へ迷い出て、今日が何日であるかを言うことが出来ないときがあります。そのようなとき、ふと社会組織の外へ放り出されたような状態になり、慌てて今朝配達された新聞の日付を見て確認をしたり、スマホを手にして日付が判明してホッと安心出来たりなど、何らかの方法で日付が分かれば、やっと気分が落ち着くに至ります。でも大昔ではそのような手段も得られませんから、その日の日付を捕捉出来ないままに日を送るか、隣の家に尋ねに行くしかなかったでありましょうし、そしてお隣に尋ねても分からなかったりすることも多かったに違いありません。そしてようやく月が出る夜になって、一日くらいの違いがあっても、ほぼその日の日付が知られるというような次第であったのではないでしょうか。しかしそれが役所からの日付入りの出頭命令であって、その日付の日を知らなかったならば処罰を食らったかも知れませんし、役人さんにとっては、そのような人物は処置に困ったことであったに違いありません。社会が複雑になると唯(ただ)の一日の誤り、いや一分一秒の誤りでも大事(おおごと)になるかも知れませんけれども、「一年を去年とやいはむ今年とやいはむ」というように、只今が新年であるか、まだ旧年であるか分からないという場合では、その苦悩はその日の日付が知られないという場合以上の苦悩であったに違いありません。ですから月の満ち欠けを眺めれば、毎日の日付の見当が付けられるということは、大空に誰にでも望見される特大のカレンダーが懸かっているようなもので、月は夜を明るくする灯し火の用をなした外に、今日は一年のうちでも何番目の月の、何日目の月であるかを人々に知らせる欠かせない要具であったに違いありません。『萬葉集』の「月数(よ)めばいまだ冬なり　しかすがに霞たなびく春立ちぬとか」という「大伴家持」の歌がそのことを告げているようであります。ヨーロッパで早くから広く行用されて来た「グレゴリオ暦」は——これは明治5年以降は日本でも行用の新暦です——太陽暦でありますから、月の満ち欠けで日付を知ることは出来ませんが、月火水木金土日の「七曜」が行われていましたので、この七日間の進行から逸(はぐれ)れ出なかったならば、たとえ日付を亡失してしまった場合でも、最低限の社会生活には狂いは出来(しゅつたい)しなかったようであります。その点では七曜を日常生活に導入することをしなかった中国古典暦では、月の満ち欠けで日付を知るより外に手段はなく、月を考慮の外にした暦を作成することなどは到底考えられることではなかったようでありました。

第四節　中国古典暦の特質

しかしながら暦の働きは、すべての諸現象に日付を与えるだけの用では済まされません。人間のさまざまな活動は季節によって支配される場合の多いことは申すまでもありません。とりわけ農業や牧畜などの生産活動は、気温の高低、日照、雨量の大小、風雪の様態など季節の条件をよく見極めて行われなければならないものでありますから、日付が知られれば自ずと季節の現状も知られることになる暦が期待されたのは当然の成り行きだと考えられます。産業というものは一般に、それに従事する人間の知恵技能や勤労の程合（ほどあ）いによって左右されるものでありましょうけれども、農業や畜産では、人間の知恵能力よりも、何といってもその成果の決定的な決め手になるものは季節の気象条件であります。ですから豊作を招来して国力の充実を求めなければならない古典中国の皇帝は、日付が知られれば農業生産のために只今なすべき皇帝以下の臣僚、役人および農民の行動が的確に指示されているような暦が望まれたのでありました。そしてそれは農業経営に関してばかりではありません。皇帝が臣僚を自分の手足のように誤りなく動かせるためにも、また臣僚が人民からの信頼を得られるためにも、季節を予告し得る暦は欠かせないものであったに違いありません。そこでそのような政治上の目的からして、中国古典暦がもっとも努めなければならなかったことは、日々に日付を与える働きをする月の満ち欠けに基礎を置いた「太陰暦」と、春夏秋冬の「四時」を正確に捕捉した太陽の運行に基礎を置いた「太陽暦」とを製作して、その間にズレが起きないように、これを一致させることであったのでありました。中国古典暦には一つの哲学的な使命が付与されていました。それは人間のする行為には、それをするのに適した「天の時」というものがある。人間のする事は「天の時」に適っていなければ成り難い。世界は「混沌」の中から天地が分かれ出て、天地の陰陽の「気」によって人間鳥獣草木を始めとする諸事諸物の万物が生み出され、それが春夏秋冬という「四時」の中で活動することが運命づけられている。人間を始めとして諸事諸物は、「天」が主宰するこの「四時」という時間の外に出られるものではない。皇帝も国家も臣僚も人民も、そのすべての行為、事業はこの「四時」の推移に従っていなければならない。そしてその「四時」とは、地上から観測される日月星辰の動きによって造られるというのであります。このことを中国最古の史書と称される『書経（尚書）』の中の一章、「堯典」を出典とする熟語で言えば「観象授時」という言葉であります。古典中国の各時代に君臨した「皇帝」という存在は、「天」が人民の中から選び出して、人民の上に立てたところの人材であって、「天」の側から言えば皇帝は「天子」とされた存在であり、人民の側から言えば「人主」という存在でありました。したがって「皇帝」の人民統治は、自分を皇帝の地位に就けて行政を自分に委任しているところの「天」に対する責任を果たすための行為ということになりますから、その統治は「天意」を承けて行われなければならないものでありました。そしてその「天意」を承けるとは、どうすることかと言えば、それは日月星辰の動向や、それらの位置関係の精密な観測を通して、「一歳」の中に出現するそれぞれの「時」、すなわち春夏秋冬の「四時」を正確に測り定め、これに良く順応して政令を発することであるという哲学があったのであります。ですから春夏秋冬という四季は、天体観測に基づいてなされるところの「天子」すなわち皇帝による政令のような、あるいはそれ以上に心理的に人民の上に重く圧し掛かっていた厳格な掟のようなものであったと思料されます。ですから春といえば正月朔日から三月晦日までを限度とする時間であり、この期間に出現する鳥獣草木はその季節の「節物」として定まっていて、「節物」以外の鳥獣草木は詩歌の題材にはならないものでありました。そして春期になれば人においても春の人間として行わなければならない振る舞いが定められていたようでありました。もしその定めに従わないことがあれば、天もそれに反応して地上に異変を降らせるであろうと思料されたようであります。そして時が四月になろうものなら、誰がどう言おうとも、人は夏として振舞わねばならず、衣服も食餌も住居もまた夏のものであらねばならなかった次第であります。そして秋になれば、また冬になればも、また然りでありました。そのような規範を春夏秋冬の十二か月に渡って布告したものが『礼記』の「月令」編であります。『古今和歌集』もまたこの「月令」の思想を承けて、和歌は厳格に「春夏秋冬」の四部に分かたれ、その巻頭には以上のそのような規範の原動力となる「暦書」というものの存在意義について、人々に深く考えさせるところの和歌を据えているのは、まことに当を得た処置であると考えられます。近代に入ると人間の時間はかなり個人の自由に委ねられる部分が多くなりましたが、それでも会社、学校、事業所などには、それぞれ独自の暦がありまして、その処に所属する者たちはその暦に従わざるを得ず、その自由は拘束されますけれども、私生活では多分に自由が許されています。しかし平安京人士の間で行用された暦では、それぞれの日々において奨励される行動、禁忌される行動が指示されていて、暦は個人の私生活までも規制していたようであります。ですから現在自分が新年に身を置いているのか、まだ新年を迎えていない身であるのかが、もし判明しないことが起こったならば――そんな事はあり得ないことでありますが――本当に困ったことになったでありましょう。

この和歌の時代には中国古典暦の一つ「宣明暦」が行用されていましたが、それは今日の「カレンダー」という感覚で捉えていてはなりません。中国古典哲学では、そのように人間の行動規範を定めるものとしての暦を作制して布告することを「観象授時」と称し、それは専制国家の皇帝が人民を統治するための基本的な政務と謳(うた)って来たのでありました。「観象授時」という成語の出典は、中国最古の典籍とされる『書経』の「堯典」であります。すなわち中国初代に出現した皇帝「堯」は有徳の人物で、この皇帝が万邦を統一するや、まず第一にしたことは、天体を眺めて昏時（日の暮れ）に見え始める顕著な星座をもって春分、夏至、秋分、冬至という「四時(しいじ)」を正確に見定め、それに従ってしなければならない黎民（無冠の民）の耕作、栽培、収穫、休息の適時を見計らったと述べています。これが「観象授時」というもので、またこれが暦官僚の目的でもあるとされたことは、平安初期に編纂された『令集解(りやうのしゆうげ)』「職員令(しきいんりやう)」「中務(なかつかさ)陰陽寮(おんみやうりやう)」条下にも記載せられています。この和歌の時代『古今和歌集』が編纂されたときの日本朝廷では、まだその役所には太陽、月、星辰の動きを観測する実地の設備は持たず、たかだか中国で制作された「暦書」を理解し、これを教授する「暦博士」一名と、それに就いて学ぶ「暦生」十名とが定められている程度の貧弱な体制で、当時の朝廷では唐朝で行用されていた「宣明暦」そのものが準用されていたような状態でありました。それでも古典中国の哲学「観象授時」に従って、本朝においても暦は「御暦奏(ごりやくさう)」と称する儀式、すなわち天皇の裁可を頂く儀式を経てから「大内裏」の各省と地方の「国府」とに頒たれ、さらにそれらの役所で書写、増冊されて広まって行くことが許されたところの、至って尊貴な代物であったのでありました。その儀式の式次第は平安朝の儀式書『貞観儀式』その他に拠って知られますが、細井浩志『＜古代の暦＞入門』

は、この方面の専門家によるものとして、これらのことが詳細に説かれています。つまり暦とは、「天子」以下の臣下人民が、正月は正月らしく、二月は二月らしく、そしてそれが順次十二月に到るまで、その月々を迎えた者らしく振舞まなければならない掟(おきて)のようなものに意識されていたというのであります。ですから今日が春正月であるのか、まだその新年を迎えていない旧年であるかが分からないということが、もし実際に起こっているのであれば、その悩みは深刻であったであろうということになります。

さて中国古典暦では、この日付に対して正しく対応する季節を定めるための方法としては、「二十四気」というものが発明されましたが、それは「春秋」時代（BC770～402）の中期ごろであっただろうとされています。その頃の暦学の実情を伝えるものとしては後漢（紀元前3世紀）の「趙君卿(くんけい)」著すところの『周髀算経(しゅうひさんけい)』という書籍が存在しています。この書籍は日本でも奈良時代の「陰陽寮」という役所に所属した「暦学生」には必須の学習書とされていたようで、近世にはこれの木版本が出版され、この書籍も次第に広く読まれるようになったらしく、実地の天体観測によって始めて国産の「貞享暦」を作った「安井春海」にも、これは必須の書籍であっただろうと思われますが、今日では中華民国の古典叢書『四部叢刊』に収められ、さらに橋本敬造氏によって現代語訳され、豊富な注が付され、科学の名著シリーズ『中国天文学・数学集』に収められています。この古代人の思索と観測の跡をたどることは、今日の私どもにとっては大変に骨が折れる勉強でありますが、今そのもっとも基本的なところばかりを申せば、今日でも人々の口に上る「二十四節気」と称せられるものの原型であるところの「二十四気」の発見とその提示であったように観察されます。すなわちそれは今日では小学校の課程で教授されるところの知識で、「表」と称される鉄製筒状の長さ八尺の観測棒を、水平に据えた盤面に垂直に立て、その盤面に落ちる南中時の太陽の影の長さによって太陽の高度が計測され、太陽が南中する時の、地上に落とす物影の長さの、もっとも長くなるのが「冬至」、もっとも短くなるのが「夏至」と名付けられました。そして「冬至」から「夏至」に、そして「夏至」から「冬至」に到るところの中間時点が、それぞれ「春分」「秋分」と名付けられ、その時点では太陽は真東から昇って真西に沈み、昼夜の長さが等しくなることなどの知識が得られたようであります。そしてこの「冬至」から始まって「春分」「夏至」「秋分」を経て、再び次の「冬至」に到るまでの時間は、今日では「1太陽年」と称されるものでありますが、これをもって「一歳」と定められ、その日数は365.25日と観測され、この「一歳」を「二十四気」に分割することによって、春夏秋冬の「四時（しいじ）」の時限を厳密に定めたりすることが出来るようになったのは、この『周髀算経』に拠ることからでありました。これらのことを図示すれば次の通りです。一度に「二十四気」が出来上がったわけではなかったようです。まず最初に発見されたのは太陽の位置観測で顕著な特徴を示していた「冬至」「夏至」とその中分点の「春分」「秋分」でありました。

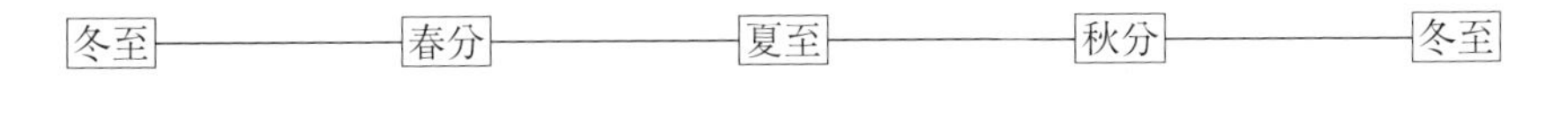

次には

冬至―立春―春分―立夏―夏至―立秋―秋分―立冬―冬至

さらにこれらの時節の区間をそれぞれ三等分すると、24等分された時節が成立し、そのそれぞれの時節に気象上の特徴的な名称を与えて行きますと、「二十四気」と称されるものになりました。

冬至―小寒―大寒―立春―雨水―啓蟄―春分―清明―穀雨―立夏―小満―芒種―
夏至―小暑―大暑―立秋―処暑―白露―秋分―寒露―霜降―立冬―小雪―大雪―冬至

そして以上の「冬至」から次の「冬至」に到る時間を、『周髀算経』は「一歳」と名付け、月の満ち欠け12回（閏年では13回）をもってする時間は「一年」と称されたようであります。

さて次には、この「二十四気」という周回する季節に対して、それと良く対応する順当な日付を与えて行く作業がなされなければなりません。その作業とは「二十四気」という時系列と、「朔望月」という時系列とを相互の連携を失うことなく併走させることでありました。そしてその併走は「二十四気」筆頭の「冬至」と、「朔望月」の第一日目を意味する「月朔」、この両者が重なる時点を「朔旦冬至」と称して、この時点をもって暦の始まり、すなわち「暦元」と定めたのが中国古典暦でありました。しかしながら1「朔望年」は1朔望月×12＝354日と数えられ、「二十四気」は冬至から次の冬至までの365.25日と定められていましたから、その間には11.25日の差があることが問題となりました。なぜならばこのズレを無視して年月を過ごしていると、3年目には11.25日×3＝33.75日のズレとなり、日付と季節の間には34日近いズレが生じて来ます。つまり三年が経過する間に日付の方が季節よりも一か月以上に早く進んでしまう訳です。例えば正月朔日になっても時節はまだそれよりも一か月以上遅い十一月末ごろの気候だというようなものです。このような暦では日付が知られても、それに対応した季節が知られません。そこで3年ごとの割合で、一年を一か月多い13か月、日数で言えば一年が354日＋30日＝384日という大へんに日数の多い「大年」とか「閏(うるふ)年」とか名付けられる「一年」を造ることによって、日付と季節との間に起こるズレを修正する工夫が行われました。さらにこのような工夫を重ねる中で、その13「朔望月」からなる「閏年」は、連続するこの19「朔望年」の3年目、6年目、9年目、11年目、14年目、17年目、19年目に投入されるものとするという、いっそう精密な暦へと進歩して行きました。このように連続する「朔望月」に適宜「閏月」を投入する方法をもってするならば――これを「置閏法」と呼称しています――「朔旦冬至」の時点から開始された暦は19「暦年」ごとに、「朔旦冬至」の時点に再び回帰して来ます。ですから19年ごとに繰り返された「冬至」と「月朔」とが重なる「朔旦冬至」の日は、神秘な「時」というものの始まりの日として盛大に祝われたのでありました。『日本三代実録』貞観2年11月朔、元慶3年11月朔の「朔旦冬至」では天皇は「紫宸殿」で宴を開いて賜禄、加階、また大赦の令を発したことが記録されています。これらに拠って考えますと、「時」というものはそれ自体で存在するものではなく、天体観測に基づいた暦法によって始めて立ち現れて来るところの厳重な法令のような存在であったということが知らされて来ます。

また連続する「朔望月」の中で、いずれの「朔望月」をもって正月と定めるかということに関しては「夏(か)」(BC2000年ごろ) の時代では「冬至」を含む「朔望月」をもって「正月」とし、「殷」(BC1600年ごろ) の時代では「大寒」、「周」(BC800年ごろ) の時代では「立春」、そして「秦」(BC350年ごろ) の時代では「立冬」を含む「朔望月」をもって「正月」としていたなどの言い伝えがありましたように、連続する「月朔」のいずれをもって一年最初の月すなわち「正月」とするかは、暦の制定者の事情次第であったようでありましたが、しかし「漢」(BC200年ごろ) の時代に到り、国々の経済が牧畜よりも農業を主体とするようになって来ますと、一年の開始を厳しい冬の始まる「立冬」や「冬至」であるよりも、大地の耕起と播種が始まる「立春」とする方が理に適っているとされるようになり、「漢」の「武帝」の「太初元年」(BC104年) に到って完成したところの『太初暦』以降では、「立春」を含む「朔望月」をもって「正月」とし、以下順々に二月三月と数えて十二月に到る暦法が行われるように定まって行ったようであります。それでも「暦月」と「二十四気」との間では、「立春」「立夏」「立秋」「立冬」がそれと対応する「月朔」と少しのズレも無く対応しておればよろしいのでありますが、すでに申しましたように、そのズレが1年ごとに11.25日ずつズレて行くのでありましたから、「立春」から「立夏」まで、「立夏」から「立秋」まで、「立秋」から「立冬」まで、そして「立冬」から再び「立春」に到るまで、それぞれの1季節ごとには11.25÷4すなわち約3日程度ズレて行く訳であります。そしてこれが3年目になると、先に申しましたように、そのズレが1「朔望月」程度に「なりますので、その時点で「閏月」を投入するのでありました。それで日付と季節とのズレは大略解消しますけれども、そこから日付と季節とのズレがまた少しずつ始まって行きます。事実として湯浅吉美編『日本暦日便覧』「解説編」ではその煩雑さが次のように述べられています。「太陰太陽暦では二十四気の各々が何月何日にあたるか、ということが年により異なる。そのうち立春についてみればその日付は、最も早い12月15日から最も晩い正月15日までの範囲で動き、一定していない。(中略) 本書で扱う全1181年間を調べてみれば、年内立春606か年、新年立春575か年と、微妙に年内立春の方が多いことがわかる。理論的にもそれは当然のことで、怪しむに足ることではない。また最も例が多いのは正月12日立春となるケース（49か年）で、元日立春（42か年）より多くなっている」と説かれています。このような「立春」と「正月朔日」とが年毎に一致しない様相を図示すれば次の通りです。

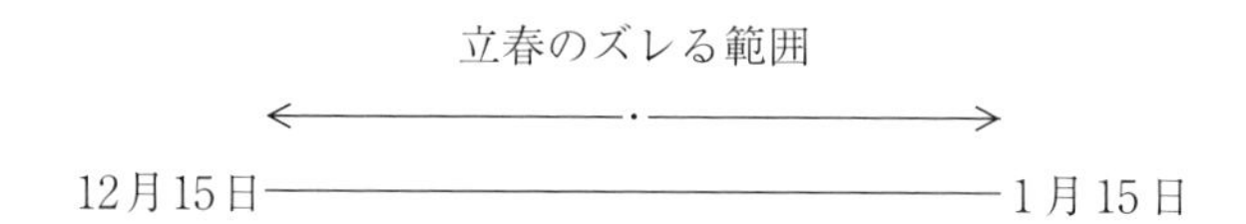

このような中国古典暦、太陰太陽暦の造暦法の基本は、飯島忠夫著作集4『天文暦法と陰陽五行説』や最近の細井浩志『＜古代の暦＞入門』その他など、多くの中国古典暦の解説書で説明されていますので、その方面の専門家による著述に依って学んで頂ければ幸いでありますが、ただその結果だけを言えば、中国古典暦の基本は季節を告げる「冬至」をもって始点とする「二十四気」の線条と、日付を告げる毎月の「月朔」をもって始点とする「朔望月」「暦月」の線条と、この間尺（まじゃく）の合わない二種の線条を、適宜に「閏月」を投入する方法をもって、可能な限りにそのズレを修正して、これを併走させることでありました。古代ローマ帝国の暦も太陰太陽暦でありましたのに、長期に渡ってこの修正がなされることがないままで使用されて来ましたので、その暦のズレは非常に大きくなって来ていました。そこでジュリアス・シーザーはエジプトの太陽暦を取り入れて、月の満ち欠けをもって日を数える太陰暦的な性格は、日付と季節との対応が年月の経過の中で著しくズレを起こしてしまいますので、暦から月の満ち欠けを捨象して、春分を恒常的に3月21日と定めて、これを起点にして年間の日付を季節の上に固定した太陽暦にしてしまったようであります。それは極めて能率的な暦法でありますが、古典中国の哲学では太陽と太陰は天の双璧として地上世界にとっても無視すべからざる尊貴な存在と観念されていましたので、天帝の意に従った統治を行わねばならなかった「天子」として、太陰の動静を無視して太陽ばかりに依拠とした暦を制作することは到底考えられな

い行為であったに違いありません。ほんとうに中国古典暦は大空の双璧、日と月とは一体のものとしてその両方は暦から捨象すべきものではないという強い信念から、数学的にはけっして解決しないことが明らかな日付と時節との整合性を、出来る限りの可能性を信じて追求した煩雑な暦ではあるものの、高度な哲学的思弁を備えた誇り高き発明であったとされねばなりません。その間の事情を藪内清『中国の天文暦法』では次のように述べられています。「一言でいえば、中国の文明は政治の支配下におかれたといえよう。天文学も決してその例外ではなかった。武帝の時代には董仲舒によって天人相関の説が唱えられ、天の意思によって政治を行うという政治理念が確立する。儒教は一尊となり、こうした政治理念は儒教と固く結びついた。天への強い信仰に結び付いて、天体現象は天が支配者に下す前兆とみなすと同時に、支配者の行為が逆にまた天体現象に影響すると考えられた。天と人との間に深い相互関係が成り立った。天はもとより自らの法則を持っており、それは具体的に暦法の形でとらえられるが、しかし天はまた自らの意思によって行動した。その意思は、人間の理解を越えた異常な自然現象——その一部としての天体現象として表示された」と述べられています。中国古典暦にはこのように強固な哲学が支配していたにもかかわらず、その出来上がった暦を受け取るばかりで、その苦心の現場を経験していない日本朝廷に出仕している都人士には、その誇り高き煩雑さはいささか困った難物にも見えたのではないでしょうか。暦の正月一日が毎年また「立春」の日であってくれたならば、正月を迎える自分たちの気持ちはどんなにかすっきりするだろうにという不満が、宮仕えに出ている都人士の間にはあったのではないでしょうか。にもかかわらず、「朔旦立春」といえばほんの僅かで、大抵の年では「立春」と「正月」とが相前後して一致することがないという不満が潜在していたのだろうと想像されます。

第五節　「二十四気」から「二十四節気」が生まれた

さて中国古典暦の発明に関わる「二十四気」は、本来的には一陽来復の「冬至」を起点とするものであったことはすでに述べたところでありますが、漢代

「太初暦」以後の一年の始まりは、「立春」を含む「朔望月」の「朔日」をもってするように定められまして以来、「二十四気」の中の「立春」という時点が「一歳」の始点であるかのようにする思想が芽生え始めたように観察されます。「冬至」「夏至」という「二至」と、その中分点の「春分」「秋分」という「二分」、併せてこの「二至」「二分」は天体観測上の重要な時点ではあるが、けれども暦学者に言わせれば「立春」「立夏」「立秋」「立冬」という「四立」は天体観測においてそのような特徴が見られたから、そのように名付けられたのではなく、「四立」はただ「二至」「二分」を机上で中分した時点をそのように名付けたものであるに過ぎず、天体観測上から言えば、「立春」「立夏」「立秋」「立冬」は何ら言うべき所見のある時点ではなく、ただこれら「四立」によっては春夏秋冬の四季が定められる指標という時点であるとされていたようであります。ところが漢帝国の「太初暦」以降この「立春」にもっとも近い「朔望月」をもって「正月」とすることに定められますと、「立春」はただ春の始まりであることを越えて、一年の始まりを意味するような概念を含み持ち始めたようであります。そうなると「二十四気」の表欄も「冬至」から始まるものではなく、「立春」から始まる次のような表示に書き換えられたものが用いられるようになります。

立春—雨水—啓蟄—春分—清明—穀雨—立夏—小満—芒種—夏至—小暑—大暑—
立秋—処暑—白露—秋分—寒露—霜降—立冬—小雪—大雪—冬至—小寒—大寒

そして立春には「正月節」、啓蟄には「二月節」、清明には「三月節」、立夏には「四月節」、芒種には「五月節」、小暑には「六月節」、立秋には「七月節」、白露には「八月節」、寒露には「九月節」、立冬には「十月節」、大雪には「十一月節」、小寒には「十二月節」という「節名」が付けられることになりました。その結果、二十四個の「気」から成り立っていた「二十四気」は、十二個の「節」と十二個の「気」、併せて二十四個の「気」と「節」とからなる「二十四節気」と称されるものへと転換させられるに到った次第であります。そして「朔望月」が「暦月」と呼称されたことに対して、これら十二個の月割りには「節月」という名称が与えられました。また注目すべきことは「二十四気」では、その一歳は「冬至」から始まるのでありましたが、「二十四節気」では、その一歳は「立春」から始まっているということであります。「二十四気」と「二十四節気」とは同じものであるかのように取り扱われていますけれども、これにはこのような相違があるようであります。このようにして「冬至」を歳首とし「大雪」を歳尾とした「二十四気」は、「立春」を歳首とし「大寒」を歳尾とする「二十四節気」へと転換したのでありましたが、これによって元来は「立春」は春の始めを意味する時点でありましたものの、次第に一歳の始まりを意味する時点であるかのようにも認識されるに到ったのでありました。

島邦男『五行思想と禮記月令の研究』に拠って申しますと、漢初には「太初暦」という細緻な太陰太陽暦が制作された一方で、太陽の欠かせない相棒であるとされた太陰を捨象して、「二十四節気」という太陽暦に徹した「四時」派という学派が漢代に発生していたことが知られます。そして「礼記月令」はその学派の究極の著述であるように解せられます。なるほどその通りに「礼記月令」では「立春」を筆頭に置き、「二十四節気」と同様に太陽の「黄道」上の位置をもって「一歳」を春夏秋冬「四時」に分割し、さらにそのそれぞれを「孟」「仲」「季」の三期に分割し、「一歳」を12個の「節月」から成る太陽暦を提示しています。ここでは月の満ち欠けは一切問題になっていません。「二十四気」は「冬至」から始まっていて、そこでは「立春」は春という季節の始まりを意味していても、けっして「一年」の始まりを意味する時点にはなっていません。それに対して「二十四節気」が成立したところでは、「立春」が「一歳」の始まりであるという観念はもう否定しきれないものになっていることに気付かされます。日本でも「陰陽道」や寺院では「暦月」よりは「節月」が重用されて、仏事を行うに当たっては「節分」とか「彼岸」とかいう日を選んで行われる慣習が今日でも多く見られます。「節分」は「立春」「立夏」「立秋」「立冬」を基準としてその前日を指しています。また「彼岸」は「二十四節気」の「春分」「秋分」を基準としてその前後三日の日々を指しています。このように「立春」が「二十四節気」や「礼記月令」においては、その筆頭に据えられ、それが「正月節」

と名付けられるようになりますと、誰が見ても「立春」は「一歳」の始めであると観念されるに至るのは止むを得ない現象ではないでしょうか。また「陰陽道」は何か行動を起こすに当たって、その行動に適した日を定める用をなすことに多く使われました。これを「選日」と称しましたが、「選日」は何年何日という暦の「暦月」に拠って定める場合と、「二十四節気」の「節月」に拠って定める場合との二つの方法があり、前者を「月切り」、後者を「節切り」と称したようでありますが、次第に「節切り」が専ら行われるようになったと言われています。以上のように「節月」を基準にして日を定めることは寺院や「陰陽道」の領域に関わることに限定されていたようであったらしく、それに対して朝廷すなわち行政府においては、儒学の伝統に従って頑固に、そして自覚的に暦年暦月暦日によって日を定めていたようであります。国史の記録すなわち『日本書紀』から『日本三代実録』に至るまでの『六国史』は何年何月何日と「暦月」に拠って記録され、その正月から三月までを春、四月から六月までを夏、七月から九月までを秋、十月から十二月までを冬と明確に定めていて、「節月」はほんの少しも顔を出すことはありません。すべては何年何月何日というように暦年暦月暦日に従って記録されています。したがって国家の「正史」の立場で言えば、「正月朔日」をもって「春季」と定めていて、「立春」をもって正月とする思想は寸毫も見出されません。また仁和元年（885年）に時の太政大臣藤原基経が書き記して「清涼殿」に掲げたと言われている『年中行事御障子文』によって、平安前期の宮中行事を通覧致しましても、それらの行事日程は、頑固に何月何日という「暦月」「暦日」によって定めることを守っています。ですから「立春」をもって新年と見做す「節月」で時を定めることは、寺院や「陰陽道」でなされることであって、朝廷すなわち国家の行政機関では、それは堅く排除されていたことが考えられます。そこでこの二種の「春」を区別するのに、賀茂真淵『古今和歌集打聴』（続群書類従完成会　賀茂真淵全集）は「凡そ春立日とは天の道の春たつなり。正月一日を春の始とするは大君の定なり」という説明をしています。すなわち「立春」をもって「一歳」最初の日とするのは「天の道」と名付け、「正月一日」をもって「一年」最初の日とするのは「大君の定」

すなわち朝廷の定めだと称しているのであります。これは大変に解りやすい説明で、そして重要な指摘であると思われます。

第六節　この和歌の詠まれた場所は何処か

このような日本の暦法で生じ始めた二元性を広く見渡された研究書としては田中新一『平安朝文学に見る二元的四季観』があることをここで申し述べて置きましょう。すでに申しましたように、平安朝廷では漢儒が定めるところの、太陰太陽の二元から成る太陰太陽暦を用いることを原則として、『六国史』でも厳格に何年何月何日と「暦月」をもって春夏秋冬の四季が定められ、そして記事もまた「暦月」をもって記録されていますが、朝廷の「年中行事」ではその原則に混じって、時には「陰陽道」の暦とでもいうべき「二十四節気」に従って行事の日を定めている場合が例外的に僅かながら見出されます。その例外を仁和元年（885年）に太政大臣藤原基経が書き定めたという『年中行事御障子文』によって申しますと、正月元日行事の最後尾に「立春の日、主水司（しゆすいし）立春の水を献ずる事」という項目を付加している箇条が見られます。この行事日は「立春の日」でありますから、これは明らかに太陽暦の「二十四節気」に従っています。時代も平安中期に近づいて来ますと、すべてが何月何日という「暦月」に従って指示されて来た内裏の年中行事も、内裏の外の寺院で行われる仏事や、市中の「陰陽師（おんみやうじ）」の活動が盛んになったこの和歌の時代に到っては、その行事日がこのように「二十四節気」の「立春」をもって指示されていることは注目に値することと考えられます。さらに「追儺（ついな）」という行事が『年中行事御障子文』に記載されていて、これも陰陽道に由来する行事でありますが、この日取りは十二月晦日でありますから、これは「暦月」に基づいた「選日」であります。また「陰陽寮」が「大寒」から「立春」の日まで「土牛童子像」を「大内裏」の諸門に立てるという年中行事が規程されていますが、これは「節切り」であります。

さて「立春の日、主水司（しゆすいし）立春の水を献ずる事」はどういう行事であるかと言えば、これはまさしく「陰陽道」に起源を有する行事であります。当時の行政上の細則を編集した『延喜式』（国史大系）に拠って申しますと、「宮内省」に属して宮中所用の水を管理提供する「主水司」が、以前から早く特別に清めてあった宮中または京中の井戸から、「立春」の早朝に水を汲み出し、これを天皇と東宮に供するという行事であったことが知られます。そしてこの行事は、『続日本紀』養老元年12月丁亥条に「美濃国をして、立春の暁に醴泉を挹みて京都に貢らしむ」（新日本古典文学大系）という記事があり、これに起因する行事であるとするならば、すでに奈良時代から始まっていた行事のようであります。そして「顕昭」『袖中抄』巻第廿「若水」の項下には、「うちなびき今日立つ春の若水は誰が板井にか結びそむらむ」という和歌が掲出され、また『夫木抄』（新編国歌大観）という和歌集の、「歳内立春」の題下には「朝氷解けにけらしな年の内に汲みて知らるる春の若水（民部卿為家）」、また「立春」の題下には「解けそむるはつ若水のけしきにて春立つことにまず汲まれぬる（西行）」という、併せて二首の和歌が見出され、これら四首に拠って考えますと、「立春」の「若水」汲みは、天皇、東宮の行事から始まったものの、平安時代末から鎌倉時代初期では、もう広く都中でも行われる「立春」の行事になっていたと推測出来るようであります。あるいは非常に古くからの民俗行事でありましたから、むしろ民間行事が先行していて、それが朝廷にも採用されることとなった行事であったかも知れません。そしてこれを俳諧の「歳時記」等に従って申しますと、江戸時代では広く正月元旦の民間行事となって行われていたようであります。でありますならば「立春」に「若水」を汲むという行事は、「延喜」の『古今和歌集』の時代でも、宮中だけのものではなく、もう都人士の邸々でも行われていた可能性が考えられないでもありません。すでに申しましたように、元来朝廷という役所ではすべて「暦月」に拠って年中行事は催行されていたのでありますが、平安時代も中期にまで下ってまいりますと「陰陽道」が普及して、「立春」が——それは暦学上では春の始めを意味する時点でしかなかったのに——今や一歳の始めを意味することとなり、この和歌の作者「平城天皇」の血を引く高貴な「王統」の在原家などでも、「立春」に「若水」を汲む行事が行なわれ始めていたと想像してみたくなります。そして「在原元方」も、その一族の一人として、この座に出て若水を飲み干した後に、同座する一族の前で振舞った演技が、この「去年とやいはむ今年とやいはむ」という和歌ではなかったのかと、私は想像致す次第であります。直衣姿の「元方」が「去年とやいはむ　今年とやいはむ」と詠じ始めた声色までを想像してみたくなるような和歌であります。これはチト想像が過ぎるかも知れません。でもそこまで具体的に想像を進めなければ、『古今和歌集』の和歌は楽しくはなりません。『古今和歌集』の編纂奏上は公式では延喜5年（905年）、今日から数えれば1100年より前のことですが、そんなに遠い昔の、京中の、ある公家屋敷の、ささやかな「立春」の「若水汲み」の時間の復原を試みることが出来る、このような危所に遊んでみることこそが、古典鑑賞の大きな楽しみであろうかと存ずる次第であります。

さて最後に言い落したこと一つ、この和歌の詠み手「在原元方」は、「一年を去年とやいはむ今年とやいはむ」と詠じて、自分はいま新年の身になっているのか、いやまだ旧年のままの身であるのか、そのいずれであるか、自分自身でそれが分からなくなったと本当に悩み苦しんでいるのかどうかといえば、けっして悩みなどはしていないと言わねばならないと考えます。元方は当時の暦の不合理なところを論っているのでもありません。すでに申しましたように、宮仕えに出ているこの和歌の詠み手「在原元方」といった人物などでは、一年の始めといえば、それは「正月朔日」とすることは当然のことでありますが、只今この和歌の詠じられている場所は、「陰陽道」に由来する「若水汲み」です。ですから本日はそのような「陰陽道」に由来する席に出席したのでありますから、この場所の性格に迎合して、いささかお道化て、「立春」をも「一歳」の始めとするような和歌を披露してみせたという次第ではないでしょうか。すなわち「立春」を迎えた今日、世の中には正月朔日と併せて二つの新年があると知るに到ったという頓馬な人物を自ら演技して、同座する人たちから笑いを引き出そうとしているのが、この和歌の詠み手の心だと察せられます。元方は申しましたように「平城天皇」の血を引く適々の宮廷人です。このような宮廷人は申しましたように太唐渡来の太陰太陽暦の信奉者であり、このような暦は天子さまの「お布令」のようなものとして奉戴している者たちでありますから、

「新年」と言えば「暦月」の「正月一日」以外の日は考えられないはずであります。そして「立春」とは春の始まりを意味する日であるとはいえ、けっしてそれは一年の始めを意味する日ではないと信じていたかったのでありますが、今日は「立春」をもって一歳の始めとする「陰陽道」に関係する行事に出座したものでありますから、このような「陰陽道」の座に迎合して、自分自身が正月をもって新年とする宮廷人であるにもかかわらず、本日はその一方ではまた「立春」が新しい年の始まりであることを信ずる人間であるかのように振舞うことにして、このようにして二つの新年を迎える結果になってしまった自分自身の困惑の程を人々に示し、人々を明るい笑いに誘い入れようとしたのが、この和歌であるに違いないと私は想像致す次第であります。この巻頭歌は以上のように演技性豊かで軽やかなお道化(どけ)たものでありますが、そのようにして暦を題材とした和歌をもって巻頭歌としていることは、『古今和歌集』が四季の和歌から始まっていることとよく符合していて、まことによく出来た編纂の妙であると解せられます。

補説 「とし」という言葉の語義と語源

『古今和歌集』巻頭歌の「年の内に春は来にけり」という和歌の意義に関して論ずることをもって、この章の主題として来ましたが、そのために第三節では、人間が暦というものを持ち始めた初めに思いを致しましたが、そのとき私はふと何故に原始の日本人は「一年」のことを「とし」と称することになったのか、すなわちこの「とし」という言葉の語源に関して思い付くところがありましたので、これもこの章の主題に関係したことでありますので、この考説を次のように開陳させて頂くことに致します。

太古、広く人類が、日々自分たちに訪れて来る一日一日を数えるのに、月の満ち欠けを利用したことは、よく知られたことです。空に細い新月が立ち、それが満月となり、それがまた次第に細くなって姿を消してしまうと、次にまた細い新月が空に立ち始めます。この新月から次の新月が立つまでの日数を、大略30日と数えて、これを一か月と名付け、このような一か月を12回繰り返して、360日が経過すると、ほぼ季節が一巡して初めに戻ることが知られるようになりました。この連続した12か月の時間を、漢語では「年」とか「歳」という文字で表記されましたが、このような漢字が日本の島々に伝えられたとき、日本の人々は、この「年」とか「歳」という文字を、「とし」と讀むことにしました。そこで私がいま問題にしようとすることは、日本語では何故この季節の一巡、1年12か月という時間を「とし」と言うことになったのかということであります。私が設けたこの問いに、可能なかぎり速やかに解答を与えるためには、まず次のような作業をいたします。すなわち小学館『日本国語大事典』では、次のような語に関しては、以下のような説明を加えています。

通し馬＝途中の宿駅で乗り継がないで、目的地まで同じ馬を雇いづめにして行くこと。

通し狂言＝芝居で、一つの狂言を、序幕から大切（おおぎり）まで、一挙に通して演ずること。

通し切符＝途中で他の交通機関などに乗り継ぐ場合にも、買いかえないで目的地まで一枚で通用する切符

以上の3語に共通するところの「通し」という語の意味を考えますと、「通し」とは、幾つかに分断された部分を連結して、これを初め終わりのある一個の統一体にすることだと定義することが出来るでありましょう。でありますから、日数を数える単位としては「月」の満ち欠けばかりを利用することしか知らなかった日本の島々で暮らしていた人々が、この「年」とか「歳」とかいう漢字に接し、そしてその文字の意味といえば、それは12個の月々から成る個々の時間の連続体を連結し、これを初め終わりのある一個の統一体としたものであることを了解したときには、日本の人々は、この12個の月々の連続体を「通し月」という言葉で言い慣わし始めたのであろうと推察される次第であります。そしてこの「通し月」という言葉から「月」が脱落して「通し」、そしてそれが「とし」という言葉になって行ったのであろうという可能性が考えられます。つまり日本語の大へんに古い時期には、まず時を測る時間単位としては「つき」という言葉が用いられたと考えられます。しかし凡そその12か月が経過すると、

春夏秋冬の季節が一巡することが知られるようになると、この12か月の時間に「通し月」という名称を与え、これをもって「つき」の上位単位とすることになったという経過が想像されるのであります。そしてこの「通し」の語源は何かといえば、それは「遠し」であることは明らかでありますから、「年」「歳」を「とし」と読むようになった原因は、「とほし月」であったに違いないと私は推測する次第であります。

そしてその証跡が『萬葉集』中の言葉に見出されることを、次に述べましょう。

①見まつりていまだ時だに変はらねば年月のごと思ほゆる君（巻4・579）

これは「余明軍」が大伴家持に与えた歌で、「お会いしてまだ程もないのに、それがもう一年のように思われるあなた様ですね」という意味の歌で、僅かな期間であるけれども、その間の濃密な交際を惜しむ気持ちの歌であります。この「年月のごと」を「長い年月のように」と口語訳している注釈書が多いですけれども、これは「何か月も経過したかのように」と訳すべきであります。

②……息だにも　いまだ休めず　年月も　いまだあらねば　心ゆも　思はぬ間（あひだ）に　うちなびき　臥（こ）やしぬれ……（巻5・794）

これは「大伴旅人」が妻の死を悼んで作った長歌で、「旅人」に従って太宰府に下り、一年にもならない時期に身まかったことを述べていますから、この歌の「年月も　いまだあらねば」も、「まだ12か月も経過していないのに」と訳すべき言葉であります。

③世間（よのなか）の　すべなきものは　年月は　流るるごとし……（巻5・804）

これは「山上憶良」が愛児を喪った哀しみを述べた長歌の一節でありますが、ここで用いられている「年月は　流るるごとし」の「年月」という語は、これまで述べて来た「一年」という意味ではなく、漢語由来の「時間の経過」を指している言葉であります。渡唐の経歴のある漢学者「山上憶良」らしい用語法であります。『時代別国語大事典上代編』の「年月」の項目でも、これを「漢籍を学んだ表現」と指摘しています。

④年月もいまだ経なくに飛鳥川瀬々ゆ渡しし石走もなし（巻7・1126）

飛鳥川の渕瀬の変り具合の甚だしいことを謡った歌でありますから、この歌の「年月も　いまだ経なくに」という言葉の意味も、「長い年月も　まだ経っていないのに」と訳すよりも、「一年もまだ経っていないのに」と訳す方が正しいように考えられます。

⑤冬過ぎて春の来(きた)れば年月は新たなれども人は古(ふ)りゆく（巻10・1884）

この歌の意味するところは、春が来ると年が新しくなるけれども、人間は古くなって行くということでありますから、この歌の「年月」という言葉は、「月」が後に付いていない「年」という言葉と同義であることは明らかであります。すなわちこの「年月」は「年」という意味です。

⑥息の緒(を)に妹をし思へば年月の行くらむわきも思ほえぬかも（巻11・2536）

この歌の「年月」は、漢語由来の「年月」の意で訳すならば、年月の過ぎて行くのにも気付かないという意味になりますが、日本語本来の意で訳すならば、一年の過ぎて行くのにも気付かないという意味に受け取られる歌であります。

⑦今だにも目な乏(とも)しめそ相見ずて恋ひむ年月久しけまくに（巻11・2577）

⑧相見て幾久さにもあらなくに年月のごと思ほゆるかも（巻11・2583）

⑨あらたまの年月かねてぬばたまの夢に見えけり君が姿は（巻12・2956）

以上三首の歌の「年月」も、「長い年月」という意味に解せないではありませんが、「一年の長さ」という意味に解する方が正しいように、私には考えられます。

⑩……天離(あまざか)る　鄙(ひな)に下り来　息だにも　いまだ休めず　年月も　幾らもあらぬに　うつせみの　世の人なれば　うちなびき　床に臥(こ)い伏し……（巻17・3962）

この長歌は「大伴家持」が国守として越中の国に赴任して、六か月ばかりで死を思うほどの重病を患ったことを述べたものでありますから、この歌の「年月も　幾らもあらぬに」は一年も経過しないうちにという意味であることは明らかであります。

⑪かくしても相見るものを少なくも年月経(ふ)れば恋しけれやも（巻18・4118）

この歌は越中の国の掾(ぞう)「久米朝臣広縄(つな)」が「朝集使」の任を負って奈良の都に上り、それから七か月ばかりして国へ戻り、国守「大伴家持」に迎えられて詩酒の宴を賜った際の長歌に付された反歌であります。そしてこの歌は、この「七か月ばかり」を指して、「年月経れば」と述べているのであります。したがってこの場合の「年月」とは、長い年月という意味ではなく、これは明らかに七か月ばかりの連続した時間すなわち「通し月」という意味に解せられねばなりません。

⑫年月は新た新たに相見れど我が思ふ君は飽き足(だ)らぬかも（巻20・4299）

この歌の「年月は」という言葉の意味を、もっとも解りやすく言えば、「一年が経過すれば」あるいは「一年十二か月を過ごして来ると」というほどの意味になるでありましょう。以上『萬葉集』中の「年月」という語の意味を、すべて検証したことになりますが、漢語由来の「歳月」という意味で使われていたのは、僅か一例のみで、他の『萬葉集』中の「年月」という言葉では、まだ「通し月」すなわち「一年」という意味で用いられていることの多いことが判明した次第であります。

（以上）

第二章　袖ひちてむすびし水のこほれるを
春立つけふの風やとくらむ

春立ちける日よめる　　　　　　　　　　　　紀　貫之

袖ひちてむすびし水のこほれるを春立つけふの風やとくらむ（巻1・2）

第一節　この和歌に見られる古典中国の思想

『古今和歌集』の巻頭歌に続き、第二番目の和歌です。冬の水の凍っていたのを、今日の立春の春風が解かし始めることであろうと謳ったところの、この和歌の想は、『礼記』「月令」編の「東風凍を解く」という一文に由来しているという指摘は、早く鎌倉時代の注釈書からも見られることで、そしてこの指摘は、この和歌を了解する上で欠かせることの出来ない重要事項であります。『礼記』「月令」編は第一章でも少し触れましたように、「一歳」を「立春」「立夏」「立秋」「立冬」をもって「四時」に分かち、その「四時」をさらに「孟」「仲」「季」の三節に分割して、12個の「節月」から成るものとした太陽暦でありますが、そのそれぞれの「節月」に出現する鳥獣草木などなどは「節物」と呼称されるものであります。そしてその「一歳」の始まりであるところの「孟春の月」の「節物」を記せば次の通りです。「東風凍を解き、蟄蟲始めて振き、魚冰に上り、獺魚を祭り、鴻鴈来る」　そしてこの文章の初めの一句「東風凍を解き」が、この和歌の「袖ひちてむすびし水のこほれるを」という言葉の原拠になっているとされているようであります。そしてさらに今この注釈に追加しなければならないことは、『礼記』「月令」編では、その他の「節月」でも、しばしば水、氷の様態を取り上げていることであります。すなわち、これを記せば次の通りです。

「（仲春）是の月や……天子乃ち羔を献じ、冰を開き、先ず寝廟に薦む」

（この月、天子は子羊を供えて司寒の神を祭り、それから氷室を開いて氷を取り

出し、まず祖廟に供える）

「（孟秋）是の月や……隄防を完くし、壅塞を謹み、以て水潦に備ふ」

（この月……堤防の修理、堰の検査などをして、大水に備えさせる）

「（仲秋）是の月や、日夜分しく、雷始めて声を収む。蟄蟲、戸を坏ぎ、殺気、浸く盛んなり。陽気、日に衰へ、水、始めて涸る」

「孟冬の月……水、始めて冰り、地、始めて氷る。……」

「仲冬の月……冰、益壮に、地、始めて坼け……」

「（季冬）是の月や……冰、方に盛んに、水澤、腹堅なり。命じて冰を取らしむ。冰以て入る」

（この月は氷のできることの最も多い期間で、沼池では水の中のほうまで堅く氷が張り詰めるのである。そこで役人に命じ、氷を伐り、氷室に運び入れる）

以上のように「水」や「氷」は『礼記』「月令」編の多くの「節月」に登場して、それぞれの季節の推移を示すところの指標になっています。そして「月令」編は、それぞれの「節月」の最後で、統治する者が、季節に相応していない政令を発するならば、天象地象において、季節はずれの異状が出現することを記し、政令がそれぞれの季節に適合したものでなければならないことを教戒しているのであります。これはすなわち天象地象の変異（天変地夭）は、為政者の時宜を得ぬ政令に対して天が下すところの警告（天譴）であるという、古代中国の極めて特徴的な政治道徳に由来するところの言説であります。いま例えば、これを「季冬」「十二月節」で言えば、次の通りです。

「季冬……夏令を行へば、即ち水潦、国を破り、時雪、降らず、冰凍、消釋す」

（季冬に夏の命令を下せば、雨が多く、洪水の災いを生じて、国に損害多く、冬に降るべき雪はなく、氷も土の凍結も消えてしまう）（以上の釈文とそれに付した口語訳は、新釈漢文大系『礼記』に拠っています）。

すなわち「季冬」に夏の政令を行うような不当な行政が行われたならば、夏のように雨の多い気象となり、冬であるのに雪が降らず、氷も土の凍結も消えてしまうという異変が起きると警告しているのであります。冬は冬らしく水は凍らなければならないのでありました。そして「立春」とともにその氷は春風で解かれなければならないのでありました。ですから水が春には解け、夏には多くの雨が降り、秋には水が涸れ、冬には水が厚く凍るという順当な季節の推移は、天が地上の民に与えるところの「瑞祥」と言えるものであったわけであります。そしてなぜ天はそのような「瑞祥」を与えるかという理由は、「天帝」から任命を受けた「天子」であるところの皇帝の政治が時に適った正しいものであったからだというのであります。

ですからこの『古今和歌集』の二番歌が、「袖ひちてむすびし水のこほれるを、春立つけふの風やとくらむ」ということばは、季節の推移が極めて順調であるところの、豊作の予兆であり、日本の皇帝すなわち「天皇」の政治が良く正しく行われていることを寿ぎ(ことほぎ)、またそのようであることを祈願することばになっていると言えるでありましょう。

「漢」代の歴史を記した『漢書』という典籍があります。国文専攻の私などには楽に読める書物ではありませんが、1997年に出版された注解書の小竹武夫訳に拠れば、その「五行志」という編目では、天象地象、鳥獣、草木、魚虫などの上に異変が見られた場合、その異変を記し、その異変が人間界のどのような道徳上の不正不善を原因として起こったものであるか、それを陰陽五行説をもって論じているところがあります。今その中で、「氷」に関する記事を取り上げますと、そこには次のような記述があります。桓公十五年「春氷亡(な)し」と。この「春氷亡(な)し」については、この『漢書』に注を加えた「劉向(りゅうきゃう)」という学者の説明に従って申しますと、「漢」の「武帝」以前では、まだ「周」の暦が使われ、その使われていた「周」の暦では、「冬至」を含む月をもって、年初の春正月としておりましたから、ここに記している「春」は、「武帝」以後の「漢暦」で言うならば、冬の季節に相当するのであります。したがって「周暦」の桓公十五年「春氷亡(な)し」は、「漢暦」の桓公15年「冬氷亡し」という言葉と同義になるのでありまして、その意味は桓公15年の冬には、暖気がいつまでも残って氷が張らなかったという意味であります。そして『漢書』は、そのような悪い現象が起こった理由を次のように述べています。「桓公」は隣国と戦って三戦二敗して内には百姓を失い、外には諸侯を失ったにかかわらず処罰を行わず、また王族の相続の上に非行を見ながら、その善悪を明らかにすることがなかったからであると指摘し、これなどが冬になっても氷が張らない原因であるという説を立てているのであります。さらにこのことに関して、同時代の学者で、このような「五行説」に基づいた「天人相関説」をもっとも広く体系化した「董仲舒」の説では、これは「桓公」の夫人が正しくなくて「陰気」が節を失ったからだという説明を付加しています。『漢書』「五行志」は、この他にも「成公元年」「襄公二十八年」「武帝元狩六年」「昭帝始元二年」のそれぞれの年の冬にも、「氷」のなかったことを挙げています。それは今日でいえば異常気象と見做される現象でありますが、これらの現象についても、その時の皇帝が始めた戦争が、その原因になっているとする「劉向」「董仲舒」二人の学者の説を掲げています。『漢書』「五行志」は、その他にも「十二月になっても霜が草を枯らさなかった」とか、「十月に桃と李に華が咲き、棗が実を結んだ」とか、「巨木がにわかに倒れ、三か月後に元の場所に再び自立した」とか、自然界に起こった種々の異変を挙げて、時の皇帝、后妃、臣僚などの不正不善が、それら異変の原因になっていたことを述べています。このように「陰陽五行説」の思弁をもって、天と人との間に相関関係を見出そうとしたのが『漢書』「五行志」の叙述でありますが、この『漢書』は日本国にも伝えられ、『史記』『後漢書』と併せて『三史』と称せられ、奈良から平安前期にかけて隆盛した「大学寮」の「文章道」の主要な教科になっていました。それでありますから、平安の都に住み、宮仕えに精励している都人士の間では、そのような「天人相関説」は広く信奉されていた観念であったに違いありません。ですから水が冬になれば厚く結氷し、それが春になれば溶解するという、ごく当たり前なことにも、それをもって大きな喜びとする詠み手の心が、この和歌の心であると察せられるのであります。ですからこの和歌においては、その厚く凍った冬の水を、「春立つけふの風やとくらむ」と讃嘆する下の句に、この和歌の意味の中心があるようでありますが、その凍った水には「袖ひちてむすびし」という形容句が冠せられています。それは咽喉の渇きを覚えることの多い夏の山道、野道で、豊かに湧き出る清水を見出したときの経験を、広く人々に思い起こさせたり、宮廷では「氷室」を開いて「氷水」を啜（すす）ることを意味していたに違いありませんが、それは水が生命の維持や回復には欠かせない元素であることを語っています。

第二節　この和歌は世界共通の認識に達している

「立春」や「元旦」に「若水（わかみづ）」を汲むという儀式の古くから行われて来ていることは、すでに「年の内に春は来にけり」という巻頭歌を論じた第一章で論じたところのことでありますが、「若水を汲む」それは生命の新しい復活を願う呪術であるに違いありません。清水を見つけて飲む、または河川湖沼から水を引いて農地を灌漑するなど、水は人間生命の源であることを、人はこの和歌の朗誦によって、今更のようにしっかりと認識したに違いありません。であるならば、『古今和歌集』の和歌などというものは、平安の都に住む都人士の、基礎的な感覚を示していたことを覚える次第であります。今この文章を草しているのは、春三月の二十八日。旧都奈良では、東大寺「修二会」の勤行が無事に終了したばかりの季節です。この行事の中心は、三月十三日未明の「お水取り」、すなわち太平と豊穣を願って「二月堂」下の「若狭井（わかさゐ）」から清水を汲んで「十一面観音」に捧げ、そして罪過の悔い改めをするところにあります。寺院では、サンスクリットで水を意味する「閼伽（あか）」が、仏道に精進する僧侶たちによって、それがあたかも貴重な宝物のようにして汲み出され、仏前に捧げられました。インドは酷暑の地で、旅する修行僧は飲料水の入った「水瓶（すいびょう）」を携えていたようであります。杉山寧画伯は「水」（1965年）と題した名作を遺しておられます。その絵はイスラムの女性でありましょうか、黒いブルカで頭と全身を包み、顔面だけを現して湖畔に立っている人物を描いています。そしてその背景は、人物が立つ足元の土以外の全面は、水を暗示して群青の彩色。そしてその人物は頭上に素焼きの水壺を載せ、右手は肩の上まで挙げられて、その水壺を支えています。この人物はナイル河から水を汲んで家まで運ぶ女性なのでありましょう。また平山郁夫画伯にも、これと似たような図柄の「冠上水金壺」Carrying a jar on the head（India）という作品があります。また中東地域、砂漠の民の文学であるところの『旧新約聖書』には、水を比喩に使ったところの、または井戸や水そのものを語ったところの言葉が多く見出されますけれども、そのような酷暑乾燥の地での「水」を求める欲求は、「袖ひちてむすびし水」という、咽喉の渇きを潤すという程度のものではなく、生死を分かつところの、もっと深刻なものであったようであります。とりわけ「ヨハネによる福音書」4章で、イエス・キリストがサマリアの女に水を汲ませて、そして告げたところの、「この水を飲む者はだれでもまた渇く。しかし、わたしが与える水を飲む者は決して渇かない。わたしが与える水はその人の内で泉となり、永遠の命に至る水がわき出る」ということばがあります。このようにして水を求め、水を語ることは世界文学共通のテーマであったことは間違いありません。したがって、この『古今和歌集』巻頭から二番目に置かれたこの和歌は、水という人類共通の重要なテーマを取り上げて、それを可愛く長閑に歌い上げているところは、古代の東アジア文学の一つに数え挙げられてよいのではないかと評価したいものです。

もっとも身近なところ、『萬葉集』や古代歌謡にも、清水を汲む歌は少なくはありませんが、その中から三例ばかりを挙げてみますと、次の通り。

古ゆ人の言ひ来る老人のをつといふ水そ名に負ふ滝の瀬（巻6・1034）

落ち激つ走井水の清くあればおきては我は行きかてぬかも（巻7・1127）

飛鳥井に　宿りはすべし　や　おけ　蔭もよし　御甕も寒し　御秣もよし（催馬楽　律）

冬期には水は厚く凍らねばならない。それが目出度いことなのだ。そして春の到来とともに、その厚く凍った氷は解けることになるのだという四季の循環がこの和歌の主題でありますが、この和歌の時代には、この和歌の精神にちょうど呼応するかのような宮廷儀礼が行われていました。すなわち冬の厚い結氷は、これから始まる新年の豊かな稔りの予兆であり、それを喜ぶ意義を籠めた宮廷の儀礼が行われていたようであります。そのような儀礼を次に紹介しなければなりません。

さて清和天皇の貞観年間（859～877年）に編纂された儀式書『貞観儀式』（増訂故実叢書）を見ると、正月元朝に「朝堂院」内の「大極殿」に置かれた「高御座」に「皇帝」（天皇）が座し、居並ぶ皇太子以下の文武百官の奉賀を受けた後、「皇帝」は「朝堂院」西隣「豊楽院」に移動し、「豊楽院」の後房「清暑堂」でしばらく休憩の後、「豊楽院」に姿を現され、皇后もまた姿をそこに現される。そして皇后が姿を現されると、内侍が大臣を呼んで大臣が昇殿し、次には皇太子が昇殿する。そうした後に「豊楽院」の正門に相当する「豊楽」「儀鸞」の両門が開かれる。そして中務の役人が「陰陽寮」の司人を率いて暦本を積んだ机を殿前に舁き入れ、「中務省申さく、陰陽寮供へ奉れるその年の七曜御暦、奉らくを申し賜へと奏す」と申し上げる。そして暦は天皇に奉覧されて御所に留められる。これが第一章において暦を題材にした『古今和歌集』巻頭歌を講じた際にも言及したところの「御暦奏」の大要でありますが、これに続いては「宮内省」の役人が「主水司」の官人と共に入来して「氷様」を庭中に安置し、またそれと同じくして「宮内省」の役人と共に入来した「太宰府」からの使人も「腹赤の御贄」を庭中に安置して退出する。そして「宮内省」の次官の「輔」だけが一人残って奏上を始める。その奏上のことばは次の通り。すなわち「宮内省申さく、主水司の今年収る氷、併せて若干室、厚さ若干寸以下（若干寸以上）。益すこと去年より若干室（減ずること去年より若干室）供へ奉れる事。また太宰府進れる腹赤の御贄、長さ若干尺進らくを申し賜へと申す」と奏上して退出する。そして奏上が終われば門外に運び出される。

以上の中で「七曜暦」は天皇だけが所有し、他は所持が許されない秘本であることは、第一章でも述べたところの事項であります。「氷様」とは前年の冬に「氷室」で作られた氷を天皇、皇后、大臣、皇太子のご覧に入れ、その氷の分厚さを奏上し、またその分厚さが去年よりも何寸大きいか、あるいは小さいかをも奏上するのであります。また「腹赤の御贄」の「腹赤」とは、『延喜式』「内膳司」に記すところでは、筑後と肥後との海——筑後と肥後との海とは、有明海を指すことになります——で獲れた魚ということになり、その実体は定かではありませんが、今日の「鱒」であろうという説が広く行われています。この魚を「太宰府」から宮中に運び入れ、その体長が何寸であるかを、天皇、皇后、大臣、皇太子に奏上するのが「腹赤の御贄」であります。これは「御贄」とありますから、食用として宮廷に貢がれたものと理解されていますが、この貢物はこの『延喜式』「内膳式」の記すところでは、「腹赤の魚は司家に収む」とありますので、この魚は「諸司奏」で貢納された後には司家（内膳司の役人の家）に払い下げられたことが判明します。では何のために「腹赤」という魚が、正月元旦を期して、わざわざ「太宰府」から京都まで運ばれて来たのかと考えてみますと、その「腹赤」の体長が幾らであるかを、天皇、皇后、大臣、皇太子という行政の中枢にある人物に報告するためであったと考える外はありません。おそらく一定時期の一定地点で獲れる特定の魚の体長を年ごとに計測すれば、年ごとに異なる魚の成長具合を知ることが可能になります。それを比較することによって、今より始まる一年の海水の温度や栄養度や魚類の成長度を予測し、さらに広く気象条件一般を占うことがなされたのではないかと考えられます。「氷様」の意義は、「氷室」で保たれた氷の分厚さで、新しい年の作不作を占うことであったことは、疑いの余地はありませんが、「腹赤の御贄」の場合も、その目的はそのようなところにあったと、私は考えます。このようにして「陰陽寮」の暦、「主水司」の氷、「太宰府」の腹赤、この三種の奏上を「諸司奏」と称し、これは天皇、皇后、大臣、皇太子のみの、行政の中枢に在る者だけが受け取ることが許されたところの、これから始まる一年先を占う「年占い」的な情報であったことが考えられます。この諸司奏が終わったところで、大臣が侍従を呼び、少納言が「儀鸞門」から外に出て呼ぶと、親王以下五位以上の者たちが二列になって、「儀鸞門」の東西の戸から「豊楽院」の中に入り、食饌と酒とを賜ると、「吉野国栖」が「儀鸞門」の外で「歌笛を奏す」という次第になります。この「吉野国栖」の歌笛については、今は触れず、次の第三章で取り上げることとなります。

この天体の動向を示す七曜暦の奏上と、氷の厚さの奏上と、「腹赤」という魚の大きさの奏上という三種の「諸司奏」は、それぞれ別個の来歴を有する古い「年占い」にその起原があるように察せられますが、このような別個の「年占い」が、一組一連の年中行事として組織され、宮廷で行われるようになったのは、『類聚国史』の記載に従って言えば、平安時代の天長9年（832年）春正月の「紫宸殿（ししんでん）」における「節会（せちゑ）」からでありましょう（すでに述べたところの『貞観儀式』の規程では、その「節会」の場所は「豊楽院」でありますが、年代を経過するにしたがって「紫宸殿」が用いられています）

さてこの章のテーマとして取り上げたところの、「袖ひちてむすびし水のこほれるを春立つけふの風やとくらむ」という「歌の心」（その和歌の詠み手の心にあるもの）は、冬の厚く凍った水も、春風によって難なく解けて行くであろうという表象を掲げて、それに働いているところの「天子」の善政と、それに応答して出現している「天」の恵みへの慶びであると批評してよろしいかと考えられるのであります。そしてそのような「歌の心」と「歌の詞」とを構成する作法を心得ている者こそが、「歌の心」を心得た歌人と称されたのであり、その精神傾向は、この『貞観儀式』が描くところの宮廷における盛大な正月儀礼と同種の精神傾向でもあったと考えられるのであります。（以上）

第三章　春霞立てるやいづこみ吉野の吉野の山に雪は降りつつ

題しらず　　　　　　　　　　　　　　　　　　よみ人しらず
春霞立てるやいづこみ吉野の吉野の山に雪は降りつつ（巻1・3）

第一節　この和歌の第三句「み吉野の」は先行する「いづこ」に掛かる修飾句である

これは『古今和歌集』春上の、巻頭から数えて三番目に配置されているところの、この歌集の中では広く知られた和歌の中の一つであります。すでに暦の上では待ち遠しく思って来たところの春になったのであるけれども、吉野の山ではまだ雪が降っているよという、訪れて来た新しい年を、来る年ごとに、待ち構えるようにして迎え取って来た古い時代の人間の、大へんに初々しい素朴な喜びの心を、今日の私たちは、この和歌から感じ取りたいものであります。ところがこの古歌の謳うところの趣旨をいささか翻して「春立つといふばかりにやみ吉野の山も霞みて今朝は見ゆらん」という和歌が、『古今和歌集』の選者の一人、壬生忠岑によって作られ、それが三番目の勅撰集『拾遺和歌集』で取り上げられ、さらに次いでこの和歌を「本歌」にして「後鳥羽院」院政下で摂政太政大臣という高官に任ぜられた「藤原良経」が、「み吉野は山も霞みて白雪のふりにし里に春は来にけり」という和歌を詠み、それが『新古今和歌集』に入集した結果、春を迎えたばかりの吉野山の風景はますます人口に膾炙するに至ったようであります。

しかしながらそのように人口に膾炙し、かつ高い評価を得てしまった和歌はその読み取り方も固定してしまい、中世以降まったくその受け取り方において進歩がないように私には感じられるのであります。広く注釈書に当たってみますと、それらはいずれも、この和歌の言葉の意味としては「春霞の立っているのは何処だろう。それらしいものはまだ目に入らないばかりか、吉野の山では、まだ雪は降り続いていることだ」というように解しているようであります。しかしながらこのような読み方では、この和歌の詠み手は吉野以外の、平城京とか平安京とか、あるいはそれ以外の何処かの場所に立って、春到来の兆候であるところの霞を探し求めているのか、それとも吉野の地そのものを訪れて、春到来の兆候となるところの霞を探し求めているのか、この和歌の詠み手の立ち位置が、それらのいずれであるかをこの和歌の読者には確かにし得ないので、この和歌の注解者はいずれもこのことについて当惑させられているようであります。私も長い間、この和歌の詠み手の立ち位置を定められないような読み方をして来たのでありますが、ふとある日この和歌の区切れを（春霞立てるやいづこみ吉野の）—（吉野の山に雪は降りつつ）という具合に、この和歌の句切れを第三句に置いてみることに致しました。そしてそうした場合の文意といえば、「春霞の立っているのは何処なのか、み吉野の」ということになるのではないかと私は解いてみるようになりました。すなわちこの場合では、「み吉野の」という第三句は「春霞立てるやいづこ」という歌句中の「いづこ」という語を後ろから修飾する修飾語と解せられるようになります。このような語句の後置は——この場合では「後補」というのがもっとも適当かも知れませんが——今日の口語では珍しいことではなく、例えば「あなたが帽子を忘れて来たのは学校の何処？」という質問を、いくらかその気持ちを高めて言った場合では、「あなたが帽子を忘れて来たのは何処、学校の？」という言葉になるのではないでしょうか。あるいは「あなたが生まれ育ったというのは何処、秋田県の？」「火の手が上がっているのは何処、この町の？」などなど、そのような文例は容易に幾らでも作ることが出来ます。またこのような後置または後補の語法を『古今和歌集』中に求めてみますと「しるしなき音をも鳴くかな鶯の今年のみ散る花ならなくに」（巻2・110）というものが見出されます。この和歌ではその第三句「鶯の」は「しるしなき音をも鳴くかな」という先行する歌句を後ろから修飾限定を加えた後補句で、その意味は「鳴いても花の散るのが止まる訳でもないのに、鶯の喧しい声を聞くことだ」ということになります。

第二節　この和歌の第三句「み吉野の」はそれに続く「吉野の山」にも掛かって行く

このように「春霞立てるやいづこ」という歌句には、「み吉野の」という歌句が後補されているとするならば、この和歌は「み吉野」に立つ春霞を探し求めることが謡われていることになりますが、しかしながらまた一方では、この第三句「み吉野の」は第四句、第五句にも接続して、「み吉野から眺められる吉野の山ではまだ雪が降り続けていることだ」という意味にもなって行くように解せられます。すなわち「み吉野の」という第三句は、「いづこ」という先行する言葉と意味的に結びついている、その一方では次の第四句「吉野の山に」とも意味的に結びついて成句をなしていることもまた事実であります。それは「夕されば衣手さむしみ吉野の吉野の山にみ雪降るらし」（巻6・317）という和歌が『古今和歌集』の中に存在していて、この和歌の「み吉野の吉野の山に」という歌句は、今問題にしているところの「春霞立てるやいづこみ吉野の吉野の山に雪は降りつつ」という和歌の下句から取ったものでありましょうから、この「み吉野の」という歌句は「吉野の山に雪は降りつつ」という第四句、第五句にも繋がって成句をなしていることは、これまでのすべての注釈書が、この和歌に関して、そのように解釈して来たところのことでもあって、あえてこれを否定しなければならない理由は考えられません。

このように従来二句切れとして読まれて来た『古今和歌集』の歌句を、三句切れとして読み変える試みをされたのは、平成20年発行の宇佐美昭徳『古今和歌集論　万葉集から平安文学へ』という論著でありました。この書物の第二編第二章では、これまで二句切れとして読まれて来たところの『古今和歌集』の和歌の多くを、三句切れの和歌として読み替えることが提案されていました。私には、これは大変に面白い提案であるように受け取られたままに、この提案に従って『古今和歌集』の和歌の文意を次のように解いてみることにいたしました。例えば「春の夜の闇はあやなし梅の花色こそ見えね香やは隠くるる」（巻1・41）という和歌の場合ならば、この和歌の句切れを「春の夜の闇はあやなし」―「梅の花」―「色こそ見えね香やは隠るる」とするというものであります。もしそのように句切れを設定致しますならば、この和歌の上句（かみのく）の文意は「春の夜のまっ暗闇（くらやみ）では折角の梅の花も目には見えず困ったことだよ。でも梅の花の香りは隠れはしないよ」ということになるでありましょう。すなわちこの場合では、第三句「梅の花」はこの和歌の主題を表す言葉であり、この主題句は意味の上で上二句と脈絡しながら、また下二句にも脈絡しているということであります。また同様に「一本（ひともと）と思ひし菊を大沢の池の底にも誰か植ゑけむ」（巻5・275）という和歌に関してならば、これを「一本と思ひし菊を」―「大沢の」―「池の底にも誰か植ゑけむ」と句切れを設定した上で、この和歌の文意を解いてみますと「一株と思っていた大沢の菊であるのに、またその大沢の池の底にも誰かが植えたと見える」ということになるでありましょう。すなわち、この和歌の第三句「大沢の」は、上句「一本と思ひし菊を」の「菊」を後ろから修飾して「大沢の菊を」という連体修飾句の働きをする一方で、また下句へは「大沢の池の底にも」と連接して意味をなしていることも確かな事実であります。すなわちこの場合も、和歌の第三句が上二句にも、また下二句にも脈絡していると言えるのであります。

このように和歌の第三句が、意味の上で、第一句、第二句と切り離せない関係を持ちながら、また第四句、第五句にも意味の上で繋がって行くという形式は、『古今和歌集』の和歌では他にも多く見られる現象であるように観察されるのであります。このような現象に関しては、すでに早く竹岡正夫『古今和歌集評釈』の前文「凡例にかえて」で、「花の色は移りにけりないたづらにわが身世にふるながめせし間に」（巻2・113　小野小町）を例に挙げて、この和歌の第三句「いたづらに」は意味的に上句「花の色は移りにけりな」に係るのか、それとも下句「わが身世にふるながめせし間に」に係るのか、両説に分かれて決着が着かないでいるけれども、自分には上句にも下句にも係るところの、「一種の掛詞表現」であるように考えられると説かれています。そしてさらにこの竹岡正夫『古今和歌集評釈』は「契りけむ心ぞつらき七夕の年にひとたび逢ふは逢ふかは」（巻4・178）という和歌に関しても、第三句「七夕の」は、先行する

「契りけむ心ぞつらき」という句を後ろから限定修飾して「契りけむ七夕の心ぞつらき」という文意を構成していると同時に、またこの第三句「七夕の」は下句に連接しては「七夕のように年にひとたび逢ふというのは」という意味を作り上げていることが看て取れます。すなわち「契りけむ心ぞつらき」—「七夕の」—「年にひとたび逢ふは逢ふかは」という具合にです。

さてこのような竹岡正夫氏や宇佐美昭徳両氏の説かれるところに従って、いま試みに当該のこの和歌に関しても、その句切れを見直して、「春霞立てるやいづこ」—「み吉野の」—「吉野の山に雪は降りつつ」という具合に、従来二句切れとして読まれているように解せられて来たものを、この第三句「み吉野の」は上二句にも、下二句にも意味的に掛かっているものとして読んでみることを私は試みてみたのでありました。そしてこのような上二句にも下二句にも掛かって行くような働きをしている第三句などは、五句から成る和歌の中に投入された「独立句」とか「提示句」もしくは「主題句」などとして読み取るのが、もっとも解しやすいのではないかと私には考えられるのであります。

第三節　この和歌は催馬楽形式で謡われた謡い物であったかも知れない

しかしながら、このような「一種の掛詞表現」とか「上下句両接型」と名付けられるような和歌が、『古今和歌集』には多数含まれているというのは、この種の和歌は、歌宴などでは、次のように二段に分段されて謡われることがあったところから発生した現象ではなかったかと想像されるのであります。

花の色は移りにけりないたづらに
　　　　　　　　いたづらにわが身世にふるながめせし間に
春霞立てるやいづこみ吉野の
　　　　　　　　み吉野の吉野の山に雪は降りつつ

このように二節に分段されて謡われた場合では、それぞれの第三句「いたづらに」「み吉野の」は二度謡われることとなり、初度は第一句、第二句に接続してその修飾限定句の働きをなし、二度目は第四句、第五句に接続してその修飾限定句の働きをなしていると考えられます。すなわち第三句「いたづらに」「み吉野の」は、意味の上で上（かみ）の二句にも、下（しも）の二句にも繋がって行くところの「一種の掛詞表現」または「上下両接型」と言えるでありましょう。でもこのように謡われた歌謡も、『古今和歌集』のように一冊の書物として、その中に収録されるときには、三十一文字の和歌形式で記録される習わしになっていたのではなかったかと考えられます。あるいは三十一文字の和歌形式で記録されている和歌が、器楽の伴奏で謡われた場合には、このように二段に分段されて謡われたのではあるまいかと考えられるのであります。

そのように考えられる理由を申しますと、『古今和歌集』巻頭から五番目は「梅が枝に来ゐるうぐひす春かけて鳴けどもいまだ雪は降りつつ」という和歌でありますが、この和歌は『催馬楽』譜では次のように三段で謡われているからであります。（本文は岩波日本古典文学大系『古代歌謡集』に拠る）

梅が枝に　来居る鶯　や　春かけて
はれ　春かけて　鳴けどもいまだ　や　雪は降りつつ
あはれ　そこよしや　雪は降りつつ

この三十一文字五句構成の和歌が、このように三段に分かれて謡われた場合では、その和歌の第三句「春かけて」は二度謳われ、初度は第一句、第二句に接続してその述語句となり、二度目は第四句、第五句に接続してその修飾句の働きをしていると考えられます。また『古今和歌集』巻二十は「あたらしき年の始めにかくしこそつかへまつらめ万代（よろづよ）までに」（1069番歌）という和歌を「左注」として出していますが、これが『催馬楽』譜では次のように三段で謡っています。

あたらしき　年の始めに　や　かくしこそ　はれ
かくしこそ　つかへまつらめ　や　万代までに
あはれ　そこよしや　万代までに

また同じく巻二十所収の「あをやぎを片糸によりて鶯のぬふてふ笠は梅の花笠」（1081番歌）という和歌も、次に掲げましたように、『催馬楽』譜では第三句「鶯の」は、上句「青柳を片糸によりて」に後続していますけれども、その主語の位置に立つ一方、下句に対して「鶯の」は「縫ふてふ」に接続してその主語の位置にも立っているということになるでありましょう。

青柳を片糸によりて　や　おけや鶯の　おけや
　　　　　　　　　　　鶯の　縫ふといふ笠は　おけや　梅の花笠や

以上のように、三十一文字の和歌が実際に謡われた場合には、本末の二行に分かれて謡われることが多かったということは、申し遅れましたが、すでに早く昭和60年発行の賀古明『琴歌譜新論』という論著の第三部一「歌われた古代歌謡」で説かれています。この論文に従って申しますと、『琴歌譜』の例えば「高橋扶理(ぶり)」と称せられた歌謡は、和歌としては「道の邊の榛(はり)と櫟木(くぬぎ)としなめくも　言ふなるかもよ榛と櫟木と」という三十一文字五句形式で書記されているけれども、これが曲譜としては、

道の邊の榛と櫟木としなめくも　ないよ　しなめくめや
　　　　　　　　　　　しなめくも　いふなるかもよ　榛と櫟木と　榛と櫟木と

というように、第三句「しなめくも」が二度繰り返されるところの、本末二節二段に分かれて謡われているとされています。そしてこのような謡い方を「本末詠唱法」と名付け、「大歌」と目される歌曲以外の、「立歌」とか「小歌」と目せられる十二歌曲の中の十一歌曲はすべてこの「本末詠唱法」で謡われているとされています。また『神楽歌』の中の「大前張」や『催馬楽』にも、さらに溯っては記紀に記録されている歌謡にも、この「本末詠唱法」が行われているという指摘がなされています。

このような事情を考慮しますと、いま問題にしている「春霞立てるやいづこ　み吉野の　吉野の山に雪は降りつつ」という和歌もまた器楽の伴奏をもって謡われた場合には、すでに述べましたところのことでありますが、次のように謡われたのではないかと推測されるのは、ごく自然な帰結と言うことが許されるでありましょう。

春霞　立てるやいづこ　み吉野の
　　　　　　　　　　　み吉野の　吉野の山に　雪は降りつつ

そしてその歌謡の言葉の意味は次のように解せられることになるであろうと考えられるのであります。すなわち「春霞が立っているのは、み吉野の何処だ

ろうか。（いやいや霞はおろか）み吉野から望見される吉野の山には、まだ雪が降り続けているよ」と。そこでこの歌謡がこのような意味に解せられねばならないものであるとするならば、ここで尋ね求められているところの「春霞」は、「み吉野」以外の地に立っている春霞ではなく、まさしく「み吉野」という地に立ち現れたところの春霞であるということになります。そしてこの歌謡は、平素から「み吉野」に身を置いて、そこで暮らしている者が、暦の上で春になったばかりの、まだまだ寒い「み吉野」の様子を見渡して、「み吉野」では霞はおろか、そこから望見される「吉野の山」では、まだまだ雪が降り続いていることだよという想定で制作したところの歌謡であろうかと察せられるのであります。あるいはまだ暦の上で春になったばかりの寒い季節に、霞も立たない「み吉野」へ都からやって来た者が、そこから「吉野の山」を望見して、山々ではまだまだ雪が降り続けているよという想定で制作した歌謡であったとも受け取られます。とすればこの和歌の謡い手の立ち位置は、明らかに「み吉野」であって、それ以外の地ではないことが明らかになったとしなければならないことになります。

第四節 「み吉野」は「山」ではなく「野」であった

なおここでさらに指摘しておかねばならないことは、「み吉野の　吉野の山に」という言葉続きに関して、従来の注釈は、これを同じ意味の言葉を二つ重ねた「重ね言葉表現」だとか、「枕詞」のような表現だと説明していますけれども、この説明は頂けません。足利健亮「吉野という世界」という論文があります（上田正昭編著『吉野―悠久の風景』所収）。この地理学専攻の学者が述べられたところに拠りますと、「野」という言葉は、日常その意味について、特に深く考えることなく、私どもはこれを口にするけれども、過去には、かなり限定された意味内容をもって使われていることがわかるというのであります。このことを武蔵野、蒲生野、嵯峨野、猪名野などをもって考えてみると、「野」は地形的に氾濫原平野ではなく、なだらかな丘陵や割合平坦な段丘（台地）であり、丘陵や台地の面は少し高い位置にあるから、そこは流れる河川で深く切り込まれる。そのため丘陵・台地の面上は水を得にくい状況になり、耕地化が遅れ、雑木林や草原や竹林が残り続けることになる。そして山と違って比較的平坦であるという特徴が、狩猟に好適な場を提供することとなるため、「野」はしばしば遊猟と結びついて、歴史の舞台になって来たとこの論文は説明するのでありました。したがって吉野という「野」もそのような性格を備えた土地であったとするならば、それにもっとも相応しい土地柄の場所は、今日の「下市」から「上市」に至る間の吉野川北岸の丘陵地帯であると、この論文は推定するのであります。その丘陵地帯には、欽明、敏達朝に早くも創建されたという伝承を持つ「吉野寺」があり、大和国家の宮廷人は、この地域を最初の足掛かりにして、吉野川沿いに原野を溯り、川の奥の「宮瀧」にまで出遊して行ったのであろうと推定するのであります。したがって「吉野」とはその地名通りに「野」であって、それは吉野川沿いに開けた段丘の拡がりを指す言葉であり、そこでは高貴な身分の宮廷人による山と河の祭祀や饗宴が行われたことによって、「吉野」は「み吉野」という美称をもって讃えられることになったのでありました。したがって「み吉野」といえば、その地域は「野」であって、その向こうに幾重にも畳なわる山岳地帯は、もうけっして「野」と名付けられるような場所ではありませんから、「み吉野」と「吉野の山」とは同じ場所を指しているとするのは穏当ではないと、上掲の足利論文に従えば、そのように考えられる次第であります。これを『萬葉集』の実例に当たって申しますと、「み吉野の　耳我の嶺に」(巻1・25)「み吉野の　三船の山に」(巻3・244)「み吉野の　象山のまの」(巻6・924)「み吉野の　真木立つ山に」(巻13・3291) など、対象が山岳である場合の「み吉野の」は、すべて「み吉野から望見される耳我の嶺に」「み吉野から望見される三船の山に」「み吉野から望見される象山のまの」という意味に解するのが適当と考えられる次第であります。「み吉野の」など「の」という連体格助詞の意義は分類すれば多岐に渡りますが、一括すれば「限定修飾」であります。この場合の「の」もそれで、「み吉野」から見える限りの山岳という意味としなければなりません。これを足利論文に従って言えば、「み吉野」はその言葉通りに吉野川河畔に開けた「野」であり、「吉野の山」はその言葉通りに「山」

であり、「野」と「山」とは同じ場所ではありませんから、「み吉野の吉野の山」を同じ意味の言葉を二つ重ねた「重ね言葉表現」だとか、「枕詞」のような表現だと説明するのは適当ではなくなります。これは実際に吉野川河畔の野に身を置いた者が、その場所から向こうに見える吉野の山々を望見して言った言葉とするのが、正当であると考えられます。

第五節　この和歌は「吉野国栖」が謡った歌謡であったかも知れない

さて古代宮廷人士の「み吉野」への関心には深いものがあり、この地への足跡は記紀、『萬葉集』、『懐風藻』に数多く遺されていることはよく知られていますが、これを史書に記載されている行幸の度数の限りで言えば、持統女帝には在世中三十二度に及ぶ吉野行幸があり、これを最高頻度にして、その後は文武天皇三度、都が平城に移っては元正天皇一度、そして聖武天皇の二度をもって、歴代天皇の吉野訪問は跡を絶ちます。そしてその時期から吉野は主として天台宗僧徒の「修験」の場として聞こえることとなります。平安時代に入って宇多法皇が「昌泰元年」に「宮瀧」を訪れていますが、その主な目的は寺院参詣であり、続いて「昌泰三年」には「金峰山御幸」が行われ、それらは奈良時代以前の諸天皇が挙行して来た「吉野行幸」とは、その精神内容において大きな違いが見られます。しかし吉野が仏教信仰や山岳修行の地として、その性格を変貌させるに到った平安時代でも、『古事記』『日本書紀』が伝えて来たところの、仏教信仰や山岳信仰以前の、吉野川河畔に設定された「み吉野」という仏教以前からの古代的な性格を保った宮廷儀礼が、依然として息づいていました。それは「吉野国栖奏」という儀礼であります。これは人跡稀な山岳地帯の中では、吉野川沿いの開けた台地に居住した土着民、すなわち「吉野国栖」なる者たちが、奈良平安の朝廷で行われた「宴会」に参上して、郷土の産物をその場所に届ける儀礼でありました。年始を迎えてより年末へと推移する一年間の中で重要な節目とする大切な日が「節日」で、その「節日」に行なわれた儀式が「節会」でありました。正月は一年の初めという大きな節目でありますから、種々の儀礼が輻輳し、それらの諸儀礼は正月の元日、七日、十六日の三度の「節会」

に分かれて、それらが行われました。それが正月の「三節会」であります。その他に春三月三日、夏五月五日、秋七月七日、秋九月九日、冬十一月「豊明（とよのあかりの）節会」と理想的には多数の節会が想定されていましたが、次第に実際には三月三日、五月五日、七月七日の「節会」は次第に省略されて行き、正月の一日、七日、十六日の「三節会」の外には九月九日と十一月の「豊明節会」の併せて「五節会」ばかりが残ったようであります。それら奈良朝から平安朝初期にかけて成立していたであろうところの、多くの儀式の様態は『古事類苑』や倉林正次『饗宴の研究（儀礼編）』や甲田利雄『年中行事御障子文注解』において詳細に記述されていますが、ここではその「三節会」乃至「五節会」の儀式が行われた後に開かれた「宴会（えんゑ）」には欠かされることのなかったところの、「吉野国栖奏」というものに焦点を絞り、この実態を注意深く眺めてみることに致しましょう。この儀礼が行われた場所は、古くは「豊楽殿」において、そして後には「紫宸殿」に移りますけれど、これを『貞観儀式』に従って申しますならば、元日はまず天皇が「大極殿」で、皇太子、左右大臣以下、無位に至るまでのすべての群臣からの朝賀を受け、その後に天皇は場所を改めて「豊楽殿」に出御して、皇太子、左右大臣以下、侍従以上の選ばれた廷臣ばかりが出席するところの「節会」に臨みます。その「節会」では「御暦奏（ごりやくそう）」「氷様（ひのためし）の奏」「腹赤（はらか）の奏」の三奏が行われました。これに関しては第二章でも取り上げましたように、「御暦奏」とは、天文観察のための「七曜暦」、すなわちその年の日、月、五惑星の位置関係を記した暦を宮中に納める儀礼であります。「氷様の奏」とは、冬に仕込んだ氷室の氷を運び入れて、その氷の厚さを奏上する儀礼です。氷の厚薄で農作の稔りの程を占う年頭の儀礼です。氷の厚い年が豊作であります。「腹赤の奏」とは太宰府から腹赤という魚が運び入れられ、その魚の生育の程がその測った寸法で奏上されます。これは食用に供するためという解釈がありますが、やはりこれも魚の生育度合から年の豊凶を占う年頭の儀礼だと私は解釈いたします。この「三奏」が了ると次はいま問題として取り上げる「吉野国栖奏」が行われます。七日の「節会」では、まず「御弓」と「種々の矢」とが「高机」の上に並べて捧げられた後、「親王宣下」や新たに五位以上に叙される者の「位記」が唱え上げられ、それから「青馬」が庭上に牽き入れられます。ですから七日の「節会」は「青馬の節会」とも称されました。それが終わると「吉野国栖奏」が始まります。十六日の「節会」では、まず「御飯」を賜わります。それから「吉野国栖奏」があり、それが終わると「舞伎」が参入して庭上を三度廻る「女踏歌」。ですから十六日の「節会」は「踏歌の節会」とも称されて来ました。その他に九月九日「重陽の節会」、十一月「豊明節会」も「国栖奏」が行われましたが、いまは差し当たり考察は正月「三節会」に限定することに致します。

さていま私どもが取り上げようとするのは、「節会」での儀式が行われた後に、五位以上の「大夫」「公卿」「左右大臣」「親王」は「宴会」と称する饗宴に与ることとなります。そしてこの饗宴に出席を許された者には、まず「空盞」（空の酒杯）が各人に与えられます。これを「謝座謝酒の儀」と称します。それは今この場所に座席と飲むための酒杯を与えられ、これよりその酒杯にお酒を注いで頂き、これを飲み干す慶びを前もって表す儀礼です。それが了るといよいよ「一献」「二献」「三献」と三度に渡って、出席者各人がすでに頂いていた酒杯に酒が注がれ、そしてそれを有難く飲み干すこと三度、これが「三献の儀」であります。それは正月元日、七日、十六日「三節会」後のいずれの「宴会」でも行われた儀礼でありました。いまその「三献の儀」の様態を、清和天皇の時代に書き記された儀式書『貞観儀式』によって描き出してみますと次のようになります。

①皇太子以下の群臣は起座して、所司から配られる「御饌」（食物）を受け取り、次には「酒部」から配られる「盞」を受け取る。

②「觴行一周」――「觴」は人に酒を注ぐという意味であります。先程から出席者に配られてあった「盞」に酒が一渡り注がれたところで、「吉野国栖」の一団が「豊楽門」を通過して、第二の「儀鸞門」の外側で「歌笛を奏し、御贄を献ず」ということが行われました。この「吉野国栖」の一団が「歌笛」を奏する間に飲み干される酒杯、この「一献」というものが「国栖奏」であります。「豊楽門」「儀鸞門」は「豊楽殿」で「節会」が行われ

た場合ですが、後に「節会」は多く「紫宸殿」で行われました。その場合は「建礼門」を入って「承明門」の外側です。いま「吉野国栖」の一団という言葉を使いましたが、これを『延喜式』「宮内省式」の規程するところに従って言えば、次のような構成です。「凡そ諸節会。吉野国栖御贄を献じ歌笛を奏す。節毎に十七人を以て定めと為す。国栖十二人。笛工五人。但し笛工二人は山城綴喜郡に在り」

③次に雅楽寮「大歌を奏す」という儀礼があります。この間に二度目の酒が全員に注がれて飲み干されます。これが「二献」です。

④次に雅楽寮の「立歌」という儀礼があります。この間に三度目の酒が全員に注がれて飲み干されます。これが「三献」です。

⑤宣命が読み上げられ、「禄」として「被」を受け取って「節会」が了ります。

さてここで、②の項目の最初の「一献」に注目してみましょう。②の項目では一献が飲み干されている間に「儀鸞門」の前で「吉野国栖」が「歌笛を奏し、御贄を献ず」というのでありますから、それをもって推察されますことは、今飲み干されている一献は、「吉野国栖」からの献上酒であることを意味していると解釈されることであります。ここでよく考えねばならないことは、本来的には「吉野国栖」は、その郷土で生産した酒と贄を都へ運んで来て、都在住の廷臣はそれを口腹に納めたことがあったのでありましょうけれども、すでに『貞観儀式』など平安時代の規程では、その贄は便宜的に朝廷の役所——「造酒司」や「内膳司」——で調えられたもので取って代わられていたであろうと考えられます。でもその第「一献」は「吉野国栖」が「歌笛を奏し、御贄を献ず」という儀礼を執行している間に行われたのでありますから、その事情から察せられますことは、本来的にはこれらを「吉野国栖」が吉野で実際に作製したものを、捧げ物として吉野から運んで来て、天皇とその廷臣とがこれを受け取って口腹に納めるということを意味していると解釈されるのであります。そして③の項目の二献が飲み干される場合では、雅楽寮が「大歌を奏す」とあるのでありますから、この「二献」は天皇支配下の機関であるところの「雅楽寮」の「大歌」の演奏の間に口腹に納められる酒食でありますから、これは明らかに天皇から下賜された酒食であることを意味していると解釈されるのであります。

この「一献」と「二献」との意義の相違をそのように解釈しなければならない証拠としては、以下のようなことが挙げられます。すなわち『貞観儀式』より百年ばかり後に記された儀式書『西宮記』（『増訂故実叢書』）巻一「節会」では、この二献が始められる前には、まず「弁官」（宴会の司式者）が天皇の前に出てから深く腰を屈めて、「大夫達に御酒給はむ」と申し上げて、「二献」を賜る許可を天皇から得る儀礼の行われたことが記されています。「大夫達に御酒給はむ」とは「五位以上の者たちにお酒を頂かせます」という意味です。そして天皇の許可を承けたところで「参議」が立ち上がり、「大夫達に御酒給へ」と「膳司」に向かって声を発し、それから「二献」が始められると説明しています。この声をかける「参議」を「御酒勅使」と称するのでありますから、この「二献」が天皇からの下賜であることは明らかでありましょう。そして④の項目の三献では、「二献」の際の「大歌」に代わって、雅楽寮による「立楽」「立歌」が演奏されたのでありますから、これによって三献はおそらく宮廷に出仕する職員一般の食事を担当する「大膳職」からの支給であることが意味されているのであろうかと解せられます。「立楽」とは楽人が立ったままの姿勢で琴、笛などの楽器を奏する楽のことで、「立歌」とはこれまた歌人が立ったままの姿勢で歌唱する楽のことで、「催馬楽」が謡われる場合に多く用いられた形式であったようであります。

煩雑な説明になりましたけれども、要するに平安時代の「三節会」で挙行された「宴会」において、天皇以下の群臣に捧げられるところの、まず第一献は「吉野国栖」の一団が持参して来たところの贄献上が、彼ら演じるところの「歌笛」の間に執行されたということであります。そして「吉野国栖」が持参した「贄」は、訪れた「儀鸞門」の前に置いたままで、そのときに出席している廷臣らによって食せられたのではありませんが、その本来の原義としては、「吉野国栖」が運んで来た「み吉野」からの酒食を天皇以下の臣下が口腹に収めるという意味が籠められているのでありましょう。つまり「吉野国栖奏」とは、自身たちが持参した「贄」を天皇以下の廷臣らの前に並べて、天皇以下の廷臣らにこれを召し上がってもらうという儀礼なのだろうと解釈されます。

さてここで私は大へんな新説を打ち出すことになりますが、天皇以下の廷臣らが、それらを口腹に入れる間に奏せられた、そのときの歌唱こそが「春霞立てるやいづこみ吉野の吉野の山に雪は降りつつ」という和歌ではなかったかと私は考えるのであります。すなわち吉野から「贄」を携えて京に遣って来て、「み吉野では何処を見渡してもまだ春霞は立たず、それどころか、み吉野から眺められる吉野の山々ではまだまだ雪が降っておりますよ」という、正月新春の「み吉野」を彷彿させるような和歌を謡ったということが考えられるのであります。

ここで重々注目しておかねばならないことは、このように「吉野国栖」の贄と歌笛とを伴って天皇以下の臣下によって飲み干される酒食（第一献）が、「大歌」を伴って飲み干される天皇下賜の酒食（第二献）や、それに続く「立楽」「立歌」を伴って飲み干される朝廷弁備の酒食（第三献）よりも優先されていたということであります。「吉野国栖」の一団は、身分が厳しく差別された平安時代では、先に述べましたように、朝廷の役所の「大内裏」に入って来ても、「豊楽殿」や「紫宸殿」の第一門は通り抜けることが許されても、その中門の「儀鸞門」や「承明門」を通り抜けて、それより内に入ることは許されなかったところの、身分を低くされた地方民であったのでありますが、それにもかかわらず、その民が運んで来たところの贄と、彼らによって演じられる歌笛とが、天皇や朝廷の機関より下賜される酒肴よりも優先されて、三献の中でもその第一献という最高位の地位を与えられていたというのは、まことに目を瞠（みは）るべき特別な儀礼とされるべきではないでしょうか。これには一体どうした由来があるのでありましょうか。朝廷の「節会」後の「宴会（えんゑ）」では、身分は低くてもこのように尊重された「吉野国栖」とは、いったいどのような性格を備えた一団なのでありましょうか。まずこれを簡単に一口で言えば、「吉野国栖」とは年の始めに「吉野山」という聖地から祝意を述べに京都の朝廷に遣わされて来た使者であったということになりましょう。次にはこのことを論証しなければなりません。

大和朝廷の宮廷人士が、そのような吉野の土着民「吉野国栖」から貢納を受けるような関係を結ぶに至ったその経緯は、『古事記』と『日本書紀』の「神武天皇東征」条においてまず語られています。これを語れば長くなりますけれども、必要なことでありますから、ただ努めて簡単に申し述べますと次の通りであります。天つ神の子孫で、海神の娘を母に持つ「彦火火出見命」――後に天皇位に就いて「神武天皇」と称される人物――は遠く西海から海路で難波、河内へと進路を取り、そこから大和の国に入ろうとしたところが、大和の国を先に占拠していた「長髄彦」なる者に上陸を阻まれた結果、そこから南下して遠く紀伊水道を経て外洋に出ます。その間に兄の「五瀬命」は「長髄彦」との間で戦闘があった際に負った矢傷が原因で死亡。さらにもう二人の兄もこの遠征の辛苦に耐えられず自ら海中に身を投じて姿を消しています――この二人の兄の悲惨な死亡は過酷に過ぎるのか、『古事記』では語られていません――そして熊野海岸の地名も定かでない、今日ではその場所が判明しないような人跡未踏の熊野灘の海岸から上陸してよりは山岳地帯を分け入って大和の国を目指します。ところが深山をさ迷う中、出現した熊の毒気に当てられて全員が気を失っていたところを、「天神」の命を受けた「武甕雷神」――日本神話に登場する名高い武神――が下したところの剣によって奇しくも生気を取り戻し、さらに次には「天照大神」――歴代天皇の先祖神――が救援に遣わしたところの「八咫烏」に導かれて、やっとの事、目的の地の大和平野に向かうところの要衝の地の「菟田」にまで到達。そこでは「兄猾」「弟猾」という地方土豪の兄弟が勢力を占め、その弟は帰順しましたが、兄はこの天孫をお迎えすると偽って建てた新しい宮殿には、獣を捕獲するのに用いる「押機」を秘かに設けて、後に天皇の地位に就く「彦火火出見命」をこの「押機」をもって討ち取る計略を立てていました。ところがすでに帰順していた善良な弟から、兄には悪逆な企みのあることの報せを受けていた「大伴道臣」は、陰謀を企む「兄猾」が仕掛けていた「押機」に「兄猾」を追い込んで、これの征伐に成功しました。この「大伴道臣」に従って果敢に戦った兵士が「来目部」でありますが、この「来目部」に関してはいろいろな説がありますが、私は「弓馬部」という意味であろうと推察しています。「弓」は呉音では「ク」と読まれ、「馬」は「メ」と読まれていますから、「弓馬部」を呉音で訓めば「クメベ」であります。ですから「来目部」とは、弓馬の術に長けた部民であります。戦闘するのに獣を捕獲する要具であるところの「押機」を利用するところなどから推察されることは、この「来目部」とは吉野の山岳地帯で狩猟を事としていた猟師出身の兵士であったらしく考えられます。猟師を調練して編成した軍団兵士ならば、山野を駆け巡り弓矢で生き物の命を絶つことにも慣れていて、勇猛強健な兵士が育ったことであろうと推察されます。さてこのようにして勇猛強健な兵士を味方に付けた「彦火火出見」が、いよいよ目指す大和平野に進出しようとして、「親ら軽兵を率ゐて」吉野にまで出て来たときに出合ったのが、まさしくこの「吉野国栖」たちであったというのであります。その出会いの場面を記紀は次のように語っています。

是の後に、天皇、吉野の地を省たまはむと欲して、乃ち菟田の穿邑より、親ら軽兵を率ゐて、巡り幸す。吉野に至る時に、人有りて井の中より出たり。光りて尾有り。天皇問ひて曰はく、「汝は何人ぞ」とのたまふ。對へて曰さく、「臣は是国神なり。名は井光と為ふ」とまうす。此即ち吉野首部が始祖なり。更少し進めば、亦尾有りて盤石を披けて出者り。天皇問ひて曰はく、「汝は何人ぞ」とのたまふ。對へて曰さく、「臣は是磐排別が子なり」とまうす。此即ち吉野の国樔部が始祖なり。水に縁ひて西に行きたまふに及びて、亦梁を作ちて取魚する者有り。天皇問ひたまふ。對へて曰さく、「臣は是苞苴擔が子なり」とまうす。此即ち阿太の養鸕部が始祖なり。（『日本書紀』神武天皇紀。『古事記』もほぼ同文。本文は岩波日本古典大系に拠る）

「彦火火出見」が有力な「弓馬部」という軍団を味方に付けて、これから大和平野に打って出ようと吉野川河畔に辿り着いたところで、以上のような吉野の原住民に遭遇したのでありました。これら多々の原住民を総称した名が「吉野国栖」でありましょう。そして遭遇した「吉野国栖」それぞれの各種生産物が紹介されているところから察すれば、その「国栖」と称された土着民から、「彦火火出見」率いるところの軍団は食物の提供を受けたことが想像されます。先程は「弓馬部」という強力な戦士を味方に付け、今また「吉野国栖」という有力な兵站部を味方に付けた「彦火火出見」の軍勢は、ここで「大和の国」征服の実力をようやく整えるに到ったということになります。それまでは前人未到の熊野山地を彷徨う敗亡寸前の軍団なのでありました。でもその彷徨の中で得た「弓馬部」や「吉野国栖」との遭遇は「彦火火出見」にとっては忘れられない恵みであったに違いありません。なぜならばこの「弓馬部」と「吉野国栖」なくしては、「神武」の大和平野支配はあり得なかったからであります。さて記紀がこの「神武天皇」について語るところの「東征」談を、このように要約したところで、この語りの意図を探ってみることにいたしますと、それは「天皇位」を創出するに当たっては、「彦火火出見」初代の神武はほとんど身を滅ぼしかねないような大変な試練を受けねばならなかったのだということを記紀は語りたかったのではないかと察せられます。そしてその天皇位の創出に伴って受けねばならなかった試練の場が吉野熊野の山岳地帯であり、「天皇位」は「天神」の援助を受けつつ、吉野熊野の山岳地帯の中で、その強健さが作り上げられていったということを、記紀は語りたかったのではないかと、私には察せられます。奈良平安の時代になると、「天皇位」は安定して歴代天皇は何一つ不自由のない生活をする身になっているけれども、嘗て天下の統治を志して西海から遥々と遠征して来て以来、吉野川河畔で一息付いて口腹に納めた食料といえば、山岳に棲息する尾の生えた動物と同じようにして山の木の実を拾い、川の魚を巧みに捕えてはこれを食らう山岳土着民が供してくれた素朴なものであったが、この民の支えを永久に忘れてはならない。この事があってこそ現在の揺るぎない「天皇位」が創出されたのだ。またもし神武軍勢が強敵「長髄彦」と遭遇することなく、したがって吉野熊野の山岳地帯を経過せずに、河内から直路で大和平野に進出していたならば、神武の軍勢は熊野の深い山岳地帯で鍛えられる機会が与えられることもなく、また「来目部」という強力な軍隊にも恵まれることもなかったに違いない。それならば大和征服の最後の決戦、「長髄彦」との戦闘でこれを討ち取ることが叶わなかったかも知れず、それでは「神武東征」本来の志であった「天皇位」の創出は、成功に至らなかったかも知れないのであります。後から顧みるならば、熊野から吉野へ向かった大きな迂回(うかい)は苦しい行路でありましたけれども、それはむしろ神の恵みというものだったというのが記紀の語りの意図であるとしなければならないでありましょう。「大和の国」に入るのに、「長髄彦」に遮られて「日下(くさか)越え」が出来なかったのであれば、その次には「紀の川」の川口を遡って吉野川経由で入ったのが順当ではなかったのかという説を立てて、その可能性の高いことを説く書物を読んだことがありますけれども、それならば「神武東征」は容易で安楽な進軍となったでありましょう。しかし記紀の話者が語るところの「東征」は、最大の難儀を体験するものでなければならなかったのであり、したがって敢えてわざわざ熊野灘にまで出て、その処から大和の国が見下ろせる吉野に進出したという大迂回路を語り出したのであります。「神武東征」という語りの意図としては、それが「紀の川」を遡上するような楽な行軍であってはならなかったのであります。つまり天皇位の創出はけっして楽なものではなかった、それは甚だしい艱難を伴った行為だったのだという、初代天皇から後代の天皇たちへの戒めが「神武東征」語りのモチーフであったに違いありません。「天皇位」を継承する歴代子孫たちよ。決して驕ってはならない。吉野土着民が我らに供してくれたあの素朴な食べ物が、現在の「天皇位」の始まりになっているのだぞ。そのことをよくよく自覚せよという戒めが、この「宴会」の「国栖奏」に籠められている心であると考えられます。ちょうどそれは、現在成功して豪華な宴会を開こうとしている実業家の主人が、あの貧しく苦しかった時代を忘れてはならないと、子孫にその標(しる)しとなるものを見せているようなものが「吉野国栖奏」というものなのであります。

またこの「神武東征」譚からは次のようなことも指摘しておかねばならないと思います。

「天照大神」の子孫「邇邇芸命(ににぎのみこと)」が「高千穂峰(たかちほのみね)」に下り、さらにその子孫が大海原(おおうなばら)最奥に所在した海神の宮を訪れ、その海神の娘との間に生まれたのが「鵜(う)葺草葺不合尊(がやふきあへずのみこと)」、さらにこれが母の妹を妻にして生んだのが「神倭伊波禮毘(かむやまといはれび)

古命」で、これが瀬戸内海を東に進み、熊野に上陸して、近畿の最高峰「吉野」に姿を現わし、この処から大和国に攻め下って最初の天皇位に就いたのが「神武」であります。ですから「吉野」は「天孫降臨」語りの最終章の地であり、天皇位の出現、始まりの地であった次第であります。その「吉野山」に姿を現して後に初代の天皇位に就くこととなる「神倭伊波禮毘古命」を最初に迎えた民が「久米部」と「吉野国栖」であった訳です。そしてこの天皇に必要とされた戦闘面に関しては「久米部」が、そしてそのための食糧に関しては「吉野国栖」が、最初の功績者となった次第であります。

以上は神武天皇と吉野土着民との接触を語る文章でありましたが、さらにこの初代神武からは15代目の「応神天皇」が、この吉野土着民と接触したという語りを記紀は記録しています。話は長くなりますが、これに関しても、いくらかはお話しておく必要があります。

十九年の冬十月の戊戌の朔に、吉野の宮に幸す。時に国樔人来朝り。因りて醴酒を以て、天皇に献りて歌して曰さく

橿の生に　横臼を作り　横臼に　醸める大御酒　うまらに　聞し持ち食せ　まろが父

歌既に訖りて、即ち口を打ちて仰ぎて咲ふ。今国樔、土毛献る日に、歌訖りて即ち口を撃ち仰ぎ咲ふは、蓋し上古の遺則なり。

夫れ国樔は　其の為人、甚だ淳朴なり。毎に山の菓を取りて食らふ。亦蛙を煮て上味とす。名けて毛瀰と曰ふ。其の土は、京より東南、山を隔てて、吉野川の上に居り。峯嶮しく谷深くして、道路狭く巘し。故に京は遠からずと雖も、本より朝来ること希なり。然れども此れより後、屢参赴て、土毛を献る。其の土毛は、栗・菌及び年魚の類なり。(『日本書紀』応神天皇条)

吉野の国主等、大雀命の佩かせる御刀を瞻て歌曰ひけらく、

品陀の　日の御子　大雀　大雀　佩かせる大刀　本つるぎ　末ふゆ　冬木如す　からが下樹の　さやさや

とうたひき。又、吉野の白檮上に横臼を作りて、其の横臼に大御酒を醸み

て、其の大御酒を獻りし時、口鼓を撃ち、伎を為して歌曰ひけらく、

白檮の上に　横臼を作り　横臼に　醸みし大御酒　うまらに　聞しもち食せ　まろが父

とうたひき。此の歌は、国主等大贄を獻る時時、恒に今に至るまで詠むる歌なり。(『古事記』応神天皇条)

上の下線を施した部分は、吉野の土着民「吉野国栖」が、「大雀命」の腰の太刀が冬木のように冷たく高く鳴り響くのを見て謡った歌というのでありますから、これは「吉野国栖」が「大雀命」の腰に吊るした剣の敵に対しては容赦なき武勇の程を高く讃えた歌謡であったと解釈しなければならないでありましょう。歌謡は「品陀の　日の御子　大雀　大雀」と謡っていて、この歌詞の意味するところに関しては説が定まりませんが、「品陀の日の御子」とは応神天皇であり、「大雀」とはその皇子「仁徳天皇」の即位前の呼び名であります。ですからこの歌謡では応神天皇とその子「大雀命」と、親子二代の名を並べていると解釈されます。そして応神天皇の後は、この「大雀命」が即位して仁徳天皇となるのでありますが、それに至るまでに、その皇位継承に関して深刻な兄弟争いがありました。父である応神天皇は「菟道稚郎子」という末子を皇太子に立てて、これを自分の後継者とすることにしていましたのに、年長の皇兄「大山守命」が天皇の崩後に、自分こそが皇位に就きたいとして反乱を起こしましたので、「大雀命」は自分の兄であるところの「大山守命」と宇治で戦いこれを滅ぼして、父の「応神天皇」がすでに皇太子に予定していた自分の末弟に当たる「菟道稚郎子」を天皇位に就けようとしました。ところがその「菟道稚郎子」は「大山守命」を殺して皇位を護った兄の「大雀命」こそが、皇位に就くに相応しい人物であると考えた結果、二人兄弟の「大雀命」と「菟道稚郎子」とは、互いに譲り合って皇位に就こうとせず、果てにはそのために弟の「菟道稚郎子」が自死してしまいましたので、やむなく「大雀命」が皇位に就く結果となりました。このようにして「大雀命」が武勇を振るって「大山守命」を打ち滅ぼし、その結果として計らずも自分が皇位に就くことになりましたので、古事記は上に掲げましたところの、「吉野国栖」が「大雀命」の太刀の武勇を讃えたところ

の歌謡をここに掲載したのだと解釈されます。(『日本書紀』はこの歌謡は掲載していません）ここでもこの「応神天皇」や「仁徳天皇」に関わって登場して来る「吉野国栖」の役回りといえば、それは天皇位の継承問題に関係していたということであります。

以上のような記紀の語りを観察して、その語りの中で語られているところの「吉野国栖」の役回りが、どういうものであったかを考えてみることにいたしますと、それは「神武天皇」の天皇位創出事業の一場面に関わっていたり、「仁徳天皇」の天皇位継承闘争に関わっていたりするところにあると考えられます。でもそれは「吉野国栖」が武器を執って天皇位の創出や継承を大いに援けたというような華々しい語りではなく、腹が減っては軍（いくさ）が出来ぬという諺がありますように、戦では食べ物こそが武器以上に欠かせないものであり、「吉野国栖」はそれに応えて、素朴ながらも自分たちのあり合わせの食べ物を戦う天皇に奉げて、皇位継承上の危機を背後から支えるという隠れた存在であったように観察されるのであります。

「吉野国栖」が正月の「三節会」に、吉野から都に出て来て贄を歌笛をもって奉献する儀式が、年中行事として定められたのは、何時の時代であったかは確かではないようでありますが、それでもそれはすでに天皇位が揺るぎないものとして確立した時代であったことは確かなことでありましょう。「神武」は「壬申の乱」を戦い抜いた「天武」時代の創作人物であろうと言われていますが、私にもそのように解せられます。

しかし揺るぎないものになっていても、今あるは先祖のお陰などという言葉がある通り、天皇が主催して開くところの「正月三節会」では、その嘗ての苦難に満ちた「天皇位」の創出やこれを助けた者たちのことをまず思い起こすようにと、この「吉野国栖」の贄の奉献が設定されたのであろうと私には読み取られるのであります。その奉献のときに、笛に合わせて謡われた歌謡が、いま当該の「春霞立てるやいづこみ吉野の吉野の山に雪は降りつつ」であったであろうと私には推測されるのであります。『古今和歌集』が奏覧されたという905年からすれば、『古事記』『日本書紀』が編纂された712年、720年は200年に近い遠い昔のことでありますが、その語りは正月の「節会」の「宴会」では、「国栖奏」という儀礼をもって伝承され、そこでの歌謡かと察せられる和歌が『古今和歌集』に収載されているとは、大きな驚きであります。そしてこの天皇主催の「宴会」に贄を運び入れる民は、平安時代に到ってはその支配は領土全体に及んでいる訳でありますが、その中でも大和盆地の賊を平らげた後には「天皇位」を創出して、その地位に初めて就いた孤立無援だった初代の天皇「神武」に最初の贄を捧げたのは、山の木の実を拾ってはこれを食らい、「応神紀」では川に栖む蛙をもって「上味（よきあぢはひ）」としていたと語られ、また「応神記」では身体に動物のように「尾」が生えていたと語られた程に文明度が低いと不当にも蔑視されたところの、この吉野原住民であったと、この小さな存在をこのように高く称揚されているのが、この「吉野国栖」であり、それが謡った歌というのが、この和歌であったというのでありました。

この「三献の儀」の中でも第一献で行われた誇り高き「吉野国栖奏」は、『貞観儀式』に拠れば、「正月三節会」の外にも十一月の「豊明（とよのあかりの）節会」でも行われ――この「豊明節会の方が正月三節会に先行していたでありましょう――また九月「重陽宴」でも行われたようでありますが、そのような冬や秋の季節の宴会で、「春霞立てるやいづこ」といった正月のための歌謡が謡われるはずがありませんので、五月、九月、十一月の「宴会」ではその季節に適合したまた別の和歌が作られて謡われたに違いありません。しかしその和歌が何かの歌集に記し留められているのではないかという探究心が働きますが、まだ私はこれを特定する試みを始めるまでには到っていません。ただしほんの思い付きに過ぎませんが、『古今和歌六帖』第三の歌題「あじろ」には「み吉野の吉野の川の網代には滝のみなわぞ落ちまさりける」（1649番歌）という和歌が収まっていますが、これなどは吉野川で獲れた贄を献上する際に謡われた和歌であった可能性を想う私ではあります。

また十一月「大嘗会」の「中の卯の日」の「悠紀殿」「主基殿」の前で行われる「吉野国栖奏」に関しては、『貞観儀式』は「宮内の官人、吉野国栖十二人、楢の笛工（ふえふき）十二人を率（ひきゐ）て、朝堂院の南の左掖門（ひだりのえきもん）より入り、位に就きて古風を奏す」と規程しています。すなわち「正月三節会」や「新嘗会」の「豊明節会」などでは「歌笛を奏す」と規程されているところが、「大嘗会」の「悠紀殿」「主基殿」の前では「古風を奏す」と規程されているのが注目されます。この場合の「古風」とは、先にも述べましたところの、記紀に掲載されているところの「白檮の上に　横臼を作り　横臼に　醸みし大御酒　うまらに　聞こしもち食せ　まろが父」という歌謡であることには『西宮記』にそれが明記されていますので、疑いの余地のないものでありましょう。でありますならばこの「古風を奏す」に対して正月の「三節会」での「歌笛を奏す」は、新作の謡い物であったということになるでありましょう。

記紀は「吉野国栖」に関しては、動物同様の尾を生やし、木の実を拾ってこれを食らっていたなどと、この者たちを人間そもそもの原始状態にあった者として語ろうとする意図が強く働いているように観察されますけれども、それは都の宮廷人的な偏見に由来した事柄であり、平安京の正月儀礼に参上していた「吉野国栖」の実態は、もはや原始そのものではなく、当代風に仕立て上げられた原始であったろうと察せられます。上に述べましたように「豊明節会」で「吉野国栖」が式場に入来するに当たっては「宮内の官人」に率いられると規程され、『延喜式』「民部」には「凡そ吉野国栖、永く課役する勿れ」と規程されていますので、「吉野国栖」は課役を免じられて「吉野国栖奏」という芸能に専従していた「宮内省」の隷属民であったと察せられ、そして先に申しましたように『延喜式』「宮内式」に拠れば、十七人からなる「吉野国栖」のうち五人は「笛工」でありますが、その「笛工」五人のうちの二人は「山城綴喜郡に在り」と記されていますので、「吉野国栖」と称しても、全員がすべて土着の「国栖」人ではなく、したがって「吉野国栖」とは称されても、それは「宮内省」によって調達された芸能民であったと言えるでありましょう。ですからいま当該の「春霞立てるやいづこ」という和歌も、「宮内省」の官人がその時代の有力歌人に依頼して作らせた上で、「吉野国栖」に謡わせた宛行物である蓋然性が高く、それがこの和歌に「題しらず」「よみ人しらず」という詞書が付いている理由であろうと私には考えられるのであります。

林屋辰三郎『中世芸能史の研究』では、以上述べてまいりました「吉野国栖奏」が時代の推移の中でどのように衰退して行ったかについて詳しく追跡されていますが、『貞観儀式』『延喜式』に規程されていたようなそれが、そのように執行されていた記録としては『九暦』天暦7年（953年）五月節条の記録が挙げられています。しかしその衰退の様相はすでに著しく、それに登場したのは僅か三人で、しかもそのうちの一人は「朝服」を着けた京の役人で、その他の二人も山城移住の「国栖」であったと考えられる点が多いとされています。そして新作の歌と宮廷の楽人とによって代行されたような「国栖奏」ならば、康治元年（1142年）の「豊明（とよのあかりの）節会」でも執行されていたとされています。

（以上）

第四章　心あてに折らばや折らむ初霜の置きまどはせる白菊の花

白菊の花をよめる　　　　　　　　　　　　凡河内躬恒
心あてに折らばや折らむ初霜の置きまどはせる白菊の花（巻5・277）

第一節　この和歌に関する正岡子規の評言

明治の新体俳句、短歌の推進者で「写生」説を提唱した正岡子規は、新聞『日本』に明治31年2月12日から3月4日まで、10回に渡って「歌よみに与ふる書」と題した評論を連載しました（日本近代文学大系　正岡子規集）。そしてその評論の中で「貫之は下手な歌よみにて古今集はくだらぬ集に有之候」と述べて、当時なお和歌の基本として尊重されていた『古今和歌集』の作風を痛罵したことは、日本の文学史上よく知られた話であります。しかし作品に近代的な意味でのリアリティがないと評されても、『古今和歌集』の和歌の作者にはまた別のそれなりの真実があったであろうことは、藤原俊成の『古来風体抄』や『古今和歌集』序文からも受け取られることは、本書の「まえがき」で述べましたところのことであります。

またその正岡子規の「五たび歌よみに与ふる書」では、この章の冒頭に掲げました「心あてに折らばや折らむ初霜の置きまどはせる白菊の花」という和歌を取り上げて、「此躬恒の歌百人一首にあれば誰も口ずさみ候へども一文半文のねうちも無之駄歌に御座候。此歌は嘘の趣向なり、初霜が置いた位で白菊が見えなくなる気遣無之候。趣向嘘なれば趣も糸瓜も有之不申、蓋しそれはつまらぬ嘘なるが故につまらぬにて、上手な嘘は面白く候。例えば「鵲のわたせる橋におく霜の白きを見れば夜ぞ更けにける」面白く候。躬恒のは瑣細なことを矢鱈に仰山に述べたのみなれば無趣味なれども家持のは全く無い事を空想で現はして見せたる故面白く被感候。嘘を詠むなら全く無い事とてつも無き嘘を詠むべし、然らざれば有の儘(まま)に正直に詠むが宜しく候。雀が舌を剪(き)られたとか狸が婆に化けたなどの嘘は面白く候。今朝は霜がふつて白菊が見えんなどと真面目らしく人を欺く仰山的の嘘は極めて殺風景に御座候（下略）」と記しています。ここで言うところの子規の主張は簡単なことで、「初霜が置いた位で白菊が見えなくなる」ようなことはあり得ないことであるから、そのようなことを言うだけでは、趣向とか風情などいう文事の範疇には入らぬ行為である。ただし同じ嘘でも『新古今和歌集』や『百人一首』所載の大伴家持「鵲のわたせる橋」や――これは空飛ぶ鵲が宮中の殿上から大空の天上へと翼を並べて掛け渡したという幻想的な橋です――または舌を切られた雀や、狸が婆に化けるなどのお伽(とぎ)話(ばなし)ならば、それはそれで人を楽しませるだけの面白さがあってよろしいけれども、「心あてに折らばや折らむ」という小さな空想では、ただの嘘を言っているに過ぎないと悪評するのであります。

第二節　この和歌に関する正岡子規の評言は正当ではない

確かに子規が評しているように、いくら霜が深く降りた晩秋の朝であろうとも、その白さと白菊の花の白さとが見分けが付かなくなるということは、今日の人間でも平安時代の人間でも信じられない事であったに違いなく、したがってそれは子規の「写生説」からいえば嘘ばかりの良くない作となるかも知れませんが、他面次のようなことが考えられるのではないでしょうか。すなわち秋が深まったある朝、広く深く置き始めた霜の純白さと、それと同じ場所で咲いて秋の陽光を反射して常よりもいっそうの輝きを見せ初めた白菊の純白さとは、人間通常の経験からして見分けの付くところの、別々の事態であるのは当然誰にでも承知されるものではあるものの、しかしながら凡河内躬恒のこの和歌は、その通常の経験を翻して、ある一つの物語を創作しているところに大きな価値が見出されるように私には考えられるのであります。それというのは初冬の初霜と白菊の花、いずれも白い輝きを見せている、この両者共通の純白、このように天地の間に発現している目覚ましい造化の巧みを目の前にして、すなわちこの和歌の作者はその真っ白に置いている「初霜」という事態に当面して、その事態に「心入れ」「心働き」とでもいうべき心を投入して、一つの物語を紡（つむ）ぎ始めたようでありました。その物語とは以下のようなものです。すなわち季節も冬に入った庭の白菊には今朝初めて霜が降りているのを私（凡河内躬恒）は見ました。そして初霜はその白さをもって、人の目を紛らかして、白菊を容易（たやす）く人に手折らせないように仕掛けているようでありました。去る九月九日「重陽の宴」では、菊華は宮廷の多くの雅（みやびや）かなる人々に手折られ、長寿を願って愛（め）ではやされました。でも今朝はそのような祝祭も過ぎて冬十月、「二十四節気」の「霜降」を迎えました。天地の間に生じる天象や草木鳥獣はすべて互いに相呼応し合っている仲間同士のようなものです。ですから九月九日の「重陽の宴」で、菊花が愛でられる為とはいえ、あまりにも盛んに人々に手折り取られて来たのに対して、菊花がもうこれ以上に人々に手折り取られて人の玩（もてあそ）び物にはさせたくないと、冬の初霜は菊花に深い同情心を発して、初霜自身が自ら菊花の上に覆いかぶさって、菊花を人の目に触れさせないように務めているのだと、それは誰が見ても成功しそうにもない企てではありますものの、敢えてこれを実行に移している初霜の菊花への友情を、この和歌の作者躬恒は感じ取り、そして躬恒は心の中で呟いたのでありました。「初霜さんよ、たとえお前さんがその霜の身をもって、菊花を覆い隠して人の目に見えなくしようとしているけれども、たとえそれがうまく出来たとしても、人はなお当てずっぽうで折るならば、折り取ることが出来るかも知れないよ」と。これがこの和歌の作者、凡河内躬恒の、もう初冬に入った霜菊に対して「心入れ」「心働き」を加えて紡ぎ出した物語であったと私には推察されのであります。この和歌の言葉を今そのように「心入れ」して読解致しますと、この和歌の作者と冬の「霜菊」との間には、今日現代の私どもなどでは到底出来そうにもないところの、メルヘンのような自然との親密な友愛関係、心の通じ合い、言葉の交わし合いが成立していることに私どもは感心させられるのであります。『日本紀略』（国史大系）などこの時代の記録を読んでいますと、この和歌の時代では、九月九日に重陽の宴が行われて以後、再度「残菊」「霜菊」を玩ぶ雅宴が開かれたこともあったようであります（日本紀略寛平2年閏9月12日条、寛平6年10月18日条）。この和歌はそのような「霜菊の宴」で詠まれたものであることが想定されます。したがって野に生えた草花などにしっかりと心を差し向け、これを玩んで一日をすっかりこのために過ごすような時間の贅沢などからは遠ざかってしまった今日の私どもからすれば、気が遠くなってしまうような季節の「節物」との親密な交友関係、対話関係は、作者凡河内躬恒一人の才能ではなく、この時代の京の都人士一般に課せられた技能のようなものであったと観察されます。ですからこれを正岡子規のように、和歌をただその「写生」的見地からのみ評価して、「いくら霜が深く白菊の上に置こうとも、それで霜と白菊との見分けが付かなくなるなどということは嘘だ」と言って退けてしまっては、この和歌の鑑賞はもう最初から成り立たなくなってしまいます。いくら霜が深く降りていたとしても、それで霜が隠れて見えなくなってしまうはずがないことを承知した上で、それを切っ掛けにして、このような霜との対話を作り出したところに、この和歌の詠み手の「心働き」の巧みさが見出されねばならないのであります。霜が白菊をすっかり隠し切れていないことは、正岡子規ならずとも、誰の目にも明らかなことで、それはこの和歌の作者躬恒も重々承知のことなのでありますが、白菊の上に初霜がそのように不完全ながらも覆いかぶさって、何とかして白菊が人の手で手折られるのを初霜が防いでやろうとしている、その初霜の白菊に向かって行く友情の懸命な努力の程に、作者は心打たれて初霜の努力を笑っている訳には行かなくなり、あなたの友情から発した行為は素晴らしいけれども、それでも人間っていうのはどこまでも手前勝手なもので、「心あてに折ったとすれば、折れて持って行ってしまいますよ」と、どこまでもその嘆きを初霜と共にしようとしているかに見える友情の程と、にもかかわらずその友情の厚さが報いられないであろうと思う和歌の詠み手の口惜しさの程までが余情となって伝わって来るところなど、そこにこそこの時代の近代とは異なる別種のリアリティを私には感じ取られます。この事の序でに申しておきますと、『古今和歌集』の和歌を通覧して気付きますことの一つには、その和歌の言葉には、仮定、推量の心を言い表すところの助動詞「む」「らむ」、また疑問、反問の心を言い表すところの助詞「や」「やは」「か」「かは」等の「心の声」とされる「助辞」が頻用されていることであります。今はこの現象を具体例をもって詳しく論ずることはいたしませんが、この事実は『古今和歌集』の作風と深く関係している特徴的な現象であるように察せられます。すなわちこの和歌の作者としては、霜の白さと白菊の白さとの見分けが付かなくなっていると述べているのではなく、ただ霜と菊花の白さとが異常な程に接近している造化の妙に遊戯（ゆうげ）する自分の心を、推量や仮定の心を表す助辞をもって、演出しているのであります。このような非日常的な戯れの言葉を日常生活で行使すれば、何時の時代であれ、酔狂人とされることになりますが、和歌という三十一文字の唱詠の中では、このような人間日常の経験の枠を超え出た「心働き」こそが歓迎されたのではないでしょうか。

第三節　『古今和歌集』の歌の場

しかしながら以上のように、正岡子規が悪罵した程に、なぜ『古今和歌集』の和歌は自己の脳中に浮かんだ想念を述べるばかりで、自己が関わっているところの事態それ自体を綿密に描き尽くそうとする意志が非常に乏しいのか、次にはそのような歌風が発生して来た原因理由を考察してみることに致しましょう。『古今和歌集』の和歌の場合、一般的基本的には——ということは例外もあるけれども、ということですが——和歌の発信者（和歌を制作し詠じ聴かせる人）と、受信者（詠じられる和歌を聴き取る人）とは同じ場所時間にいると考えられます。これを言い換えれば、詠者が眼前において眺め、そして和歌によみ込んでいる対象物は、その和歌の聴者もまたそれを眼前において眺められる場所に身を置いているということになります。つまり詠者もそれの聴者も同じ現場にあり、同じ事物を眺めているのでありますから、和歌でそれらの様態を描写し述べ伝える必要は、もうまったく存在しないわけです。ですから和歌作者がその場で述べ伝えねばならないことといえば、今その場で眺めている共通、同一の対象物を、自分がどのように受けとめているか、その作者独自の「心の働き」といったものを作り上げて、これを人々に示すことであったように観察されるのであります。それが『古今和歌集』「真名、仮名」両序が記すところの、次のような事態であったろうと察せられます。いま仮名序ばかりを掲げますと、以下の通りであります。「古の世々の帝、春の花の朝、秋の月の夜ごとに、さぶらふ人々を召して、ことにつけつゝ歌を奉らしめたまふ。あるは花をそふとて、たよりなき所にまどひ、あるは月を思ふとて、しるべなき闇にたどれる心々を見たまひて、さかし、愚かなりとしろしめしけむ」とあるのがそれであります。そしてたとえ和歌がその場に居合わせた聴者のいる前で詠じられるのでなく、紙面に手書きで文字化された手紙として読まれる場合でも、作者と読者とは同一場所時間ではなくなりますものの、状況は依然として作者読者の間でほぼ共有されていたことでありましょうから、やはり対象や場面の描写は不要で、必要とされることはなかったに違いありません。ところが近世以降、さらに近代に到っては、詩歌や物語小説などが、すべて印刷された文字を媒体として伝えられることになりますと、作者は面識のない多様な不特定多数の読者と、ただ紙面に印刷された文字言葉ばかりを媒体として向き合わなければならない状況に置かれることになりますので、そのような言語場では、言語は必然的に場面の描写と説明とに留意しなければならなくなって行ったように観察されます。そしてそのための場面描写の的確さが作品の価値として評価しようとするのが、正岡子規の提唱した「写生説」であったように考えられます。しかしながら『古今和歌集』時代の歌人にして、自分たち制作の和歌が書物として編集され、それが時代を越えて書写され、印刷技術が生まれてはそれが紙面に文字として印刷されて一千年以上も隔たった後代の、およそ平安朝の都人士などとは縁遠い場であるところの、学校の教室とか、個人の書斎とか、その他の様々な不特定多数の場において読まれるようになるとは予想されたはずはなく、ひたすらその言語は口頭による音声で発表されたものであったに違いありません。『古今和歌集』の和歌などの多くは、それを作った詠者も、それを聴く聴者も対面形式で同じ場所に居合わせていて、しかも聴者、読者と言えば、最少は一人、もっとも多くても数十人程度の集合体であったろうと、その和歌の音声の届く範囲からして、そのように想像されます。このように『古今和歌集』の和歌の場合では、詠者と聴者とは最初から同じ「言語場」に居合わせているのでありますから、和歌の言葉の中に、場面説明や状況描写がまったく言語化されていなくとも、すでに相互に同じ場であったり、あるいは同じ場でなくとも、その場は了解済みであったであろうと察せられます――したがってそのような「言語場」では当たり前なことを言っていては誰も面白がってはくれません。

第四節　「よむ」とはどういう行為であるか、『古今和歌集』四季歌の場合

さて『古今和歌集』の和歌の場合では、その多くは「○○をよめる」という詞書が付いています。この節では以上の「凡河内躬恒」作の白菊を題にした和歌鑑賞を前置きとして、これからはこの「よむ」という行為の解明を進めて行こうと思うのでありますが、まずその結論を言ってしまえば、この躬恒の白菊の和歌のように、一定の事物や事態に関わって、それに自分の「心」を深く深く「心入れ」して行って、それを聴く者をして「あっ」と思わせるような心的内容を構想することを「よむ」と称し、そしてそれを三十一文字の和歌の言葉をもって人々に味わってもらうことを「歌よむ」と称したのだと考えられのであります。そのように対象とする事物や事態に関わって奮い起こされたところの人間の側の主観的な「心」の陳述をこそ生命とした『古今和歌集』独特の「心の働かせ方」の実例を、しばらく『古今和歌集』の中から任意に取り上げて、その「心」の考察を試みてみることに致します。

　　題しらず　　　　　　　　　　　　　　　　よみ人しらず

　梅の花立ち寄るばかりありしより人のとがむる香にぞしみぬる（巻1・35）

この和歌はそれが対象としている事物、すなわち夜の月の光に照らされて咲き匂う梅花の様態を、作者の感覚に収まるままに写生して、これをこの和歌の聴者とか読者に伝えようとすることなどには一切関心や興味を向けていません。この和歌を読む場合でも、その美しい光景をあたかも目の前にしているかのように描き出すことこそが芸術だと固執して掛かってはなりません。詠者も聴者も同じ場所に立っているのですから、その描写や説明は不要なのです。この和歌で作者が陳述していることを詳しく説明いたしますと、梅の花に近づいた自分でありますから、もしかすれば自分の衣服の袖に、その梅の香りが移り香と

なって留まっているかも知れません。すると平安朝人士の間では、官位とか身分に相当した振る舞いや、官位身分相応の服装が厳しく要求されていたものでありますから、その服の梅香はどうしたことなのか、お前さんの身分としては不相応な身ごしらえだと、家の妻女などからは怪しまれ、出仕する役所でも咎め立てされるような事態が発生するかも知れませんよね、というようなあり得ない心配事「心働き」が見られる和歌であるように受け取られます。つまりこの要らぬ心配事は咲き薫る梅花のすばらしさを讃えるためのものなのです。平安朝人士が衣服に焚(た)き染(し)めた香料の原産地はインドで、その物産は中国商人の手を経て長崎にも運ばれ、それからそれが京都に達したところの、とても高貴にして高価なものでありましたから、誰でもが使用できるものではなかったようであります。そのことを岩波新書の一冊、河添房江『唐物の文化史』に拠って申しますと、『古今和歌集』和歌の胎生期であったところの「仁明天皇」「清和天皇」の時代は、そのような「薫香」が流行した時代であったようであります。

でも梅香が衣服に移って薫香に嗅ぎ誤られるようなことは、この章の始めで述べましたところの初霜の白さと白菊の花の白さとの関係のように、普通の経験では滅多に起こり得ないことでありますから、たとえ冗談であろうとも、このような「心入れ」「心働き」を日常会話で真顔でするならば酔狂ものですが、三十一文字の和歌形式で述べられた場合では人を楽しませる芸能的な振る舞いとなり、これが名歌の評判を得る結果となったのであろうと察せられます。

家にありける梅の花の散りけるをよめる　　紀貫之

暮ると明くとめかれぬものを梅の花いつの人まに移ろひぬらむ（巻1・45）

『古今和歌集』の和歌は梅、鶯、桜から始まり、冬の雪に至るまでまでの季節の「節物」を詠むばかりではなく、それら「節物」の出現と消滅という推移の相をも捉えることに注意を払っていることは、すでに広く指摘されているところの、この歌集の特色でありますが、これなどもそのような一首であろうと察せられます。でも季節の推移に連れて梅の花が、その姿を消してしまったことを、「梅の花の咲いているのが嬉しくて、暮れても明けてもそれからは目を離さず眺めていたつもりなのに、いったい何時、人の隙を狙って何処(どこ)へ行ってしまったのであろうか」と残念がっているのであります。大切に可愛がって飼っていた愛玩の動物が、夜の眠りの間に何処かへ行って姿を消してしまって慌ててしまう経験ならば、私にもあった事でありますが、日毎に眺めていた梅の花が散ってしまったことを、愛玩の動物が一晩の間に何処かへ逃げて行ってしまったかのように歌の詞を詠んでいる「心働き」が、この和歌の面白さであったに違いありません。自分の家の庭に咲いた細(ささ)やかな梅の花を、まるで自分の飼いもののように愛玩している「心」の程は、今日の私どもには出来ない素晴らしい遊びでありましょう。

春の歌とてよめる　　　　　　　　　　　　紀貫之

三輪山をしかも隠すか春霞人に知られぬ花や咲くらむ（巻2・94）

これも紀貫之の和歌で、歌想の奇抜なところが、上記「暮ると明くとめかれぬものを」と併せて、いずれも貫之の作風をよく示している和歌であるように思われます。近代の俳人、前川佐美雄には『大和』と題した歌集があり、それには「春がすみいよよ濃くなる真昼間のなにも見えねば大和と思へ」というよく知られた一首がありますように、大和盆地は、そこを取り囲む山地からにじみ出る伏流水で、盆地は一年を通して常に水分を多く蓄えています。ですから春になって気温が上がりますと、地上から立ち上る水蒸気であるところの霞は、他の平野よりも濃くって、三輪山をはじめとして周辺の山々は盆地の平野部から眺めると、雨が降る前などはすっかり濃い霞に閉じ込められて、山を眺めようとしても目潰しされたように、その姿はまったく見えなくなる日が何日間か続きます。今日現在では、以前には農地や叢林であった処の多くに家屋や工場の作業場などが展開し、灌漑排水の設備も整い、道路も舗装されるようになりますと、春になって気温が上昇しても、裸の地面が少なくなって、地面から水蒸気が立ち昇るということも乏しくなって、したがって山々の姿を見えなくしてしまう程の濃い霞も立つことは無くなっていますけれども、昭和初期までの大和盆地では、まったくこの短歌の通りの有り様でありました。この和歌の作者紀貫之も望見出来ると期待していた三輪山も、まったくそれが見えない期待はずれの状態であったことはまず間違っていないと想像致します。ですから『古今和歌集』の和歌は写実的ではないと言われていますが、この和歌にはまことに実景を目の前にして作られているのでありますけれども、そのことはこの和歌の聴き手も眼の前にしていることでありますから、そのような風景描写は不要なのであります。そして必要なことと言えば、そのような風景に向かって自分はどのような面白い「心入れ」「心働き」が出来るか、それが歌人の腕の見せ所であったようであります。そして貫之は初瀬の長谷寺に、お彼岸のお参りをすることがあったのでありましょうか、それならば京都から南に向かって下る途中には、大和盆地の東南部に位置する三輪山が望まれる次第でありますのに、それが盆地一帯に立ち込めた霞に包まれて、眺める者の目が目潰（つぶ）しをくらったかのように、まったく見えなくなってしまっている。そして古来尊貴にして豪富な家などが大切な宝物など秘蔵する場合は、滅多に人の目に触れないようにするものでありましたから、三輪山も何かしら非常に大切な宝物を蔵しているのかも知れない、あるいは時は春で、したがって人には見せられない秘花でも咲いているからであろうかと、あるいは宮中に納（い）れる心づもりをしている大切な姫君でも養い育てているのかと、こんな戯れごとを日常の言葉で言えば、お前は馬鹿かと言われそうでありますが、これを三十一文字の和歌で詠唱されますと、まことに天下泰平の、遊び心豊かな「心入れ」「心働き」の和歌として通用したものと察せられます。このような演出を日常普通の時間に、普通の言葉で口にすれば、言わずもがなの馬鹿々々しい酔狂になってしまいますが、五人、六人、十人ばかりの群れを前にして、和歌の形式で芸能的にこれを詠ずれば、京都から大和の国までの、遠い徒歩の旅の疲れを紛らかす効能があったのではないかと考えます。

渚院（なぎさのいん）にて桜を見てよめる　　　　在原業平朝臣

世の中にたえて桜のなかりせば春の心はのどけからまし（巻1・53）

この和歌も桜の美しく咲く様態そのものを写し取り、これを人々に伝えようとするようなことはしていません。それはすでに申しましたように、桜花や、それが咲いている「渚院」の様態は、この和歌の詠者も聴者も、その処に居合わせ、ともに共感しているところの事態でありましたから、只今その描写の必要は毛頭ないわけであります。今日の歌人ならば、その事態を作品として残すために、まずその描写から始めたかも知れませんが、それは『古今和歌集』時代の歌人にとっての、和歌という言語活動は、その現場限りの即時的、即興的なものでありましたから、その制作の使命として求められていることは、その桜満開という事態に関わって、詠者自身がどのような「心入れ」「心働き」をもってして、それを三十一文字の和歌に仕立て上げるかという芸能です。そしてこの和歌のその「心入れ」「心働き」とは、ただ桜を誰よりも深く愛するあまりに、春になると桜の咲くことを待ち焦がれて、桜はまだ咲かないのかと心を逸（はや）らせ、やっと咲き始めたかと思うと、もう早くも散るのかと心を傷めるような次第であり、したがって春を迎えた自分の心は、もうまったくしばらくも休まることはないという俗人の「業（ごう）」の深さを「悔悟」しているかのような仏教風の姿勢を示しながらも、それをもって逆説的に桜花爛漫の見事さを謳歌しているのが、この和歌の面白さでありますまいか。事物に囚われて心の平静を失うことを戒める「般若（はんにゃ）」の教えが普及し始めたこの時代の精神傾向が観取される和歌でもあります。この和歌はいささか仏教者めいた「心遣（づか）い」しているところが面白いのでありましょう。通常では人の言わないことを言うのが歌人の資格であったようであります。歌ももう「乞食ノ客」の「活計ノ媒」、「婦人ノ右」の地位に甘んじてはいられず、「丈夫ノ前ニ進メ」ることが望まれる時代になって来たようでありますから、「大学寮」出身の詩人や、寺院や山林において修行に励んで来た僧侶などからも、良しとしてもらえる和歌を作らなければならない時代になって来ているらしかったのが『古今和歌集』の時代であったようであります。

桜の花のもとにて、年の老いぬることを歎きてよめる

紀友則

色も香もおなじ昔に咲くらめど年ふる人ぞあらたまりける（巻1・57）

この和歌も前歌と同様に、桜の開花を目の前にして、それに関わって自己の哲人らしき思念を告白していると察せられます。前歌が桜花爛漫の喜びを逆説的、遊戯的に言い表したものであるのに対して、これは桜の咲き様は年を経ても変わるところがないのに、人間は桜が咲くごとに一歳ずつ老いを重ね、時に

はこの世から去って行った者もあることに想いを致さねばならないことを「悔悟」した和歌であるとすることが出来ましょう。それならばこの和歌も前歌と同様に、眼前の事実すなわち開花した桜樹を目の前にして、その桜樹は何にも語らない存在ではありますけれども、それに自分の「心入れ」「心働き」を加えて、そしてその事物から、ある一つの思念を引き出して来た和歌であると言えましょう。桜花はその爛漫という事態に関わって、それに傾倒するばかりではなく、その散って行く様子をこの上なく愛惜し、さらにはこの和歌のように、いささか人性思念の情を開示するに到ることが、『古今和歌集』の時代であったようであります。「いざ桜我も散りなむひとさかり有りなば人に憂き目見えなむ」（巻2・77）がそれであります。このように和歌世界では、移り行く時を告げる季節の「節物」は、人世の教師でもあったようであります。咲き誇る桜に当面して、それに「心入れ」して、「もののあはれ」を開示して見せたところが、この和歌の「よみ」というものであろうと考えられます。

弥生（やよひ）に閏（うるふ）月ありける年よみける　　　　伊勢

桜花春加はれる年だにも人の心に飽かれやはせぬ（巻1・61）

「太陰太陽暦」であるところの、中国古典暦「宣明暦」をそのまま採用していたこの和歌の時代では、日付と季節とのズレを調整するためには、33または34か月ごとに1か月多い13か月の年を設けていたということは、すでに第一章において言及して来ましたが、この和歌の詠まれた年は、そのような閏年で、しかもその閏月が3月「弥生」の次に設けられていましたので、この年度では、春の季節は「睦月（むつき）」「如月（きさらぎ）」「弥生（やよひ）」にさらに「閏（うるふ）弥生」を加えた4か月の長きに渡ることとなったのであります。それでありますから、春の季節の「節物」の中でも、もっとも華やかで人々に愛好されていた「桜花」もまた、4か月の長きに渡り、その華やかな風姿をもって人々の眼差（まなざ）しに応えなければならなくなったのであります。それでこの和歌の作者「伊勢」は春の節物「桜花」に特別な「心入れ」をして桜花に呼びかけました。「桜花さんよ、普通の年ならば3か月で貴方のご用は済むものを、4か月の長きに渡って人目に曝され続けても、貴方は人に飽きられてしまわないのですね」という「心入れ」をしているのが、この和歌であります。この和歌の言葉「桜花春加はれる年だにも人の心に飽かれやはせぬ」に関しては、古来の諸注の間では幾つかの相違が見出されますけれども、この和歌の言葉の意味をもっとも尋常に、そして詳しく説明すれば、次のようなことになるのではないでしょうか。すなわち「桜花さんよ、春の季節が1か月ばかり長くなり、それで貴方さまの華麗な演技もまたそれだけ長く続けられねばならないことになっていますが、貴方さまの風姿は素晴らしくて人々に飽かれることがないとは素晴らしいことですよ」と桜花を讃えながらも、「いや、そのような飽きを蒙られることもあるかも知れません」と、一生懸命な演技に対する一抹の不安をも投げかけているのが、この和歌の心であろうと察せられます。多くの女性が競い合った「宇多天皇」の後宮に出仕して、父が「受領（ずりやう）」の身でありながらも、「女御」の身分にまで出世したところの、この和歌の作者自身の労苦の程がこの和歌の言葉を作らせているのかも知れないと私には察せられます。

桜の花の散るをよめる　　　　　　　　紀友則

久方の光のどけき春の日に静心なく花の散るらむ（巻2・84）

この和歌の「久方の光のどけき春の日に」という上句には、上述来の『古今和歌集』独特の主観的傾向がなく、対象をそのままに直叙しているところが近代の読者にも受け入れられて、高い評価を得ているようでありますが、その主観的傾向の少ないところからすれば、この和歌は逆に非古今和歌集的な和歌であると言わねばなりません。それでもやはり下句の「静心なく」という一句には、やはり作者の「心入れ」が働いていて、これは主観句だと言わねばなりません。この一句によって、うっとりとしてしまうような春景色の中に身を置いていても、慌（あわ）ただしくて決して止まることをしてくれない時間への不安が開示されていると言えるでありましょう。このようにこの何にも言わない桜花の散り具合に作者が「心入れ」をして、この世は穏やかに見えても諸事諸物すべては慌（あわただ）しく過ぎ去って行くという思念を開示してみせたのが、この場合の「よむ」という行為であると察せられます。この和歌は酔狂、遊戯の心の多く見られる『古今和歌集』和歌の中では、季節の「節物」に率直な「心入れ」を試みている真面目さが感じ取られます。

雲林院の親王(みこ)のもとに、花見に北山のほとりにまかれりける時に
よめる　　　　　　　　　　　　　　　　　素性法師

いざ今日は春の山辺にまじりなむ暮れなば無(な)げの花の蔭かは（巻2・95）

この和歌の言葉の意味は明快で、さあ今日は陽光穏やかでうっとりしてしまう春景色の中で、何時までも身を置いて楽しむことにしよう。この花景色といえば、日が暮れたらもう何も出来ないことだと言って、あっさり諦めて帰ってしまえるようなものではない、ということであると解せられます。したがってそこからこの和歌の成立由来を解析いたしますと、この和歌の作者「素性」は自己統御の修行を積んで心の平静を失うことなく、秩序正しく物静かな態度を持することが誇りであるはずの僧侶の身でありますのに、そのような仏者の心さえも高ぶらせて、今日はもう日が暮れてもここを立ち去って帰ってしまえるようなものではないと、その日の花景色が魅惑的ですばらしかったことを、いささか惑乱の言辞をもって言い表しているところが、この和歌の作為であると考えられます。実際に家に帰らずに桜の樹の下で野宿したかどうかは問題ではありません。ただこの和歌では、「暮れなば無げの花の蔭かは」という高揚した「心入れ」によって、さすがの仏僧も、その魅力には打ち勝てなかった程に、その日の春の山辺の桜は人の心を捕らえて離さないものであったことを演出しています。

題しらず　　　　　　　　　　　　　　　　よみ人しらず

吹く風にあつらへつくるものならばこの一本(ひともと)はよきよといはまし（巻2・99）

桜の花を無情無残に吹き散らしている風に向かって、せめて自分が眺めているこの木だけには、それは避けてくれと、この上なく花を愛する余りの、俗人の馬鹿々々しい狂乱の「心働き」を三十一文字の和歌にしてみせたものが、この和歌でありましょう。先述の仏者「素性」の心と比較して、俗人のその惑乱した心の程が面白い和歌であります。

志賀より帰りける女どもの、花山に入りて藤の花のもとに立ち
寄りて、帰りけるによみて贈りける　　　　僧正遍照

よそに見てかへらむ人に藤の花這ひまつはれよ枝は折るとも（巻2・119）

京都から志賀の大津へ出る山越えの途中に、この和歌の作者「遍照」が住持した「花山寺」があり、この和歌を読めば、そこに咲く藤の花を「遍照」は自分の喜びとしていたように察せられます。でもこの志賀越えの道は、今日の天台寺門派の総本山「三井寺」、別名は「園城寺」へ参詣するための道、そしてこの和歌の作られた時代では、おそらくはまだ「志賀寺」と称されていた寺院への京都からの参詣道になっていたようであります。そしてこの天智天皇創建とされる古寺院に較べますと、その途中に建っていた「遍照」住持の「花山寺」などは歴史の浅い小さな存在であったに違いなく、したがって志賀越えの道を歩く者が、この「花山寺」を無関心に素(す)通りしても、特に気の咎めることではなかったろうと思われます。でありますから、あるとき志賀寺詣での帰りでありましょうか、その婦人達の一団が、寺格は低くても藤の花の見事さには無視出来ないところがあったらしく、これを愛でるために寺の境内に入ったものの、仏さまは拝まずに帰って行ったことが「遍照」の目に付いたらしく、それで遍照はこの細(ささ)やかな出来事に関わって、「寺院を訪れながらもご本尊の仏さまは拝まず、また住持の僧である自分への挨拶も省略して、藤の花ばかりを見物して帰って行った貴方がたは宜(よろ)しくない。藤の花よ、お前さんも寺院で育った樹木なのだから、「ちょいとお待ち、仏さまを拝まず帰るのは宜しくないと言って、その婦人たちを力いっぱいに引き留めて欲しかったよ。そのためにお前さんの強靭な枝蔓(づる)が折れようとも」ということを三十一文字に仕立てて、それをただ今寺院を訪れたばかりの婦人たちに送り届けさせたというのでありましょう。この和歌の状況理解については、諸説あっていくらかの小異が見出されますが、私においてはそのようなものと理解いたします。そしてこの和歌の場合の「よみ」とは何かと問えば、作者が住持する寺院に咲き誇る藤の花に作者は深く我が心を注入し、すなわち「心入れ」と「心働き」ということを行い、そこで生じたところの「心」を三十一文字の和歌の詞にして、それを広く人々に披露して見せたところにあると言えるでありましょう。

以上は主として多くは「喜春」の「心」を謳った和歌ではありますが、次には「悲秋」の和歌を任意に幾らか取り出してみようと思います。

寛平の御時、なぬかの夜、うへに侍(さぶら)ふ男(をのこ)ども、歌 奉(たてまつ)れと
おほせられける時に、人にかはりてよめる　　紀友則

天の河浅瀬白波たどりつつ渡りはてねば明けぞしにける（巻4・177）

毎年の七月七日は、年に一度だけ許されて彦星が「天の河」を渡って織姫に逢える日でありましたから、地上の人々もこれと心を一つにして声援を送り、その心を和歌にするなどしていたのでありました。それで「寛平の御時」の天皇すなわち「宇多天皇」も、そのような日に「殿上の間」に伺候していた「殿上人」に、七夕(たなばた)の和歌を詠んでみてはと仰せられたようであります。ところがそれは予定されたことではなかったので、即興に歌が詠める「殿上人」がいなかったらしく、困った空気が立ち始めたのではないでしょうか、その中の一人が立ち上がって和歌に達者な誰かを呼びに行ったようであります。そこで呼ばれて来たのが「紀友則」でありました。友則は微官の者でありますから、おそらく殿上には上がらず宮殿の階下から、手を突いて、この歌を申し上げたのではないでしょうか。それがこの和歌の詞書にある「人にかはりてよめる」という言葉の意味であったに違いありません。「天の河浅瀬白波たどりつつ」という歌句では、「知らず」と「白波」とは掛詞になっていて、その言葉の意味は「人が歩いて渡れるような浅瀬が知られず、白波の立つ処をようやっと歩き続けて」ということです。ですからこの和歌一首全体の言葉の意味は、「天の河の人が歩いて渡れるような場所が知られず、渡るのに時間を費やして渡り切ってしまえなかったならば、夜が明けてしまって一年一度の逢会もオジャンになってしまい、大変なことになるところでした」ということになります。古代日本の習俗として、未婚の男が約束の女の家を訪れるのは夜中でなければならず、夜が明けてからでは出来なかった行動であったからであります。この和歌の下句「渡りはてねば明けぞしにける」という言葉はそのことを語っています。「渡りはてねば」の「ば」は確定条件を表す接続助詞で、「……すれば、かならず……な事が起きる」という語法となります。この和歌の作者「紀友則」が、この和歌で言っていることは、「殿上人」の皆さまよ。あなた方が七夕の和歌一首を作るの

に難渋しておられたご様子は、彦星が天の河を渡り切れずに夜が明けてしまったことに似ていて、大へんなことになるところでした。わたくしの和歌がお役に立って、わたくしも慶びに存じます。これがこの歌の心というものではないでしょうか。このような面白い「心入れ」「心働き」が「歌よみ」の才知というもので、これなどは「友則」の出世作で、この和歌などでこの人物は『古今和歌集』選者の一人に選ばれたのではないかと想像される次第であります。でなければこの和歌に付せられた詞書の「人にかはりてよめる」という一句の意味がまったく無視されていることになるではありませんか。ところがこのことに触れているのは竹岡正夫『古今和歌集全評釈』ばかりで、他のすべての注釈書はただこの和歌を、天の河を渡るのに難渋している彦星を危ぶんだものと釈して、作者「友則」の誇らしい「心働き」にまでは気付いていないようであります。当時はまだ文芸としては漢詩文の方が上位優位に立っていたようでありますが、この和歌のように軽快で人の心を楽しくするような諧謔は、和歌でなければ出来ない技法であるように覗われます。やがて勅撰集が硬直した真面目一点張りの漢詩文集から、この種の軽い遊びの和歌集へと転換して行ったのには、このような理由があったのであろうと観察されます。ただしこの和歌で彦星が天の河の渡河で難渋して夜が明けてしまうという歌想は、すでに『萬葉集』に幾首か出ていることを諸注釈書が指摘していますように、「歌よみ」もこのような才知ばかりで世に出られるものではなく、万葉の古歌などもよく学んで、それに通じていることも要求されたように考えられます。このようにして「歌学」というものが興って来たのだと考えられます。

題しらず　　　　　　　　　　　　　　　　よみ人しらず

鳴き渡る雁の涙や落ちつらむ物思ふ宿の萩の上の露（巻4・221）

これは悲秋の物思いで心傷ませている人物が、その棲む宿の屋敷地の萩の上に置いたところの露を眺めて、これは秋空を鳴き渡って行った先程の雁の涙が落ちたものであろうかと推し量った和歌であると受け取られますが、このような「心入れ」「推し量り」の程は、いかに平安時代の人々には科学する心が無かったとはいえ、やはりそれは普通一般人の認識ではなく、人間通常の経験からしてはあり得ないものであったに違いなく、とても普通の「心入れ」「心働き」ではなかったに違いありません。これは「雪の内に春は来にけり鶯のこほれる涙今や解くらむ」（巻1・4）の「鶯のこほれる涙」という歌句の、人間通常の経験ではあり得ないところの、その枠を越え出てしまった童話的な、いや童話以上に驚くべき「心入れ」と並んで、この春秋二首の和歌は『古今和歌集』中の双璧であろうかと、私は秘かに評価するところの和歌であります。とても信じられないところの、人の度肝を抜くこのような空想でも、それが三十一文字の和歌形式で陳述された場合に限っては、それも歌よみのすぐれた方法として評価されたのが、この『古今和歌集』の時代だったのではないでしょうか。いやこのような奇抜で快活な思い付きは和歌の形式でなければ申せないことではないでしょうか。四季の風物を愛ずる心は漢詩文の世界から発したものと察せられますが、その風物をこの程度にまで「をかし」く捉えられたのは和歌でなければ出来ないことであったのでありましょう。このところが勅撰集が漢詩から和歌へと移って行った原因であろうと考えられます。この章の初めで取り上げましたところの正岡子規の評論では、「心あてに折らばや折らむ初霜の置きまどはせる白菊の花」は、人間の経験には馴染まない嘘を言っていると悪罵され、それでも「雀が舌を剪られたとか狸が婆に化けたなどの嘘は面白く候」と述べて、同じ空想でも、そのように度外れた空想ならば面白いと述べているのでありましたから、『古今和歌集』の作風を扱き下ろした子規も、この「鳴き渡る雁の涙や落ちつらむ物思ふ宿の萩の上の露」という和歌を取り上げて論じていたならば、この和歌には私ども人間の通常の経験を大きく揺るがすような衝撃を与えてくれるところがありますので、これは面白いと評価したかも知れません。

　このように和歌が詠唱される時間は、日常とは区別される特別性を有していたようであります。この「鳴き渡る雁の涙や落ちつらむ」という和歌に関しては――片桐洋一『古今和歌集全評釈』で指摘されたことでありますが――『古今栄雅抄』には「古今和歌集の秀歌十首を撰び参らせよと、後鳥羽院より定家卿に仰せ出ださるる時、この歌その一なり」という一文が紹介されています。この『古今栄雅抄』が言うところの伝承の真偽の程は確かではではありませんけれども、この伝承からすれば、この和歌をそのように高く評価する人もあったように察せられます。そしてこれが高く評価される理由を推察してみますと、それは萩の上に置いた露、それは雁の涙が落ちて出来たものであろうかと、普通の人には出来そうもない、童話的で人をハッと驚かせるような「心入れ」「心働き」を、この和歌が演じているからであろうと考えられます。これに関して序（つい）でに申し上げますならば、「をかし」とは「招（を）く」という動詞の未然形「招（を）か」に「し」が付いて出来た形容詞で、その本来の意味は天から招き寄せたような、人為を越えた天来の想をいう言葉であると言われていますが、この和歌などは全くそのような「をかし」と評されてよろしいものであったと考えられます。このようにして「物思ふ宿の萩の上の露」は「泣き渡る雁の涙」が落ちて出来たものとする大変に遊び心豊かな「心入れ」「心働き」が、この和歌の作者の「よむ」という行為であったことは、もはや申すまでもないことでありましょう。

題しらず　　　　　　　　　　　　　　　　紀貫之

誰が秋にあらぬものゆゑ女郎花（おみなへし）なぞ色に出てまだき移ろふ（巻4・232）

秋は稲や薄（すすき）などが穂を出し始める季節でありますが、そのような稔りの季節が始まって一息ついた頃の農村では、これから結婚しようとする男性が想う女性の許に通い始め、それまで秘されていた誰と誰とが結婚するらしいというようなことが、人々の噂に上り、また目にも露（あら）わになる時期にもなっていました。日本古代における稲作の現場では結婚のために男が女の家に通い始める時期は秋季であったことは、日本の古くからの民俗であったことは、次の第五章で説明する予定でありますが、歌語ではこれを「穂に出づ」「色に出づ」と称しました。ですからこの和歌の上三句「誰が秋にあらぬものゆゑ」「女郎花」という言葉の意味は、「人間の誰かさんの秋でもないのに、その真似をして」「女郎花は」という意味に解されなければなりません。そして下三句「女郎花」「なぞ色に出てまだき移ろふ」という言葉の意味は、「女郎花は」「結婚話に早々と花を咲かせながら、どうしたことかその花をまた早々と散らせてしまうのか」という意味に解すべきでありましょう。この和歌の言葉の意味理解に関しては、諸注いずれも曖昧で、よく解し得ていないように見えますが、正解は以上のようなものであることを、ここで明らかにしておく次第であります。つまり秋になると早々と女郎花が人目鮮やかにその花を見せながらも、またどの秋の花よりも早期に散って行く有様を、古代農村の誰かしらある娘っ子が、秋になって意中の男を家に迎えて早々とそれが村落の話題の花となったところまでは良かったものの、また早々とその結婚話を枯らせてしまうのはどうしたことか、惜しい事だという、その比喩の「心働き」が、この和歌の「よみ」であると解せられます。

寛平の御時の后宮(きさいのみや)の歌合の歌　　　　素性法師

我のみやあはれと思はむきりぎりす鳴く夕かげの大和撫子(なでしこ)（巻4・244）

上二句「我のみやあはれと思はむ」に関しては、これを疑問文と解するか反語文と解するか、両説に分かれているようでありますが、多くの旧注が解しています通りに、これを反語文に解して、その文意は「自分ばかりが素晴らしいと思うのではない」とするのが当たっていると私には考えられます。何故ならばこの草花にはすでに「大和の国で愛撫されている子」という名が与えられているのだから、この草花に心惹かれて来たのは昔からのことであって、この草花の愛すべきことは自分だけのことではないと申し述べているからであります。

さてこの和歌は詞書に「寛平の御時の后宮の歌合の歌」とありますように、天皇とか皇后とかいう大きな権力と富を所有した存在であったに違いない人物主催の歌合の和歌でありますのに、「こおろぎ」の鳴く秋の夕暮れの草叢にひっそりと咲く草花を、それが如何にもダイヤモンドか何かのような宝物であるかのように取り上げて一首の和歌に成し上げていることから考えられますことは、平安王朝では四季が産み出すところの「節物」は、このようにこの上なく尊重されていたということであります。そのような「歌の心」とはどのようなものであると言えばよいのか、これに関する論考は、この章の最後尾で致す予定であります。

題しらず　　　　よみ人しらず

ももくさの花の紐解(と)く秋の野に思ひたはれむ人な咎(とが)めそ（巻4・246）

この和歌の述べているところの歌想の要点を指摘いたしますと、作者は秋の野に出て、花々が色々に咲き開いている風景に関わって、その事実から多数の女人が何としたことか、無様（ぶざま）にも衣服の紐――いや下袴の紐であるかも知れません――を解き放っているという、いささか宜しくない風俗の「心入れ」「心働き」をしたところにあると考えられます。そしてそれは天下泰平を気取った『古今和歌集』時代の都人士の間で行われた気の緩んだ悪遊びであったに違いありませんが、それが三十一文字の和歌の言葉として詠ぜられるならば、この和歌自体が「人な咎めそ」と申していますように、この和歌は人から咎められることはなく、『古今和歌集』にも入集したのでありました。和歌とは日常、常凡の言葉ではないということであります。

　　題しらず　　　　　　　　　　　　　　　　よみ人しらず

　踏み分けてさらにや問はむもみじ葉の降り隠してし道と見ながら（巻5・288）

　この和歌の詠み手が「踏み分けてさらにや問はむ」と謡っているのは、この樹林をここから更に前に向かって歩いて行くことを、この和歌の作者が躊躇しているからだと解せられます。なぜならば「もみぢ葉」が降り積もって人の歩む道を見えないように隠していたからであります。そしてそれが詠み手の耳には、これ以上は樹林の奥には入りなさらないで下さいという樹林の願いの声に聞こえたのでありましょう。でも樹林のそのような声を聞きながらも、その樹林に何故だか心惹かれて、やはりもう少し奥に進んでみようとこの和歌の詠み手は決意したようであります。なぜ樹林はもうこれ以上は奥に入らないでと語り掛けていたのでありましょうか、それは危険なクマなどが出るからでありましょうか、日が暮れて帰り道を見失う危険があるからでありましょうか。またそれにもかかわらず、さらに奥に進もうと意思した理由もまた判然としないところには樹林の神秘性が感じ取られて非常に魅力的です。これはこの章の始めに掲げた凡河内躬恒の「霜菊」の和歌の場合と同様の、和歌の詠み手がするところの、造化との言葉の交わし合いが見られて、私には大へんに好もしい名歌であるように思われます。この先へは進みなさるなという樹林の声を聞いて、さらに先へ進むことをこの和歌の作者が躊躇したのは、この紅葉した樹林の優美さもさることながら、そのようにもみじした樹林が少し歩んだくらいでは終わりそうにもなくて、日短かになった晩秋の午後では、散り敷く落ち葉で道を見失って戻って来れなくなってしまいそうな、そのもみじした樹林の広大さそのものにも、むしろ作者は心惹かれているように察せられます。ですからこの樹林は庭園などで見られるカエデの種類ではなくて、ナラ、クヌギ、ブナの黄葉する原生林であったように思われます。

　　二条の后の春宮（とうぐう）の御息所（みやすどころ）と申しけるける時に、御（み）屏風に龍田河に
　　紅葉流れたる形（かた）を描（か）けりけるを題にてよめる

　　　　　　　　　　　　　　　　　　　　　在原業平

　ちはやぶる神代も聞かず龍田川唐紅（からくれなゐ）に水くくるとは（巻5・294）

　同じ一つの詞書をもって並べられた二首の和歌の中の一首であります。『百人一首』にも採られ、その上「ちはやぶる神代も聞かず」と聞きなれぬ言葉で始まる和歌でもあったためか、『古今和歌集』の中でも、特によく知られた和歌であります。この和歌の詞書でいうところの「春宮の御息所」とは、「清和天皇」の後宮に入って「御息所」となり、後に即位して陽成天皇となる皇太子を生んだ名門出身の「藤原高子（たかいこ）」という婦人のことであり、その住んでいた場所といえば、後には「二条院」と呼称されるようになった場所であったらしく、何分豪貴なお屋敷のことでありましたから、その屏風といえば、真っ赤に紅葉した落ち葉がとても見事に、龍田川の流れいっぱいに散り敷いている立派な絵が描かれていたと想像致します。そしてこの和歌は、その絵柄を題にしてその絵に書き添えられたものであると詞書は説明しています。でありますからその和歌も、その豪奢な図柄に負けじ劣らじと大向（おおむ）こうを張って「ちはやぶる神代も聞かず龍田川」と大きく打って出たようでありました。龍田川は大昔から朝廷の崇拝を受けて来た「龍田大社」の所在する処でしたから、この屏風の絵を指して和歌の作者は次のように言ったのでありました。「この屏風の絵といえば、河の水がこんなに赤く染まって流れているなんて、偉大な神さまの時代でも見ること聞くことが出来ない光景だよ。まして人間の時代となっては到底目にすることの出来ない光景だよ。ところがそのような光景が、このお屋敷で見られる

とは大変な御馳走さまで御座いますよ。これがこの屛風絵に対するこの和歌の作者の「心入れ」だと私には解釈されるのでありました。このようにまだ誰もが気付いて言えなかったこの屛風絵の内蔵している値打ちを、それに添えられた和歌で巧妙に開示してみせたのが、この和歌の作者の「よみ」であったといえるのではないでしょうか。

池のほとりにて紅葉の散るをよめる　　　　　凡河内躬恒

風吹けば落つるもみぢ葉水きよみ散らぬかげさへ底に見えつつ（巻5・304）

これは池のほとりに立って紅葉している樹木を眺めますと、その山中の鏡のように曇りのない清い水面には、散り落ちたもみじ葉に併せて、まだ散らずに枝に留まっているもみじ葉をも映し出していて、その両者いずれもが視界の中に入って来たという和歌であります。これは理屈としてはあり得る風景ではありますが、実際にそのように実見せられた風景であるかどうかは疑問であります。そしてなぜそれを疑問にするのかといえば、この和歌の詞書には「池のほとりにて紅葉の散るをよめる」と記されているからです。すでにこれまで度々申し上げてまいりましたように、「よむ」とは誰の目にも明らかな事態を実見、実写することではなく、衆人には一般的に見えていない事態、知られていない風景、あるいは広く知られていない思想などを、自分自身の「心働き」をもって幻視してみたりすることでありましたので、この風景もまた幻視であろうかと思料される次第であります。

是貞（これさだ）の親王（みこ）の家の歌合の歌　　　　　壬生忠岑

山田守（も）る秋の仮庵（かりいほ）に置く露は稲負（いなおほ）せ鳥の涙なりけり（巻5・306）

題しらず　　　　　よみ人しらず

穂にもいでぬ山田を守（も）ると藤衣稲葉の露にぬれぬ日ぞなき（巻5・307）

題しらず　　　　　よみ人しらず

刈れる田に生ふるひつちの穂にいでぬは世を今更に秋はてぬとか（巻5・308）

上記の三首をここで取り上げた理由は、これら三首が農村のコメ作りを題材にした和歌であるからであります。『古今和歌集』の和歌の大部分は、帝王所在地の都人士の雅（みやび）な遊び心から生まれたものでありますが、歌集の選者はその種の和歌ばかりではなく、四季歌の中には山里、古里そして上記三首のような農村の稲作状況を題材にした和歌も取り上げているのであります。この両者には深い結び付きがあることは、この章の後尾（97ページ）で取り上げることになりますので、あらかじめここに掲げて置く次第であります。

最後に冬の和歌も一首取り上げることに致しましょう。一年は春夏秋冬の四季をもって成立するものでありますから、冬の和歌を一首も引用することなく終わるわけにはまいりません。

雪の降りけるをよみける　　　　　　　　　　清原深養父（ふかやぶ）

冬ながら空より花の散りくるは雲のあなたは春にやあるらむ（巻6・330）

春に散る梅や桜の花びらを雪とする「心入れ」の和歌に対して、これは逆に冬の雪を春の花びらとする「心入れ」の和歌であり、平安時代の宮廷人は、春夏秋冬の「季節」に呼応して登場しては去って行く季節の「節物」には、歓迎と惜別の心を籠めた和歌をもってして、送り迎えの挨拶をすることに力を入れなければならなかったようであります。そしてそのような「季節」の到来を喜び退去を惜しむ中で、春に播いた稲が秋季に稔って冬に収穫されるという、人一人びとりの食料にかかわる「年穀」が得られるのでありました。これについては暦を題材とした第一章でも述べ、またこの章の後尾でも論ずる重要事項であります。

以上は主に春と秋の巻々からの挙例でありますが、これらの和歌を一貫する特色を要約すれば、春夏秋冬の季節の推移に連れ、天地の間に次々と現れては去って行く草木鳥獣の「節物」を歌人たちが迎えて、それら事物に対して、どのように「心入れ」「心働き」をなして、それらをどのような歌言葉に仕立て上げたか、それが『古今和歌集』四季歌の「心」であったということが出来るでありましょう。そしてそのような心的行為が「よむ」ということであろうと考えられるのであります。『古今和歌集』の作風が、そのようなものであるということ、これは新しい論説ではまったくなく、『古今和歌集』「仮名序」が、その冒頭で「やまとうたは、人の心を種として、よろづの言の葉とぞなれりける」

「心に思ふことを見るもの、聞くものに付けて言ひ出だせるなり」と宣言している、正にその通りのことなのであり、この歌集に関する近代の研究では、このような手法は「擬人化」とか「機知に富んだ趣向」とかいう用語をもって指摘されて来たと見受けられますが、そのような作風は『古今和歌集』の「序文」それ自体が内蔵するところの用語で言えば、「よむ」という一語で総括されるものであったということになるでありましょう。そして「よむ」とは対象への「心入れ」であり「心働き」を加えることであり、しかし「心入れ」「心働き」と称しても、それは対象の認識とか洞察といったものではなく、対象への讃嘆、喜悦、対象との遊び戯れといった性格のものでありました。

第五節　「よむ」という言葉の語義——『石上私淑言』の場合

しかしながらこれらの「心入れ」「心働き」をもって「よむ」という言葉の定義とするためには、なおもう一つ次のような手続きを経て置く必要があると考えられます。それというのは、この「よむ」という言葉の意味に関しては、近世国学の大家「本居宣長」が著したところの『石上私淑言（いそのかみささめごと）』という著述で、以上の私の所論と大きく異なる次のような説明がなされていて、その上に何分に大学者の著述でありますから、それが定説のようになって今日に到っても、それが通用しているようでありますので、どうしても次にはここで、その本居説と私説との相違を明らかにしておく必要を覚えるのであります。「すべて余牟（ヨム）といふ言の意を按ずるに。まづ書をよむ経をよむなどいふ。常の事なれど。これらは書籍わたりて後の事也。もとはあるひは歌にもあれ祝詞のたぐひにもあれ。本より定まりてある所の辞（コトバ）を。今まねびて口にいふを余牟（ヨム）といふ。それも声を長めてうたふをば余牟（ヨム）とはいはず。ただよみにつぶつぶとまねびいふをしかいふ也。後の世に経（キヤウ）を誦（ヨム）。陀羅尼（ダラニ）ヲ誦（ヨム）と同じ事也。さて後に書籍わたりては、それにむかひて文（ブン）の詞をまねびいふをも。同じく余牟（ヨム）といふ也」。この『石上私淑言』の説明に従えば、「よむ」という言葉の意味は、元来歌や祝詞、または経文や陀羅尼など、さらに書籍が大陸から伝わった後では、その文の詞をも含めて、それらを「つぶつぶとまねびいふ」ことであったというのであります。そしてまた「物の数を数ふる」ことも余牟といったと述べ、それは何故かといえば、「本定まりてある辞を。口にまねびていひつらぬるも」、それは一つ、二つ、三つと口に唱えて「物の数を数ふるに似」ていて、この二つは似たような行為であるから、この二つはいずれも「よむ」という言葉で言い表され得るのだと説明しています。そして『古事記』（日本古典文学大系）と『萬葉集』とから、次のような実例を挙げています。

①『吾と汝と競べて、族の多き少なきを計へてむ。故、汝は其の族の在りの随に、悉に率て来て、此の島より気多の前まで、皆列み伏し渡れ。爾に吾「其の上を蹈みて走乍読度」、是に吾が族と孰れか多きを知らむ』と言ひき。如此言ひしかば、欺かえて列み伏せりし時、吾「其の上を蹈みて読度来」、今地に下りむとせし時、吾云ひしく、『汝は我に欺かえつ』と言ひ竟はる即ち……（『古事記』「稲羽の白兎」の段）

②時守りの「打鳴鼓数見者」時にはなりぬ逢はなくも怪し（『萬葉集』巻11・2641）

③春花の移ろふまでに相見ねば「月日余美都追」妹待つらむそ（『萬葉集』巻17・3982）

④「ぬばたまの夜渡る月を幾夜経と余美都追」妹はわれ待つらむそ（『萬葉集』巻18・4072）

⑤……はしきよし妻の命の衣手の別れし時よぬばたまの夜床片去り朝寝髪掻きも梳らず「出でて来し月日余美都追」嘆くらむ心慰に……（『萬葉集』巻・4101）

⑥……たらちねの母が目を離れて若草の妻をも纏かず「あらたまの月日餘美都〻」葦が散る難波の三津に大舟にま櫂しじ貫き……（『萬葉集』巻20・4331）

さて以上「其の上を蹈みて走乍読度」「其の上を蹈みて読度来」「月日余美都追」「ぬばたまの夜渡る月を幾夜経と余美都追」「出でて来し月日余美都追」「あらたま月日餘美都〻」の六例の中に含まれる「読み」「余美」などと表記されている語の意味に関しまして、それは「数える」という意味であると

『石上私淑言』はいうのであります。そしてそれ以後の学者もそのような意味であるように解しているようでありますけれども、以上の六例における「よむ」という語は、厳密に言えば一つ二つ三つと口に唱える動作を表しているばかりではなく、そのような動作をすることによって、その数量が如何ばかりのものであるかを推し量るという行為までを意味する言葉であるとしなければならないと、私には考えられるのであります。例えば「其の上を蹈(ふ)みて走乍読度(はしりつつよみわたらむ)」という用例の「よむ」とは、兎がただ「鰐(わに)」の頭数を一つ二つ三つと口に唱えて渡っただけのことのように解せられますけれども、その実は、その数を口に唱えることによって、あなたたち和邇(わに)族とわたくしたち兎族とでは、その数において、どちらが大きいかを推し量ることを兎は目的にしていたと考えられるのであります。また「打鳴鼓数見者(うちなすつづみよみみれば)」の「数(よみ)見れば」の場合も、ただ打ち鳴らす鼓の数を一つ二つ三つと数えただけではなく、そのように鼓の数を数えたことによって、只今が男夫の訪れて来る時刻であることを覚知するという行為にまで及んでいると考えられます。また「ぬばたまの夜渡る月を幾夜経(ふ)と余美都追(よみつつ)」という歌句の「よみつつ」という言葉の意味を考えますと、それは旅立ち以来、何か月が経過したのかと、その月数日数を数えただけのことではなく、その経過した月数日数を数えて、男夫の帰って来るであろう時期が何時になるかを推し量るに至るまでの精神的行為を言い表しているとしなければならないのではないでしょうか。ただ一つ二つ三つと数を数えることをするだけならば、そのためには「数(かぞ)ふ」という語が共時的に存在していました。例えば『萬葉集』では「秋の野に咲きたる花を指(および)折り可支(かき)数(かぞふれ)者(ば)七種(ななくさ)の花」(巻8・1537)その他があります。それに対して一つ二つ三つと数える動作だけではなくて、そのような動作を通して知り得るところの、あるいはその数から推し量られ得る何らかの心的内容を覚知するのが「よむ」という言葉の意味ではなかったかと私には考えられるのであります。「月読神(つくよみのかみ)」という神さまがありますが、これもただ大空を渡る月の満ち欠けした数を数えて、その経過した日数、月数を数えるだけの神さまではなく、経過した日数、月数を数えることによって播種や収穫等の農事の適期を推知し、これを人々に告知する神さまであったと考えられます。「よむ」とはこのようにして数や言葉を口に唱えるだけではなくて、その数えた数を通して、心に何事かを思い浮かべたり推知したりする行為をいう言葉であると定義しなければならないのではないでしょうか。また『石上私淑言』が取り上げなかった用例でありますが、「月よめばいまだ冬なりしかすがに霞たなびく春立ちぬとか」（巻20・4492）という歌が『萬葉集』に収められていますが、この「月よめばいまだ冬なり」という言葉の「よめば」の意味するところを考えますと、それは只今が何月の何日であると数えたところから只今の季節を推し量ると、という意味であることは明らかでありましょう。さらに本居宣長の『石上私淑言』は、悪い事には、次の注目すべき重要な用例を挙げ落としています。それは『萬葉集』に「伏し超(こえ)ゆ行かましものを守らひに打ち濡らさえぬ「浪不数為而(なみよまずして)」」（巻7・1387）という歌であります。この「浪数(なみよ)まずして」の「よむ」には、もう「数える」という意味は無いと言えるでありましょう。この場合の「よむ」は打ち寄せては返って行く波を観察し、その観測からして次の波の打ち寄せて来る時を、前もって「推し量る」という意味であることは明らかであります。さらに『古今和歌集』「仮名序」の「古注」は、和歌の風体を六種に分類したその一種「そへ歌」の例歌として、「わが恋はよむとも尽きじ荒(あり)磯海(そうみ)の浜の真砂(まさご)はよみ尽くすとも」という和歌を挙げていますが、この和歌にも「よみ」という語が二度出て来ます。この二度出て来る「よむ」という語の意味に注意を払って、この和歌の意味を申しますと、「わが恋の数を数えてその数が幾ら程のものであるかを推知しようとしても、わが恋はこれからも止むことなく増加し続けるに違いないので、わが恋の数は幾らになるのかはまだ推し計ることは出来ない」という意味であると察せられます。すなわちこの場合でも「よむ」とは「本居宣長」が『石上私淑言』で述べましたような、「余牟(ヨム)」とは「物の数を数える」だけのことではなく、物の数が幾らであるかを推し計る行為であると定義することが出来るでありましょう。また言葉を換えてこれを言えば、事態に当面して、その事態が内蔵している未現の事態を、洞察や臆測をもって言い表す行為であると言えましょう。今日でも「先を読む」とか「場の空気を読む」とかいう言葉があり、それはまだ事態の表面に現れて来てはいないけれども確かに存在すると信じられるものを、推し量りをもって言うことを意味していると考えられます。『古事記』『日本書紀』などには、死者が赴くという地下の国を「黄泉（余美）」と称していますが、これが「黄泉（余美）」と称せられる理由も、その処が生者には知覚することが不可能で、ただ推測に拠ってのみ——つまり「心入れ」「心働き」に拠ってのみ——推知するより外ない場所であるからでありましょう。

また『日本書紀』では「神武天皇」が大へんな辛苦の果てに、ようやく「菟田」の地に進出してその地の豪族「弟猾」を味方に付けた上で、その兄の「兄猾」をも平らげた後、「弟猾」は天皇の軍卒を労う目的をもって饗宴を設けます。そして天皇がその勝利を慶ぶ饗宴で「酒宍」を軍卒に「班ち賜ふ」に当たっては「菟田の高城に鴫羂張る……」という歌を「謡った」と語られていますが、この「謡」という文字に関しては「謡、此をば宇哆預瀰と云ふ」という注を付しています。すなわちここでも「よみ」という言葉が使われています。そしてその「よむ」とは以上において考察してまいりましたように、ある一定の事態に当面した者が、その事態に「心入れ」「心働き」を加えて、そこから得た何程かの心的内容を歌をもって表明することでありましたから、この場合の「歌よみ」するという言葉の意味もまた、これに習って考案致しますと、「弟猾」の助力を得て「兄猾」を倒した「神武」の軍勢が、「弟猾」からそのための饗宴を受けるに当たって、まずその喜びと感謝の心を、この饗宴を設けてくれた「弟猾」に対して表明したのが、この歌謡であったと解せられるのであります。この『神武紀』の語りの場面をこのように解しますならば、歌をもって自分の心の程を表明することが、「歌よみ」するという言葉の意味であるように解せられて来るのであります。

第六節　「歌よみ」することと「歌をよむ」こととは同義ではない

さてこのようにして「よむ」とは、ある一定の事態に当面した者が、その事態に「心入れ」「心働き」を加えて、その事態から何程かの心的内容を探り出す行為を指していう言葉であり、そして「歌よみ」するとか「歌よむ」は、そのようにして探り出したところの心的内容を歌言葉をもって表明することを「歌よみ」する、あるいは「歌よむ」と称したのであろうと考えられます。これを実際に『古今和歌集』の詞書に当たってみますと、「桜をよめる」とか「春の日によめる」などいう詞書が見出されますが、それら詞書の意味は、それぞれ「桜」や「春の日」という事態に関って、そこから得られたところの心的内容とか心的感興とかいうものを、歌言葉をもって言い表したということでありましょう。ですから「歌よむ」とか「歌よみする」とかいう言葉の意味は、『石上私淑言』が説明しているような、歌を作るとか、作ったその歌を口に出して唱えるというようなことではなく、桜とか春の日とか、何らかの事態に関わって、それに「心入れ」して得られたところの心的内容を、歌の詞をもって表明することだと考えられるのであります。

このような「歌よむ」とか「歌よみする」とかいう言葉が行われている一方で、またそれとよく似た表現として、その語中に格助詞「を」を投入した「歌をよむ」という言葉も存在していますが、これは「歌よむ」「歌よみする」という言葉とは、その意味働きの上で大きな相違が見出されます。例えば「仮名序」に「花に鳴く鶯、水に棲む蛙の声を聞けば、いづれか歌をよまざりける」という言葉が見出され、ここでは「歌よみ」という言葉に、動作の対象を表す格助詞「を」を投入した「歌をよむ」という言葉遣いが見出されます。そしてそれは『石上私淑言』が「よむ」とは「ただよみにつぶつぶとまねびいふ」という意味だと説いていますように、この場合では「歌を口頭をもって言い表すこと」であるに違いありませんが、それは「歌よみ」という古くからある言葉に格助詞「を」を投入して後次的に発生した言葉であるらしく察せられますけれども、「歌よむ」と「歌をよむ」とでは、その意味は画然と区別されるところがあるように察せられます。「歌をよむ」という言葉の意味は『石上私淑言』が申していますように「歌を制作してこれを声を出して読み上げる」ということでありますが、それに対して格助詞「を」を有さない「歌よみ」「歌よむ」という語は歌を詠むという意味ではなくして、何度も申し上げることになりますが、当面する事態に自分の心を注ぎ入れ、そこから得られた心的内容とか心的感興とかいうものを、歌言葉をもって表明するという行為であるように察せられます。すなわち「歌よみ」または「歌よみ」するとは、歌を手段として、それをもって自分の心を表明することであり、他方「歌をよむ」とは歌を作ったり、その作った歌を口に唱えることであり、この両者の意味ははっきり区別されねばなりません。「歌よみ」これと同様の語構成をなす言葉として「鷹狩り」「雛遊び」「歌占（うたうら）」「舟遊び」などいう言葉が挙げられます。これらはそれぞれ「鷹を狩る」「雛と遊ぶ」「歌を占う」「舟と遊ぶ」ということではなく、「鷹を手段にして鳥を獲る」「雛を手段にして遊ぶ」「歌を手段にして占いをする」「舟に乗って管絃の遊びをする」という具合に「鷹」「雛」「歌」「舟」はそれぞれ「狩り」「遊ぶ」「占い」「管絃」の手段を表す補語の役目を果たしていて、けっして動作の対象を表す目的語ではありません。例えば『古今和歌集』の410番歌の詞書は「かきつばたといふ五文字を句の頭（かしら）に据ゑて旅の心をよまむとてよめる」という文章で閉じられていますが、この「よまむとてよめる」という言葉の中にある二つの「よむ」のうち、始めの「よまむとて」は、これまで申してまいりましたように、「旅」を対象にして、それへの「心入れ」「心働き」をすることであると解せられますが、しかしながら「よまむとてよめる」の二つ目の「よめる」はまさしく『石上私淑言』が述べましたところの、作った歌を「ただよみにつぶつぶまねびいふ」という意味であるように察せられます（ただしこの二つ目の「よめる」という一語を欠いている古写本も少数ながら存在しています）。また『土佐日記』（日本古典文学大系）正月廿日条にも、これと同じ意味の「よむ」が使われています。すなわち「その月は海よりぞ出でける。これを見てぞ仲麻呂の主（ぬし）、我が国にかかる歌をなむ、神代より神もよん給（た）び、今は上中下（かみなかしも）の人も、かうやうに別れを惜しみ、喜びもあり、悲しびもある時にはよむとて、よめりける歌」という文章があり、これには三個の「よむ」が出ています。そして一番目と二番目の「よむ」は、「月」を対象にしてそれへの「心入れ」「心働き」を加えて、何程かの心的感興を得る行為を指しているようであり、三番目の「よむ」においては、そのような心的感興を歌の言葉にして「つぶつぶと口に唱えた」という意味に解せられます。すなわち前者の「よむ」は対象に「心入れ」「心働き」

を加えること、そして後者の「よむ」はそのようにして得られた心的感興を歌の詞をもって詠ずることであったと解せられます。ですから当面する事態に「心入れ」「心働き」を加えることから始まって、その事態から得られた心的内容を歌言葉にしたものを、口に上せて詠じるという和歌制作の全過程を言い表しているのが「よむ」という言葉の意味であるように察せられます。したがって「よむ」の意味を「ただよみにつぶつぶまねびいふ」ことだと説明した『石上私淑言』は、「よむ」本来の意味説明を全うしたものではなくして、その言葉の意味の後半部分ばかりを説明したに過ぎない、ほとんど誤りと言うべき意味説明であったとされなければなりません。つまり「歌よみ」と「歌をよむ」、すなわち格助詞「を」の有り無しによって、その意味は違っているということであります。「歌よみ」または「歌よみ」するとは、対象に心を投入して得られたところの心的内容を歌をもって言い表すことであり、あるいは歌をもって対象が内蔵しているところの心的内容を摑み出すことと言えるでありましょう。あるいはそのような言語活動を巧みに果たせるような人物をさして「歌よみ」と言うこともあっただろうと察せられます。しかし「歌をよむ」という言葉は、「歌よみ」とか「歌よみ」するという言葉から後次的に発生した言葉で、それは『石上私淑言』が説明していますように、歌言葉をつぶつぶと口で言い表す行為であると察せられます。そして古典を読んでおりますと——実地にその用例を調査した上で言わねばならないことでありますが——「歌をよむ」「歌をよめ」という場合よりも、「歌よむ」「歌よめ」という場合のほうが多いように思われます。すなわち「歌よめ」と言えば、それは物事の心を歌で言い表せよという意味になりますが、「歌をよめ」と言えば、それは歌を作ってこれを口で申し上げなさいという意味になるのではないでしょうか。この両者の相違をもっとも簡単簡明に言えば、「歌よむ」とは歌をもって物事の意味を明らかにすることであり、「歌をよむ」とは歌を詠ずるということであります。

第七節　「余美歌」「読歌」などいう場合の「よみ」という言葉の意味

『琴歌譜』（日本古典文学大系）には「正月元日余美歌」と題した「そらみつ大

和の国は　神からか在りが欲しき　国からか住みが欲しき　在りが欲しき国は蜻蛉洲日本」という歌謡が収載されています。そしてこの歌謡はどのような日の、どのような場で謡われた歌謡であるかを、『貞観儀式』に拠って考察致しますと、宮廷の正月元旦はまず「太極殿」の「高御座」に就いた天皇の前に、皇太子、太政大臣以下多数の群臣が出頭して、天皇を慶賀する「宣命」が読み上げられました。これが了ると天皇は、「豊楽院」の後房「清暑堂」に移り、侍従以上の側近が召し上げられて「正月節会」が開かれます。それに当たっては「三献儀」が行われ、第一献には「国栖」の歌笛、第二献には「大歌」、第三献には「立楽＝催馬楽」の奏楽が伴ったことは、第三章で「春霞立てるやいづこ」という和歌を取り上げた際に申しました通りでありますが、上記歌謡はその中の第二献すなわち天皇下賜の御酒を頂くに当たって奏された「大歌」であるに違いないと察せられます。この歌謡は天皇から御酒を頂戴する者たちが、その御酒を受けるに当たって、まずこの「大和国」に生を享けた慶びの心を、歌をもって表白したものであるように受け取られます。すなわち当面する事態に関わり、それに「心入れ」して、そこから立ち上がって来るところの心を歌ことばをもって表明している歌謡でありますから、これが「余美歌」と称せられたように察せられます。先の「神武紀」での饗宴歌は、敵を撃滅した労いの饗応を受けるに当たって、その喜びと感謝の心を言い表すために謡われたと申しましたが、ここでは只今よりは「天子さま」からお酒を頂戴することになる臣下たちの心の程が、この歌をもって表明されているところが「余美歌」と称せられる所以であると私には解せられます。この歌謡が何故「余美歌」と称せられたのかについては、まだ定説が出来ていないようでありますが、このように当面する事態に「心入れ」して、儀礼として表明しなければならない自分の心の程を申し述べた歌が「余美歌」と称せられたのであろうと私には考えられます。以上のように考えますならば、「よみ」のすべて用例が斉一的に説明がなされると考えられます。さらにもう一例を申し上げますと、これは『古事記』「允恭記」では、「隠り国の　泊瀬の山の　大峡には　幡張り立て　さ小峡には　幡張り立て……」また「隠り国の　泊瀬の河の　上つ瀬に　斎杙を打ち　下つ瀬に　真杙を打ち……」という二つの歌謡を指して、「この二歌（ふた）は読歌（よみ）なり」と注しています。これは「軽太子」「衣通王（そとほりのきみ）」という同腹の兄妹の「姧け（たは）」が発覚して天皇の怒りに触れて「軽太子」は伊予国に流されますが、「衣通姫」はこれを追って二人は諸共（もろとも）に自死したという事件があり、この事件を語るための歌謡が先行して、それら歌謡の最後尾で謡われたのが、この二歌であります。そしてこの二歌が先行する語り歌と区別されて「読歌」と称されるものであると記されているのであります。ではなぜこの二歌が他と区別されて、特に「読歌」であると称されねばならなかったのか、その理由を考えてみることになりますが、この二歌は元来は死者を葬斂（そうれん）する儀式に臨んで謡われた歌であるに違いなく、この歌謡はそれに先行した事件を物語る物語り歌とは区別されて、ひたすら死者に対する歌い手の哀悼の心、すなわち鎮魂の「心入れ」をもって謡われているところが「読歌」と称された所以であろうとさせられます。つまりこれは事件そのものを語る歌ではなくして、この事件に関わっては専ら深く歌い手が哀悼の「心入れ」を加えた歌だというのでありましょう。このような諸例を見て行きますと、『石上私淑言』の筆者が申しました通り、「よむ」という言葉は倭国時代からの大へんに古いことばであったことが知られますが、この倭国に仏教や儒学の典籍が齎（もたら）されますと、その紙面に記された文字の音声を「ふつふつ」と唱えながら、その文字に「心入れ」し「心働き」を加えて、その奥にある確かに存在している見えざる筆者の「心」を推知して、これを会得する読書という精神活動にも、広くこの「読む」という言葉が適用されたという経緯が考えられます。歌は本来そのようにして、人がまだ感知し得ていない世界の意味を、神が人間に推知させる時に使った託宣のようなものであり、さらに次代が下っては、一般人が気付き得ぬ事態の真実を歌人が歌形式で表明することであったようであります。しかしながら『古今和歌集』の歌人たちの制作した和歌に働いている「よみ」といえば、それも確かにそのような賢人の洞察に富んだ「よみ」の流れを汲んだものであるに違いありませんが、すでにこの章で『古今和歌集』「四季」の和歌の実例を挙げて観察致しましたように、『古今和歌集』では、その主流はけっして哲人賢者のような知恵に富んだ洞察的な言葉ではなく、春夏秋冬が産み出す生気溢れる「節物」への、一般人が言い得ないような機知に富んだところの、また親愛の情豊かな「心入れ」「心働き」をもって言い出す言葉へと変容したのでありました。そしてさらにその親愛が高まった先では、生気溢れる「節物」への喜びが致すところの遊び戯れのような和歌も少なくはありません。このようにして『古今和歌集』での「歌よむ」という行為とは、深く季節の「節物」に沈潜して、通常人には聞こえて来ない「節物」の声を新しく聴き出してみたり、あるいは今まで歌人によって言い表されなければ見えなかった「節物」の姿態や心を言い表してみたり、あるいは今までは歌人でなければ仕掛けられなかったような「節物」への誂（あとら）え事（ごと）や行動を思い付いてみたりして、その「節物」への親愛の程を言葉にすることであったと考えます。つまり『古今和歌集』の歌風を一口でいえば、それは四季の恵みに浴し、それらと楽しみ遊ぶといった体（てい）のものでありました。そして先に申しておきましたように、その時代の最大の政治的課題であったところの、稲作もまたこの「四季」の推移の中で行われたのでありました。この彩（いろど）り豊かな「四季」という時間空間を離れて、稲作には別の時間空間があったということは絶対にあり得ないことであることは、『古今和歌集』の読解を試みる私どもが肝に銘じて知って置くべきことであると私は考えます。

第八節　「玉燭」という言葉の意義

　さてそのように入れ替わり立ち代わりして行く優美な季節ごとの「節物」の輝きを讃えた言葉として、古典中国最古と言われる辞書『爾雅（じが）』（十三経注疏）には、「玉燭（ぎよくしよく）」という言葉が登録されています。この古辞書には「四気の和（やはら）げる、之を玉燭と謂（い）ふ」という説明が見出されます。「四気」とは「陰陽二気」の盛衰から生じるところの、春夏秋冬の「四時」において、それぞれ発するところの生気を意味しています。そしてこの『爾雅』を注釈した『爾雅疏（そ）』は、更にこの「玉燭」を説明して「四時の和（やはら）げる気は温潤明照なるが故に玉燭と曰（い）ふ」と述べています。そして更に「人君の徳の美しきことは玉の如く、明るきことは燭（ともしび）の若（ごと）し」「君子は徳を玉に比せらる。是（ここ）に知らる、人君若（も）し徳の内に輝き動けば、即ち和気外に応ずと。統べて之を玉燭と言ひ謂ふなり」と説いています。人君すなわち帝王の徳の輝きが内に動くと、外もそれに反応し、四時は玉のように光り輝くというのであります。このような説明は、帝王の徳が高くして、その施政が善ならば、天はこれに応じて地上に幸いを下すという、中国古典哲学がしばしば言うところの「天人相関の説」に基づいた言であります。『爾雅』は更にこれに続いて記しています。「四時和らぎて通正と為る、之を景風と謂ひ、甘雨時に降りて萬物以て嘉し。之を醴泉の祥と謂ふ」と。つまり四季が穏やかに正しく進行すれば、景風（南風）が吹き、甘雨が時よろしく降り、万物がそれによって育つ。これを「醴泉（有難い水）の恵み」と称するというのであります。しかしながら外界は必ずしも常に和らいでいて、人間世界に恩恵を与えるものであるとは定まっていません。四時は往々にして変調を来し、人が農作の時を失う危機を内に蔵しています。ですから『爾雅』はこの「玉燭」の恩恵を説くことに続けては、その反対極にある災難を取り上げて、「穀の熟せざる饑と為し、蔬の熟せざる饉と為し、果の熟せざる荒と為し、仍れる饑は荐と為す」と記しています。「仍れる饑は荐と為す」とは連年にわたる最も酷な飢饉は「荐」と称するという意味です。そして四時を生み出す「陰陽二気」の盛衰交替が順調であれば「玉燭」が現出し、これに変調が起きると「飢饉荒荐」を来たすと哲学されていたようであります。『職員令』「太政官」の第一条には「太政大臣一人　右は一人に師とし範として、四海に儀形たり。邦を経り道を論じて陰陽を燮げ理めむ。其の人無くは闕けよ」という物々しい文面があります。そしてこの文面は「太政大臣の職は天皇の師範であり天下の模範である。国を治め、道徳を論じ、四時によく従った政治を行って、陰陽の盛衰交替の理によく適った順調な季節の推移を生み出すことだ」ということを述べているのであります。つまり「陰陽二気」の変調は旱魃洪水等の気候不順を惹起して国家を飢饉に陥れ、それに対して「陰陽二気」の盛衰交替が理に適って季節が順調に推移すれば、季節を象徴するところの「節物」は美しい玉の輝きを帯びるのでありましたが、そのような季節の「節物」の中でも、もっとも輝かしく貴重な「節物」は月ごとに成長して開花、結実へと進行して行く稲の稔りであったことは申すまでもありません。そしてそれは「天人相関の説」に拠って言えば、帝王の政治の善悪に起因していると哲学されていたのでありました。

しかしながら日本の国土でのイネ栽培は常に危機を内蔵した営みであったように思われます。日本農業の歴史書とか日本農民の民俗書といったものなどを読んで行きますと、いや今日日本の稲作状況を観察してみても、気付かされますことは、イネという植物の原産地は東南アジアの亜熱帯地域であり、それらの地域では一年に二度ある雨季によって、イネの発芽、成育、結実、収穫の機会もまた二度得られ、それらの地域では、もしイネが人の手によって栽培されなかったとしても自生し得たところの、イネの生育環境としては最適の土地柄でありますから、それの栽培収穫を妨げる環境上の支障や困難は、日本の国土のそれに較べますと遥かに少なかったと思料されます。イネが自生し得ない温帯地域の日本国土での稲作は、それが収穫に到るまでに必要とされる雨量、気温、日照時間等の気象条件が十分に満たされたような環境が経験されることは非常に少なく、したがってこの国土での稲作は慢性的な毎年不作の危険を孕んでいたと言えるのではないかと思料いたします。イネが自生し得る亜熱帯地域の雨季と言えば、雨は道路の上を川のように流れる程に降り、路面は自動車ではなくモーターボートが走る程に豊富で、イネの生育に必要とされる水は、空からの天水で十分でありますが、日本の国土ではそれはあり得ないことで、河川や貯水池からの灌漑が絶対必要条件であることは今日も同様であります。今日ではイネの品種改良も進み、温帯に適合した稲種が特別に開発され、灌漑設備も整備されるに到り、寒冷な北海道でも稲作が成立している程でありますが、大昔の日本の国土では、稲の播種期とされた旧暦２月３月では、稲の発芽生育に必要とされたところの雨量や気温には、まだ恵まれるには至らず、にもかかわらず播種期としては、この時期を択ぶ外には方法がなかった事情では、まず２月３月に少量の水量であっても満たせられる狭小な苗代（なわしろ）田で発芽生育させた稲苗を、漸（ようや）く雨季を迎えた４月５月に到って、これを数株ずつ手作業で本田へ移植する、猫の手も借りたい程の、村じゅう総出の田植え、これは大きな労力を要する作業でありました。したがって日本国土の気象条件からしては、イネよりも栽培が容易なムギやソバが主食とされるような可能性もあったのでありましたが、このように収穫に到るまでには多くの労力も要したイネの収穫をもって、「倭国」の王が敢えて財政の基盤とするに到ったのは、米食は美味でカロリーも栄養価も高く、そして何よりも米穀は「もみ殻」を付けたままの状態で保存されれば、数年にも渡る長期保存が可能な優秀な食料だったからだとされているようであります。でありますからイネが自生し得ない温帯の倭国の島々で、亜熱帯性のイネを主産業として、これを選択したのは可成りに冒険的な投企であったはずであります。危機は慢性的な水不足ばかりでなく、時にはその逆の豪雨による河川の氾濫、あるいはイネを薙ぎ倒し、稲の花粉を吹き飛ばしてしまって、その結実を悪くする大風の被害もありました。また霖雨が続くと疫病が流行し、農耕に必要な労働力が失われることもあったようであります。そしてそのような災害を受けた高齢、困窮の者に対しては、米穀や綿布等を支給する「賑給」などの行政的措置が行われたようでありますが、農業技術が進歩していなかった過去の時代の農業では——否、農業に関しては有力な科学技術を有している今日でも——この産業の成否は人為を超えた天候が大きくものを言う次第でありましたから、劣弱な技術しか持たない古代中世の中央政府がこの産業に対して行った対応としては、神がかり的な神仏への祈願が目立っています。これに関しては、すでに他の章でも取り上げましたけれども、毎年の年中行事としては、正月八日から十四日に渡って「八省院」の「大極殿」で執行された「御斎会」、すなわち「金光明最勝王経」の講説が忘れられてはなりません。それに加えて真言宗開祖「空海」の奏請によって宮城内に設置された「真言院」における「護摩壇」修法も「仁明天皇」の代からは定例の年中行事として行われるようになり、これらは「鎮護国家」の年初二大仏事と観念され、室町時代の王政衰微に到るまで継続されたようでありました。また神事としては「大嘗祭」「祈年祭」「月次祭」「神嘗祭」をはじめとして、畿内七道諸国の「名神」と称する神社への定例の奉幣も取り上げなければなりません。近代国家がその安泰を図って為した事項といえば、産業の振興と軍備の増強であったかと存じますが、四面海に囲まれた王朝時代の日本では、外敵が海を越えて侵入するという恐れは少なかったので軍事への関心は乏しく、また科学というものがなかった時代でありましたから、生産を上げるための技術開発に政府が力を入れるといったようなこともなく、自ずと在来の神祇への祈願、仏教法会の実修に深く傾斜して行ったように観察されます。したがって以上の年中行事としての祈願の外に、「伊勢神宮」を始めとする諸国各地に「名神」と称する神社への臨時の奉幣、そして「丹生川上」「貴布祢」両社などへの臨機の祈雨、止雨の祈願、さらに随時の勅命によって行われた「東大寺」を始めとする諸国の「国分寺」また「興福寺」や宮中「大極殿」等における「金光明最勝王経」「金剛般若波羅蜜多経」「仁王護国般若波羅蜜多経」「大般若経」などの経典の講読転読が挙げられます。『日本書紀』以下の『六国史』を開きますと、そのような記事がまことに数多く記録されていて、私のように『古今和歌集』の和歌がそのような社会的政治的な事情と絡み合って成立して行ったと考える者には、この活発な宗教的活動をここで展示しておく必要を覚えます。そしてその展示が膨大で容易ではないことに困惑していたちょうどその時、山口えり『古代国家の祈雨儀礼と災害認識』という一書が出版されました。そこでは「天武持統」朝以来、王朝末期に到るまでの、これに関する全体的な展望はこの著述に任せることが出来るようになり、ここではこのような災害対策儀礼の頻度が最高度に達したかに察せられる「仁明天皇」時代に限定して、その様相を『続日本後紀』（国史大系）から煩を厭わず、大略その事例を筆者の訓み下し文をもって書き出してみました。その結果は次の通りであります。

○天長10年3月20日　百口の僧を大極殿に延(まね)きて大般若経を転読し、以て年穀を祈り兼ねて疫気を攘(はら)ふなりと普(あまね)く天下に告げ、殺生禁断限るに三か日を以てす。

○天長10年7月3日　越後国蒲原郡伊夜比古神、之をして名神に預からしむ。彼の郡旱疫(こほりかんえき)有る毎に雨を致し病を救ふと。

○承和元年2月10日　勅して曰(のたまは)く、万民安楽し五穀穎(ほ)を垂るるは、最勝稀有の力に如(し)かず。宜しく諸寺の封戸田園有りて、資(たす)けの供(そな)へに堪(た)ふる者をして、最勝王経法を厳修せしむべし。

○承和元年6月30日　百僧を大極殿に延き、三か日を限りて大般若経を転読し甘澍を祈る。兼ねて風災を防がんが為なり。同7月2日、初めて祈雨の為に大般若経を転読す。期日已に満つれど晴れて応ずる無し。是に由りて経を転ずること更に二日を延べ、以て精誠を効す。同7月8日、天に片雲も無く炎気薫くが如し。哺辰に及ぶ比ほひに天陰り零り、此れより滂沛に至る。同7月12日、雨水汎溢す。同13日、畿内名神に走幣し、また諸大寺及び諸国講師をして修法、以て淫霖を防がしむ。

○承和2年6月29日　勅すらくは当今嘉穀初めて秀で秋稼方に実らむとす。如し風雨時を失はば、恐るらくは損害を致さむ。宜しく十五大寺の常住僧をして、各本寺に於きて大般若経を転読し、其の霊護を憑ましめば必ず豊稔を致さむと。同7月2日、天下の名神に走幣し預て風雨の災を攘ふ。同5日、伊勢大神宮に奉幣。また風雨の災を防がんが為なり。同8月1日、是日霖雨霽る。幣を畿内名神に頒ち、以て禱りを賽ぐ。其の丹生川上社には殊に白馬一疋を奉る。佐渡国言く、去歳風雨災いを為し年穀登らず、今茲に飢疫相仍りて死亡者多しと。詔すらくは之を賑恤し、筑前国の貧民に正税一万束を稟貸すこと限るに五年を以てせよと。而るに窮乏の輩は余弊未だ復せず、因りて更に三年を延ばしたまふ。

○承和3年7月15日　勅して曰く、方今時は西成に属し五穀は穂を垂る。如し風雨序を愆こと有らば恐るらくは秋稼を損ぜむ。宜しく五畿内七道諸国をして名神に奉幣し、未萌に攘災せしむべし。其の幣帛の料は正税を用ひ、長官は僚属を率いて自ら親しく斎戒し、祭ること神在すが如くせば必ず徴応あらむと。同16日、復勅して曰く、聞くが如くば諸国疫癘間発し夭死する者衆し。灾眚を鎮め福祐を招くは唯般若の冥助と名神の厳力のみ。宜しく五畿内七道諸国司をして般若を転読し、名神に走幣せしむべしと。

○承和3年11月1日　勅すらくは、神道を護持するは一乗の力に如かず。禍を転じ福を作すは亦修善之功に憑る。宜しく五畿七道の僧各一口を遣はし、国内名神社毎に法華経一部を読ましめ、国司検校の務は潔信に存す。必ず灵験を期せよと。

○承和4年6月28日　勅すらく、宜しく使を山城大和等に遣はし名山に奉幣し、以て甘雨を祈るべしと。又勅すらく、五畿内七道諸国をして幣を名神に奉り、豫て風雨を防ぎ年穀を損ずる莫れと。

○承和5年5月18日　百僧八省院に於いて五か日を限り大般若経を転読す。天下をして豊楽ならしめんが為なり。同25日、山城国飢う。近江国の正税穀を以て之を賑給す。

○承和5年11月1日　勅すらく、廼者夭祥屢見る。気祲（＝妖気）息まず。民と歳とを思ひ、寝と食とを忘る。其れ黎庶をして疾疫の憂ひ無からしめ、農功をして豊稔の喜び有らしむるは般若妙詮の力、大乗不二の徳に如かず。普く京畿七道に告げ、般若心経を書写供養せしめ、仍て国郡司併びに百姓、人別に一文銭、若しくは一合米を出ださしめ、郡別に一定額寺若しくは郡館に於いて之を収め置き、国司講師惣じて検校を加へ、出だす所の物、分かちて二分と為し、一分は写経料に宛て、一分は供養料に宛てよ。来年二月十五日各本処に於いて、精進練行して演説に堪ふる者を屈請、法筵を開設して受持供養せよ。会に当たりて前後併びに三か日の内は殺生禁断、公家捨つる所の物、一会処毎に正税稲一百束を以て之に宛てよ。庶は普天の下旁をして勝業を薫じ、率土の民をして共に仁寿に登らしめよ。

○承和6年4月10日　使を遣はし雨を丹生川上雨師神に祈らしむるに従四位下を以てす。同17日、勅すらくは幣を松尾、賀茂上下、貴布祢、丹生川上雨師、住吉の諸社に頒ち、澍雨を祈らしむ。また七個日を限り、仁王経を十五大寺に読ましめ、兼ねて城外の崇山有験の寺にも通ひ、同じく転経せしむ。並びに春より今まで雨ざればなり。同27日、百法師を八省院に会し、三個日を限り大般若経を転じ、以て雨を祈る。諸司之が為に酷食す。是日晩来雨降り終宵休ず。

○承和6年6月1日　使を丹貴二社に遣はし雨を祈らしむ。同4日、勅すらく、頃者亢旱旬に渉る。宜しく諸寺に告げて三日三夜読経悔過し、甘雨を致さしむべしと。

○承和8年3月28日　詔して曰く、聖哲は範を凝し、天心に応じて以て運行す。昊穹は鑒を演じ、人事に随きて通感す。故に殷王徳を修し、桑穀自ずから枯る。宗景善を崇めて法星遽に退く。朕寡昧を以て祇み宝図を膺け、己を虚しくして精を励まし、日一日を慎む。先王経国の道、永言（＝歌謡）を渉り求め、列聖民を綏ずるの方、載深追採、人の疵癘無く、世の雍ぎ凞みを致す所以を期す。而して明信未だ孚ず、咎め懲め斯応ず。大宰府言さく、肥後国阿蘇郡神灵池、一定の盈科を涵し、水旱を歴も以て自若、而るに今故無く涸れ減ずること廿丈、静かに厥の咎を思ひて朕甚だ懼る。之を蓍亀に詢れば、告ぐるに旱疫を以てす。今往烈を因循し、前規を即象し、施すに徳政を以てして、茲の災眚を防がむと欲す。宜しく寺毎に斎戒し、共に薫修を致し、社毎に奉幣し、式に灵佑を祈るべし。天下の蒸民、今年の雑徭、縦ひ事多しと雖も廿日を過ぐる莫れ。閑有るに至りては逾亦之を省け。鰥寡惸獨にして自存する能わざる者、量りて振済を加えよ。凡そ厥の国宰咸自ら策ち勉めて詳しく人の瘼を求め、冤滞無からしめよ。

○承和８年４月２日　勅すらく、神明の感は信に非ざらば通ぜず。帝王の功、道に非ざらば何ぞ達せむ。宜しく五畿内七道諸国に仰せて、国司講師相共に斎戒して、部内の諸寺に於いて金剛般若経を転読せしめ、庶はくは紫宸をして寶算の長きを増し、赤縣（＝国土）をして抜折（樹木を倒し枝を折る）の患を絶ち、兼ねて復風雨をして調適し、年穀豊かに登らしめよと。

○承和８年６月１日　是日勅すらく、頃者甘雨屢降りて苗稼滋く茂る。此れ即ち修善の功、時感応を致す。宜しく内外の諸道をして、去んじ四月二日の格旨に准じ、秋収にいたる迄、国司講師国分寺僧を率い、金剛般若経を転読して豊稔を祈らしむべしと。

○承和９年３月11日　勅すらくは比者春雨の降ること少なし。枯旱の日多し。百姓耕すを輟め播種する能はず。宜しく弘仁九年四月廿五日の格に准じ、王臣の田を問はず、水の有る処は任せて百姓をして耕作せしめ、種を降ろし種を遷すの後、各其の主に帰せしむべし。神寺田宜しく此に准ずべしと。また水を漑ぎ田を養ふは賤を先にし貴を後にす。但し事は時を権りて例と為すを得じ。同15日、勅すらく、若し未然に攘はざれば恐るらくは班ち蒔く時を失はむ。宜しく五畿内七道諸国に仰(おほ)せて、修行不退の者廿人を簡(えら)び、国分寺に於いて三か日間、昼は金剛般若経を読み、夜は薬師悔過を修せしむべし。修善の比(ころほひ)は殺生を禁止せよ。仏僧の布施は正税を以て之に宛てよ。若し天行有るの処は国司境下に到り、疫神を防祭、精進潔斎して共に豊稔を禱らしめよと。是日使を遣はし、貴布祢、住吉、垂水、丹生川上等の諸社に頒幣、同じく甘雨を祈らしむ。同22日、詔(みことのり)して曰(のたまは)く、天皇(すめら)が詔(みことのり)の旨と、掛けまくも畏き伊勢渡会(わたらひ)の五十鈴の川上に座(いま)す大神の広前に申し賜へと申さく。先に肥後国阿蘇郡に在る神灵(れい)池、常より涸渇すること卌丈、また伊豆国に地震の変有り。是を卜ひ求むれば旱疫及び兵事有るべしと卜(うらなひ)ひ申す。此れよりの外にも物恠(もののけ)多しと。此れに依りて左右(とにかく)に念(おも)ひ行くに、掛けまくも畏き大神の護り賜ひ矜(めぐ)み賜はむに依りて、事無くて有るべしと思ほし食(め)して、吉日良辰を択ばしめて、大監物(けんもつ)従五位下嶋江王、中臣民部大丞正六位上大中臣朝臣檻(おち)雄等を差し使はせて、礼代(いやじろ)の大幣(おほみてぐら)を捧げ持たしめて奉り出だす、此の状(さま)を聞こし食(め)して国家を平らけく有らしめ、天皇朝廷(すめらみかど)の宝位動き無く護り賜ひ助け賜へと恐(かしこ)み恐(かしこ)みと申し賜はくと申す。また使を遣はし、松尾、鴨御祖(かものみおや)、鴨別雷(かものわけいかづち)、乙訓(おとくに)等の名神に奉幣せしむ。雨を祈るなり。是日雨降り通宵緩まず。

○承和11年9月1日　雨快く降る。是に先立ち雨(あめふ)らざる已(すで)に久し。井泉涸竭(こかつ)、故に今人々以て嘉澍(かじゅ)と為す。

○承和14年閏3月15日　僧八百口を城中に請じ、仁王経を講ず。其の呪願(しゅがん)文に曰く、夫れ識(しき)の識(し)る所、曷(なんぞ)ぞ嘗ての識(しき)に非(あらざ)る。知(ち)の知(し)る所、未だ始めての知(ち)ならざるにあらず。是(これ)が故に能行(のうぎやう)にして所行(しよぎやう)の空(くう)を兼ぬれば、即ち摂受(しやうじゆ)の理廃(すた)れ、自性にして無性は異(こと)ならざれば、即ち執取の念忘る。唯斯(こ)れ仁王護国般若波羅蜜経は慈を施し愛を敷くの奇法なり。難を避け利を安んずるの神符なり。之を頒(わか)ち用ふる有らば即ち人鬼調和し、廃して行はざれば即ち龍神怨怒する者矣(てへり)。聖朝身を罪にして已に尅(うちか)ち、天下召さざるの災(わざわひ)を慮(おもんぱか)り、国を憂へ民を思ふこと、猶(なほ)四海来(きた)る莫(な)き咎(とが)を恐るがごとし。即ち百官を会し先に斎禁を申し、高座百を開き僧徒百に及ぶ。一日二時王城中に於きて此の大乗を演説し、紫極を擡げ褰げては蹔く香花の四廬と為し、青宮を灑掃して更に涼燠の三殿と作せば上林羽猟の苑は今惟歓喜し、昆明魚釣の池は皆是阿耨にして徽音漸に振ひ、象化の今日新来せるが如く妙義初めて披け、龍宮の昔時未だ秘せざるに似たり。伏して願はくは十方諸聖、八部霊祇、仁王の宝鏡に向ひ、国を守るを以て身の謀と為し、梵帝の金輪を推し、災を除かむを以て己が任と為し、縦ひ含冤の衆鬼、不義の群神、風雨を変じて逆を為し、木石を起こして恠しきを作す有りとも、猶此の汪々の化、彼の浩々の権に従ふ。咎を反して休と為せば、時に応じて草靡く。然れば即ち宸階秋毫の警を絶ち、玄廡露寝の労無く玉燭長懸し、仙豫に与りて蔽無く、神玉は握に在りて、聖慮を将けて弥照す。環丘之鵲は穂を投じて、年有るを彰にし、楚庭之羊、粟を銜えて豊歳を表す。禍何にか在りて消えざらむ。福何にか之来たらざらむ。諸天共に歓び、衆民倶に楽しび、久しく帝王の人と為り、同じく仁寿の境に入らむ。

○嘉祥元年７月６日　百僧を八省院に招き大般若経を転読、以て甘雨を祈る。同８月３日、雨降る。通宵止まず。

○嘉祥２年正月１日　朝賀を廃す。去年天下洪水害有りて秋稼登らざるに縁るなり。天皇紫宸殿に御まし、侍従以上のみを宴し御被を賜ふ。同２月25日、陰陽寮言さく、今年疫癘滋かるべし。また四五月洪水有るべし者、勅すらく、頃来、疫に染まる人、往々夭くして亡ず。夫れ防護の恃みは冥威を頼み、存済の方は梵力を期す。宜しく五畿内七道諸国をして名神に奉幣し、兼ねて復国分二寺及び定額寺に於いて一七か日、昼は経王を転じ、夜は観音を礼し、如法に修行し、必ず霊感を呈しめよと。

以上の記事を通覧して知られることは、旱魃等の季節上の異変に関わって行われた仏教法会の実修においては、平素から日常的に斎戒を厳守している僧侶に習って、天皇以下の百官から、地方の国司以下の百姓に及ぶまでも、国を挙げての殺生禁断を順守し、また厳重な斎戒に服することを命じていたということであります。そのことによって「神力」「法力」といったものが、いっそう強化されるというのでありましょう。承和６年４月27日条に至っては「諸司之が為に酷食す」という文面が表れます。これは斎戒の強化として、宮中出仕の諸司すべての者が酷い食事をして、これに耐えていたというのであります。また先の記録には掲げませんでしたが、承和7年6月16日条では、「頃者亢旱旬に淹り、藝殖或ひは損ぜんか、聞くが如くんば諸国飢疫し、往々喪亡す……」と述べ、「其れ朕が服する御物併びに常膳等は並べて宜しく省減すべし……」という詔勅を出しています。そして同月28日に至っては「未だ主上憂勤して臣下逸楽するは有らず」したがって「五位已上の俸禄、暫く省約に従はむ」という上表を奉ったところ、「権中納言藤原良房」を経て「食封の家は請ひに依り、之を減ずること人別四分の一、但し四位五位の秩禄は惟薄し。今年の間減省すべからず」という裁可があったと記録は伝えています。

そしてそうした窮屈な斎戒と禁欲の生活の功成って、陰陽季節の復調が成ったというのであります。季節の推移が復調し、天地の間の人間を始めとした草木鳥獣が本来の生命の輝きを取り戻すという「玉燭」がそれであります。この「玉燭」という文字は、上に掲げた『続日本後紀』承和14年閏3月15日条の「呪願文」にも、「玉燭長懸して」という一句が見出されます。要するにこの「呪願文」の趣旨を簡単に申せば、「大般若経」の法会を開いてこの国で釈迦の教えを説けば、仏力を得て陰陽調和して草木国土も成仏し、政争に敗れ、または無実の罪で怨恨を抱いて死んで行った者の霊魂が世間を狂わせて災害を起こすことがあれば、一年の米作も稔りを得られないけれども、偉大なる智慧「般若」を説く「釈迦仏」の大きな加護が加われば、季節は「玉燭」を得て豊作が約束されるのであるという趣旨であります。

この「玉燭」という言葉は、『日本三代実録』貞観3年3月14日条所載の、奈良東大寺で開かれた「無遮大會」で読み上げられた菅原是善作るところの、「呪願文」の中にも登場致しています。「呪願文」の全文は長くて引用は出来ませんが、この語を含む一節を掲げますと次の通りです。すなわち「璇璣は廃れず、玉燭は恒に照り、九土謳を開き、千廂詠を発す」とあります。「璇璣」とは日月星辰の運行を観測して、陰陽の盛衰、四時の推移に従って行われねばならなかった皇帝政治が必須としたところの天体観測器具でありました。したがって「璇璣は廃れず」とは、この「東大寺無遮大會」の文脈では、天皇の政治が天意に沿って正しく行われたことを意味しています。そうして正しく行われたならば、国土の鳥獣草木は「玉燭」し、「千廂」すなわち多くの民の家々からは歓喜の歌声が聞こえるという意味であります。さらに「玉燭」という言葉は、『日本三代実録』（国史大系）貞観11年6月26日条の、旱天が続く危機の中で発せられた詔勅文にも見出されます。そこでこの語を含む一節を掲げますと次の通りです。「朕聞かくは、上天独り理ること能はず。故に君を立て以て司牧せしむ。君の道に忒ふこと無くんば、即ち玉燭均調し、時政宜しきを失はば、即ち陰陽乖り隔つ」と。さらに「玉燭」は菅原道真『菅家文藻』所収の詩編にも見出されます。これを『日本古典文学大系』（岩波）に拠って申しますと、48番詩には「玉燭の明らかなるに縁るべし」という一句があります。さらに144番詩の詩題は「重陽の日、宴に紫宸殿に侍りて、同しく玉燭歌を賦し、製に応へまつる」というものであり、繁を厭わずこの「玉燭歌」を「日本古典大系本」の訓読に従って掲げますと次の通りです。

> 為なく事なし明王の代　九月九日嘉節の朝　暦数帰くところ真に至ること有り　雨をして順にあらしめ又に風をして調へしめまく欲りす　始めて聞く童子の唐国に謳ふことを　終に見る大臣の渭橋に謁することを　人望み天従ひて玉燭明なり　春より夏に渉りて金飈に至る　菊は供奉を知りて霜の籬に近し　雁は来賓を守りて雲の路遥なり　藻鏡光を和げて豪も失はず　璇璣遠く映えて徳彌昭なり　東西の郡老承けて頌を成す　南北の州民習ひて謡を作る　臣は陶鈞に在り歌ひて最も楽しぶ　願はくは高聴を驚して丹霄に入らむことを

これらの文章の注解は所引の底本に委ねて、ここでは致しませんが、これまで述べて来ました「玉燭」の意味概念が、この詩において良く敷衍されているようであります。この「玉燭」という言葉の、日本の詩文でもっとも古いものは『懐風藻』に見出されるようであります。これも『日本古典文学大系』に拠って掲げますと、24番詩「玉燭紫宮に凝り　淑気芳春に潤ふ」と、63番詩「玉燭秋序を調へ　金風月幃を扇ぐ」とであります。さらに「北斉」（550～577年）

の「杜台卿」という学者の手に成った『玉燭宝典』という書名の古書があります。これは『礼記』「月令」編を承け、これに更なる古典中国の歳時民俗を付記したものであります。これは『中国古典新書続編』に解題と訓注とが付されて出版されています。さらにこの語は「空海」の著作『秘蔵宝鑰（やく）』「第二愚童持斎心」にも「よくこの五を行ずるときは、すなわち四序、玉燭し、五才、金鏡なり」という文面の中に登場いたします。文中の「五」は「仁義礼智信」の「五行」、「五才」は「木火土金水」、「金鏡」は「鏡が物を映すように明白であること」。以上は宮坂宥勝『空海コレクション』の説明に依りましたが、四季順行して農作物の良く育った豊作の状態を、儒学では「玉燭」と称し、そして仏道ではこれを「山川草木悉皆成仏」と唱えたのであろうかと考えられるのであります。

すでに指摘致しましたように、四季の順調な推移を祈願して仏教法会を開く期間は、天皇とその臣僚そして全土の民を挙げての殺生禁断、斎戒が布告されていたようでありますが、その斎戒期間は『令集解』「神祇令」に依って申せば「絲竹歌舞の類」は禁じられています。しかしながら『六国史』を通覧致しますと、それら度々の危機遭遇の合間には、温和な時節が与えられる時もありました。するとその時には恒例の「節会」または臨時の「宴」「宴飲」「宴遊」、あるいは「曲宴」（小さな臨時の宴）と称された「糸竹管絃」「歌舞音楽」の「御遊」が行われていたことが見出されます。そしてその「御遊」では、以上のような危機を乗り越えることが出来た果ての「玉燭」を迎えて、これを讃嘆し玩（もてあそ）ぶ和歌が、糸竹管絃の音（ね）に乗せて詠じられたのではなかったかと想像されます。そのような和歌は今井似閑『萬葉緯』において取り上げられ、さらに萩谷朴『平安朝歌合概説』第一章「平安朝歌合概説」では平安朝前期のそのような多くの糸竹管絃の宴遊が『六国史』の中から拾い上げられてあります。また片桐洋一『古今和歌集全評釈』（上巻107ページ）において指摘されましたように、それら音楽の宴に関する記録では、天皇の詠作または特別な事情のあった場合の詠歌に限られています。しかしそれらの「御遊」を記事にした国史は、すべて漢詩、漢文を重んじた儒家によって記述されたものでありますから、そのような漢学者の立場からすれば、和歌の社会的価値がまだ低かった時代のことゆえ、いくら多くの歌人の詠作があったとしても、それらの詠作が『続日本紀』『続日本後紀』『文徳実録』『日本三代実録』の正史では、記録に値しない文事とされて、掲載されるに及ばなかったということが考えられます。でありますならば『六国史』の総索引では「音楽」という項目が立てられていて、それらの「御遊」では、糸竹管絃の音に載せて多くの和歌が詠作されていたという可能性が多分に考えられます。『古今和歌集』「真名序」には「古ノ天子、良辰ノ美景ノ毎ニ、侍臣ノ宴筵ニ預ル者ニ詔シテ、和歌ヲ献ゼシム」という文面がありますが、これがそのような「御遊」を指しているのではないかと察せられます。そしてこのような流れから、糸竹管絃の音楽よりも、その音に載せられて詠ぜられた和歌そのものを主眼とした「歌合」というものが発明されて行ったという経緯が考えられます。このように国史には書き留められなかった多くの和歌の記録が、宮中の「御書所(ごしよどころ)」などに保管されてあったのが、歌好きな「宇多上皇」によって持ち出され、これらが広く人の目に触れるようにと披露なされたのが、『古今和歌集』所載の「寛平の御時の后宮の歌合の歌」と銘打たれた歌々であったように考えられます。このように観察を進めて行きますと、『古今和歌集』という和歌の新風は、中国の古典詩文と同様に、「玉燭」という観念に基盤を置いていますけれども、しかしその季節の「節物」との独特な「心」の交歓、その現代人には到底及びも着かない「節物」への「心入れ」「心働き」の程は、漢詩とは袂を分かった平安朝歌人の独創であったと考えられるのであります。この「寛平御時后宮歌合の歌」という名を掲げて『古今和歌集』に収載されている和歌は、春夏秋冬の四時歌だけでも三十六首が数えられます。その三十六首を全部ここに掲載する訳には参りませんが、その幾らかを掲げますと次の通りです。

①谷風に解くる氷のひまごとに打ち出づる波や春の初花（巻1・12）

②鶯の谷より出づる声なくば春来ることを誰か知らまし（巻1・14）

③五月雨にもの思ひをれば時鳥夜深く鳴きていづち行くらむ（巻3・153）

④秋風に声を帆に上げて来る舟は天の戸渡る雁にぞありける（巻4・212）

⑤我のみやあはれと思はむきりぎりす鳴く夕かげの大和なでしこ（巻4・244）

⑥み吉野の山の白雪ふみ分けて入にし人の訪れもせぬ（巻6・327）

これら六首の作風を観察致しますと、それらは氷、鶯、時鳥、雁、きりぎりす、雪など、季節の「節物」を取り上げ、それらが順を追って出現して来る推移を謡っているに過ぎません。でも季節のこの順調な推移こそが、この時代の人間にとってもっとも欠かせない原動力であったのでありました。この一年の推移の中でこそ、一国の財政基盤であった「米」の収穫が得られるのでありました。私どもが今日現在でも用いるところの「とし」という言葉は、十二か月の連続体を意味する「通し月」から生まれて来たものであることは、本書の第一章の「補説」で詳説いたしましたが、この一年の経過を指す言葉は、また同時に穀物の稔りを言う言葉にもなっていました。ですから季節の「節物」の輝き、すなわち「玉燭」とは単なる耽美趣味なのではなく、その基盤には年毎に与えられる天帝からの食物への喜びのある事が認識されなければなりません。それを喜悦し、それと遊び戯れる心が、『古今和歌集』「四季部」の歌々の心であったということを、私どもは知らねばならないと思います。

このようにこれらの歌々を通覧して、今日の私どもの心に深く伝わって来ることは、すべて当時の社会の高い指導的な立場にある宮廷人士の和歌でありながら、その心といえば、氷解けた隙間から立ち上がる水波とか、春に鳴く鶯の声、夏の夜の時鳥、秋の空を渡る雁、秋の夕暮れの中の大和なでしこ、冬では当然のように経験される深い雪など、季節々々の在り来たりの事象に深く心を差し向け差し入れて、それをまことに重大な出来事として、それへの想いがそれを謡う人間の心一杯に占めていること、あたかもそれらの草木鳥獣が、ダイヤモンドのような宝石か、貴重な宝物でもあるかのように歌を詠んでいるというところであります。もしそれが素朴農民の作であるならば必然であるかも知れませんが、それが社会最上流の天皇以下の宮廷人たちの心でありますから驚かざるを得ないのであります。一国の支配者たちの歌でありますから、それらが壮麗な宮殿であるとか、広大で肥沃な耕地であるとか、群れなす多数の馬匹であるとか、強健な馬上の武人とか多数の兵士であるとか、鉄鋼が張り巡らされた無敵の戦車であるとか、そのような威勢を示すところの諸物が、文学で謡われているのならば当然でありますが、そうではない鶯とか雁とか草花や雪などに、それがさもダイヤモンドのような宝石ででもあるかのように、それらに対して無邪気、讃嘆、喜悦の心を注ぎ入れて歌にしているのであります。まさに日本の国を統治していた宮廷人にとっては、そのような季節ごとに現れる「節物」こそが、この人たちの「玉燭」、すなわちダイヤモンドであったのでありました。この「玉燭」が有ってこそ、この人士たちの富と権力が保障されていたのでありました。上掲六首の和歌の中では、「素性法師」が「大和なでしこ」の可憐さを謡っていますけれども、それを謡っている僧侶としての「素性法師」の心には、この自然の恵みとはすなわち大自然を支配する「大日如来」の功徳であったと考えられますから、究極的にはそれへの讃嘆であったと鑑賞する者がいたとしても、それも誤りではないように私には思われます。歴代天皇が四季の推移に伴って出現する四季の節物の輝きを三十一文字にしたものの集積を整理し編集せしめて勅撰和歌集となし、そしてこれを後世にまで伝えること、これを天皇一代の事業としたということを思えば、天皇制とは何とも心の柔和な君主制であったことかと、思い半ばを過ぐる次第であります。このような時代の心が働くところから、『古今和歌集』「仮名序」の次のような文章が産まれてきたのであろうと考えられます。すなわちそれは「かくこのたび集め撰ばれて、山下水の絶えず、浜の真砂の数多くつもりぬれば、今は、明日香川の瀬になる恨みもきこえず、さざれ石の巌となるよろこびのみぞあるべき」というものであります。主権在民の現代を生きる私どもが、このような文章を読みますと面食らってしまうところがありますけれども、『古今和歌集』はそのような天皇主権の時代精神の所産であったのであります。（以上）

第五章　ひをりの日

右近の馬場のひをりの日、向ひに立てたりける車の下すだれより
女の顔のほのかに見えければ、よむでつかはしける
在原業平
見ずもあらず見もせぬ人の恋ひしくはあやなく今日やながめくらさむ（巻11・476）
返し　よみ人しらず
知る知らぬ何かあやなく分きて言はむ思ひのみこそしるべなりけれ（巻11・477）

第一節 「ひをりの日」とは何か、その偽説

この和歌の詞書は「右近の馬場のひをりの日」という言葉で始まっていますが、その中の「ひをりの日」という語句の意味は、平安時代も末期に来ると、もう早くも意味の解せなくなってしまった語句であるらしく、仁和寺の「守覚法親王」に仕えて和歌に良く通じていた僧「顕昭」書き表すところの歌語解説書『袖中抄』では、この語は「天下第一の難儀也」と記されるに到っています。今この『袖中抄』の説くところに従って、平安末期「院政期」の、この語に関する理解を紹介いたしますと次のような次第であります。すなわち「五月節会（さつきのせちゑ）」の日には、右近衛府と左近衛府の両衛府は、それぞれの馬場で「騎射（のりゆみ）」の競技を行って来たというのであります。「騎射」とは馬を走らせて、その乗った馬の背から的を狙って矢を放つ競技で、それは五月の三日から六日までの四日間にわたって行われたというのであります。まず三日は左近衛府の舎人（とねり）が左近衛府の馬場でこれを行い、四日は右近衛府の舎人が右近衛府の馬場でこれを行い、さらに五日は三日の日と同様に、再度左近衛の舎人が左近の馬場で競技し、六日は四日の日と同様に再度右近衛の舎人が右近の馬場で競技しました。そしてこ

の三日四日の競技は「荒手結」と称し、五日六日の競技は「真手結」と称しました。「手結」の「手」とは馬の乗り手のことであり、競技は騎手が二人が一対となって馬場に出て、その二人の間で速さと技とを競い合いましたので、誰と誰とが技を競い合うか、その乗り手の番合わせすることを「手結」と称したのであります。そして三日四日の「手結」は予行演習的なものでありましたから「荒手結」、五日六日は本番の競技でありましたから「真手結」と称した次第であります。そして和歌の詞書に出て来る「ひをりの日」とは、この五日六日の対抗競技「真手結」の日のことだというのであります。そして「真手結」の日をなぜ別名「ひをりの日」と称したのか、その理由については次のような説明がなされています。すなわち「騎射」の競技に出場する近衛舎人の出で立ちは、予行演習的な「荒手結」の日では「水干」姿で、袴の裾は膝下にまで括り上げ、その上着といえば、背中から下に長く垂れ下がった裾の先を、女性の「中結ひ」のように後ろ側から身体の前に引き回し、その上に「行縢」を着けて乗馬したというのであります。しかしながら本番の「真手結」の日の出で立ちは、本番だからというのでありましょうか、「紅の下袴」の上に「指貫」をはき、上着の背から下に垂らした裾の先は、股をくぐらせて「褌」のように前に引き出して帯紐に挟み込んだというのであります。以上はよく解らぬ説明ですが、つまり「真手結」の日では、騎手の出で立ちは衣の裾を前に強く引っ張り出していますので、この「引き折り」の状態から「ひをりの日」という言葉が生まれたというのであります。ですからこの説に従っていうならば、「右近の馬場のひをりの日」とは五月六日の「右近衛府の真手結の日」ということになります。ところがこの説には異論があって、衣の裾の「引き折り」は「真手結」の日のことではなく「荒手結」の日にしたことだと言う者もあり、あるいはまた騎手の衣の裾の「引き折り」は「荒手結」「真手結」いずれの日でも行われていたという者もあり、結局「ひをりの日」の意味は、衣の裾の「引き折り」から説明することは信じられぬ説であり、「おぼつかなし」というのが『袖中抄』の結論であるようであります。この説は『袖中抄』よりも早くに、「顕昭」と同族の「藤原清輔」によって著述された『奥義抄』がその始まりであったらしく、そこでは「清輔」が「秦（はだの）兼方」という者に尋ねて得た答えであったらしく、「清輔」も早くからこれを「おぼつかなし」と記しているのでありました。この「秦兼方」は槙野廣造『平安人名辞典』に拠りますと、右近衛将曹（右近衛府の三等官）で、当時聞こえた神楽、歌舞、調楽、競馬の名手でありましたけれども、一介の武人に過ぎず、朝廷の故実をよく心得た人物ではありませんから、人を煙に巻くようなこの説明を、自身も半信半疑の状態で、これを紹介するより外に知恵はなかったようであります。

第二節　「右近の馬場」は「内の馬場」ではない

そしてこの説明がその根本からして受け入れられないことを指摘したのは、近世に到って現れた「賀茂真淵」（1697 ～ 1769 年）の『伊勢物語古意』であります。この著述は次のように記しています。「或る説にこれを五月六日の右近衛の真手結の事といへど、其（その）日なるは内（うちの）馬場にて行われて、武徳殿に行幸有るなれば、右近の馬場にての日は他日なる事は明らけし」と。すなわちある説では「ひをりの日」とは五月六日の右近衛の真手結の日のことだと言っているようだが、『古今和歌集』や『伊勢物語』の時代の五月五日六日に行われた「騎射」は、「大内裏」の中の「武徳殿」の前に設営された「内馬場（うちのうまば）」で行われ、天皇はその「武徳殿」に行幸されたはずである。ところが『古今和歌集』や『伊勢物語』が語るところの「ひをり」の日とは、大内裏の外の「右近の馬場」でのことだというのであるならば、それは五月五日六日の宮中「武徳殿」前への天皇行幸の日の出来事ではなく、それ以外の日の出来事であることは明らかだというのであります。そして本居宣長も『玉勝間』でこの真淵の説を取り上げて賛意を表し、近代に入っても金子元臣『古今和歌集評釈』や石田穣二『新版伊勢物語』でも、そのことが指摘されているのでありますが、この見過ごされてはならない「真淵」「宣長」「金子」「石田」の指摘が、それ以外の注釈書では取り上げられることがないままに今日に至っているのは不思議な現象であります。そして『延喜式』「馬寮」の「五月五日節式」条を開きますと、正に真淵『伊勢物語古意』が指摘致しましたように、「居駕（きょが）武徳殿に幸（いでま）す。……諸衛の射人（いひと）皆次（つい）でを以て馬場に列び向ふ」とあり、また「五月六日競馬并騎射式」条では「車駕武徳殿に幸す。……寮官近衛十人を率ゐて細馬を騎せしめ……左右近衛の中少将、寮の頭、助と共に競走せしむ。……競走畢りて寮に還る。近衛兵衛の官人、舎人等を率ゐ到来して、装束す。而して調馬に騎し、陣列して射場に向ふ。騎射訖りて諸衛更亦御馬に騎し雑戯を供し奉る」と、その日の行事の内容が規程されているのであります。

このように平安京大内裏の中で行われた「騎射」「競馬」の競技の始まりは、『類聚国史』に拠って申しますと、平安遷都翌年の延暦14年五月五日から行われています。しかし「平城天皇」の大同2年には、「近衛府」が「左近衛府」に、「中衛府」が「右近衛府」に改組されて、左右の「近衛府」が並び立ったのを契機にして、天皇は「帝城の北の野」に馬場を設定し、この場所で新しく組織されたこの左右近衛の軍団の馬術を五月五日に観閲することを始められたようであります。だがその日の企画は当日に降った大雨で大変に難渋し、悪い評判を取ってしまいましたので、翌年からは元の大内裏に復して行われるようになったのでありました。そしてこの儀式は弘仁9年に「馬埒殿」が「武徳殿」と名称が改称されたり、「淳和天皇」の天長5年から9年までは四月二十七日に挙行されることとなったりしましたが、天長10年に「仁明天皇」が即位すると、「騎射」の期日が五月五日に復し、かつ競技が五日六日の両日に及ぶ盛大なものに定まったようであります。そしてその儀式の内容を『貞観儀式』で紹介致しますならば、五日には五位以上の有位者の中から奉献された馬が牽き出され、「四衛府」(左右兵衛府と左右近衛府)の舎人がこれらの馬に乗って馬場を馳せて矢を射、標的を射当てた数で勝ち負けを争い、六日には諸国の牧場から貢上されて「馬寮」で飼われているところの馬匹が引き出され、これに乗馬して四衛府の舎人が五日同様に勝負を争ったようであります。なおその上に六日は「四衛府」の外に「春宮坊帯刀舎人」も参加して馬術を披露しているようであります。そして甲田利雄『年中行事御障子文注解』は、この五月五日六日の「騎射」がそれ以後どのような状態で挙行されて行ったか、その様子を次のように記述されています。すなわち「その後、貞観7年より18年迄、十二年引続いて停止されたことがあるが、その外はこのように多年連続して五月節が停止されたことはなく、醍醐帝の延長六年、再び十七個年の長きにわたって停止され、天慶７年に再興された事が『九条殿記』に見える。その後、何時頃からか不明であるが、武徳殿に行幸なっての観武の儀は停まり、典薬寮が菖蒲（あやめ）を献進し、糸所（いとどころ）より薬玉（くすだま）を献進する儀のみ残った。『九条年中行事』には、五日節会と六日競馬に関して、「件の両日、事已に多し、加之（しかのみならず）行わるるは希なり。子細別紙に在り」と記している」と述べておられます。

この10世紀中ごろの『九条年中行事』とほぼ同じ時期の、藤原実資（さねより）（959～1046年）『小野宮年中行事』を開いて見ますと、ここでも五月五日の「武徳殿」での「節会」と六日の「競馬」とを年中行事として掲げる一方では、また「左右近衛の馬場で行われた「騎射」もまた「左右近衛騎射手結（てつがひ）の事、左は三、五日。右は四、六日」という簡単な表示をしているのが見出されます。これに拠って考えられますことは、この『小野宮年中行事』が著述された十世紀半ば頃が、大内裏の中の武徳殿での騎射、競馬に替わるものとして、左右近衛府それぞれの馬場での騎射競馬が新しく始められていた交代期であったということであります。そして『古今和歌集』や『伊勢物語』で語られている出来事といえば、確かにこの十世紀半ば以前の出来事でありますから、その頃の「右近の馬場」は右近衛府の舎人たちの馬術の修練のために設けられた場所であり、朝廷年中行事五月五日六日の「騎射」や「競馬」の晴舞台となった場所ではなかったことは明らかな歴史上の事実であります。『延喜式』（左右近衛）条には「凡そ騎射の人は本府の馬場に於いて教習せよ」とあることを参考にすれば、その頃の「左右近衛府」の馬場は近衛の武人が馬術を競って、これを天覧に供した場所ではなくして、そのような日のための練習場であったことが判明する次第であります。

ここでしばらく「右近の馬場」の所在する場所について、裏松固禅『大内裏図考証』（増訂故実叢書）や『古事類苑』、また『国史大辞典』（吉川弘文館）の当該項目等に従って申すことに致しますと、『源氏物語』の注釈書『河海抄』が「うまばのおとど」を釈して「左近の馬場は一条西の洞院、右近の馬場は一条大宮なり」とある指摘がもっとも古い確かな資料であるようであります。それは平安京の北限を東西に走る一条大路の北側に沿って設定されていたらしく、その中央に位置を占めた「大内裏」を対称軸にして、その西側が「右近の馬場」で、東側が「左近の馬場」であったということになります。そして鎌倉時代成立で作者不明の『年中行事秘抄』には「寛和二年三月十日、右大臣已下参入、右近の馬場を南北に改むと定めらる」という何らかの史書からの引用文が見られますので、これによって右近の馬場は、最初「一条大宮通り」に沿って東西方向に設定されていたのが、この寛和２年（986年）に到り、「右近の馬場」は南北方向に改められたように察せられます。この寛和２年（986年）といえば、上に延べましたように、ちょうどこの頃から「騎射」「競馬」の競技が「大内裏」を去って左右近衛府の馬場で行われるようになった時期でありますので、このことを転機に馬場も東西方向から南北方向に設定変更なされたものかと察せられます。そしてそれは今日の「北野神社」の、南北に長く続く大きな築地塀の外側の細長い空き地――今日では自動車の駐車場になっているところ――がそれだと、今日の観光案内書は申し述べています。また「左右近衛府」の馬場以外に、「左右兵衛府」もそれぞれ別の馬術修練場を有していたようでありますが、左右の「兵衛府」は早く消滅したので、その所在地は詳しくは知られないようであります。

この「大内裏」「武徳殿」前で催行された時代の「騎射」と「競馬」では、それが行われる一か月前には、この競技に出場する左右の「近衛」それぞれから400人（後には600人）から40人、左右の「兵衛」それぞれ400人から20人という高い競争率をもって騎手の選抜がなされ、その選ばれた者の氏名を記した名簿が、左右の「近衛府」「兵衛府」の役所でそれぞれ作成されて「兵部省」に差し出され、10日前に到っては「太政官」において、その名簿に基づいて騎手の「結番」が定められ、その氏名が公表されたようであります。さらに六日の「競馬」「騎射」に出場する「舎人」の人数は更に絞られて、「近衛」は10人、「兵衛」は６人という少数者でありましたから、これに選抜された騎手は大きな栄誉を覚えたことであったろうと想像されます。

しかしながら時代の進展の中で、諸国から貢上される馬匹の数の不足や、地方豪族からの子弟献上で編成されていた「兵衛府」の制度は衰弱し、それに加えて「大内裏」の焼亡や朝廷の財源不足などが原因して、この「騎射」「競馬」の催しが何年間にも渡って中断されることもあり、すでに述べました通りこれに代わるものとして、左右の「近衛府」が大内裏の中で臨時に設けられる馬場ではなくして、京外それぞれの練習のための馬場において「騎射」の競技の催行を始めたようであります。その始期は確かではありませんが、『大日本史料』が『日本紀略』の記事に基づいて「天暦二年（948年）五月五日癸丑左近荒手(あらて)結(つがひ)」と掲げているのがその初見となります。そしてその頃にはもう「兵衛府」はすでに衰退してしまったらしく、この「近衛府」の「舎人」ばかりによって新規に始められた「騎射」「競馬」には「兵衛府」の名は現れません。それ以後「承久の乱」（1221年）で京方の武力の廃滅したことによって、この競技も消えてしまったようであります。しかしながら廃滅に及ぶまでは、この「左近の馬場」と「右近の馬場」との二所で行われた競技は、「大内裏」の北の郊外「北野」と呼ばれた処で行われた催しでありますので、誰でもが見物出来る場所でありましたから、その見聞は当時の諸家の日録に記録されていて、それが『大日本史料』に収められています。ですから平安末期の院政期を生きた藤原清輔、顕昭、秦兼方などは、「騎射」といえばこの左右近衛府の馬場での「荒手結」「真手結」ばかりが知られていて、『古今和歌集』や『伊勢物語』の時代は大内裏の「武徳殿」で「騎射」「競馬」の競技が行われていたことは、その知識にはなかったようであります。でありますから「右近の馬場」といえば、この人々自身が只今実地に経験しているところの、この後代成立の「荒手結」「真手結」という日ばかりが心に浮かび、「ひをりの日」という言葉もこれに結び付けて、「ひをり」とは騎手の衣の着こなし様(ざま)のことだとする、語る自分自身もよく判らないままに、この説が言い広められていたようであります。そこでこの『袖中抄』の誤った「ひをりの日」説を真(ま)に承(う)けた女性が存在していたらしく、「右近の馬場」の「ひをりの日」すなわち五月六日の「真手結」の日に、その女性から「前例(ためし)あれば眺めはそれと知りながらおぼつかなきは心なりけり」という和歌が、平安末期の風流人、前大納言藤原隆房（1148～1209年）がまだ若くて「右近衛府」の「少将」であった時に、その人物の許に贈られて来たという出来事があったようであります。そしてその女性の和歌が「藤原隆房」の返し歌とともに『新古今和歌集』「恋二」に収載されています（1104、1105番歌）。

第三節 「ひをりの日」とは何か、その新説

しかしながら今日の私どもには、このような中世期の誤った珍説から解放されて、この「ひをり」の意味の考察をしてみなければならない時が来ているとしなければなりません。そこで私は「ひをり」という語に対しては、「日居り」という文字を宛ててみることに致しました。するとこの「日居り」と対照的な位相に立つ語として「夜居」という語が浮かび上がって参りました。この「夜居」という語は、広く古典語の辞書が説明していますように、天皇など貴人の安らかな眠りを護るため、一晩中その寝所の次の間に在って祈禱の勤めをする「護持僧」の行為に使用された言葉でありますが、それ以外では古典語辞書は『栄花物語』「はつはな」の巻の「その日は内の御物忌なれば、殿も上達部も舞人の君達もみな夜居に籠り給ひて、内わたり今めかしげなる所どころあり」、また別の古典語辞書は『宇津保物語』「あて宮」の巻の「まこと、これは夜居の人々の目覚ましに給ふとなむ」という用例を挙げて、僧侶ではない宮仕え人の、夜から夜明けにまで及ぶ出仕を指している場合もあることも指摘しているのでありました。つまり「夜居」という用語はそのような僧侶の勤めに限らず、あまり用例は多くありませんが、僧侶以外の宮仕え人の行為にも使われた言葉であったことが知られるのであります。そこで夜から翌朝に掛けての勤務が「夜居」であるならば、この「日居り」はその語とは対照的に、朝から日の暮れるまでの日中の勤務という意味を表す語ではなかったかという予見に私は捉えられたのであります。「日」と「夜」とが対照的な位相にある語であることは言うまでもありませんが、またラ行変格活用の「をり」と、ワ行上一段活用の「ゐる」もまた対照的な位相関係にある語であると考察されるのであります。すなわちラ変動詞「をり」は状態や行為の発現や開始を表す動詞または補助動詞で

あり、それに対して、ワ行上一段動詞「ゐる」は状態や行為の持続や継続を表わす動詞または補助動詞であると認識されます。ただし「ゐる」に対して、それとは対照的に「をり」が状態や行為の発現を表すということに関しては、まだ良く知られた定説にはなっているわけではありませんので、これを言うためには幾らかの論証が必要であると思います。それで以下はその論証であります。

①忍坂の　大室屋に　人さはに　入り居りとも　人さはに　来入り居りとも（『古事記』9番歌謡）

この「入り居り」「来入り居り」はいずれも賊軍がぞろぞろと「大室屋」に入って来た、その者たちの出現をいう言葉でありましょう。

②大和へに西風吹き上げて雲離れ退き居りとも我忘れめや（『古事記』55番歌謡）

「雲離れ退き居りとも」とは、たとえ雲のように遠く離れた状態になったとしてもという状態の発現を意味していると解せられます。

③八田の一本菅は独り居りとも大君しよしと聞こさば独り居りとも（『古事記』65番歌謡）

この場合の「独り居りとも」は、自分の独り身を人目に曝す状態になったとしてもという意味でありましょう。

④そらみつ　大和の国は　おしなべて　吾こそ居れ　しきなべて　吾こそ座せ（『萬葉集』巻1・1）

この場合の「吾こそ居れ」はこの国はすべて我こそが支配しているのだと、自分自身のこの処への出現を申し立てている言葉であると解せられます。

⑤聞くが如まこと貴く奇しくも神さび居るかこれの水島（『萬葉集』巻3・245）

「神さび居るか」は神さびた姿を人の目に現わしていることだという意味であるに違いありません。

⑥汝が父を　取らくを知らに　いそばひ居るよ　いかるがとひめと（『萬葉集』巻13・3239）

「いそばひ居るよ」これも戯れ合っている姿を、眺める者の目に見せていることを述べています。

⑦さきたまの津に居(を)る船の風をいたみ綱は絶ゆとも言な絶えそね（『萬葉集』巻13・3380）

この場合の「津に居(を)る船の」はこの港に避難して来て、その処に姿を現わしている船がという意味でありましょう。

⑧何か汝(な)が　ここに出でて居(を)る　清水（『琴歌譜』16番歌）

これは「どういう理由で、お前はここへ顔を出してしているのかね。この清水よ」という意味でありましょう。「居り」は明らかに出現を意味しています。

⑨胡簶(やなぐひ)を負ひて戸口に居(を)り（『伊勢物語』6段）

これは武者が胡簶を背負って戸口に姿を現わしたという意味に解せられます。

⑩君(きみ)があたり見(み)つつを居(を)らむ生駒山雲な隠しそ雨は降るとも（『伊勢物語』23段）

この「君があたり見つつを居(を)らむ」という歌句の意味は、あなた様の出て行かれる彼方をずっと見続けている自分の姿を人の目に現わしていましょうという意味に解せられます。

⑪つれづれと籠り居(を)りけり（『伊勢物語』45段）

何事をすることもなく家に籠る状態を現わしていたという意味でありましょう。

⑫天の逆手を打ちてなむ呪ひ居(を)るなる（『伊勢物語』96段）

「天の逆手を打ちて」人を呪っている様子を現わしていたという意味でありましょう。

そして時代が『枕草子』『源氏物語』の時代にまで下って行きますと、この「をり」が、古典語辞典が指摘していますように、目障りで無様な様態を人の目に曝している場合に多く使われるようになって行ったと観察されます。その用例を挙げると次のようであります。

⑬押し伸べなどして、あぶり居(を)る者、いつか若やかなる人などさはしたりし（『枕草紙』28段）

「押し伸べなどして、あぶり居る者」とは手の指を押し伸ばして火桶で温める老人臭い仕ぐさを、無遠慮に人前にさらけ出している者という意味でありましょう。

⑭「これより珍しき事はさぶらひなむや」とて居り（『源氏物語』 帚木博士の家）

「これ以上に珍しい事は滅多にございません」と勿体ぶった様子を見せているという意味でありましょう。

さらにこの位相は『今昔物語集』においては強まっていると、辞書は指摘しています。

太子受取テ平地に居ラセツ（巻三第十五）
皆木ノウツホニ付テ居リ（巻四第十一）
僧ノ所ニ来リテ木ヲ焼テ火イ向テ居リ（巻十七第四十三）
南ノ谷ニ尻ヲ逆様ニテ隠レ居リ（巻廿第二）

このように「をり」は、後には卑小な存在の姿態描写に用いられるように変化したのでありますが、それでも「をり」は依然として何らかの状態や行為を人の目に現わしていることをいう動詞であることには変わりがありません。それというのは、古典語辞書が述べていますように、「をり」は存在の意を表す動詞「ゐる」の連用形「ゐ」に「あり」を接続させた「ゐあり」から生じた動詞であるとされていますように、この「をり」という語の中の「あり」という動詞部分にこそ、存在や状態の発現現前を言い表す意味が含まれていると考えられます。「あり」という語の意味が本来的に存在の発現、現前を表していたことは、『萬葉集』に「あり通ふ人目を多み」（巻12・3104）「あり立てる」（巻13・3239）という言葉があり、その意味はそれぞれ「姿を現わして通うと人の目に付くことが多いので」「人の目によく見えるように姿を現わして立っている」という意味であることから立証されるでありましょう。

このようにして奈良時代以前から平安前期に到るまでの、この年代では「をり」が状態や行為の発現出現という意味に用いられ、他方「ゐる」は状態や行為の持続継続の意味を表していたように察せられ、したがってこの二語の関係性を端的に言い表せば、「ひをり」とは「朝から暮れまでの出現」を意味し、他方「夜居」は「夜から翌朝までの持続」を意味する語であるという、この二語にはそのような対称性があることに私は気付かされた次第であります。今日ではもう「いる」と「おる」の違いは識別し難いですけれども、もし「お前はまだ解かっていない」と言えば「お前はまだ理解していない状態を持続している」という意味であり、「お前はもう解かっておるだろう」と言えば「お前はもう理解し始めているだろう」という意味に解せられるものならば、ここでは「いる」と「おる」の意味の相違はごく僅かながらその気配を留めていると申せましょう。でも『古今和歌集』や『伊勢物語』の時代では、「ゐる」は動作の持続延長であり、「をり」は動作の出現開始であって、この二つの判別は今日現在よりも明らかであったろうと思われます。

しかしながら「ひをり」という――よほど特殊な言葉ならいざ知らず――この解かってしまえば何でもないごく平凡で日常的な語が、『古今和歌集』（905年）から『袖中抄』（1187年ごろ）に到る間に、「天下第一の難儀」（『袖中抄』の言葉です）になってしまったのか、これに考えを及ぼしますと不思議な思いに捉われます。次にはこの疑問に関する私見を述べさせて頂きます。「令制」官人の勤務の制度については、『古事類苑』においてその資料が詳しく集められているようで、それに拠って申しますと、『令義解』「公式令」は官人の出仕を「上」、退出は「下」と称していて、その出仕日数をいうところの「上日」が、俸禄給付の必要から厳重に記録され管理されていたようであり、それは「上日幾ら」「上夜幾ら」とその日数が記録されていたようであります。「上日」とは日中の出仕であり、「上夜」は夜間の出仕であります。しかしながら平安時代の官人は、宮中すなわち「大内裏」の役所への出仕以外に、庇護を頂いている主家や貴家の邸宅から呼び出しが掛かったり、あるいは縁者友人などの屋敷などにも出かけて、何らかの用事を果たすことがあったようであります。そのような実例としては、先に掲げましたところの、『栄花物語』「はつはな」の巻の「その日は内の御物忌なれば、殿も上達部も舞人の君達もみな夜居に籠り給ひて、内わたり今めかしげなる所どころあり」、また別の古典語辞書は『宇津保物語』「あて宮」の巻の「まこと、これは夜居の人々の目覚ましに給ふとなむ」という記述を挙げることが出来ます。この二つの物語のうちの前者「その日は内の御物忌なれば、殿も上達部も舞人の君達もみな夜居に籠り給ひて、内わたり今めかしげなる所どころあり」は、毎年の十一月に行われる「賀茂臨時祭」の祭使が宮中から出発する前夜のことで、時の「一条天皇」は内裏で「物忌」に籠っておられたので、左大臣「藤原道長」はじめ「上達部（かんだちめ）」も自邸には帰らずに内裏で「忌み籠り」を共にしていたというのであります。またもう一つの物語「まこと、これは夜居の人々の目覚ましに給ふとなむ」は、この物語のヒロイン「あて宮」が「入内（じゅだい）」し、里第に戻っては一子を安産した慶びで人々が集まっているところに宛てて、母后からたくさんの食べ物が差し入れられ、これはその荷に付せられた文（ふみ）の一節であります。この二つのいずれも賑やかな暇つぶしのような集いは、宮中や貴家で行われたものであっても、それらの「顔出し姿見せ」は「令制」が定むるところの「上日」「上夜」などいう勤務とは言えず、俸禄の対象とはならないような私的な奉仕でありましたから、これらは「夜居」と称されていたように察せられます。もしこれらの「顔出し姿見せ」も勤務に相当するものでありますれば、それらは「宿直（とのゐ）」と称されたものと察せられます。また宮中に赴き夜間の天皇の身の安全の修法を勤める護持僧の行為も、実はこれも俸禄の対象にはならない奉仕に属する行為であったように察せられます。なぜならば僧侶は寺院に所属して「仏」に仕える身であって、朝廷に出仕する官人とは断然その身分を異にした存在であることは明らかであります。ですから夜間に宮中に出て来て天皇の心身護持の祈禱をなす行為も勤務ではなく、それは僧侶としての働き以外の何物でもなかったに違いありません。無論この「夜居」には報酬があったに違いありませんが、それは「布施」とでもいうべき性質のもので、律令官人の「俸禄」とは範疇を異にしていたことは言うまでもないことであります。このように宮中に参上して一夜を明かすような行為がなされても、それらがすべて令制の「俸禄」の対象となる「上夜」に数えられない務めもあったということであります。そのような「俸禄」の対象にはなり得ない夜間の「顔出し姿見せ」が「夜居」と称されたものと察せられます。そしてこれと同じことが「ひをり」に関しても言うことが出来ると考えられます。なぜならばこの在原業平という人物は、平城天皇の皇子「阿保親王」の五男という名門の出身でありましたから、まず17歳で正六位相当の、「右近衛府」の三等官「将監（しやうげん）」に任官しております。この職は武官でありましたから、馬術を身に付ける必要があって馬場に来ていたことが考えられます。「近衛府」の武官となれば馬術は必須の資格でありますから、武官に任命されれば、それに相応した技能の獲得に努めなければならなかったに違いありません。そしてそれは勤務に属することではなく、俸禄の対象にはならない自己研修に属する行動であったに違いありません。もしこれが「出仕」とか勤務というものならば、「まゐる」「まうづ」「あがる」などいう言葉が使われたかも知れませんが、「日居り」「夜居」という言葉にはそのような敬意を表す表示の無いことが、その間の事情を伝えていると考えられます。今日でも公務員が自己研修のために何事かに従事しても、それは給与の対象にはならないのと同様のことではないでしょうか。右近左近の馬場などは都城の外の稽古場でありますから、そのような処に一日中姿を現わして馬術の稽古をしていても、それは俸禄の付く勤務とは考えられないことでありましょう。ですから自発的な馬術練習といった在原業平のいささか気楽な一日が「右近の馬場のひをりの日」という言葉の意味であっただろうと考える次第であります。このような言葉は「令制」の俸禄制度が確かに行われていた平安前期の宮仕え人の間では、何でもない分かりやすい日常的な言葉であったに違いありませんが、平安末期院政期の「令制」が崩壊して、もう朝廷から出る俸禄よりも、何らかの技能をもって権門勢家などから与えられる扶持で暮らす都人士ばかりが暮らす時代になりますと、もうそれが「上日」「上夜」か、あるいはその範疇に入らない「日居り」「夜居」であるか、これを判別する意識が消えて行きますと、それに連れて「日居り」「夜居」という言葉も世上から消えて人の口に上ることはなくなり、ただ僧侶の夜間参上の「夜居」ばかりは廃れることなく生き延びて諸家の日記などにも使われていたことが考えられます。以上のような結論に達する前には、峰岸明『平安時代記録語集成』にも当たってみて、「ひをり」に相当する語彙が出て来ないかとも調べてみました。それによれば「夜居」に関してならば、僧に限られていますものの、その用例は少なからず見出されましたが、「日居り」という用例は一切出て来ません。

第四節 「右近の馬場」が存在した「北野」は饗宴の地でもあった

さて在原業平の「俸禄」の対象にはならない自主的な馬術練習の時間に付け込んで――もしこれが俸禄の対象となる勤務時間内のことならば許されない行為になりますが――馬場の向こう側に、いつの間に姿を現わしたのか車が停まっていて、その車の「下すだれ」から女の顔が見えていたというのであります。この時代の車といえば「牛車」でありますが、その胴の後部は竹、葦を編んで造った簾（すだれ）で遮蔽されていて、その簾を巻き上げると、その内側に上から垂らした絹布の隔てが現われます。これが「下すだれ」です。雨風を防ぐための竹や葦を編んだ簾を垂らしていては光が入らずに暗く、風通しも悪いので、この牛車は停車中でありますから、外側の簾は巻き上げて、内側の絹布だけにしていたのであります。するとその内側には女の顔が見えていたというのであります。この時代では身分ある婦人が屋外で顔姿を露わにすることは、避けねばならない事項でありましたから、婦人の場合では、遊女でも売れっ子の者は車に乗っていたことが考えられます。その一例を挙げるならば、平安中期の法制書『侍中要略』「糺弾雑事」には、次のような小文が書き入れられています。「祖父常に語りて曰く、先帝（醍醐）の御代寵幸の女有り。字（あざな）は匠（たくみ）の蔵人、容顔美麗、好色の者なり」と。そしてこの婦人が何とまあ「白馬節会」を見物するために内裏に車で乗り込んだところ、検非違使に見咎められて停車を命じられましたが、一首の和歌を詠んで難を逃れたという、これはこの時代の売れっ子遊女の驕慢の程を語った逸話であります。その時代の右近衛府の馬場は、平安時代の儀式書『新儀式』（群書類従所収）に拠りますと、延喜21年当時では、騎馬を馳せる「埒（らち）」や馬を繋ぎ留めて置く「馬場屋」「馬場西屋」「馬留屋」の外に「饗（あるじ）屋」という建物があったようであり、馬場は武人の馬術稽古ばかりではなく、そこでは馬を馳せた後の饗宴などにも利用されたことが知られます。

奈良時代の早くから、原野での草木の採取、鳥禽の狩猟は広く百姓にも許されていて、官と民、公と私とがその利益を共にしなければならないことが要請されていて、貴家豪家ばかりが原野を囲い込んで独占することは許されていなかったのでありますが、『日本三代実録』元慶6年12月21日の勅に拠って申しますと、「右近の馬場」などが所在した平安京「一条大宮通り」北側の山野、すなわち「葛野郡北野」と称される一帯は、「蔵人所猟野」の「美濃国不破安八両郡の野」とともに百姓が草木を伐採し、鳥獣を仕留めたりすることが許されない宮廷専用の遊猟地に指定されていたことが判明いたします。そこでこの勅令通りに受け取りますと、「北野」は天皇以下の臣下たちが専ら狩猟とその後の饗宴に興じた地であったことが知られます。「北野」が「右近衛府」の馬場であったと同時に、またその処が貴家貴人遊猟饗宴の地であったことを、史書に拠って裏付けいたしますと次の通りです。

①桓武天皇延暦17年8月庚寅北野に遊猟し、便（すなは）ち伊予親王の山荘に御（おはしま）し、飲酒高会。時に日暮れ、天皇歌ひて曰く、今朝の朝明（あさけ）鳴くちふ鹿のその声を聞かずは行かじ夜はふけぬとも。その時鹿鳴く。上（うへ）、欣然として群臣をして和せしめ、夜を冒して乃（すなは）ち帰る。(『類聚国史』遊猟)

②嵯峨天皇光仁9年8月己卯、北野に遊猟し、嵯峨院に幸す。文人をして詩を賦せしめ、侍臣に衣を賜ふ。(『類聚国史』遊猟)

③淳和天皇天長7年10月丁卯、天皇北野に幸し、鶉（うづら）、雉（きじ）を猟し、水鳥を払ふ。便ち嵯峨院に幸し、五位以上に衣被を賜ふ。(『類聚国史』遊猟)

④淳和天皇天長9年9月乙卯、乗輿北野に幸し、鷹、犬を試む。雙（ならび）が丘より陶（すゑ）野に及ぶ。雲林院に幸し、侍従已上に禄を賜ふに差（しな）有り。(『類聚国史』遊猟)

⑤仁明天皇承和6年2月癸丑朔乙丑、天皇先づ神泉苑に幸す。次に北野に遊覧す。皇太子駕に従う。山城国御贄（みにえ）を献ず。便（すなは）ち蹕（ひち）を右近衛の馬埒（らち）に駐（とど）め、先駆の近衛等に命じ、御馬の遅疾を騁（てい）試し、日暮れ宮に還る。(『続日本後紀』)

⑥仁和2年12月25日己巳、神泉苑に行幸し魚を観る。鷹隼を放ちて水鳥を撃たしむ。彼より便ち北野に幸して禽（とり）を従（あとお）ひ、右近衛の馬埒の庭に御（おはしま）し、左

右馬寮の御馬を馳走しむ。是日常陸太守貞固親王扈従す。太政大臣奏して言さく、遊猟の儀宜しく武備あるべきに親王の腰底既に空し。請ふ帯剣を賜はらむと。帝甚だ欣悦て即ち帯剣を聴す。中納言兼左衛門督源能有の釼を取りて之を帯せしむ。日暮れ宮に還る。（『日本三代実録』）

⑦延喜 21 年 12 月 9 日北野行幸。先づ右近の馬場に御す。御膳を供へ、本府物を献ず。（『日本紀略』）

⑧延喜 21 年同じ野に行幸。御座を近衛府の馬場屋の母屋の中間に儲け、大床子を立つ。御座の東南の軒に王公卿の座を敷く。左右近衛の陣は埒の東、左右衛門は右兵衛の陣の南、埒を挟み相並ぶなり。侍従の座は馬留屋に在り。鷂の架二基を右近衛の陣の南の埒の西に、鷹の架二基を埒の東、饗屋の前に立つ。（『新儀式』第四　野行幸）

以上の諸記録を通覧して知られますことは、「北野」と呼ばれた一帯は天皇遊猟の地であり、そこには「伊予親王の山荘」や「嵯峨院」と称された嵯峨天皇の離宮、また淳和天皇の離宮「雲林院」などが建設され、狩猟で仕留めた鳥獣の肉を調理して酒宴が開かれたものと察せられます。そして「右近の馬場」にはそのような饗宴を開くための屋舎があったことが推察されます。

このような北野行幸の饗宴では、狩猟の業や獲物の調理に長けた「傀儡子」という賤民が奉仕を買って出たことでありましょうし、また饗宴の場には、歌舞歌唱の業に長けた遊女が推参して、何がしかの纏頭（頂き物）に預かったことが想像されます――でもそれは謹厳を重んじた政府の国史には記録されるものではなかったのでありましょう。この「北野」の地は勅命によって、朝廷専用の「禁野」に指定されていたことは上に述べた通りでありますが、その同じ勅令で「美濃国不破安八両郡の野」も「永く蔵人所の猟野と為す」と宣下されていますので、この地域も狩猟の産物を朝廷に貢納する官有地になっていたことが判明致します。この「不破」「安八」という両郡は――それは時代が下った院政期の書物のことになりますけれども――大江匡房『傀儡子記』の記述に拠って申せば、狩猟に長けた「傀儡子」や旅人をもてなす遊女が多くあばら家を立てて生息していた地であったことが知られます。その事実から察しますと、これは平安前期朝廷の遊猟地「北野」の地のことではありますけれども、ここでも鳥獣を捕えて調理してこれを饗宴の馳走に供し、また歌舞、歌唱、曲芸を披露した「傀儡子」や「浮かれ女」が棲息していたということが想像されるのであります。「右近の馬場」の一隅には、当時の右大臣ですぐれた漢学者でありながらも冤罪を受けて大宰権帥に左遷せられ、その筑紫で死去した菅原道真亡霊の託宣を受けたという「口寄せ巫女」の言動を契機として一つの祠が祀られていて、それがその後盛大な祭祀を受けるまでに成長したのが、今日も厳存致しますところの北野神宮でありますが、この北野神宮の由来記が幾つもある中の一つに、貞元2年（977年）成立の『最鎮記文』というものがあります。そしてそれには「右近の馬庭は興宴の地なり」という一文があります。ここでも北野が「興宴の地」であったということが示されています。そして時代はずっと下りますが、慶長年間この北野大社の東門前では——それは右近の馬場の所在地だったとされている場所であります——歌舞に巧みな「出雲阿国」の「歌舞伎踊り」が演じられたというではありませんか。そしてまたその場所では豊臣秀吉の「北野大茶会」が開かれ、さらに京都で最も古い料亭街「上七軒」が今日も健在であるとは、歴史は同じ場所で重層し連続することに驚かされます。

以上大変に長い前置きの果てに、ここからこの章の初めに掲げましたところの、在原業平が「浮かれ女」らしき婦人に贈ったという和歌の了解に入ることとなります。その和歌とは「見ずもあらず見もせぬ人の恋しくは　あやなく今日やながめくらさむ」というものでありますが、するとその返りごとがありました。それは「知る知らぬ何かあやなく分きて言はむ思ひのみこそしるべなりけれ」という和歌でありました。この和歌は、知っているお人だからお会い致しましょう、知らないお人だからお会い致しませんなど、どうしてそのような道理のないことを申しましょうか。私はそのようなことは申しません。この私へのあなた様の思いの程ばかりが、私への道しるべとなるのでございますよ」という意味であります。身分高い聞こえた人だから会いましょう、知られない人にはお会い致しません。来て逢いたければ紹介者を立てた上で遣って来なさいというのが、当時の貴族社会の格式であったのでありますが、その格式を「あやなし」すなわち道理のないことにしてしまっているところが遊女の誇りであり、これは正真正銘自分が遊女であることを名乗り出ていることになります。当時の律令婚では、親が定めて仲介者を立てる手続きで娶せられる女性が、正妻という正当な地位を得るのでありまして、媒介の手続きを一切必要としない愛人の地位を保障するものは、ひたすらに男夫の愛情であり、権力や財力ではないというのでありました。そしてそのことが遊女の誇りでありました。ここで特に申し述べておかねばならないことは、遊女という言葉を、早や合点して「娼婦」という言葉で置き換えてしまう人があるかもしれませんが、それは今日的な考え方でありまして、遊女の特質は歌舞、歌唱に長け、客人のもてなしが出来るところの教養や気配りや才智やを持つ聡明な女性であったようであります。当時の遊女には様々な差層があって、今日で言えば、女優さんのような教養あり歌舞音曲に長けた婦人もあったようであります。パブリックな劇場というものがなかった時代では、歌舞は寺社や豪家の庭上とかで、限られた人数の前で演じられたようであります。近づいて来た五月五日六日の「騎射」「競馬」では栄誉を受けようと馬術に励む「舎人」という青年たちの若々しい情熱的な姿と、それを白昼見物に来ている大胆不敵にして驕慢なる遊女、そしてむしろこの遊女の方が気掛かりな在原業平という貴公子の退屈心、これらそれぞれの領域で選ばれた三者の交錯が、泰平を気取ったこの平安朝和歌の読みどころでありましょう。

（以上）

第六章　素戔嗚尊ノ出雲ノ国ニ到ルニ逮ビテ、始メテ三十一字ノ詠有リ

第一節　三十一文字の和歌は「スサノヲ」に始まったというのは本当の話であるか

『古今和歌集』「真名序」――「仮名序」もまた然り――には、三十一文字の和歌は「スサノヲ」の詠唱から始まったという上掲のような文章の出ていることは、よく知られたことでありますけれども、この命題にはどの程度の真実性があるのか、この章ではこのことについて検討してみようと思います。そしてこれに関する私の結論をまずここで申し上げますならば、これは『古今和歌集』恋歌の起原をよく捉えた的を射た言葉で、この歌集の「恋歌」を了解するためには無視されてならない重要な視点であると私には考えられるのであります。そしてこのような叙述が真名仮名両序でなされているのは、「スサノヲ」が多くの神々の存在する天上の「高間の原（たかまのはら）」から「出雲国」に追放されて来て、その国で「クシナダ姫」を娶ったという記紀が語るところの場面で、「スサノヲ」が謡ったという「八雲立つ出雲八重垣妻籠み（め）に八重垣作るその八重垣を（ゑ）」という歌謡が紹介されていて、そしてそれがこの日本国の「神代」の、その中でも最も初めに謡われていて、しかもなおその上にその歌謡が三十一文字から成る短歌形式の歌であったことに拠っていると考えられます。しかしながら記紀の「スサノヲ」に関するところの叙述をごく素直に読んで行きますと、記紀が「スサノヲ」は三十一文字の和歌を詠んだということを叙述していることは誰が読んでも確かにそのように読まれますけれども、「スサノヲ」のこの詠唱が三十一文字の和歌の始まりになっているとまでは決して言っていないように私には読み取れるのであります。記紀では確かに「スサノヲ」が三十一文字の和歌を詠んだということは述べていますが、三十一文字の和歌は「スサノヲ」の

詠唱に始まるという主張は記紀ではなされていなくて、それは『古今和歌集』序文において初めてなされた主張であるように私には解せられます。それならば「三十一文字の和歌は「スサノヲ」の詠唱から始まったという言説は、『古今和歌集』「真名」「仮名」両序の筆者たちが、『古事記』『日本書紀』の叙述に基づいて初めて打ち立てたところの言説ということになるのであります。でありますならば『古今和歌集』序文筆者たちは何故そのような説を『古今和歌集』の序文に掲げなければならなかったのかという疑問がその次に起こってまいりますが、この疑問に関しては次のような答えが私の想念に浮かんでまいります。すなわち三十一文字の和歌は「スサノヲ」の事績と深く関わり合っているという見解は、すでに記紀の編纂時以前から広く行われていて、それ故に記紀の編述者たちもその見解を尊重して、神話語りの場面で「スサノヲ」が登場するに当たっては、「スサノヲ」が謡ったと称する三十一文字の和歌を創作してか、若しくは探し出して来てか、その事情は明らかではありませんが、この一首を「スサノヲ」の事績として記紀に書き入れることをしたのではないだろうか。そして『古今和歌集』「真名」「仮名」両序の筆者たちは、この古くから行われて来た見解を一歩進めて、三十一文字の和歌は「スサノヲ」に始まるという見解を『古今和歌集』の序文において披露するに到ったように観察されます。三十一文字の和歌は「スサノヲ」をもってその始まりとするか、あるいは三十一文字の和歌は「スサノヲ」と深い関係にあるとするか、それには小異があるとしても、三十一文字の和歌が「スサノヲ」の事績と深く関わり合っているということは、『古今和歌集』の時代以前から、古くから信じられて来た重要な事実であるように私には考えられるのであります。私がそのような見解を抱くに到ったのは、『萬葉集』巻十、十一、十二、十三の長短歌を読んで、そこから察知されるところの、その時代社会の結婚適齢期に達した少年少女の、成婚を挙げるに到るまでの経過と、記紀の「アマテラス―スサノヲ」神話を読んで、そこから察知されるところの「スサノヲ」の成婚に到るまでの経過との間には、鮮明な一致点の存在することに私は気付いたからでありました。そこで私はこのことを1985年発行の『古今風の起原と本質』、また2005年発行の『萬葉集作者未詳歌巻の読解』と題しました二つの著述において論述致しました。そしてそのときに付け加えて申しましたことは、「アマテラス―スサノヲ」神話から導き出されたところの日本古代の若者の結婚の様態と、『萬葉集』巻十、十一、十二の歌々から導き出されたところの若者の結婚の様態との間に明瞭な一致点が見られるのであるならば、『古今和歌集』の恋歌もまたその延長線上に位置づけられるのではないかという推察を述べるに到りました。そしてもしこの推察が当たっているならば、三十一文字の和歌は「スサノヲ」の詠唱から始まったという『古今和歌集』「真名」「仮名」両序の主張は、それがたとえ神話であったとしても、その神話には歴史性が認められるのではないか、そしてこの主張には歴史性があると認められることになれば、『古今和歌集』の恋歌は、そもそも何処からどのようにして立ち上がって来たのか、その来歴が知られることになりますので、『古今和歌集』恋歌の了解はいっそう深まることになるのではないかと、私はそのような構想を抱くに到ったのでありました。それでこの章においては『古今和歌集』の恋歌を見渡して、その背後に見え隠れする「アマテラス―スサノヲ」神話の影を指摘してみることを企ててみました。したがってそのためには前著で述べましたところのものが前提になりますので、ここではまずその要点ばかりを、再び繰り返すところから始めることになります。そのためにはまず『萬葉集』の次のような歌が存在していることを指摘しておく必要を覚えます。

第二節　稲の播種から結実に及ぶまでの期間、古代の少年少女は斎戒に服していた

娘子(をとめ)らに行きあひの早稲(わせ)を刈る時になりにけらしも萩の花咲く（巻10・2117）
住吉の崖(きし)を田に墾(は)り蒔(ま)きし稲かくて刈るまで逢はぬ君かも（巻10・2244）
春霞たなびく田居に廬つきて秋田刈るまで思はしむらく（巻10・2250）
橘を守部の里の門田早稲刈る時過ぎぬ来(こ)じとすらしも（巻10・2251）
足柄の箱根の山に粟(あは)蒔きて実とはなれるをあはなくも怪し（巻14・3364）

これら歌々から察せられますことは、春に稲種(いなだね)が苗代(なわしろ)に蒔かれ、田植えを経

過して成長した稲が穂を出し、それが結実に到るまでは、これから結ばれようとする村落の少年少女たちはまだ相逢うことが許されず、そしてその稲穂が結実して刈り取りが始まる時期になって、ようやく少年たちは少女の許を訪ね始め、少女たちはそれを待ち受けるのがこの時代の慣習になっていたということであります。降る雨が少なくて水田への水の供給が止まってしまう旱魃や、穂を出し始めたばかりの稲の花粉を吹き飛ばして稲の結実を妨げ、稲穂を押し倒して水浸しにしてしまう風水害、毎年のように襲って来るそのような危機を何とか過ごして、結実した稲の刈り取りが始まりますと、今年もようやく稲の収穫が得られるに到ったという村人すべてが覚える安堵感の中で、少年少女の結婚活動も開始されるのでありました。それまではこれから配偶者を得ようとする少年少女は、村人の厳重な監視の下で身を慎んで斎戒に服して、稲作労働に精進していたようであります。それは稲栽培に限られず、粟などその他大抵（たいてい）の農作物は春に種を蒔き秋に収穫されるのでありますから、その春種から秋収に到る期間は、ちょうど危険な海を渡る船が岸辺を出て、遠い彼方の岸辺に到着するまでの期間と似ていて、今年も無事に良い収穫が得られますようにと、神を畏れ慎んだ期間であったようであります。安全を期待して神霊を奉斎するその期間のさまざまな謹慎事項は、非常に古くから存在していたことは、すでによく知られたことでありますけれども、『魏志』「倭人伝」には「其の行来・渡海、中国に詣（まうづ）るには、恒に一人をして頭を梳（くしけず）らず、蟣蝨（きしつ）を去らず、衣服垢（く）汚（を）、肉を食わず、婦人を近づけず、喪人の如くせしむ。これを名づけて持衰（ぢさい）と為す。若（も）し行く者吉善ならば、共に其の生口、財物を顧み、若し疾病有り、暴害に遭へば、便（すなは）ちこれを殺さんと欲す。その持衰謹まずと謂（い）へばなり」という文面があり、それは航海の安全を期して一人の男性を選び、その人物に厳しい「事忌（ことい）み」を課し、航海が無事に終わればその「忌み」がよく果たされたとして「生口、財物」を与え、疾病、暴害に遭うことがあると、その者の斎戒に破れがあったとして、これを殺そうとしたというものであります。また記紀の伝承に拠りますと、第十二代「景行天皇」の皇子「日本武尊」が父帝の東国征伐の命を承け、船をもって「相模」の海を渡り、海荒れて遭難の時に、妾「弟橘媛（をとたちばなひめ）」が海に身を投げたことによって海波治まり難を逃れたという物語が載っていますが、航海の安全を期して船中に同乗し、このような遭難に当たっては身を海神に奉げる「人身御供（ひとみごくう）」の習いもまた、上述の「持衰」と同類の太古の習俗であったろうと察せられます。元来東南アジアの亜熱帯地方が原産地で、その地帯では栽培されなくても自生し得る植物で、なおかつ一年に二度の収穫が得られる栽培安易なイネという植物を、気温や雨量等の生育環境がそれら地帯と大きく異なり、本来はイネは自生していなかった温帯に属する倭国の島々で栽培が開始されたということは、その当初では今日と比較にならない程に、その成否が危ぶまれる冒険であったに違いありません。その栽培といえば、それは水田に「田の神」を迎え、その臨在の中で行われたところの、慎み深い神事のような行為であったと民俗学者は申しています。この節の始めでは「住吉の崖を田に墾り蒔きし稲かくて刈るまで逢はぬ君かも」（巻10・2244）という『萬葉集』の歌を取り上げましたが、この歌は住吉の大神に奉仕した斎女が、その年に収穫した米穀をもって醸（かも）し出した神酒を神前に奉げる際に神楽歌として謡ったものであったに違いなく、その意味は「只今御前にお奉（ささ）げ致しておりますところの神酒は、種蒔きからその実の収穫に到るまで、その勤労に従事致しました少年少女どもが、男女相逢うことなき厳重な斎戒をもって造り上げた産物でございます。この我々の労苦を賞し給わりて、この神酒をお召し上がり下さい」というような趣旨のものと解せられます。そしてさらに言えば、「そのような次第でありますので、この極上に美味な神酒を召し上がられたからには、これら少年少女、斎男斎女の希望を聞き入れて、これが成婚へと成就するようにして下さいますようにとお願いする次第でございます」というような趣旨をも織り込んだ歌であると察せられるのであります。また先には「足柄の箱根の山に粟蒔きて実とはなれるをあはなくも怪し」（巻14・3364）という歌も取り上げましたが、この歌の文意も読んでの通り、「足柄の箱根の山に粟を蒔いて実とはなり、これからはわたくしが心待ちするあのお方様に逢える時期となりましたのに、それがお出でにならないとは解（げ）せないことでございます。どうか神さま助けて私の願いを適（かな）えて下さいますように」という趣旨の歌であると察せられます。稲も粟も大約春季に種を蒔き秋季にその稔りを収獲する、食用のイネ科植物であることは言うまでもありませんが、これを取り入れる秋までは、斎戒に服して男夫が私の所を尋ねて来ることのないのは当然でありますけれども、粟が実になった今でも訪ねて来て逢わない（粟ない）のは、約束し合っていた者の心変わりでありましょうか、それともその者に何かの事故があったのでしょうか。理解に苦しむことです。神さまどうか私ども二人を巡り合わせて下さいという願いが込められたのが、この歌の文意であると観察されます。念のために申しますと、粟（あは）と（逢は）なくとは掛詞になっていることは申すまでもありません。そしてここに掲げました二首の歌から察せられますことは、これから結婚しようと意志する男女は——それが許されたのは、令制の規程では男子が十五歳以上、女子が十三歳以上の者でありましたが——村落共同体の秋祭りで奉げることとなる神酒、神服の材料となるところの、男子の稲作りと女子の機織（はたお）りの勤労に服せしめられ、そしてその勤労の技能と成果とが村落の年長者によって判定され、その技能が一定程度熟達するに到るまでは、すでにその交際が進んでいても結婚が許されることはなかったようであります。これは神信仰の立場から申しますならば、神前に供えられた神酒神服を神さまがご覧になって、この上なく善く出来ておりましたなら、その成果に対するご褒美として、その生産製造に携った斎男斎女の結婚を許そうということであったに違いありません。古代の農村共同体で、稲や粟などの人間生活にとって抜き差しならぬ重要な穀物栽培をするに際しては、「山の神」を耕作地の「野」に迎えて「田の神」となし、その神が耕作地に臨在して、作物が結実して秋の収穫期に到るまでは、村中を挙げて斎戒を守っていたように察せられます。それは今日の民俗学的調査や文献資料によっても裏付けられる事実でありまして、このことを例えば『池田弥三郎著作集』第五巻所収の「雨の詩　恋の歌」と題したエッセイでは、「田の神を迎えるために、田植え行事のはじまる前から、厳重な物忌みが続き、農村に来臨した神は、田植えの期間中、農村にとどまっている。さなぶりという、今日では単に田植えの労働の慰労のための宴会になっているが、もとは田の神を送るための神と人との饗宴であった行事が終了するまでは、禁欲生活が続き、人間の男と女との結婚は、厳重なタブーであったのである。……」と書かれています。そしてここで述べられている田植期間中の男女相逢うことを禁じた物忌の期間は、先に掲げましたところの「娘子(をとめ)らに行きあひの早稲(わせ)を刈る時になりにけらしも萩の花咲く」「住吉の岸(きし)を田に墾(は)り蒔(ま)きし稲かくて刈るまで逢はぬ君かも」などいう『萬葉集』中の歌々から察しまして、それは田植えが終わるまでの期間であるよりも、古代社会ではもっと長期間に渡り、それは春の稲の播種から結実に到るまで続いたと考えてよいのではないかと考えられるのであります。そしてその斎戒期間の息苦しい様態を謡った歌々を掲げますと次の通りであります。

言に出でて言はばゆゆしみ朝顔の穂には咲き出ぬ恋もするかも（巻10・2275）

隠沼(こもりぬ)の下ゆ恋ふればすべをなみ妹(いも)が名告(の)りつゆゆしきものを（巻11・2441）

玉かぎる磐垣淵(いはかきぶち)の隠(こも)りには伏して死ぬとも汝(な)が名は告(の)らじ（巻11・2700）

隠(こも)り沼(ぬ)の下に恋ふれば飽き足らず人に語りつ忌(い)むべきものを（巻11・2719）

隠りには恋ひて死ぬともみ苑生(そのふ)の韓藍(からあゐ)の花の色に出でめやも（巻11・2784）

思ひにし余りにしかばすべをなみ我は言ひてき忌(い)むべきものを（巻12・2947）

わたつみの沖に生(お)ひたるなはのりの名はさね告(の)らじ恋ひは死ぬとも（巻12・3080）

第三節　『萬葉集』の歌に出ている「恋死」とは、どういう意味か

前節掲出のこれら歌々を読んで行きますと、この「忌み籠(ごも)り」の期間では「田の神」の臨在を恐れ憚り、逢会はおろか恋しい相手の名を口にすることすら忌まれたようであります。でも恋しい相手のことが思わず識(し)らずに心に浮んで来るのは、恋する人間にとっては致し方ないことであったでありましょう。でも少年は思うのでありました。これでは自分はもう神さまから疎まれ打ち捨てられ、その果てには死んでしまうのではないかと。そのように自分は今にも死にそうだという強迫観念が「恋死」という歌言葉だと考えられます。実際に恋が

原因で落命に及んだということを謡った歌は見られないようです。これが『古今和歌集』になると「恋死」の意味に変容が来たしているように観察されますが、『萬葉集』では落命に及ぶのでないかという強迫観念が「恋死」という言葉を作り出すに到ったのであろうと考えられます。このように何事かの原因があって、そのために神さまに疎まれた者は身体痩せ細るという観念の存在したことは、『日本書紀』の次のような記事から、それが察せられます。「時に天皇、是の言を聞しめして、即ち中臣連の祖探湯主に仰せて、卜ふ。誰人を以て大倭大神を祭らしめんと。即ち、渟名城稚姫命卜に食り。因りて渟名城稚姫命に命せて、神地を穴磯邑に定め、大市の長岡岬を祠ひまつる。然るに是渟名城稚姫命、既に身体悉に痩み弱り、祭ひまつること能はず。是を以て、大倭直の祖長尾市宿祢に命せて、祭らしむといふ」（垂仁紀25年3月丙申条一云）。すなわちここでは最初に「大倭大神」――「三輪大物主神」――を奉斎したのは、渟名城稚姫であったけれども、姫は痩せ衰えて行ったので、「長尾市宿祢」に交代せしめられたと語っています。それというのは前任者の渟名城稚姫には神さまの眼から見て何かしら良くないところがあったのであろうと考えられます。奉仕者に良くないところがあれば、神さまはその者を疎ましく思い、果てには死に至らしめ給うことを怖れた歌は、『萬葉集』には多く見出されます。

　恋ひ死なば恋ひも死ねとや我妹子が我家の門過ぎて行くらむ（巻11・2401）
　剣大刀諸刃の利きに足踏みて死なば死なむよ君によりては（巻11・2498）
　霊ぢはふ神も我をば打棄てこそしゑや命の惜しけくもなし（巻11・2661）
　今は我は死なむよ我が背恋すれば一夜一日も安けくもなし（巻12・2936）

　また「恐みと告らずありしをみ越路の手向に立ちて妹が名告りつ」（巻15・3730）というような歌も『萬葉集』にはあります。この歌は稲作や機織のための「忌み籠り」をする者の禁忌を謡った歌ではありませんが、旅する者が旅先の安全を願っては、峠を越える際には山の神を忌み憚って、これまた内心に深く思う妻女の名を口にすることは避けたという習俗のあったことを表している歌であると考えられます。このように恐ろしい神さまのご臨在の下に置かれていた少年少女は、どんなに相互に恋焦がれる相手を心の中には秘めていても、そのような相手は心底（しんそこ）持ってはいないような様子で神さまに奉仕しなければならなかったようであります。

古く万葉の時代では、未婚の少年少女が成婚に及ぶに到るまでは、厳重な斎戒に服して稲作と機織の業に励むように定められていたことは、将来自立した生活を打ち建て、国政が課するところの租庸調をしっかり負担出来るようになるための修練として、村落の少年少女誰しもが受けねばならなかったところの古代の教育課程でありまして、民俗学ではこれを「成年戒」と称しているようであります。

ところが『古今和歌集』にも次のような恋歌が掲載されていますが、それらは上記の厳重な斎戒に服した『萬葉集』「相聞」歌の流れを汲んだものであるように観察されます。

吉野川岩きりとほし行く水の音には立てじ恋は死ぬとも（巻11・492）
山高み下行く水の下にのみ流れて恋ひむ恋は死ぬとも（巻11・494）
恋ひしきに命を換ふるものならば死にはやすくぞあるべかりける（巻11・517）
人の身もならはしものを逢はずしていざ試みむ恋や死ぬると（巻11・518）
来む世にもはやなりななむ目の前につれなき人を昔と思はむ（巻11・520）
恋死ねとする業ならしむばたまの夜はすがらに夢に見えつつ（巻11・526）
夏虫の身をいたづらになすことも一つ思ひによりてなりけり（巻11・544）
死ぬる命生きもやすると試みに玉の緒ばかり逢はむと言はなむ（巻12・568　藤原興風）
恋しきにわびて魂まどひなばむなしきからの名にや残らむ（巻12・571）
恋ひ死なば誰が名は立たじ世の中の常なきものと言ひはなすとも（巻12・603　清原深養父）
今ははや恋ひ死なましをあひ見むと頼めしことぞ命なりける（巻12・613　清原深養父）
命やは何ぞは露のあだものを逢ふにし換へば惜しからなくに（巻12・615　紀友則）

以上の和歌十二首は、『古今和歌集』恋部五巻を通覧して、その中から「恋は死ぬとも」「恋死ねとする業ならし」「恋ひ死なば」「恋ひ死なましを」などと陳述し、あるいは「恋死」という言葉は使わないものの、「命やは何ぞは露の」と表現して「男女相会うためには命を捨てても」とする和歌などを取り出してみたものであります。作者名のない和歌はすべて「よみ人しらず」歌で、それら歌々は『萬葉集』の伝統を承けて、神祭りの庭の神前には斎男斎女によって生産製造された神酒神服を始めとする種々の生産物が奉納され、その前では巫女が舞い、その巫女の舞に合わせて職業的な歌女らが歌を謡ったのでありましたが、上掲の十二首の和歌は、そのような場合に謡い継がれてきた謡い物であると思料され、その中でも作者名のある歌々は、それら職業的な艶麗で情熱的な歌女の謡いっぷりを真似た男性歌人による新作歌であったと私は推察する次第であります。

元来これら臨在の神霊を畏怖して、その咎めを受けぬようにするための斎戒を謡った和歌は、万葉の時代では実際に神祭りの庭で謡われたものであると察せられます。日本古代農村の少年少女を、自立して家族を形成し国家が課するところの租庸調の責任も果し得る良民にまでに育て上げるための方法手段として、その共同体が祭祀する神社の神霊に奉げる神酒と神服のための生産製造は、ようやく結婚許容年齢に達したばかりの未婚の少年少女にそれを課し、そしてその生産製造が立派に成し遂げられたときに初めて、その生産製造に従事した未婚の少年少女たちは、潔斎から解き放たれて成婚へと自分自身を推し出して行くことが許されたという過程が考えられます。このように少年少女の生産技能の習得過程と、少年少女の成婚に到るまでの斉戒とが、同じ時間と空間において同時並行的に進行していたということが考えられます。具体的に申しますならば、日本古代社会の少年少女は厳格な斎戒すなわち男女分離の中で、神酒の原料となる米作労働と、神服の素材とする機織労働に従事させられ、その成果が神前に供えられ、神霊や村落の成人によってその出来栄えが吟味され、その製品が良しと認められた場合には、神霊やそれを奉斎する村落の成人によって、その少年少女がその男女分離期間において切望して来た結婚が、その褒賞として許されたということが考えられます。でありますから、少年少女の勤労によって生産製造された神酒神服を始めとする供神物には、少年少女たちが家父長や村落の成人から発せられた男女交際の許し、すなわち「許婚」が実って成婚へとゴールイン出来ますようにという主題の和歌が制作されて、それが木簡などに書き入れられて、荷札のようにして、その供神物に付せられていたのではなかったかと私には想像されるのであります。

その少年少女たちの交際が許される「許婚」の季節は稲が穂を出して、それが結実に到る季節すなわち陰暦九月ごろであります。その歳の稲が神霊の恩恵を受けて穂を出し始めますと、村落の成人はやっと安堵して「田の神」に関する斎戒を解き、少年少女たちには相互の交際を許し与えたようであります。それが「許婚」であります。そこでその許しを得た少年少女たちは、稲や薄(すすき)が穂を出して人目に付くような季節になるまで――それまで胸にのみ秘していた自分の恋も結実することを目指して、少年は少女の家を訪れて交際を深めて行きます。

しかしその「許婚」が無条件無制約に「成婚」に及ぶものではありません。その結婚に関しては親族からさまざまな批判や異論が出て――それが『萬葉集』では「人目」「人言」という歌語で表されています――その少年少女の結婚は「里人」によって妨げられて不成立になることがあったようであります。そのような場合では少年少女は諦めることなく、来年度、来々年度と数年度に渡って懲りることなく村落共同体の神に奉げる神酒、神服の生産製造活動に従事して、その情熱と生産技能の程を親族や村人に示して、これを判定してもらうことになります。このようにこれを数年に渡って繰り返し、ようやく親族からも承認を得て成婚に到るというのが、『萬葉集』巻十、十一、十二諸巻の歌々の観察から看て取られます。そのような事情を想像させる適当な歌一首を挙げますと「わがめづま人は放(さ)くれど朝顔のとしさへこごと我は離(さか)るがへ」（巻14・3502）というようなものでありましょう。「朝顔のとしさへこごと」の句意に関しては、諸説ありますけれども、これについては「朝顔は枯れても毎年また芽を出すごとく」という意味に私は解するものであります。「令制」では男子十五歳、女子十三歳が結婚許容年齢でありますが、その年齢で無条件に成婚に到る者は天皇か摂関家の子女くらいなもので、大抵の子女は「許婚」から幾年間を経過して、その間に自己の技量を磨き、父母や親族の承認を受け、それが成婚に及ぶのは男女いずれも二十歳前後が普通であったように察せられます。

第四節　「アマテラス―スサノヲ」神話が語るところのもの

以上のような神前に供える供神物を厳重な斎戒の中で生産製造する少年少女の様態を――それは歴史ある古社では「御田（おんだ）植え」などと称して今日でも行われています――神話として語り出したものが、記紀所載の「アマテラス―スサノヲ神話」であります。これは古代日本の至高至尊の神「タカミムスヒ」を奉斎する少年少女の活動として語られています。「スサノヲ」は通説では、その性格は乱暴で、その有り様を『古事記』の語りでは、「夜の食国（をすくに）」の統治を委任されたにもかかわらず、これを嫌って「八拳髭心（やつかひげむね）の前（さき）に至るまで」泣き叫び、「青山は枯山の如く泣き枯らし、河海は悉（ことごと）に泣き乾（ほ）し」、これに呼応して「悪（あ）しき神の音（こゑ）は狭蠅（さばへ）如（な）す皆満ち、萬（よろづ）の物の妖（わざはひ）悉に発（おこ）りき」という状態だったと語っています。このように「スサノヲ」は顎髭（あごひげ）が胸の前まで垂れ下がる年齢、つまり立派な大人になっても黄泉（よみ）の国に在る亡き母イザナミを恋い慕って泣き叫んでばかりいたと語られていますから、「スサノヲ」と称した神の性格は狂暴凶悪であったというよりは、身体はほぼ成人並みに出来上がっていた若者であったけれども、精神面ではまだまだ試練を受けたことのない未成熟な神さまであったように語られています。そしてそのような性格上のひ弱さから来るさまざまな社会的違反、非行が神さまの怒りをこの世に招き入れる結果となり、国々や村落全体にさまざまな災害を引き起こしているというのが、神話で語られているところの「スサノヲ」の実像であると理解されます。つまり「スサノヲ」とは世の中に災害をもたらす凶悪な神格ではなく、「スサノヲ」はきわめて人間的な欠点の多い神格で、ともすれば始末の悪い行為を犯してしまうようなところがあって、それゆえに天上の神さまの怒りを買って世の中にいろいろな災害を呼び入れる困った存在であったというのであります。でありますから、いよいよ成人に達しようとする少年であるにも拘わらず、親離れ出来ずに子供のように亡くなって「根の国」に在る母「イザナミ」ばかりを恋い慕い、委任された統治の任務を果たそうとせず、「根の国」に赴くことを企てて、そのためには天上にある「アマテラス」に挨拶しておこうとして天上に昇って来ますと、天上の「アマテラス」はひどくこれを警戒して「安(やす)の河原」に立ちはだかりますが、その「アマテラス」の警戒を解くために、「スサノヲ」は自分には「邪心(きたなきこころ)」のないことを誓います。それに対して「アマテラス」は、それでは貴方(あなた)のその「赤心(きよきこころ)」はどのようにして自証出来るのかと質問しました。すると「スサノヲ」はこれを証明するためには「各(おのおの)宇気比(うけひ)て子生まむ」という申し出をしました。その申し出とは、自分には邪心のないことを神さまに誓約した上で、極めて厳重に斎戒する姉の「アマテラス」を相手にして、その交わりの中で子供を産み出そうという申し出でありました。そしてその通りに子供を産み出すことになれば、自分に邪心のないことが立証されるというのであります。でもこれは大変に成り立ち難い立言であります。なぜならば「スサノヲ」と「アマテラス」とは同腹の弟姉の間柄であり、しかも共に厳重な斎戒に服している時期でありますから、その間柄で児を生そうという立言でありますから、到底起こり得ない事柄であります。でも「スサノヲ」はこれを誓約して実現してみせて、これをもって「スサノヲ」という者には「邪心」がないということの保証にしようというのでありました。いま厳重な斎戒に服して神さまに奉仕している実姉の「アマテラス」との間で、「子供を生(な)そう」というのでありますから、これはまことに起こってはならない実現困難な立言であります。しかし神賭けての立言では、実現困難な立言であればある程、それが実現に及べば、神さまの立言者への保証もまた特段に厚いということになったのであります。それが古代社会で行われた「誓約(うけひ)」というものであります。そこでまず「スサノヲ」が「アマテラス」が身に帯びるところの珠を乞い受けて、これを噛んで気息(いき)を吹き掛けると児が生(な)され、他方「スサノヲ」が身に帯びるところの剣を「アマテラス」が受け取り、これを噛(か)んで気息(いき)を吹き掛けると、これまた児が生(な)されたというのでありました。そこで「スサノヲ」が申し出ました。これは「アマテラス」の持ち物である「玉」から生された児であるから「アマテラス」の児であると。

また「スサノヲ」の持ち物である「剣」から生された児には、これは「スサノヲ」の児という説明をもって、これら「玉」と「剣」とから生まれた児が、いずれも間違いなく「スサノヲ」と「アマテラス」との間で生まれた児であるということになったのでありました。このようにして「スサノヲ」と「アマテラス」とは厳重な斎戒の中にあっても、肉の交わり無くして両人の間に児を生すという「誓約（うけひ）」、すなわち神に対する誓約を実現してみせることに成功いたしましたので、「スサノヲ」は神さまからの全幅の保証を勝ち取ったのでありますから、「スサノヲ」の「勝さび」の声は大きかったようであります。しかしながら実際の「スサノヲ」にはなお未成熟で意志薄弱なところを多分に留めていて、「スサノヲ」はその行為においては、その「誓約」程には完全ではなく、「アマテラス」もまだ幼いところを残した少女でありましたから、この「スサノヲ」の目ざましい「誓約」を目の前にして、「スサノヲ」には「邪心」がないということをうっかり信じ込んでしまったのでありました。しかしながら「スサノヲ」の精進潔斎には不足が多くあったと見えて、神田耕作の上に神の怒りと思（おぼ）しき異変――神田の畔（あ）放（はな）ち、溝埋（う）め、神殿の屎（くそ）まり等々が次々と起こりますが、「アマテラス」はなおもそれらが「スサノヲ」の非行に対する神怒であるとは受け取らず、神田が「所あたらしきにこそ」すなわち神田の状態が悪くて人の思うようにならないことに起因する異変であるとして、「スサノヲ」の罪とせず、これを庇（かば）い続けたのでありますが、とうとう神服の機織に従事した少女が事故死を遂げる事態が発生するに到り、そこでさすがの「アマテラス」も「スサノヲ」の罪を背負って岩屋籠り（死亡）となり、神々は岩屋の前で「神楽」を謡い、「スサノヲ」の罪を祓（はら）えてこれを追放します。日本の原始社会では、世の中に起こる様々な災害、不幸、変異などというものは、人々の上に課せられた掟（おきて）や禁忌が正しく守られていないところから発せられる神霊の怒りと見なされていたようであります。

従来この難解とされて来たこの神話の語りの意味を、私はこのように読み解くのでありますが、このように穢された多くの人々の斎戒も、祓除と「解斎（いみあけ）」の「神楽」をもって終了し、この稲の結実以後には少年少女も厳しかった斎戒から解き放たれて、それぞれ想う相手との交際が始まります。つまりそれは「田の神」が山に帰り、人里は陰暦十月の神不在の「神無月」に入るという理屈であります。さらにはその見解が拡大されて、日本国各地の農村に臨在していた神々は、そこを引き払って出雲の大社に集合されるのだという伝承が生まれ、今日でもその伝承が人の口に上がることがありますが、それは後代の俗伝ではなく、その伝承は古く平安末期の藤原清輔の歌学書『奥義抄』にすでに見られる事実であることをここに記しておきましょう。おそらくこの伝承は日本の原始時代からのものであったように思われます。

さて何度も申し上げましたように、男夫来訪は稲の結実以後からであることが知られるのでありますが、『萬葉集』の歌々では、その時になった喜びを言うよりは、その来訪の時になっても期待し予定された男夫が姿を現さない辛さを訴えている歌の方が目立つのは、歌がそのような窮状を神さまに訴え、その助けを得る趣旨の神楽歌であったからであろうと推察せられるのであります。男夫が来訪して結婚が成立するはずの稲の結実期が来ても、その来訪がなくて空しく一年が過ぎてしまいそうな辛さを訴えた歌が『萬葉集』には多く散在しています。その中の幾らかを掲げますと次の通りです。

かくのみし恋ひや渡らむたまきはる命も知らぬ年は経につつ（巻 11・2374）
山菅の乱れ恋のみせしめつつ逢はぬ妹かも年は経につつ（巻 11・2474）
たらちねの母に申さば君も我も逢ふとはなしに年そ経ぬべき（巻 11・2557）
後も逢はむ我にな恋ひそと妹は言へど恋ふる間に年は経につつ（巻 12・2847）
うつせみの現し心も我はなし妹を相見ずて年の経ぬれば（巻 12・2960）
うつせみの人目を繁み逢はずして年の経ぬれば生けりともなし（巻 12・3107）

これら歌々にはすべて「年は経につつ」「年そ経ぬべき」「年の経ぬれば」という、今にも一年が経過し終わってしまう焦りの言葉が見られます。たしかに「斎戒」の明けるのが稲が結実してその刈り取りが始まる十月で、その時から許されて始まる男女交際の三か月が経過すると、もう年終に到るのであります。すでに申し上げましたように、厳しい斎戒から解放されても、その次には親族からの批評や異論が出ることがあって、約束されていた許婚が成婚に到らない場合があったようであります。この年終に到る三か月間に「許婚」が「成婚」に到らなければ、来春から再び斎戒に服して神酒神服の生産製造に従事することから始めなければなりません。古代農村の少年少女も楽ではなかったようです。

第五節　罪清められて成婚を得るに到る「スサノヲ」

令制では男十五歳、女十三歳が結婚許容年齢でありますが、その最初の年齢で成婚となるのは天皇とか特別な貴族とかの子女の結婚で、普通の農村の少年少女では成婚は三、四、五年の経過があった後のようであることも申し上げましたが、この間の事情を「アマテラス—スサノヲ」神話はどのように語っているか、次にはこれについて観察してみることに致しましょう。さて多くの非行を重ねて神の怒りを招いた結果、その営むところの神田には様々な異変が続き、とうとう機織に従事する斎女が死亡するに及んでは、それまで「スサノヲ」の行動を信用していた「アマテラス」も、堪忍の緒が切れて「天の岩屋戸（いわやど）」に隠れてしまい、世の中は真っ暗闇、そこで神々は神楽を奏して、斎女「アマテラス」を殺した神霊に謝罪して、世の中は再び明るくはなったものの、「スサノヲ」は多大の科料を支払い厳重な祓除（ふつじょ）を受けた後に、追放されて「出雲国」に遣って来て、そこで見たものはある老夫婦が童女一人を中に置いて泣き沈んでいる光景でありました。それでその訳を尋ねると、もとは八人の娘を持っていたが、遠い「越（こし）」の国から年毎に襲って来る大蛇に一人ずつ食い殺され、今はこの童女ばかりが残されている。そしてこの最後の一人も、今にも遣って来るに違いない大蛇に食い殺されるであろうというのがその悲嘆の理由でありました。「スサノヲ」のような斎戒中に非行を重ねて神霊の怒りを招いて来た者には、神霊が容易にその者の結婚願望を叶えてくれるはずはなかったのでありますが、「スサノヲ」は童女を妻として自分に呉（く）れて遣（や）ることを「老夫婦」に約束させてから——すなわち老夫婦から「許婚」を取り付けた上で、次のような一計を案じました。すなわち嘆き悲しんでいた「老夫婦」に命じて八つの門を作らせ、その門ごとに酒を盛った大きな酒船を置かせ、童女を食い殺さんとして遣って来る頭八つ尾八つの大蛇がそれを飲んで酔い潰れたところを、「スサノヲ」が剣をもって刺し殺して、芽出度くも童女との成婚を成し遂げるという計略であります。そしてその計略は見事に功を奏しました。大量の酒をもって「大蛇」を征伐したとは、「大蛇」は神の大きな怒りを表し、大量の酒をこの「大蛇」に飲ませたということは、神酒をもってこの神のご機嫌を直し、神の容易ならぬ怒りを消すことに成功したということを意味しています。神社では今日でも正月になると酒樽がたくさん奉納されることからでも察せられるように、古来日本の神さまは酒が大好きでありましたから、酒を飲ませてそのご機嫌を取れば、普通ならば許されることのない罪でも許されたというのであります。そして八つの門を作り、その門ごとに酒槽を設けさせたというのは、村中の多くの家毎に神を迎えることを命じたという意味でありましょう。「スサノヲ」の犯して来た大罪も、身に厳重な祓除を受けた上に、さらに加えられた門ごとの神酒奉献をもって神の怒りは解除されて、見事に結婚が成し遂げられたというのであります。それ以来「スサノヲ」は種々の妨げを除去して結婚を成就せしめる霊能や、さらにそれだけにとどまらず、平安時代では「スサノヲ」は広く各種の災厄をも解除し得る大へんに霊験あらたかな神霊として尊重され、それが京都八坂神社の祭神となるに到ったと、そのような道筋が考えられます。「スサノヲ」が出雲に降臨して出合った老爺は「足ナヅチ」老婦は「手ナヅチ」、そして童女は「奇稲田姫」と名乗る者であったという『記紀』の語りにも、意味深いものがあります。「足ナヅチ」「手ナヅチ」の「ナヅ」は身体を撫で摩ることを意味していますから、この老夫婦はいずれも身体老い衰え、痛む手足を擦ってばかりして、もう稲の生産労働には耐えられない状態であったことを語っています。そこで早くこの童女に婿を迎えて自分の後を継がせたいという意味を込めて、この童女の名は「奇稲田姫」と名乗らせているところなどから考えますと、この「スサノヲ」という神格は種々の過誤、非行を重ねて、人間世界に種々の災厄を招き入れる悪神でありながら、しかしこれを祭ることによって男女を結び付けて結婚に到らせ、そのことによって人間生存には欠かせない稲作りをする労働の人口を確保させなければならなかった日本の古代社会では、広く深く信仰されていた神格であったことが知られます。またこの大蛇が「その身に蘿（つた）と檜椙（ひのきすぎ）を生（は）やして」いたと語っていますので、この神は「山の神」であったことが知られ、それが蛇身をしていたとは、この「山の神」の怒りの形相なのであります。おそらくはそれは「三輪山」の神木（しんぼく）を指しているのでありましょう。「田の神」が山に戻れば「山の神」です。何時の時代でも老人ばかりが増加して、活力ある有能な少年少女の数が減少に向かっているような村落社会は衰亡の危機に瀕していると言わねばなりません。ことに医術らしい医術を持たず、衛生環境も悪かったに違いない古代社会では、常に人口は減少の危機にさらされていたことが想像されます。ですからそのような時代社会では、常に死亡人口を上回る人口の増加が期待されていたに違いありません。そのためには人口増加の原因となる少年少女の結婚の成就には大きな期待が掛けられていたに違いありません。そしてそれも単なる人口増加ではなく、よく訓練された労働人口の増加でなくてはなりません。そのような要請が原因となって語り出されて来たのが「アマテラス―スサノヲ」神話であると察せられます。そしてこの神話が生まれ出るようになった場所は、氏族ごとに催されて来た神祭りであったことが考えられます。神話では「スサノヲ」が老夫婦に命じて八つの門を作らせ、その門ごとに大きな酒槽（さかぶね）を置いて酒を注ぎ入れ、それを「八岐大蛇（やまたをろち）」に飲ませ、その隙を狙ってこれを退治したと語っていますが、八つの門とは多数の家々の門を意味しているとしなければなりません。そしてその門ごとに酒槽を設けて、遣って来た大蛇に酒を飲ませたという語りは、村落の多くの家ごとに神を迎えて、これに酒を飲ませて神の御機嫌を取り、神霊を喜ばせて「スサノヲ」と「奇稲田姫」との結婚を見事に成就せしめたというのであります。このようにして、この「スサノヲ」神話は、倭国で氏族連合政権の政治が行われていた時代の、各氏族がそれぞれその勢力を競い合っていたことでありましょうが、その競い合ったことの第一に挙げられるべき事項は、氏族それぞれの人口の多さであったに違いありません。かつその多くの数の人間がよく訓練されて有能な働き手に育っていることが望まれたでありましょう。有効な医術といった手段をほとんど持たなかった古代社会では、村落の人口は災害や病疫で常に減少の危機に見舞われていたと上に申しましたが、にもかかわらず有能な人間の数を増やして、他の氏族よりも優勢を保とうとするならば、古代国家では他国との戦争に勝利して、その国の民を引っさらって来て、奴隷として使役することが行われて来たようでありますが、四面が海洋に囲まれて他民族と争う機会がほとんどなかった日本では、そのような方法による労働力の獲得機会は与えられず、それでもよく技能が修練された人口の増加を願うならば、男女の結婚から得られる子供の増加と、少年少女の技能修練とに期待を掛けるより外はなかったでありましょう。でも『萬葉集』には「うまさけを三輪の祝が斎ふ杉手触れし罪か君に逢ひかたき」（巻4・712）という歌が収められていますように、神酒神服を完成して、これを奉献するまで課せられていた斎戒期間であったにもかかわらず、その期間に禁じられた行為を秘かに犯していた少年少女の場合には、結婚が成就されるべき冬季に入っても、「山の神」はそれを咎め、その罰としてその少年少女の成婚を不可能に到らしめてしまう罰を与え給うたようであります。そのような危機の様態を語っているのが、「アマテラス―スサノヲ」神話であります。この神話では、「スサノヲ」が「アマテラス」の管理するところの「営田（つくだ）」の耕作を怠ったことを始めとして、その他の神々の怒りを招く罪を幾つも重ねたことが原因となって、斎女「アマテラス」を「岩屋戸（いわやど）」の中に追い遣るという大きな罪を犯し、その結果、この世界に大きな災厄を惹き起こすに到りました。ですからすでに申し上げましたように、未成年のような弱点を多く抱えている「スサノヲ」のような少年の場合は、けっしてその結婚が神さまによって許されるはずがなかったのであります。それでも「スサノヲ」は「千位（ちくら）の置戸（おきど）」という大きな科料を支払って罪は祓（はら）い清められ、これを契機として「出雲」の国に下っては「奇稲田姫（くしなだ）」と成婚を挙げた結果、成婚を挙げることは難しいと思われていた「スサノヲ」そのものが、それ以来すべての罪を取り払って婚姻成就を成し遂げる霊験あらたかなる神格となり得たのでありました。今日でも結婚成就の神さまとして「スサノヲ」を祀っている神社が存在しているようであります。さらに「スサノヲ」は祇園の八坂神社に祀られ、成婚を願う神さまであるばかりか、京都の町の無事息災を保障するお祓いの神さまにまでなってしまったようであります。

さてそのような神格を有するに到った「スサノヲ」の謡った歌というものが、「八雲立つ出雲八重垣妻籠めに八重垣造るその八重垣を」という三十一文字であったと神話は語るのでありました。「スサノヲ」が謡ったというこの歌の文意を考察致しますと、天上の神が降臨する場所は山の高所で、そこは雲の群がり立つ処でありますから「八雲立つ」と称したのであります。そして「出雲」といえば島根県「出雲国」を思い浮かべますが、この地名の原義は「厳面」、すなわち神さまが支配する神聖な場所を意味しています。つまりこの場合の「出雲」とは広く一般的に神社の神域をいう言葉であるように観察されます。そのような神聖な場所に妻を籠らせて斎戒させるために、神代の「スサノヲ」は人が容易に立ち入ることを許さない「八重垣」を作りました。そしてその「八重垣」には後日に我が妻となる「奇稲田姫」を斎女として閉じ込めました。神代のこの「スサノヲ」の事績を承け継いで、今日の我らもまたその「八重垣」を作るのでありますというのが、この三十一文字の歌の意味であろうと察せられます。つまりこの歌は年毎に行われる神酒神服の生産製造を始めるに当たり、そのための斎戒に入った少年少女たちを祈禱するところの、神官のような者が実地に唱えた「祝詞」のような言葉であったのかも知れません。申しましたように「スサノヲ」は人間的な弱点の多い神格でありましたが、それでも曲りなりにも将来の妻とする娘を「八重垣」に忌み籠らせ、さらにその上には清祓によって罪が清められた結果によって、成婚を成し遂げ得たと神話は語るのであります。

志田延義『日本歌謡圏史』は神楽の研究に関しても、広く多くの文献を調査している著述でありますが、その指摘に依って申しますと、神前に奉仕する者を、『高橋氏文』では「並びに大八州に像りて八乎止古、八乎止咩定めて神嘗大嘗等に仕奉り始めき」と述べ、またそのような人物を『貞観儀式』「神今食儀」では「八社男八社女」、また『江家次第』「大嘗会」では「采女八人十姫十男」と称しているようであります。そしてこのような神祭りの庭で謡われた神歌といえば、それは氏族出身の少年少女たちが自らの手で生産製造した神酒神服を始めさまざまな供神物を前にして、それとは引き換えに自分たちの結婚が氏神さまの助けによって成就いたしますようにと願って作られた歌々であったと私は推知いたします。そしてそのようなものから生まれて来たものが『萬葉集』作者未詳歌巻十、十一、十二の歌々であったと思惟されるのでありますが、そのような歌を幾らか次に掲げてみますと次の通りです。

降る雪の空に消ぬべく恋ふれども逢ふよしなしに月そ経にける（巻10・2333）

沫雪は千重に降りしけ恋ひしくの日長き我は見つつ偲ばむ（巻10・2334）

咲き出照る梅の下枝に置く露の消ぬべく妹に恋ふるこのころ（巻10・2335）

はなはだも夜ふけてな行き道の辺のゆ笹の上に霜の降る夜を（巻10・2336）

笹の葉にはだれ降り覆ひ消なばかも忘れむと言へばまして思ほゆ（巻10・2337）

かくのみし恋ひや渡らむたまきはる命も知らぬ年は経につつ（巻11・2374）

玉くせの清き川原にみそぎして斎ふ命も妹が為こそ（巻11・2403）

いかならむ名に負ふ神に手向せば我が思ふ妹を夢にだに見む（巻11・2418）

水の上に数書くごとき我が命妹に逢はむとうけひつるかも（巻11・2433）

山菅の乱れ恋のみせしめつつ逢はぬ妹かも年は経につつ（巻11・2474）

夜並べて君を来ませとちはやぶる神の社を祈まぬ日はなし（巻11・2660）

我妹子にまたも逢はむとちはやぶる神の社を祈まぬ日はなし（巻11・2662）

以上の歌々は、少年少女がいま家父長の許しを得て交際を始めているその交際が難渋している様相を謡っているように察せられますが、それは相手との結婚の成就を願望した少年少女自身が作った歌ではないでありましょう。そのように考えられる理由は、これらの良く出来た歌々が、まだ二十歳にも到らない年齢の、しかも有姓階級のように文字に熟達した者たちではない農民の子女の作だとすることはけっして考えられない判断であるからであります。おそらくこれら歌々は『柿本人麻呂歌集』というものの存在が知られていますように、そのような人物か、あるいはその流れを汲む専門歌人が、少年少女の結婚成就を祈願するこの祭りの主催者の要請を受けて代作し、それを木簡などのような木札に書き付け、それを少年少女たちが生産製造した供神物に結び付けたのであろうと私は想像いたしております。そしてこのような氏族祭りの伝統行事は、平安時代に入っても氏々や家々の祭りとして維持されて来ていることは、文献資料によって明らかに証明される事実でありますが、平安時代に入ってからの、京都に住まう有姓階級の男女によって行われた氏々家々の神祭りでは、氏族祭り本来の厳粛な宗教性は薄れ、その祭りを歌舞管絃の遊びごととする傾向が強まって来たことが考えられます。すなわちその処では、本来では氏族の繁栄を願って神祭りの庭で神歌として歌われた恋歌も、外から招き入れられた職業的な巫女や歌女で代行されるものとなり、人々の耳目を楽しませる芸能的な歌舞へと変化して行ったという経過が考えられます。

第六節　神祭りの起原を考える

そもそも神楽という神祭りは何時の時代から始まったことであるか、その起原は極めて古く、それは『日本書紀』「崇神紀」の次のような語りがその起原であろうかと私には察せられます。この語りをいま『日本書紀』に拠ってごく簡単に申しますと、「崇神天皇」即位五年目のこと、国内に疾疫多くして死亡する者大半であったと。そこで同じ宮殿で祭祀していた「天照大神」と「倭大国魂」とを分離して「天照大神」を「伊勢」に遷したところで、さらに「大物主神」という神を祀れという神の声が天皇に示され、さらにその上に、この神を「大田田根子」という者をして祀らしめよという神の声を聞き、天皇はその通りにしてやっと国は平安を取り戻しました。そこで8年12月丙申朔乙卯の日——それは陰暦十二月二十日の年の終りも近い日のこととして語られていますが、「天皇、大田田根子を以て、大神を祭らしむ。是の日に、活日自ら神酒を挙げて、天皇に献る。仍りて歌して曰はく、この神酒は我が神酒ならず倭成す大物主の醸みし神酒、幾久、幾久　如此歌して、神宮に宴す。即ち宴竟りて、諸大夫等歌して曰はく、味酒三輪の殿を朝門にも出でて行かな三輪の殿戸を　茲に、天皇歌して曰はく、甘酒三輪の殿の朝門にも押し開かね三輪の殿戸を　即ち神宮の門を開きて、幸行す。所謂大田田根子は、今の三輪君等が始祖なり」

と記しています。

そして『日本書紀』はさらに語り続けます。すなわちこの「崇神天皇」の後を承けた「垂仁天皇」は、当時を代表する有力氏族「阿倍」「和珥」「中臣」「物部」「大伴」の族長に対して詔勅を下し、先代「崇神天皇」によって創められたこの「三輪大神」の祭祀は継承して、けっしてこれを怠るこがあってはならないと命じました（垂仁紀25年2月甲子条）。このようにして「崇神天皇」から始まったとされる「三輪」の「大物主神」祭祀は、それぞれ氏族の「氏神祭」として受け継がれることとなったのだと、『日本書紀』は語ろうとしているように読み取られます。ただしこれが「氏神祭」として「阿倍」「和珥」「中臣」「物部」「大伴」の諸氏族に伝えられたということを証明する文献資料は多くは見付けられませんが、唯一僅かに、次に掲げますところの『萬葉集』の歌々は、「大伴氏」の「氏神祭」の神楽歌であったように察せられます。

ひさかたの天の原より生れ来たる　神の命　奥山のさかきの枝にしらか付け　木綿取り付けて　斎瓮を斎ひ掘りすゑ　竹玉をしじに貫き垂れ　鹿じもの膝折り伏して　たわやめのおすひ取り掛け　かくだにも我は祈ひなむ　君に逢はじかも（巻3・379）

反歌

木綿たたみ手に取り持ちて　かくだにも我は祈ひなむ　君に逢はじかも（巻3・380）

この長短歌を観察いたしますと、言われていますように、これは明らかに「相聞」に属する歌々であります。しかしながらこの長短歌の題詞には「大伴坂上郎女、神を祭る歌一首并せて短歌」とあり、また「右の歌は、天平五年の冬十一月を以て、大伴の氏の神を供へ祭る時に、聊かにこの歌を作る。故に神を祭る歌といふ」という左注も付いています。そこでこの左注に拠りますならば、「相聞」歌はそのままま神祭歌でもあったということになります。そしてなぜ祭りの庭で謡われた神歌が相聞歌でなければならなかったのか、その必然性といえば、それはすでに申しましたように、倭国がまだ氏族連合政権で統治されていた時代では、それぞれの氏族は各自にその氏族の勢力の拡大を目指して互いに人口の増加と国土の開発、そしてそれに伴って起きる生産物の増大を競っていたに違いありません。だからそのために神前にはよく訓練されて将来を担う少年少女の労働によってなされた生産製造物をどっさりと供えて、神霊を喜ばせると同時に、それと引き換えにその労働に従事した少年少女の成婚を神霊に懇請するという動機をもって、神前では恋歌を謡うことが企てられたのであり、それが「倭国」における神祭りの起原であり、その後神祭りといえば如何なる目的や趣旨の神祭りであっても、その神歌では恋歌が欠かせられないものになって行ったという経緯が考えられます。このような経緯をもって各地に散在していた諸氏族の「神奈備山」へ、そして各地の「神奈備山」の総元締めのような役割を果たしていた「三輪」「大物主神」の神前へは、秋冬の収穫祭では多くの各種の製造生産物が奉げられたであろうと想像される次第であります。「大物主神」の「大物」とは、平安時代でも天皇が召すところの食膳や衣服は「おほんもの」「おほもの」「おもの」などと称されていたことから察せられますように、「大物」とは朝廷に奉げられる貢納物を意味していたように考えられます。そして朝廷への捧げ物すなわち「大物」を造り出す国土が「大国」で、その「大国」の主が「大国主」という神霊であったわけです。そして記紀神話に拠りますと、「大国主神」の鎮座する場所は「出雲」であったようでありますが、『日本書紀』に拠れば、その「和御魂」はその「出雲国」から都に近い「三輪」に転じて来て、この山に祀られることになったと語られています。ですから「三輪山」は朝廷に奉げられる貢納物すなわち「大物」を、諸氏族から貢納させて、これを中央政庁に届けることを主る神であったことを意味しています。そしてその奉げられた多様な品々には、その見返りとして、これらの生産製造に従事した少年少女のこれからの結婚が滞ることなく成就させて下さいますようにとの願いを籠めた歌札が付せられていたように察せられます。それが『萬葉集』の巻十一、十二両巻の歌々であったというのが私の推察であります。これら歌々の分類標目としては、「正に心緒を述ぶる」「物に寄せて思ひを陳ぶる」というものがあることは良く知られた事実でありますが、この分類標目の存在こそが、そのような事実を証明するものであろうと私は考える次第であります。「寄物陳思」の「物」とは厳重な斎戒に服して製造製作した神霊への捧げ物を意味しています。そしてその「物」を奉げるに当たっては、そのさまざまな「物」に寄せて、少年少女たちは自分自身の恋の成就を歌にして書き入れるという形式を履(ふ)んでいるのが「寄物陳思」歌であると考えられます。そして製造生産物に付託せずに思いを直接的に述べている歌が「正述心緒」歌であったと考えられます。「正述心緒」歌そして「寄物陳思」歌も、それらはちょうど今日の七夕祭りでも、それぞれの領域での各人の技能の上達を願って、そのことを記した短冊を笹の枝に結び付ける行為がありますが、これもそのような祈願行為と同類の風習であったと考えられます。でも実際には、その歌々の作り手や書き手は、その品々を生産製造した少年少女当人ではなかったであろうことはすでに述べたところのことであります。まだ二十歳にも満たず、しかも農業にばかり従事していた衆庶の少年少女が、これ程に中国渡来の漢字を学習して、その能力を身に付けていたとすることは、とても想像することは出来ないからです。おそらくは才能有って歌の出来るその方面の官人——それこそ柿本人麻呂のような人物が、その当事者であるところの少年少女の立場に身を置いて、それら歌々を作り成したであろうことは「柿本人麻呂歌集」という存在によって、その蓋然性が考えられるのであります。

また広く「寄物陳思」歌と称されても、その「物」の中には「製造生産物」とは言えないところの、むしろ「国土の様態」というべき「物」に寄せた「相聞」歌も多く見出されます。それはいわゆる「序歌」などと称されている歌でありますが、そのほんの少しばかりを取り出しますと次の通りであります。

①宇治川の瀬々のしき波しくしくに妹は心に乗りにけるかも（巻11・2427）（人麻呂歌集）

②大舟の香取の海にいかり下ろしいかなる人か物思はざらむ（巻11・2436）（人麻呂歌集）

③奥山の木の葉隠りて行く水の音聞きしより常忘らえず（巻11・2711）

④大伴の三津の白波間なく我が恋ふらくを人の知らなく（巻11・2737）

⑤新治の今作る道さやかにも聞きてけるかも妹が上のことを（巻12・2855）

（人麻呂歌集）

⑥磯の上に生ふる小松の名を惜しみ人に知らえず恋ひ渡るかも（巻12・2861）

（人麻呂歌集）

⑦湊入りの葦別け小舟障り多み今来む我を淀むと思ふな（巻12・2998）

⑧切目山行きかふ道の朝霞ほのかにだにや妹に逢はざらむ（巻12・3037）

これらを通覧致しますと、これら歌々は道や川や海の様子を描き、あるいはその処を行く人や小舟を描いたりしています。それらの様態を一括りにする言葉を求めますと、それらは「開拓された国土の様態」を伝えるところの歌句というべきものでありましょう。そしてそれらは記紀の神話にしたがって申せば、「国造（くにつく）らしし大国主命」の所業であるとされるでありましょう。すなわち「寄物陳思」歌は上に申しましたように、「大物主神」の神前に奉げた「生産製造物」に託して、少年少女の成婚の願いを歌ったものであるのに加えて、同じくこれらの「序歌」もまた、このように「開拓せられた国土の様態」に託して少年少女の成婚の願いを、「大国主命」の神前に祈った歌であったと私には考えられるのであります。『日本書紀』に拠って申せば、「大物主神」と「大国主命」とは本来同一の神霊であり、「大物主神」は「大国主命」の「和魂（にぎみたま）」であると記されています。それならば「大国主命」は「大物主神」の「荒魂（あらみたま）」であると見做されていたに違いなく、「大国主命」が開拓した国土から得られた「製造生産物」を支配する神霊が「大物主神」ということになります。つまりこの両神は連続する同一性格の神霊であったと表象される次第であります。

そもそも倭国原始の宗教といえば、多様な神々が並立する多神教であったと思料されているようでありますが、これは随分に大雑把な分類でありまして、倭国原始の宗教はまず国土を産出し、その産出された国土を開拓し、そしてその処に人間が産み出され、その産み出された男女神の交わりの中から、次第に多数の人間が産み出され、その人間たちが自分たちに必要とされる食物や生活用品を生産製造するという一連にして唯一究極の「ムスヒ」という神霊の働きが認識されていたようであります。したがって倭国原始の宗教といえば、多様な神々の最高神として「ムスヒ」という神霊が存在していた一神教であったと言えるのではないかと私には考えられます。したがってこれら「序歌」というものも、このような国土創生、男女の交わり、人間の創出、そしてその人間が行う国土の開拓から諸物の生産製造に及ぶまでの一切の諸活動を司る「ムスヒ」の神に奉げる目的をもって制作されたところの「神祭歌」であっただろうと私には推測されるのであります。『古今和歌集』「真名序」は「神世七代、時質ニシテ人諄ク、情欲分ルル無ク、和歌未ダ作ラズ」とありますが、これに対して「仮名序」は「この歌、天地の開け始まりける時より出で来にけり」と謳っているのに、私は注意しないではおれません。なぜならばこの一文に関しては、古い注釈書類では「イザナキ」「イザナミ」の男女二神が互いに「アナニヤシ　エヲトメヲ」「アナエヤシ　エヲトコヲ」と言葉を交わしたという事績を記しているのが多く見られるからであります。記紀神話に拠って申しますと、「タカ・ミ・ムスヒ」に始まり、この神霊から「イザナキ」「イザナミ」が産まれ、そしてこの両神の間柄から生まれ出たこの上なく清浄な「アマテラス」と、それとは対照的に穢れ多くして不幸を招き寄せる「スサノヲ」、そして「アマテラス」が天上に昇って「タカミムスヒ」の支配下に入り、他方「スサノヲ」は「出雲」の国に下りますが、そのときに「スサノヲ」が科料を支払って清祓を受けてからは、その罪が取り除かれて、万物創生の「大国主命」「大物主神」が出現し、この神霊が国土の開拓、そして諸物の製造生産に及ぶまでの諸事業を司ることになります。以上これら「タカミムスヒ」を筆頭とする一連の「ムスヒ」の神々に、少年少女の成婚を願って奉げられた歌々が「序歌」であり「寄物陳思」であり「正述心緒」であったということになるのでありましょう。男女が交われば児が産まれます。そしてその児たちが成人して諸物を製造生産して人間社会に貢献する、この生命的な活動の原動力となるものが「ムスヒ」と称される神霊であったわけであります。そして『古今和歌集』恋歌も、また遠い「飛鳥藤原」時代の「柿本人麻呂」という歌人の指導を受けた人物たちの流れを汲んだ巫女たちによって担われた歌謡であったという見通しを立てるのが私の考えであります。例えば「吉野河いは浪高く行く水の早くぞ人を思ひそめてし」（巻11・471）という一首の恋歌を取り上げてみて、この恋歌は根源的には何事を謡おうとしているのだろうかと考えますと、このような如何なる障害をも乗り越えて行こうとする強い少年少女の情熱からは、やがて幾組もの婚姻が成立することでありましょう、するとその間柄からは児が生され、そしてその児が成長すれば生産に携ることになり、それによって人間生存に必要とされる諸物が齎されるという「ムスヒ」の神の、絶大にして絶えることのない霊力への信頼を表白しているのが、これら恋歌のモチーフであったと私には想像されるのであります。しかしながらそのように霊力豊かな「ムスヒ」神の働きも、穢れ多き「スサノヲ」の非行によって破壊され、婚姻は成就せず、子孫が育つに到らず、その果てには人間の生存が危ぶまれる事態が発生するでありましょう。最高神「タカミムスヒ」の意向を承けて、その「ムスヒ」の使命を推進しようとするのが「アマテラス」であり、同じくその使命は「スサノヲ」にも課されていたのでありますが、「スサノヲ」は意志薄弱でその任に耐えられず、人間世界に種々の不幸を招きよせる存在でありました。

和歌はそのような危機の事態の方を多く謡っているように観測されます。そのような婚姻整わざる悲しみを謡った和歌は『古今和歌集』には満ち溢れんばかりに収められていますが、そのような例歌をただ一首ばかり取り上げますと次の通りです。「今こむといひて別れし朝（あした）より思ひくらしの音（ね）をのみぞなく」（巻15・771）そして注目すべきことは、この和歌の作者は「僧正遍照」であるということであります。ですからこれは「遍照」自身の身の上の告白でないことは明らかであります。「遍照」は人間社会を支える上でその存在が絶対に欠かせられない衆生の、男女間の「ムスヒ」の活動の危機を謡い、その和歌で謡われているようなことが絶対に起こらないようにという祈りをこめた和歌であるに違いありません。そこで言えることは、これら『古今和歌集』の恋歌とは、まさしく罪の告白であって、それらの不幸を祓って「ムスヒ」の良き霊力の活動を願うところの、家々で行われて来た神楽歌を起源とする芸謡であったということであります。以上が前著『萬葉集作者未詳歌巻の読解』で述べましたところの要約でありますが、これを承けて『古今和歌集』の恋歌はどのように変貌して行ったのでありましょうか。以下はそれに関しての叙述であります。

第七節　平安京の神祭り

しかしながら前著『古今風の起原と本質』で申しましたように稲の栽培が実地に行われている農村を離れ、「藤原京」「奈良京」「平安京」で日々を送ることになった有姓階級では、これからそろそろ結婚することとなる男十五歳、女十三歳からの子弟たちに、稲の生育を祈願して厳重な斎戒を課するといったような農村慣行は、急速に廃れて行ったように考えられます。それでも稲の播種が行われる二月の氏神祭りには、出身地の郷里への帰省を願い出る写経生が多くいたことは前著『古今風の起原と本質』において指摘いたしましたように、正倉院文書によって知られますし、また四月五月の田植と、八月九月の刈り入れの時期とには「田暇」が与えられて、出身の地に帰郷し、郷土に残留している同族の者たちが営む「山里」「山田」での神事と農事とに、自らもそれに赴いて関与した都人士も多数存在したのでありました。「山里」「山田」の「山」とは『時代別国語大辞典上代編』に拠れば墳墓を指す場合もあることが知らされます。したがって和歌世界で言われる「山里」とは先祖の墳墓があるところの郷土を意味し、「山田」とはそのような先祖祭祀のための、墳墓に付属して設定されたそれぞれの氏族専有の「私田（わたくしだ）」であったように考えられる次第であります。そしてそのような郷里との関係が希薄になって行き、稲作りをする農村の現場から遠ざかってしまった都人士であっても、地方農民の生産物の貢納を俸禄として受け取り、それをもって日々の生活を営んで来た宮仕え人である限り、如何に豪勢な都人士ではあっても、「ムスヒ」の神の祭りは依然として京中それぞれの屋敷地内で行っていたようであります。『古今和歌集』の時代になっても、「神楽」という神祭りが広く氏々家々の庭で行われていたことは、『古今和歌六帖』第一には、歌題は「かぐら」で作者を「紀貫之」とする和歌が六首、そして作者を「伊勢」とする和歌も一首が見出されます。また『拾遺和歌集』巻十には「神楽歌」と題して、

榊葉（さかきば）に木綿（ゆふし）垂で掛けて誰が世にか神の御（み）前に斎（いは）ひ初（そ）めけむ（576）

榊葉の香をかぐはしみ尋（と）め来れば八十（やそ）氏人ぞ円居（まどゐ）せりける（577）

逢坂を今朝越え来れば山人の千歳突けとて伐れる杖なり（580）

などの多数の神祭歌が収められ、これら歌群に見出される「八十氏人ぞ円居せりける」という歌句から察して、これらの神楽歌は「伊勢」「賀茂」などの、宮中から官人が派遣されて行われた官祭ではなく、倭国の氏族連合政権時代の伝統を継承したところの、それぞれの氏族が氏族ごとに集合して行われた神祭りであったことが考えられます。したがってこの「八十氏人」という言葉は「多くの氏々の人々」という意味ではなく、「氏を同じくする多くの人々」という意味であることに意を留めたいものであります。そしてまたもう一つの和歌では、「逢坂を今朝越え来れば」という歌句が見出されますが、氏人は全員すべて京都の同じ場所に住んで暮らしているわけではなく、一つの氏から幾つもの家が派生し、その人たちが職務や生業の都合で各地各処に分かれて居住している人もありますから、氏神祭りの日には、その生活の現場から本拠とする京都の宗家を目指して、「逢坂山」を越えて郷里に帰って来る氏人もありましたから、「逢坂山を越えるのに木の枝を伐り、これを杖にして「やっとこさ」駆けつけて来たという、氏神祭りを何よりも大切に思う氏人の心の程を祭りの庭で謡っているのが、この歌句であると考えられます。また同じく『拾遺和歌集』巻二には「延喜御時、月次御屏風に」と題して「神祭る卯月に咲ける卯花は白くもきねが精げたるかな」（91番歌躬恒）「神祭る宿の卯花白妙の御幣かとぞ誤またれける」（92番歌貫之）という二首が収められていますが、これらも氏神祭りか、あるいは「氏」から分かれ出た家々ごとに行われた祭りであったことが考えられます。そしてその祭事は『萬葉集』の歌々では、未婚の少年少女によって執り行われていたように察せられますが、平安時代になると「きね」と称せられる職業的な巫女が代行して執行していたように観察されます。『貫之集』の中でも歌数がもっとも多い正保版本『歌仙歌集』「貫之集」では、貫之が貴顕から委託を受けて制作した多くの屏風歌が収められていて、その屏風歌には家々で催行されていた「神楽」を歌題にしたもののあることが知られます。しかしそれら氏々家々で行われた「神楽」の有り様の実態が詳しく知られる資料は乏しいです。やや時代が下りますが「一条天皇」代に宮中「内侍所」の前庭で行われた「内侍所神楽」についてならば、その式次第はかなり詳しく知ることが可能です。でもこの「内侍所神楽」は民間の氏々家々の神楽よりは遅れて始められたものでありますので、むしろ「内侍所神楽」が民間の氏々家々の神楽式を取り入れて行われるようになったと考える方が順当であろうかと観察されます。氏ごと家ごとに行われた「神楽」の資料は乏しいですけれども、『宇津保物語』「祭の使」巻で語られる「左近衛大将源正頼家」が主催した「桂川」での「夏神楽」の場面と、「菊の宴」巻で語られるところの、同じく「左近衛大将源正頼家」主催の十二月「師走」の神楽の場面とに拠って、『古今和歌集』時代に行われていた「神楽」の様子を想像してみることにしますと、日が暮れて主催者の「大殿」（源正頼）やその母君を始めとする類縁の者たち八十人ばかりが「賀茂」の河原に出て行き、そこで身を清めてから屋敷に戻って来て「神楽」を始めます。まず「催馬楽」「笛吹」「歌謡」などを勤める「召人」が「幄」（柱を立てて幕を張り巡らせた仮屋）の席に着くきますと、「御神子」――巫女――が乗って来た馬から下りて屋敷に入来して舞い始めます。この舞は「庭燎」の歌舞で始まり、次は「神下ろし」のためにする種々の「採物」の歌舞が続きました。そしてこの「御神子」の歌舞が終わりますと、「神楽」に陪席する者たち全員は「被け物」や「禄」を賜り、神酒を頂く盃酌の儀礼がそれに続きました。「神楽」はここから「神楽」の終了を意味する「解斎」に入り、芸に達者な「遊びの人」は「人長」の前に一人一人順番に出ます。「人長」とは「神楽」の進行を司り、指揮を執る者で、「内侍所神楽」などでは「近衛府の将監（三等官）」が勤めたようでありますが、氏々家々の神楽では氏の長者が本来勤めた役柄であったようであります。ここでは家の主の「源正頼」自身がこの役を務めています。その「人長」が「遊びの人」に「何の才か侍る」と問いますと、「山伏の才なむ侍る」と応えます。すると「いで、つかまつれ」という声が「人長」から出て「才の男」は山伏の所作を披露します。それが終わると「人長」は次に出て来た「才の男」にまた「何の才か侍る」と問いますと、「筆結の才なむ侍る」と応えてその物真似を演じます。このようにして幾人かの「才の男」は「人長」の前に出て順々に、「山伏」「筆結」「和歌」「渡守」「樵夫」「藁盗人」など、当時の人々が従事していた様々な職種の物真似が面白く披露されたように『宇津保物語』は語っています。これらを「才の男」の「才名乗り」と称しています。そしてこの「採り物」の歌舞の果てに行われた「才の男」の芸能には定式があった訳ではなく、その折々の「才の男」の才知に任されていたようであります。『宇治拾遺物語』第七十四話「陪従家綱、行綱互謀事」で語られているような、無残にも失敗して可笑しい結末となってしまった所作や台詞が行われたことを参考に致しますと、「内侍所神楽」などでは「才の男」を仕るように委任された陪従——陪従とは本来貴人の従者をいう言葉でありますが、ここでは神楽の奉仕人という程の意味であります——には思い掛けない逸興あることを演じて人の笑いを取るのが、その本意であったことが知られます。 そしてそれは「スサノヲ」の度重なる非行の結果、「天の岩屋戸」に「アマテラス」神が隠れてしまい、これが対策として演じた「アメノウヅメ」の型破りの所作が、祭りの庭に出ていた神々の大きな笑いを誘い出して、祭りの庭は再び元の明るさを取り戻したという記紀の語りと、その意味において相通ずるところがあるように察せられます。また貞観八年正月八日発行の「太政官符」には、以下のような文面が出ています。「諸家の諸人六月十一月に至り、必ず祓除神宴の事あり。絃歌酔舞して神霊を悦ばさむと欲す。而るに諸衛府の舎人に併せて放縦の輩、主の招きに縁らずして賓位に備わり、幕を侵して争い入り、門を突きて自ら臻る。初来の時は酒食を愛するに似て、帰却するに臨みては更に被物を責め、其の求め給はざれば忿詰罵辱し、或いは亦神言に託け咀ひ、主人を恐喝す。是の如き濫悪年を逐ひて惟新なり。彼の意況を推すに群盗に異ならず。豪貴の家すらも相憚る無し。何ぞ況や无勢無告の輩に於いてをや。是を而して糺さずんば、何をか国憲と云はむ（以下略）」この「太政官符」から推知されることは、平安時代前期の京中での「神楽」では、犯した罪を祓って神霊の怒りを鎮める目的をもって、豪勢に酒食、歌舞、管絃を振舞うことが流行していたことが知られます。それは「スサノヲ」が大蛇に大量の酒を飲ませてこれを征伐し、それによって毎年襲い掛かって来ていた種々の災厄を祓除したという記紀神話の語りを彷彿させるものがあります。そこでこのように太古から続けられてきた氏々家々の「神楽」では、すでに前節「第七節」で申しましたように最善最美の生産製造物を神前に供し、そしてその前でそれらを生産製造するために従事して来た少年少女の潔斎期間の労苦や罪の程を告白して、子女の婚姻の成就を始めとする氏族の強化繁栄を願う伝統的な恋歌が唱詠されたのでありました。そしてこの祭り事が倭国の祭祀の始まりであったのでありましょう。そしてそのような和歌の謡い手は、平安時代になると、そのような「神楽」を職業とする巫女や歌女が出現し、その者たちが家々の祭りの庭に招き入れられて、これらが「神楽」を代行するようになったことが考えられます。また奇抜な所作を演じて人々の笑いを取る「才の男」という神楽の役柄は、「春日若宮」の祭礼や地方の神社の神楽では「細男」と表記され、そしてこれは「さいのを」あるいは「せいなう」と読まれて来ましたが、「細男」の「細」は古辞書では「細(ささ)やか」と訓まれた文字でありますから、「細男」は元来「ササノヲ」という語の音写であることに間違いはないと私は考えます。そしてその「ササノヲ」という言葉の「ササ」という部分の意味は、本居宣長『古事記伝』が申しましたように、「神楽(ささ)」とか「神酒(ささ)」とか、また神楽が行われる神霊降臨の場所であるところの庭の四隅に立てた植物の「篠(ささ)」をも意味しています。ですから「細男」と表記されて「ササノ男」と読まれたこの語の本来の意味は、「斎戒する男」「神楽する男」「神楽の庭に出ている男たち」という程の、ごく在り来たりの意味であったように私には解せられるのであります。そしてこの「神楽の庭」に立つ「ササノ男」という存在は、『日本書紀』では「素戔嗚(すさのを)」と表記され、『古事記』では「須佐之男(すさのを)」と表記されたという筋道が考えられます。サ行音は古くは「しゃしぃしゅしぇしょ」と発音された「摩擦音」でありましたから、「細の男」「素戔嗚」「須佐之男」はいずれもその音価は接近していたであろうと考えられます。でありますから後代の「神楽の庭」に登場した「才の男」もまた、記紀神話で語られている「スサノヲ」と元来は同じ役柄の者であったと推断して誤りはないと考えられるのであります。そしてこの「神楽の庭」に立つ「スサノヲ」の果たさねばならない役柄の一つとして、神酒神服を始めとする供神物の製造製作に関わった期間中の労苦の多い諸活動や、とりわけその諸活動中で、それが誰であるかは知られない不届き者があって、その者によって犯されたかも知れないと危惧されるような、すなわち「ムスヒ」の神霊を穢したとされるような違反行為を何か一つを想定して、それを祓除の対象として、神楽が終了しようとする際には、それを祭りの庭で面白可笑しく演技して見せることがあったと考えられるのであります。そして本来的なそのような意図が薄れ、その意義や目的がもはや知られなくなった時代では、それらが「散楽事」として、神楽の庭に出ている人々を興じさせる芸能へと変容して行ったように察せられます。先に挙げた『宇津保物語』語るところの、「山伏」「筆結」「和歌」「渡守」「樵夫」「藁盗人」などの祭りの庭に山と積まれた供神物の製造人と目せられる諸人物の物真似の所作が披露された場面からは、そのように神楽が変容して行った道筋が想像されます。

本書カバーに掲げました絵図『年中行事絵巻』は平安時代末期（1179年頃）に「後白河院」が絵師に命じて宮廷行事や都中の祭礼などを描かせた絵巻物で、その原本六十巻は消失し、現在は摸本十六巻ばかりが残っているようであります。この表紙カバーの絵図は江戸後期の画家「谷文晁」の模写本から採ったもので（国立国会図書館デジタルコレクション https://dl.ndl.go.jp/pid/2591109）いずれの神社の神楽かは明らかでありませんが神楽の場面です。

これは『古今和歌集』の時代からいえば二百年ばかり後の時代に制作された絵画であり、神楽は本来氏族という血縁共同体で行われましたが、この絵図のように時代が降れば氏族の縛りは解けて、地縁単位で行われるようになったようであります。それでも神楽伝来の性質は保たれていて、この絵図では自らの手によって整えられた食物を祠前に奉げに来る人々が次々と遣って来ています。手に数珠を掛けた人物の見えるのは、すでに神仏混交の時代に入っていることが知られます。そしてその神前では巫女が舞っています。そして敷物の上に座した年老いた歌女六人が、巫女の舞いに歌を付けて謡っています。年若い間は巫女を勤めて、年齢を重ねると歌女を勤めることになるのでありましょう。この時代になるとその謡っている歌が必ずしも恋歌であるとは言えないでしょうが、仮にこれが奈良時代のこととすれば、その歌は少年少女が自分たちの婚姻の成就を願って謡った恋歌であったろうと推察されます。三棟並んだ神祠に相対した建物の座では烏帽子狩衣の公家を始めとして多くの庶民が犇めき合って座し、神酒らしいものを受けています。それからこの絵巻のこの場面では、多くの参詣者がそれぞれに自分たちの供神物を頭上に載せたりして運んで来ていますが、それら供神物が神社の境内に集積された後には、それら供神物はどう処理されるのであろうか気になる話です。そこで考えられることは、後日社前で開かれるであろうところの市で販売されて金銭に替えられたのであろうかと私は想像する次第であります。そしてその販売は祠の前で舞っていた巫女がこれに従事したのであろうことが想像されます。だから巫女はまた「市子」（いちこ）と呼ばれるようになったのではないかと私は考察するのであります。巫女はまた「いちこ」とも称されたことはよく知られていますが、なぜそのように称されることになったか、その理由は不明でありますが、私はそのようなことを考える者であります。

また「藤原宗忠」が五十年余に渡って書き記した公卿日記『中右記』の天仁元年（1108年）11月11日条には、次のような記事があります。「夜按察中納言の亭に行き向かふ。神楽の事有り。治部卿、藤宰相来会せらる。また歌女一人有り。終夜雑芸し、人々感嘆。歌曲の妙、已に絃管に勝る歟。暁更家に帰る」と。すなわち「按察中納言」の邸宅で神楽の事があるというので、そこに行くと治部卿や藤宰相も来ておられた。神楽の外に歌女一人が来ていて夜もすがら「雑芸」し、人々は感嘆。その歌曲の素晴らしいことは、まったく管絃の遊びに勝っていることだというのであります。おそらく多くの纏頭を頂いたことでありましょう。自分たちは夜が明け方になるまで見て帰った、というのであります。「雑芸」とは『梁塵秘抄』などで謡われた芸謡であろうと思われます。これよりもっと時代を遡れば、『古今和歌集』「恋部」「よみ人しらず」なども、このような「神遊び」の余興として謡われて来たのであろうと考えられます。

第八節　巻第二十「大歌所御歌」の「大和舞」とは何か

『古今和歌集』巻第二十は「おほなほびの歌」と題する新年宴会の歌と察せられる「新しき年の始めにかくしこそ千年を兼ねて楽しきをつめ」という和歌を

まず掲げた次には、次の四首の和歌が掲げられています。

古き大和舞の歌

しもとゆふ葛城山に降る雪の間なく時なく思ほゆるかな（巻20・1070）

近江ぶり

近江より朝立ち来れば畦(うね)の野に鶴(たづ)ぞ鳴くなる明けぬこの夜は（巻20・1071）

水茎ぶり

水くきの丘の屋形に妹と我(あれ)と寝ての朝けの霜の降りはも（巻20・1072）

四極山(しはつやま)ぶり

四極(しはつ)山打ち出でて見れば笠結(ゆ)ひの嶋漕ぎ隠る棚無し小舟（巻20・1073）

以上四首の和歌群のうち、その最初の和歌には「古き大和舞の歌」という前書きが付いていますが、それならばそれに続いて掲げられている「近江ぶり」「水茎ぶり」「四極山ぶり」の三曲は、その「古き大和舞の歌」に続く「当世の大和舞の歌」というものであったのではないでしょうか。またこの「古き大和舞の歌」と題せられた和歌に続く三首の和歌それぞれに付せられているところの、「近江ぶり」「水茎ぶり」「四極山ぶり」という言葉は、これら歌々がどのような性格のものであることを伝えているのでありましょうか、すなわち「大和舞」とは何か、また「近江ぶり」「水茎ぶり」「四極山ぶり」などいう「ふり」とは何か、これら二つのことに関して私の考えるところのものを、以下において述べさせて頂こうと存じます。

まず「大和舞」というものに関しては、斯波辰夫「倭舞について」という良く出来た論文のあることを申し述べて置かなくてはなりませんが（直木幸次郎先生古希記念会『古代史論集下』所収）、いまこれを『貞観儀式』に拠って考察いたしますと、いずれの神祭でも行われた訳ではなく、「大嘗会」「新嘗祭」の外には「春日祭」「大原祭」「平野祭」において舞われています。そしてこの「大和舞」というものが、神祭りのどのような場面で演じられた舞であるかを、『貞観儀式』の祭儀の規程から申しますと、それは神祭が終了し、その神祭に奉仕した神女神官を始めとする諸官人に、その謝礼として食と禄とを賜るに当たって、それらを賜る者たちが演じた舞踏であったように察せられます。これを「大嘗祭」で言えば、「大嘗祭」は11月の中の卯の日から始まって辰、巳、午と続きますが、その最終日の午の日は、もう神祭は無くて、この神祭で「神服女」を勤めた四人が「解斎大和舞」、続いて「中臣斎部」「小斎侍従」以下の者が酒を受けて飲み「柏を以って鬘と為して」「大和舞」を舞い、それから「宣命」が読まれて天皇の「乗輿」は「豊楽殿」を出て宮殿に還御されます。すると公卿以下の官人も祭りの庭を離れて「宮内省」の「庁事」に向かい、その処に設営された「解斎」の席に就き、その処で祭事に奉仕した報償としての食と禄とを受けたのでありました。そしてその食禄の給与が行われる前には、「神祇官解斎の歌を奏すること一成、次に雅楽寮同歌を奏し、宮内の丞二人先ず和舞、次に神祇の佑一人、次に侍従二人、次に内舎人二人、次に大舎人二人」と『貞観儀式』は規程します。すなわち食と禄とを受けるその前に、まず「神祇官」が「解斎の歌」を奏すること「一成」とあり、これは「神祇官」による演奏でありますから、これは倭国古来の「和笛」と「和琴」によって謡われた歌であったに違いありません。そして次にはそれと同じ歌が「雅楽寮」の楽人によって演奏されたというのでありますから、これは大陸伝来の「篳篥」という笛と、「筝」というこれまた大陸伝来の琴の伴奏によって謡われたと察せられます。すなわち始めは和歌が神楽として奏され、続いてそれと同じ和歌が「催馬楽」の曲調で謡い反されたことになります。そしてこの「神楽歌」が「催馬楽」の曲調で謡い反されたときに、神祇官人を始め侍従、内舎人、大舎人によって舞われたのが、この「大和舞」であったということになります。――因みに言えば、このように「神楽」の曲調から「催馬楽」の曲調へと変換されて謡われた和歌が、「返し物の歌」であるというのが、片桐洋一『古今和歌集全評釈』でなされている説明でありますが、この説明が的を射た正解であることは、いま私が取り上げましたところの、この『貞観儀式』の条文によっていっそう確かに証明されるであろうと考えます。

さてこのように三十一文字の「神楽」が「催馬楽」として謡い反されると、その「催馬楽」には宮内の丞二人が先ず出て和舞、以下上記の順番で「内舎人二人」「大舎人二人」に至るまでが順次に舞うと規程されているのでありますが、そしてそれからその者たちの労苦を労(ねぎら)うという意味をもって「御飯」と「禄物」とを頂戴するという順序になることが考えられます。ですからその「御飯」と「禄物」とを頂戴するのは、祭儀に尽力したことに対する報償でありますから、その前に行われた「倭舞」には、この祭儀のために労した自分たちの働きの程を伝える意味があったに違いありません。その自分たちの働きの程を、祭儀の主催者に訴えた後に、それに対して食と禄との報償が行われたと解釈されます。

第九節　近江より朝立ち来れば畦の野に鶴ぞ鳴くなる明けぬこの夜は

さてそのような前提をもって、いま取り上げている四首の「大和舞の歌」の中の一首「近江より朝立ち来れば畦(うね)の野に鶴(たづ)ぞ鳴くなる明けぬこの夜は」の意味を考察してみますと、この和歌は「所用あって東国に出掛けていた自分だったが、京都の宗家で行われている祭りに間に合うようにと、この日は特別に朝早く近江の国を出発したので、「畦の野」――この野の所在地はまだ明らかにされていません――に辿り着いたところでやっと夜が明けて来たのでありました」というのが、この和歌の意味であるように解せられるのであります。そしてそのような意味を表わした所作を舞ってから、「御飯」と「禄物」とを受け取ったように察せられます。つまり自分の精勤ぶりを「大和舞」で顕示した後に「御飯」と「禄物」の給付を受け取ったと解せられます。

第十節　四極山打ち出でて見れば笠結ひの嶋漕ぎ隠る棚無し小舟

また「四極山打ち出でて見れば笠結(ゆ)ひの嶋漕ぎ隠る棚無し小舟」について申しますならば、「四極山」「笠結ひの嶋」に関してはその所在が判明せず、これに関しては大阪湾岸の「住吉」か、あるいは三河湾岸の「幡豆(はづ)郡」の地名とするか、そのいずれかであるかは定めがたいとする慎重な考証が、澤瀉久孝『萬葉集注釋』の「四極山うち越え見れば笠縫の島こぎかくる棚なし小舟」（巻3・272）という歌の注釈に関してなされていて、私もその考証に従う者でありますけれども、ただ一つ付け加えて言えることは、それが大阪湾岸の「住吉」も、また三河湾岸の「幡豆郡」も、いずれも奈良京に藻魚類を貢納していたことが知られる地であったということであります（これに関しては拙著『萬葉集作者未詳歌巻の読解』293、294ページを参照して下さい）。

さて神祭の祭壇では一般に、藻魚類は欠かせない供神物であったことは、証明を要しない常識と今は致しておきましょう。するとこの和歌に合わせて舞っている「大和舞」は、自分たちがそのような魚藻を調達するために忙しく走り回った者たちであることを表した所作の入った舞であったのではないだろうかという想像が、私どもの心に湧いてまいります。そしてそのような趣旨の舞を舞ってから、その報償としての食と禄とを頂戴することになるのだと解せられます。要するに「古き大和舞」も「近江ぶり」「四極山ぶり」という「大和舞」も、いずれもそれらは自分たちの神祭りの準備を忠実に果たして来たことを表した歌舞であったということであります。

第十一節　水くきの丘の屋形に妹と我と寝ての朝けの霜の降りはも

さて次にはこの「水くきの丘の屋形に妹と我と寝ての朝けの霜の降りはも」は何事を表している歌舞であったのでありましょうか。それを明らかにしなければなりません。ところがこれに関する諸注は「妹」と共寝した翌朝の霜の降りた景色を言うばかりで、それ以外のことは何も説明していないのは宜しくありません。ですから次にはこの和歌に関する私の理解を述べさせて頂こうと存じます。まず「水くきの」という枕詞について説明致します。『時代別国語大辞典上代編』には【くく】という項目があり、それを見ますと、［漏］（動四）くぐる。間を抜け出る。という解を付しています。また【くくる】という項目もあり、これには［潜］（動四）洩れ出て流れるという解を付しています。そこでこの二語の意味を総合致しまして、「水くきの」の「くき」は、四段動詞【くく】の連用形であると察せられます。ですから「水くき」は水が地面から湧き出ることをいう動名詞で、したがって「水くきの丘」とは「水が湧き流れ出る丘」という意味であると考えられます。そして「丘」とは山の裾野、すなわち山から野の低地へと繋がる、その中間地帯の小高い場所を指していると考えられます。そしてそのような場所は、山地に降り注いだ雨水が地下に浸透し、それが山裾に湧き出て人々の飲料水となり、また平野の草木や農作物を育てます。これは地理学などでは「伏流水」と称するものであります。山裾に展開する丘陵地は一般にそのような伏流水が湧き出る場所でありますから、「丘」には「水くきの」という言葉が「枕詞」として用いられるようになったと考えられます。このようにして豊かに水の湧き出る山裾の丘には人の住む村落が発生し、その下の野では農地が展開することになります。今日の都市近郊の農地は多くは住宅地に変えられてしまいましたが、平野といえば、その大部分が農地であった古い時代では、農業者はそのような清水の湧き出る小高い丘の水源地は、人間の生命の根源の場所と崇(あが)めて「水神」を祭り、祠を建てて簡単な番小屋を設けていたのでありました。それが「水くきの丘の屋形」というものであります。『夫木抄』には「み田屋守(たやも)り堰(せき)入れて落とす水ぐきの丘の葛葉も浪や越すらむ」(光明峯寺入道摂政)、すなわちこれは鎌倉時代に摂政を勤めた「藤原道家」の和歌がありますが、「み田屋」は『萬葉集』にも出ている言葉で、先掲の『時代別国語大辞典上代編』は「神領の田を守る番小屋」という解を与えています。山からの伏流水が湧き出るような丘では、その水を堰き止めて溜池となし、田植の時期が来るとその池の水を一斉に放出して下の農地に注ぎ入れたのであります。この藤原道家の和歌はそのような状況を描いています。ところがそのような「水くきの丘の屋形」という浄域に、斎戒に服して身を慎まなければならないのに、「妹と我と」が隠れて秘かに共寝した翌朝の「霜の降りは」大変なものだったという、非行を働いた後の畏怖の感情を伝えているのが、この「水茎ぶり」という和歌であったという次第であります。そのような神聖視されて人の近づかない場所を逆に利用して、親しくする少女と示し合せて一夜を明かしたその非行の翌朝は、まだ稲の結実が終わらない秋期であるのに、あたかも季節は冬季に入ったかのように、大へんな霜が降(お)りていたというのがこの歌の意味なのであります。ここでまた同じ言葉を繰り返すことになりますが、古代の農村共同体では、少年少女はその結婚に先立って課せられていた神酒神服の生産製造に当たっては、厳重な斎戒に服し、互いにその姿を見ることはおろか、相手のことを心に思い浮かべることすら慎まれ、それに背くような行為があれば、すべてを照覧し給う神霊が、その者を疎(うと)み嫌って死に至らしめ給うやも知れずという強迫観念に怯えていた時代でありましたから、この和歌が謡っているところの行為は、祭りの日に奉げられる神酒を始めとする農産物を育てる農業用水の神聖を穢した極悪の非行を描き出している和歌であったということになります。斎戒は稲が成長して結実に到るまでの期間でありましたが、その夏季では滅多に起こることがないはずの激しい降霜は、このような人間の犯した秘かな穢悪に対する神霊の怒りに由来していると、この時代の人々は思惟したようであります。何かの異変が起きると、それには隠れた人間の非行が何処かで犯されているという因果関係のようなことが信じられていた時代でありました。そしてこれがこのような斎戒の始まりから祭祀の終了に到るまでの間で、実際に犯された非行であるというものではありませんが、そのような非行が犯されていてはならないという諷諫の目的をもって、神祭りが果てて神霊退去の後の「解斎(げさい)」の酒宴では「散楽事(さるがうごと)」として演技されたのであります。「解斎」は「忌み明け」とも称され、さらにこの言葉は約まって「いまけ」となり、さらにこれに「今食(いまけ)」という漢字が当てられるに到ったようであります。朝廷の年中行事の中には六月と十二月の十一日には「月次祭(つきなみ)」という神祭りがあり、その翌暁には天皇が「天照大神」を祀り、それから御飯を戴かれます。これを「神今食」と表記して「じんごんじき」とか「かみいまけ」と訓んでいますが、それは「忌み明け」の意であって、祭り事が終われば、その間の努めを労(ねぎ)らわれて御飯を頂くという習いが古くからあったようであります。その場合に古くは人を失笑させるような「烏滸(をこ)」な所作を演じたりすることがあったようであります。民俗学的には「直会(なほらひ)」で謡われたこの種の人の笑いを取る歌は「暴露歌(ばらし)」と称されたようであります。この種のはなはだショッキングな内容を含んだ和歌が謡われ、それに合わせた所作を演ずることは、まさしく記紀神話が語るところの、「天の岩戸」の前で演じられた「アメノウズメ」の性的な舞踏に類するものであったように考えられます。あるいは種々の穢汚を犯した果てに祓えを受けて追放されるに到った「スサノヲ」のような悪役を自ら演じて見せる「神楽男」が、祭りの「忌み明け」には必要とされたのでありました。神楽を終わるに当たっては、その神楽のための供神物の生産製造に取り掛かった時から始まり、そしてその祭事が果てるに到るまでの日々において、何者かによって秘かに犯されたかも知れないところの、神霊の怒りに触れるような非行がもし隠れていたならば、その神楽が果てて世俗生活に戻って来るに到るまでに、その「直会（なほらい）」の席で犯した罪を暴露して、神霊に謝罪しておかなければ、神霊の怒りに触れるに違いないと信じられて来ましたので、祭りを終えるに当たっては、その罪を明らかにして謝罪しておくことが要請されたようであります。すなわちそれは「罪の祓え」という祭事でありますが、「罪の祓え」には、その「祓え」の対象となる人物、すなわち「スサノヲ」の役柄を引き受けた人物が演ずるところの、何がしかの罪の所作が必要とされた次第であります。しかしそのような謝罪の意義は忘れ去られては、それは次第に面白可笑しい「散楽事（さるがう）」「もどき」芸へと変容して行ったのではないでしょうか。

『伊勢物語』百二十段には「近江なる筑摩（つくま）の祭り疾（と）くせなむつれなきひとの鍋の数見む」という和歌が収載されていて、そしてこの和歌に関連して『俊頼髄脳』という歌学書が次のような伝承を書き留めています。「これは近江の国筑摩の明神と申す神の御誓ひにて、女の男したる数にしたがひて、土して作りたる鍋を、その神の祭りの日に奉るなり。男数多（あまた）したる人は見苦しがりて、少しを奉りなどすれば、物の悪しくて病みなどして悪しければ、つひに数のごとく奉りて祈りなどしてぞ、こと治りける」と。この伝承の地「近江国筑摩」は諸国に数多くある「御厨（みくりや）」の中でも、天皇日頃の食事を賄う特別視された処でありまして、『延喜式』「内膳司」ではその「御厨長」は地方の役人には委ねられず、「内膳司」の「膳部」の中から選ばれた一人が任じられていた特別な「供御地」でありました。したがってこれら供御物の生産製造に従事した現地の婦人たちには、幾つもの重い斎戒事項が課せられていたに違いありません。おそらくはそのような事情から、それら供御物の生産製造の勤めを果たし終えた祭りの「忌み明け」では、その斎戒期間中に侵した罪の告白と謝罪のためには、その罪の数だけの土鍋を作って神前に供えさせたというような「散楽事」が演じられることになったのでありましょう。これも「アメノウズメ」や「スサノヲ」の祓えの行事に相当する演技であったに違いありません。

さてここで論述は本題に立ち戻らねばなりませんが、先述のこれら三首の「大和舞」の和歌にはそれぞれ「～ぶり」という説明書きが付せられていますが、この「ふり」という言葉の意味について、私の考えるところを述べてみようと思います。「ふり」とは「悲しいふりをする」「怒ったふりをする」「知らんぷりをする」「男っぷりがいい」などの「ふり」「ぷり」がそれで、その意味は「それらしい姿態や所作を人の目に現わして見せる」ことではありますまいか。また「振り付けをする」という言葉もありますが、それは謡われる歌に合わせて、その歌の内容に相応しい所作を舞踏の中で演じてみせることではないでしょうか。であるとすれば「水茎ぶり」とは、「水くきの丘の屋形に妹と我と寝ての朝けの霜の降りはも」という和歌が語り出しているところの場面において、それに相応しい所作を、この和歌の舞手がして見せることであろうかと私は考えます。そしてその所作には定式があった訳ではなく、それをどのように舞って見せるかは、その舞人すなわち「才の男」の才知に懸かっていたのではないでしょうか。つまりこの「水くきの丘の屋形に」という和歌に合わせて舞われる舞の中の所作がすべて「水茎ぶり」と称することになるのではないでしょうか。さらにこれは抽象化、概念化されて、水の神聖を穢してはならないことを表した舞が「水茎ぶり」であり、京の町に祭りがあると聞けば、かならず駆けつけて来る祭り熱心な男を描いた舞が「近江ぶり」であり、祭りのためには何事も厭わず奔走する人間を描いた舞が「四極山ぶり」と名付けられたのではないでしょうか。

季節外れの霜が降りるということは農作物に大きな災害をもたらす天災でありました。『日本書紀』以下『日本三代実録』に至る『六国史』の索引には「天候」と記して、その項目下には（雨）（霖雨）（風雨）（雷）（雷雨）（雷風雨）（大風）（颱風）（霧）（霜）（雪）（雪風）（雹）（旱）（水旱）などいう小項目が並んでいます。その中では（霧）（霜）（雪）さえも変異の対象になっています。冬の霧や雪は珍しいことではありませんが、これも特別な濃霧、大雪となれば変異です。霜も陰暦10、11、12、1月ごろの寒期のものならば異常とはされませんが、国史に異常現象として記録された「霜」は陰暦2～9月のもので、このような春季から夏季を経て秋季に至る期間の時節はずれの降霜は変異です。季節外の霜は花や芽を枯らせ、実った果実は腐らせてしまう災厄であります。『六国史』ではそのような変異を記すだけで、その変異の原因は探索されたりしてはいませんが、『漢書』「五行志」は種々の変異を取り上げて、その変異が起きた原因を人の悪徳や悪行に求めています。今これを『全訳後漢書』（汲古書院）所載の解説に拠って申しますと次の通りです。「元帝永光元年三月、霜隕りて桑を殺らし、九月二日、霜隕りて稼を殺らし、天下大いに飢う。是時、中書令石顕は事を用ふること専権し、『春秋』定公の時の霜隕りしと同応せり。成帝即位して顕は威福を作せるに座れて誅せらる」というような文章があります。この文章の意味を申しますと、元帝の治世、永光元年は春も終わろうとする三月であるにもかかわらず霜が降りて蚕を飼う桑を枯らし、まだ九月だというのに霜が降りて穀物の穂を枯らしてしまった。そこでその原因を調査すると、中書令の石顕という者が権力を恣にしていたことが知られた。そしてそれは史書『春秋』の定公の時代に起こったことと照応するので、成帝が即位すると石顕は富貴を成した罪を咎められて誅殺されたというのであります。古典中国では「天人相関論」と称せられた思想が盛んに行われました。この「天人相関論」とは人君の統治に対して天が反応するという思想であります。この世に出現するさまざまな災害や怪異の現象は、人の行為に間違いが生じたために、それに反応した天が「戒」として人界に届ける「象」あるいは「徴」であるとするものであります。そしてこうした「象」に対して、人君が統治を改悟し、また徳の修養に努めれば、災異は消失して福に転ずることもできる。だがもし改善しない場合には「咎」や「罰」としての「禍」が至るというものであります。そしてこのような災異を説く章が「五行志」と名付けられたのは、災害や怪異の現象は、人の悪徳や悪行が、事物を五つに大別する五行（木火土金水）のバランスを乱し、世界なり自然なりの秩序を混乱させるために発生すると考えられたからである」と。

この「妹と我と寝ての朝けの霜の降りはも」という和歌の言葉には、人間のなせる非行に対する天の譴責であるとする意味が籠められていると解釈することを、私どもには縁遠い『後漢書』などを引用しなくても、次のような身近な国俗をもってしても説明することが出来ます。すなわち丸山顕誠『祓の神事神話・理念・祭祀』という書物の第六部第三章「斎戒する神」には、熊本県「阿蘇神社」の摂社「霜神社」で行われている「火焚の神事」という農耕祭事の様相が紹介されています。これは国指定の重要無形文化財になっているようでありますが、この地は阿蘇山麓という高地に所在していることが原因で、夏季でも霜害に侵されることがあったからでありましょうか、社伝に拠って申しますと、太陽暦 8 月 19 日より「霜神社」の大神は社を出て「天神の森」の「火焚殿」に渡御し、十二三歳の乙女にその祖母が付き添い、その介助をもって神座の下で火を焚かしめ、これを「乙女入れ」と称し、9 月 1 日には「温め上げ」と称して真綿を奉りて祭りをなし、10 月 16 日に至り「乙女揚げ」と称して、乙女は火焚を終わり、霜の大神は火焚殿より本の社に還御、さらに 18 日の夕方より「火焚殿」の一部で盛んに火を焚き、神職と巫は前日より潔斎して神事を奉仕し、神楽を奏して夜明けに及んでは、巫は乙女の手を引き、その烈火の中を素足で舞い渡ったと伝えられています。そして火焚期間中は静かに暮らさないと霜が降りるとされ、また早霜が降りると、近所の氏子は火焚殿の火が消えていないかどうか見に来たりして、火焚乙女の家族はずいぶん気を遣ったそうであります。そして今日もほぼその形式で執行されていると報告されています。季節はずれの降霜は農民泣かせの災害で、それには人間の斎戒不足に対する神霊の怒りが原因とされているようであります。

第十二節　しもとゆふ葛城山に降る雪の間なく時なく思ほゆるかな

さて最後には「大和舞の歌」の中でもその始めに戻り、上記の「古き大和舞の歌」と題せられてある和歌の意味するところのもの、すなわちこの歌の心というものに関して私見を述べさせて頂こうと存じます。まずこの和歌の言葉の意味を確かにしておく必要があります。「しもと」とは国語辞書一般に従って申しますと、樹木の細く長く伸びた若枝で、これが人の身体を打つ刑罰の具、笞(むち)を意味する言葉にもなったようでありますが、元来これは広く燃料の焚き物として使われた品物で、ここでもその意味に解さなければ歌の意味は成り立ちません。そしてこの和歌は、燃料としてそのような楉が豊富に育っている山に入って――「葛城山」などがその代表的な山だったのでありましょう――それを伐り出し、それを背中に背負って山の外まで運び出すためには、それらを幾束かの束に束ねる必要がありました。それを束ねて縛るために用いられたのが、「かづら木」という、ちょっとやそっとでは切れることがない強靭な蔓状の植物でありました。この勤労をこの和歌は「楉結ふ葛木山に」と謡ったのでありました。そして「かづら木」から「葛城山に降る雪の」と言葉を転じ、さらに「間なく時なく思ほゆるかな」と言葉を続けた次第であります。このように山に入って樹木の細枝を伐り取り燃料にすることは、食物を炊いたり煮たり焼いたり、湯を沸かしたり、灯し火に使ったり、暖を取ったりなどして、生活のためには欠かせない活動でありました。そして宮中で用いられる一年間の薪は、一位から無位に至るすべての文武百官に、その官位に比例した数量で奉献することが課せられ、それが毎年の正月十五日に宮中に運び込まれました。それが年中行事の「御薪を進らする事」であります。そして運び込まれた薪は、「主殿寮」で管理されましたが、しかしながら「大嘗祭」「新嘗祭」を始め諸社の神事で用いる、供神物のための煮炊きものの燃料としての薪は、特別に清浄なものでなければなりませんでしたので、それらはそれとは別に「大炊寮」において準備されていたようであります。『延喜式』「大炊寮」を披き見ますと「六月神今食」では「薪一百五十斤」、「鎮魂祭」「薪一百五十斤」、「中宮鎮魂」「薪卅斤」、「新嘗祭料」「小斎に供奉せる諸司雑給」「薪四百廿斤」、「平野祭料」「薪三百六十斤」、「園韓神祭料」「薪五十斤」、「大原野祭料」「薪四百廿斤」、「松尾祭料」「薪五荷」以上八件の規程が見出されます。

さてこの『延喜式』「大炊寮」の規程を背景にして、いま当該の「しもとゆふ葛城山に降る雪の間なく時なく思ほゆるかな」という和歌に合わせて舞われた「大和舞」の意義を考えますと、すでに「近江ぶり」「水茎ぶり」「四極山ぶり」の場合と同様に、この「大和舞」が舞われた後には御飯と禄の報償が行われたのでありました。「近江ぶり」では祭りと聞けばじっとしては居られず逢坂山を越えて都に帰って来る祭り熱心な男の様子が演出され、「水茎ぶり」では祭りではけっして穢されてはならない水が恥知らずな男女によって秘かに穢されたという、これを謝罪する心が謡われ、「四極山ぶり」という「大和舞」では、これまた祭りといえば、「難波の海」の沖合まで「棚無し」の「小舟」を出して魚藻類の漁（すなど）りに奉仕した忠実な男たちの所作を演じたようでありましたが、それらと同類の和歌として、この「古き大和舞の歌」では、祭りに必要とされた供神物を煮炊きするための穢れを避けた特別な樹木の細枝を伐り集めるために――それは寒さの激しい冬の仕事ではありましたが――「葛城山」に入りましたところ、雪は間なく時なく降りしきっていましたが、山に入った私自身も、この降りしきる雪のように間なく時なく、今より祭られるこの神霊のために心を尽くして、薪を伐り集め、これを「かつら木」で束ねて束にして神事に仕えて来た者でございますよというのが、この「大和舞」の舞い手の心であったに違いないと私は読み取る次第であります。「間なく時なく思ほゆるかな」という言葉をもって、それは恋歌からの転用であるとする説が注釈書類で広く行われているようでありますが、これは転用ではなく、「尊い神さまのご恩を間なく時なく思いながら薪を伐り集めていた私でございました」という信仰そのものを言い表した和歌であると解する方がよろしいのではないでしょうか。そのような厚い信仰告白の舞を演じた後に、その報償としてご飯と禄とが与えられたのでありました。「思ふ（おもふ）」の語幹（おも）は「重し（おもし）の語幹（おも）と同義であると察せられ、したがって「思ふ」とは「重ふ」であって、人物や物事を重く心に受け止めるという意味であり、人物や物事を尊重する心の深いことが言い表されているとしなければなりません。それに対して「恋ふ」には相手を尊重する意味は乏しく、ただ相手を自分のものにしようとする欲望の意味の強いのが「恋ふ」であります。ここで使われている「思ふ」は、人間に思い焦（こ）がれることではなく、神霊を尊いものとして重くこれを受け止めるという意味であるに違いありません。

（以上）

第七章　小野小町の職務と和歌

題しらず　　　　　　　　　　　　　　　　　　小野小町

①思ひつつぬればや人の見えつらむ夢と知りせばさめざらましを（巻12・552）

②うたた寝に恋しき人を見てしより夢てふものはたのみそめてき（巻12・553）

③いとせめて恋しき時はむばたまの夜の衣を反してぞ着る（巻12・554）

④みるめなき我が身をうらと知らねばやかれなで海人(あま)の足たゆく来る（巻13・623）

⑤うつつにはさもこそあらめ夢にさへ人目をよくと見るがわびしさ（巻13・656）

⑥限りなき思ひのままに夜も来む夢路をさへに人はとがめじ（巻13・657）

⑦夢路には足も休めず通へどもうつつに一目見しごとはあらず（巻13・658）

⑧海人の住む里のしるべにあらなくにうらみんとのみ人の言ふらむ（巻14・727）

『古今和歌集』所載の小野小町の和歌は十八首でありますが、その中でも他の歌人には類を見ないこの歌人の特殊な歌いぶりがよく顕れていると受け取られるところの恋歌八首ばかりを抜き出してみたものが上掲の歌群でありますが、これらの和歌の観察を通して、これまで多様に論述されて来た小野小町の独自な歌境の、究極の特性なるものを指摘してみたいと思います。

第一節　小野小町が詠んだのは「非在」の男夫であった

たしかにこの歌人の和歌には、他の伝統的な和歌とは異なるところの独特な心境が表れています。このことに関しては、まず上掲歌群の一番目「思ひつつぬればや人の見えつらむ夢と知りせばさめざらましを」という和歌の考察から始めようと思います。この和歌の言葉の意味を、その言葉の流れに依り添って求めて行きますと、その言葉の意味は「私という者が、あろうことか、誰か人のことを思って眠りに就いたからでありましょうか、その誰かが私の夢に見えたようであります。もしそれが夢だと気付くことが出来たならば、目覚めてそのような甘美な夢を消してしまうことはしなかっただろうに——でも目を覚まして夢を消してしまったのがとても残念」ということになるでありましょう。そこでこの和歌を読む私どもがまず驚かされることは——いや驚きとしなければならないことは、たとえそれが嬉しい出会いではあっても、夢の中での出来事に過ぎなかったと気付いた時には、それが現実ならぬ夢であるに過ぎない出来事であったのかと、かえって人を夢に見たことで失望を深くするような和歌が普通であります中で、この小町歌では、目覚めてなおも追い縋るかのような姿勢で、その夢を追っかけているところの、心の異常さであります。離れていて逢えない人を、夜の眠りの夢の中で見るという歌想は、「うつくしと思ふ我妹を夢に見て起きて探るになきがさぶしさ」(『萬葉集』巻12・2914・作者未詳)「恋ひわびてうち寝る中に行きかよふ夢の直路はうつつならなむ」(『古今集』巻12・558)などいう歌が示していますように、夢の中の逢会は実際のそれよりも劣った似せ物のようなものであるとするのが常道なのであります。ところが小町の和歌の場合では、もしその夢見の中でそれが夢であることに気付けるものならば、その夢から目覚めることがないように自分は努めただろうにと述べて、どこまでも夢を追い求めて行くという趣旨の和歌に仕立て上げているのであります。そもそも人が眠りの中で夢を見ているときに、いま自分は夢を見ているのであって、それは夢の中の出来事であるから、目を覚ませば跡形もなく消え失せてしまうものであるなどとは滅多に気づくことがないのは、小町の時代も今の時代も変わるはずはない心理現象であるに違いありませんのに、この小町の和歌では、その固く動かぬ人間経験の常識を翻して、夢見の中で、それが夢であることに気付いていたのであったならば、自分は夢見から覚めることがないように努めただろうにと、自分の夢見をあたかも自分の意思で統御可能な現象であるかのような理屈にしているところなど、前例のない奇抜な着想の和歌だなあと、まず第一にこの和歌の発想の面白さ、そしてそのように和歌を仕立て上げた機知の程に、私どもは驚かねばならないのでありますが、さらにそれよりも驚かされる重要なことは、小町は絶望の歌人だと言われていますように、この和歌の作者においては、自分が思うところの人に逢えるのは夢の中までのことであって、それ以上に、夢でなくして実際に相目見(あいまみ)えることについては、その可能性をからっきし期待していないところの人物、あるいはそれがまったく許されていない特別な境遇にある絶望の人物であることが告白されているということであります。そしてそれは私どもの読み方の問題ではなく、まさしくこの和歌の作者の、この和歌において最も主張したいところのことのように受け取られるのであります。この和歌は「思いつつ寝ればや人の見えつらむ」すなわち「や～らむ」という疑問の掛かり結び文で始まっていますので、この表現態に深く意を留めて、この歌句の意味を釈しますと、「自分は誰か人を思い寝にして眠りに就くようなことをするような者ではないと思っていたのに、誰かしら人が私の夢に現れました。これはまったく不可解な事です。それなら私にも私が気付かない思う人があって、その人を知らず識らずに思い寝にして眠りに就いたのでありましょうか」という意味になるのではないでしょうか。

このような主張は二番目の「うたた寝に恋しき人を見てしより夢てふものはたのみそめてき」という和歌にも歴然としています。これら夢の中で思う人と逢うというテーマは『萬葉集』以来の伝統を継承するものであって、『萬葉集』では都住まいの都人士が政務で都を離れた場合や、あるいは地方の人民が土地の産物を都に貢納するために郷里を離れたりした場合、今日のような電話やメールなどいう相互連絡の手段を一切持たなかった時代では、それまで一緒に暮らして親しくして来た妹背、夫婦の間柄の者たちが、その相当に長い相互の「不在」期間に相手がどうして暮らしているのやら、元気にしているのかどうかなど、その気がかりが嵩じた場合には、互いに夜の眠りの中での逢会を得ることで、お互いの不安な心を落ち着かせるということをしたようでありまして、その様子を述べた歌が、『萬葉集』巻十一、十二の作者未詳歌巻を中心にして、諸巻にも少なからず見出されるのでありますが、今その中の10首ばかりを任意に取り出してみることに致しましょう。作者はいずれも作者未詳の歌です。

①いかならむ名に負ふ神に手向けせば我が思ふ妹を夢にだに見む（巻11・

2418）

②里遠み恋ひうらぶれぬまそ鏡床の辺去らず夢に見えこそ（巻11・2501）

③思ふらむその人なれやぬばたまの夜ごとに君が夢にし見ゆる（巻11・2569）

④大原の古（ふ）りにし里に妹を置きて我寝ねかねつ夢に見えつつ（巻11・2587）

⑤相思はず君はあるらしぬばたまの夢にも見えずうけひて寝れど（巻11・2589）

⑥我が心ともしみ思ふ新た夜の一夜もおちず夢に見えこそ（巻12・2842）

⑦ぬばたまのその夢にだに見え継ぐや袖乾（ふ）る日なく我は恋ふるを（巻12・2849）

⑧確かなる使ひをなみと心をそ使ひに遣（や）りし夢に見えきや（巻12・2874）

⑨現（うつつ）にも今も見てしか夢のみに手本（たもと）まき寝と見れば苦しも（巻12・2880）

⑩あらたまの年月かねてぬばたまの夢に見えけり君が姿は（巻12・2956）

これらの歌々では、現在は別離の境遇の中にあって、お互いが相手に対して不在の状態にいても、郷里に残された家妻の夢に男夫が現れたことの喜びを述べたり、あるいは逆に旅先の男夫が郷里の家妻を夢に見たりして自分を慰めたりしています。これらを今日のこととして言えば、日々迎える夜毎に電話や「メール」などを交わして安否を確かめ合うというようなことです。すなわちこれら夢の中の逢会というものは、公務を無事に終えて再会に及ぶに至るまでの、別離して目の前にいない不在期間の気掛かりな状態の中にある妹背夫婦がするところの代償行為のようなものであって、妹背夫婦の真に目指すところのことは、言うまでもなく現実の再会であります。ところがこの「うたた寝に恋しき人を見てしより夢てふものはたのみそめてき」という和歌においては、その歌言葉から察するところ、逢会の願望はどこまでも夢どまりであって、夢ではない現実の逢会は、そもそもの初めから志向されていない事項であったように受け取られます。上記⑤の万葉歌では、夜の夢には旅先の男夫が必ず現れますようにと、神さまに事柄の成就を願うところの、「うけひ」というお呪（まじな）いをした上で、家妻が眠りに就いているのであります。すなわち万葉歌では、その安否が気掛かりな場合には、その人との夢の中の逢会が必ず得られますようにと、前もっての期待を込めて夜の眠りに就いているようであります。ところが小町の和歌の場合では、それとは異なっていて、ふとしたある日のこと、これから眠りに就こうとか、そしてその眠りの中で夢見をしようというようなお呪（まじな）いなどもなく、ふとした気の緩みで起こったのかも知れない、ほんの短い日中の不覚なまどろみ、すなわち「うたた寝」という些細（ささい）な眠りの中で、何としたことか、小町は「恋しき人」を夢に見てしまったというのであります。先に挙げた「思いつつ寝ればや人の見えつらむ」という和歌の場合の眠りもまたまた意図せぬ不覚の「うたた寝」であったかも知れませんが、この場合の小町歌では、殊更に「うたた寝に」という言葉を用いていることに、この和歌を読む私どもは気付かねばなりません。上に十首の例示を致しましたように、自分に思う人があって、その人を夢に見ることが出来ますようにと祈りを込めて眠りに就くことをするのが「うけひ寝」とか「思ひ寝」というものであり、そのような気構えも祈りもなしに、不覚にもふと眠りに落ち入ることが「うたた寝」であります。ここでは「うたた寝」は「うけひ寝」の対語として用いられていると考えられます。この小町歌の言おうとするところのことは、自分は「恋しき人」などというものは持たず、また持たないように努めねばならない境遇の者であり、そしてそのような境遇に身を置いていることには、何の不足も苦痛も覚えていない身の上の者であったのに、それでも自分の気付かない心の深層では、人を深く恋しく思っていたのであろうか、ふと寝てしまった「うたた寝」の中で、不覚にも「恋しき人」なんど、自分にとってはとんでもない人が立ち現われて来て、しかも始末の悪いことには、同じそのような夢見が再びあって欲しいと、そのような夢見をまた心待ちするところの、自分としては是認することが出来ないところの、もう一つの自分自身をここに見出してしまったという、堕天使の嘆きのような告白の和歌なのであります。それがこの「夢てふものを頼み初めてき」という言葉の「こころ」であるに違いありません。つまり以上の二首の小町歌で小町が言おうとしているところのこととは、常々想う人などはからっきし持たない人間のように振舞っている自分ではありながら、しかしその重い抑圧をふと緩（ゆる）ませてしまう意図せぬ不覚の眠りの隙間（すきま）を縫って現れて来る男夫（だんぷ）があり、そしてそれがそのように夢の中でのみ現れるところの、現実には「非在」の人物が存在しているという告白であります。なるほど夢にのみ現れて現実には「非在」であるところの人物との逢会を再び願うというのであるならば、もう一度同じような夢を見ることを願うより以外に、その人物に逢う方法がないというのは理の当然でありましょう。すなわちもっとも簡単に言えば、小町の恋人とは夢ばかりに出現するところの、現実には「非在」の男夫であったということであります。それに対して互いに遠く離れた場所に身を置いて、互いにその不在に心を悩ませている状態の男女があって、それが互いにせめて夢の中で相見えることが出来ますようにと、確かな心構えをした上で、長き夜の夢見を楽しむという『萬葉集』以来の伝統的な妹背は「不在」の思い人であって、その「不在」と区別して、小町歌のそれは夢の中ばかりに出現する「非在」と称すべきものであったと私は定義したいのであります。

次は第三番目の「いとせめて恋しき時はむばたまの夜の衣を反してぞ着る」という和歌の読解に入ることになりますが、これも第一首目、第二首目に続く同一主題の作と考えられます。この和歌の意味するところを、ごく詳しく丁寧に言い換えれば次のようになるでありましょう。すなわちそれは「現実には恋人というものを持たないことを身上としているような自分でも、やはり人恋しさを覚える時がありますが、そのようなとき私はせめてもの手段として、夢の中でのみ現れる私の非在の男夫に出逢えるようにと、夜は衣を裏返しにして着るというお呪いをいたします」というような意味のものでありましょう。この意味把握は、これまでの諸家の解釈と決定的に異なるところが一か所あります。従来の諸家の解釈では、この和歌の初句「いとせめて」はすぐ後の「恋ひしきときは」という歌句に続けて、「大変に人恋しい時には」という意味に解していますけれども、しかし私は敢えてそれに抗して、この和歌の訴えるところの主眼を、上に述べましたように、夢の中だけの「非在の男夫」しか持ち得ない自分の立場では、男夫と直接に相逢うことはあり得ないことでありますけれども、せめてもの方策として「夜の衣」を裏返しにして、夜の夢の中の「非在の男夫」と逢会することを試みておりますという意味に解するのであります。つまりこの和歌の文意は、「いとせめて」「恋しき時は」と続けるのではなくして、「いとせめて」「夜の衣を反してぞ着る」という歌句にまで続けるとした方が、よりいっそう、この和歌の心に沿った解釈であろうかと考えるのであります。つまりこの和歌の歌意は「わたくしに出来るせめてものことは、人恋しいとき、夜の衣を反して着て夢中の人と逢うことを願うばかりです」ということであります。

以上の三首の小町歌を、このようなものとして捉えますと、それに続く④の「みるめなき我が身をうらと知らねばやかれなで海人の足たゆく来る」という和歌、また⑧の「海人の住む里のしるべにあらなくにうらみんとのみ人の言ふらむ」という和歌、この二首の和歌の心に表れているところの、誰人にも逢う意志のない小町の心しらひの程は、よく了解されるに至るでありましょう。次に⑥の「限りなき思ひのままに夜も来む夢路をさへに人はとがめじ」、また⑦「夢路には足も休めず通へどもうつつに一目見しごとはあらず」の二首について言えば、これら二首は、現実の逢会は厳しく禁じられてはいるけれども、夜の眠りの中で見る夢の逢会までも、人は咎めることは出来ないという和歌であります――ここで一言付け加えて置かなければならないことは、この「夢路には足も休めず通へどもうつつに一目見しことはあらず」という小町歌の意味は、契沖『余材抄』以後の新注では「夢中の逢会は、たとえ休むことなく続けようとも、それは現実のわずか一目の逢会にまさるものではない」という意味に解されているようでありますが、この和歌はこのように解するより外はない和歌だとするのはけっして良いことではありません。契沖『余材抄』よりも以前の『栄雅抄』や『八代集抄』が釈していますように、この和歌は元来「夢の中の逢会は休むことなくしているけれども、現実に一目逢い見えるようなことは滅多に私はしていません」という意味に解してこそ、初めてこの和歌は小町の歌らしくなるのでありますまいか。だのに契沖『余材抄』以下、すべての多数の新注がそれとは異なる上記のような解釈をしていることについては、再考再検討が望まれます。

第二節　小町歌成立の由来

でも「想ふ人」に逢うことが許されず、したがって夜の夢見の中での逢会ばかりに期待を寄せるといった風の歌ならば、それはすでに『萬葉集』においても作られているのであります。すなわち「人の見て言咎(ことどが)めせぬ夢に我今夜至らむやどさすなゆめ」（巻12・2912）、また「人の見て言咎めせぬ夢にだに止まず見えこそ我が恋止まむ」（巻12・2958）がそれであります。また『古今和歌集』でも「むばたまの闇のうつつは定かなる夢にいくらもまさらざりけり」（巻13・647）という和歌が載っています。しかしながら夢見の逢会ならば、まったく問題はなかったかといえば、それは次の和歌を読めば、必ずしもそうではなかったことが解ります。なぜならば⑤では「うつつにはさもこそあらめ夢にさへ人目をよくと見るがわびしさ」とありまして、これは「現実の逢会ならば、人からの咎め立てがあるのは当然のこととしても、人目を怖れる心が嵩じて来ると、人の目には見えず、したがって人から咎められるはずのない夢中の逢会でさえ恐れなければならない境遇に身を置いている我が身は侘しい限りである」という意味でありましょうから、それならば世の中には、如何に思いが深くあろうとも、逢会は許されるものではないという種類の恋というものもあったということを、暗にこの和歌は人々に告げ知らせているように思われるのであります。それは人に見られて言い騒がれては困るというような軽い理由からではなく、もっと重く世の中の掟とか規範からして決して許されることがない男女の間柄もあったように観察されるのであります。そのような恋に関しては、すでに前章で述べたところのことであり、また次の章でもこれについては多く話さねばならないことでありますが、ここではただ一首すなわち「住の江の岸による浪よるさへや夢の通ひ路人めよくらむ」（巻12・559 藤原敏行）という和歌の意味するところを考察することにいたしましょう。この和歌も「人に咎め立てされることを怖れる心が嵩じては、人に見られる気遣いのない夢の通い路でも、人が見てはいないかと怖れねばならないような女が存在していて、そのような女を尋ねてくる男のあることを詠んだ和歌であることに違いはないでありましょう。

これは小町の和歌ではありませんが、小町歌と同様の境遇に身を置いた者の歌であったように察せられます。「住之江の岸による浪」という詞が和歌の中にありますので、この和歌はおそらくは「住の江」あたりに多く栖息した遊女まがいの巫女の様態に、藤原敏行が興味を示して作ったところの芸謡であっただろうかと私は想像いたしています。巫女という存在には神霊に仕えて厳重な斎戒に服した「伊勢神宮」の「斎宮」や「賀茂神社」の「斎院」を始めとして、その他の多くの大社に奉仕した本格的な高位の斎女が少なからず存在していたことは、よく知られていますが、旅する者の道中の安全を祈願する目的をもって「道祖神」を祀りつつも、その旅行者に宿を貸して「一夜妻」の渡世働きをするような下級の巫女もあったようであります。

第三節　小町は「内侍所」で「宝鏡」を奉持した斎女であった

『古今和歌集』の「真名」「仮名」両序は、小町が残して行ったこれらの小町歌を通して想像されるところの人物像を「いにしへの衣通姫の流なり。あはれなるやうにて、つよからず。いはば、よき女のなやめる所あるに似たり。つよからぬは女の歌なればなるべし」と述べることになったようであります。この「仮名序」の評言では、小野小町は「衣通姫の流なり」、すなわち小町の境遇は衣通姫の系列に属する人物だとして、その「あはれ」の心は深いけれども、立場は強者のものではない。人目を憚って逢おうとしないところが弱々しくて、強くないのは女の歌だからであろう」と言っているのであります。たしかに『古今和歌集』序文は『古今和歌集』の和歌にもっとも近い時代の文献でありましょうから、その言説は尊重されねばなりません。しかるに多くの『古今和歌集』の注釈書では、この「衣通姫」という人物の特質にはあまり注意を差し向けていません。その中で片桐洋一『古今和歌集全評釈』では、この「衣通姫」という伝説の人物が詳しく紹介されていることは流石であります。ここでもそれに習って、この人物の要点を紹介いたしますと、「衣通姫」は『日本書紀』では「衣通郎姫」と名付けられていますが、この女性は『日本書紀』第廿代「允恭天皇」の皇后の妹でありました。そしてある盛大な宴が催された席で天皇自らが琴を弾き、皇后が立ち上がって舞いをいたしました。そして舞が終われば舞人は「娘子奉る」と申し上げることが、この時代の風俗になっていましたのに、皇后はそれを申されなかった。するとそれでは仕来たりに反して礼儀を失していると皇后は天皇から責められましたので、皇后はやむなくもう一度初めに戻って舞をなされて、舞終わって「娘子奉る」という言葉を発せられました。すると天皇はすかさず「奉る娘子は誰ぞ」と申されると、皇后は自らの実妹の名を挙げました。その名こそがこの「衣通郎姫」でありました。姫はその名の通りに「艶色が衣を通して、その外までを照らしていたという美人でありましたので、天皇は以前から、この姫を宮中に召し上げたく希んでいたようで、その天皇の希望を聞き知り察していた皇后は、その天皇の意向を汲んで、この場面ではその実妹の名を挙げざるを得なかったのでありました。そこでその妹の名を挙げた結果として、宮中からは招きの使者が「衣通郎姫」の在所に向かって立つことになったのでありますが、もしその招きに「衣通郎姫」が応じていれば、姉の皇后の立場は妹によって奪われてしまうこととなります。そのような姉皇后の苦衷を慮ることが出来たところの、心すぐれた「衣通郎姫」はどんなに懇請されても、宮中からの招きには応えることはせず、また出産を直前に控えた皇后の、自決せんばかりの悲嘆を前にしては、天皇も「衣通郎姫」を宮中に召し納れることは出来ず、都から離れた「藤原」という地に「衣通郎姫」を住まわせることにしました。そしてある時、天皇がその「藤原」の地をひそかに訪れて「衣通郎姫」の様子をご覧になると、天皇がここに来ておられることも知らずに、「我が背子が来べき宵なりささがねの蜘蛛の行ひ今宵著しも」という、女が男夫の入来を心待ちするこのような趣旨の歌を謡っていたというのであります。そこで天皇は自分の求愛をどこまでも拒絶し続ける「衣通郎姫」ではあるけれども、その実は自分の入来をこのような歌謡をもって願っている「衣通郎姫」の本心を目の当たりにして、深く心を動かして、都からは山を越えて遠く離れた「河内の茅渟」に、姫のための宮室を興し、遊猟に託け秘かにそこに通われたという古代物語であります。

さて、たとえ絶大な権力を有した天皇の意向であろうとも、それが姉皇后の立場を踏みつぶしてしまうようなものでありましたならば、断じてそれを承引することは出来なかった「衣通郎姫」の襟度と、小野小町が男夫というものを、断じてこれを拒絶して迎え容れることを潔(いさぎよ)しとしなかった矜持とには、確かに相通じるところがあるように考えられます。小町と「衣通郎姫」とでは相違点は多々ありますけれども男夫を近づけないことを自己の襟度、矜持としていた点では共通しています。ですから『古今和歌集』「仮名序」は小町を「いにしへの衣通姫の流なり」と批評したのだと察せられます。そして更に仮名序はそれに続けて、小町が「いにしへの衣通姫の流なり」という批評が成り立つ理由説明として、「いはばよき女のなやめるところあるに似たり」と書き記しています。この言葉の意味を考えてみますと、「それはまあ言ってみれば、「よき女」すなわちすぐれた美人であっても、その美人であったが故の苦しみがあったのであろうという推察を下しているようであります。ところが「真名序」ではこのところを「然レドモ、艶ニシテ気力ナシ、病メル女ノ花粉ヲ着ケタルガ如シ」と述べています。これはどうやら「仮名序」が「いはばよき女のなやめるところあるに似たり」と述べているところの「なやめるところ」という言葉を「悩み苦しみ」の意味に受け取らず、「病気」の意味に受け取ってしまった結果であると私には考えられます。

『古今和歌集』序文筆者の時代から見れば、小町の生きた時代は――それは最大幅、仁明、文徳、清和、陽成、宇多の諸天皇の時代であったとするのが定説であります――遠い昔のことではありませんので序文筆者の小町批評は尊重しなければなりません。小町に関する確かな資料が極めて少ない中にあって、『古今和歌集』「序文」などがいう言説は一等資料というべきものではないでしょうか。ですから私は「仮名序」の「いにしへの衣通姫の流なり」という評言はもっと重要視して生かすべきものと考えます。このように天皇が皇后を憚(はばか)り、それが原因で別の女性を宮中に召そうとしても、それが果たせず、その結果その女性を独り身で終わらせてしまったという類(たぐい)の説話は、『古事記』では他にも見出されます。それは「仁徳記」の「八田(やた)の若郎女(わかいらつめ)」という人物で、そしてこの女性の謡った歌謡として「八田の一本菅(ひともとすげ)は独(ひとり)居(を)りとも大君(おほきみ)しよしと聞こさば独居りとも」というものが伝えられています。そしてさらに同じ種類の説話が「応神記」にも見出されます。その説話とは天皇が「三輪河」の川辺で衣を洗っている童女の容姿を見て「汝嫁がずてあれ。今喚してむ」と仰せつけたものの、そのまま宮に帰って、そのことを忘れてしまっていたというのであります。でも童女はそれ以後、宮中からの迎え入れを待ち続けること八十年、しかしとうとう待ちきれずに、天皇の前に自分の姿を現しに参ったというのであります。しかしながら天皇はそのひどく老いさらぼえた様子を見ては、「御諸の厳白檮が本、白檮が本、忌々しきかも白檮原嬢子」と歌ったというのであります。でありますから、これもまた天皇の気儘な言動によって一生涯を為すこともなく終わってしまった女性の悲哀を語る説話の一つであるとしなければなりませんが、この説話で謡われるところの「御諸の厳白檮が本……」という歌謡は、三輪山の麓に棲息する巫女たちを三輪山の白樫の木に喩えたものであって、それは恐ろしい神木だから、人の手が触れてはならないもの、すなわち巫女は生涯独り身であらねばならないことを謡っていると解釈されるのであります。また『萬葉集』においては「うるはしと我が思ふ妹ははやも死なぬか生けりとも我に寄るべしと人の言はなくに」(巻11・2355)という旋頭歌が収まっています。この歌などは大抵の諸注はこれを「女に振られた男の腹癒せの歌」と釈しているようでありますが、これは男夫を持つことが許されていない職務に従事する斎女を、事もあろうに想い初めてしまった男子が、その嘆きを訴えているところの歌と釈するのが当たっているのではないかと私には解釈されるのであります。つまり古代で語られた語り物の中で、生涯男夫を迎えることなくして終わった女性といえば、「衣通郎姫」のように、後宮の複雑でむずかしい力関係の中で身動きが取れなくなくなってしまった場合がまず想定されますが、もう一つは神事に奉仕することを職務とするがゆえの場合もあったように考えられます。そして小町はその二つの中のいずれであるかと言えば、その小町歌を読む限りでは、言い寄る男夫などは土台最初から遠ざけていたところの、神事に奉仕する斎女であったように受け取られます。そしてその男夫が仮令天皇という身分の者であってもこれを自身の身に近づけることをしてはならないのが斎女というもののアイデンティティであったに違いありません。むろん「衣通姫」が天皇を身に近づけさせなかった理由は、姉であるところの皇后の地位を奪うまいとする姉思いの心に発するものであり、小町が如何なる男夫をも近づけまいとする心は、すぐ後に述べますけれども、「内侍所」「宝鏡」という神体に対する憚りであったという相違は歴然としていますが、しかしながら自己の誇り、アイデンティティとして男夫を絶対に身に持とうとはしなかったという点では、小町も「衣通姫」も同様の境遇であったと断じてもよろしいのではないでしょうか。そして小町が男夫を持とうとしなかったことは自己のアイデンティティに拠るところのものであったとしても、その心の深いところでは男夫を求めていたことは、小町の夢見の和歌からそのように考えて誤るところは一切ありませんから、それは「衣通姫」が「允恭天皇」を一切身に近づけさせようともせず、天皇の宮殿から遠く離れた「河内の茅渟」に身を置きながら、しかしその処で「我が背子が来べき宵なりささがねの蜘蛛の行ひ今宵著しも」という、女が男夫の入来を心待ちする趣旨の歌を謡っていたというのでありますから、表向きでは男夫を排除しながらも、その真底では男夫を求めているという点でもまた、小町と「衣通姫」のアイデンティティは重なって見えることは否定出来ない事実であります。

小町の夢に現れたところの男夫は、夢の中にだけ出現する非在の人物でしかなかったようであります。日本古来の伝統では、神さまの前に出てこれに奉仕する女性は一般に「巫女」と呼称され、この「巫女」であることの第一条件は無夫ということであったようであります。そのもっとも代表的なのは伊勢神宮の「斎宮」であります。『日本書紀』の11代「垂仁天皇」が始祖「アマテラス」大神の霊魂を己れの皇女に託して、これを「伊勢神宮」において奉斎せしめられたのが、その起源とされています。これは「伊勢の斎宮」と称されています。またそれに習って平安時代の「嵯峨天皇」代（809～823年）に皇女を平安京の守護神「賀茂大社」に奉斎せしめることが始まりました。これは「賀茂の斎院」と称されています。さらに『日本三代実録』「清和天皇」の貞観8年（866年）12月25日条には「詔すらくは藤原朝臣須恵子を以て春日併びに大原野の神斎と為す」という記事があり、さらに貞観17年11月4日条には「藤原朝臣意佳（いか）子、春日大原野の神斎と為す。前斎藤原朝臣可多（かた）子喪に遭ふを以てなり。意佳子は中納言従三位兼行右衛門大将皇太后宮大夫藤原朝臣良世の女（むすめ）なり」という記録が見出されます。そしてこの「神斎」という存在が、『延喜式』「神祇」に「春日神四座祭」「斎服料」「物忌一人料」とある「物忌」そのものであると察せられます。さらに『延喜式』「神祇」同条に「平野神四座祭」「斎服料」「物忌王氏」ともありますので、「春日神社」「大原野神社」にはこれを祭祀する「藤原氏」からの斎女が設定されたのと同様に、「平野神社」にもこれを祭祀する「王氏」からの斎女が設定されていたことが知られます。このようにして天皇の父系の先祖を祀る「伊勢神宮」には、その太古から「斎宮」が設定されていたのに習って、平安京の守護神「賀茂大社」には「賀茂の斎院」が設定され、さらにここに到って天皇の母系に関係する春日神社にも、その祭祀に専当した「物忌」の働きを勤める斎女を奉仕させるようなことがあったと考えられます。特別に崇敬された神にはそれに専当する斎女を宛てるということが、「伊勢神宮」以外でも始められていたように察せられます。

でも小町がそのような特定の神社に派遣された斎女、物忌であったという証跡は存在しておりません。「物忌」とは平安時代に入っては「陰陽道」に関係して広く行われた慣習であったように思われますが、元来は太古に始まって律令制にも継承された制度であるらしく、『令集解』「職員令」や『延喜式』「神祇」に拠って申しますと、「神祇官」には「御門巫（みかどのみかんこ）」「座摩巫（ゐかすりのみかんこ）」「生嶋巫（いくしまのみかんこ）」という三人の巫女、それに「中宮」と「東宮」にも各一人の巫女、併せて五人の巫女が宮廷には所属していたようであります。そして「座摩巫」については、『延喜式』「神祇」では「都下国造（つげのくにのみやつこ）氏の童女七歳已上の者を取りて之に充（あ）つ。若し嫁ぐ時に及びては弁官に申して充替（あてか）ふ」という規程が存していることなどから考えますと、この種の巫（みかんこ）はほんの年若い地方豪族の小娘であったらしく、男夫を持つに至るまでは都に出て巫女の職務に従事したのであろうと察せられます。以上は「神祇官」に所属した斎女でありますが、更にこのような斎女の外に、もっと時代が下った後の、平安時代に入ってから新しく設置された令外の官職でありますが、「伝国璽」と称せられて、非常に古い時代から歴代の天皇が伝世的に継承して来た宝物——鏡と剣とがあり、これを奉持することを職務とした女官があります。この天皇位を象徴する大変に尊貴な器物は常に天皇の身辺に置かれ、天皇の側近く仕えることを職務とする「内侍」と称された女官によって近侍されて来ました。そしてここで小町の身分に関する私の仮説を先に言ってしまいますと、小町はそのような「内侍」と称された職務に就いていた女性であったと私には推察されるのであります。次の和歌はこの章の冒頭には掲げませんでしたが、小町が「花の色はうつりにけりないたづらに我が身世にふるながめせしまに」（巻2・113）と謡っているのには、このように歴代天皇が大切に伝えて来た宝物とはいうけれども、一人の人生の最も華やいだ多感な期間を、そのような器物を奉斎する女官として終わってしまった自分の、プライドかそれとも悔いか、その二種のいずれとも受け取れる複雑した心が、この和歌には働いているようであり、それは遠く古代からの巫女の伝統から出現した和歌であるように私には解せられのであります。小野小町がどういう人物であったかを証明する確かな資料はほんとうに少なくて、古来いろいろな臆測がなされてまいりましたが、以上の私の『古今和歌集』所載の小町歌の考察から申しまして、小野小町はこの歴代天皇が伝世的に継承し、天皇の身に近くに置いて来た「伝国璽」に奉仕した「斎女」であったという推測だけは、まずまず信じられてもよい確かな事実であったように察せられ、小町に関するいかなる研究も、そこから出発するより外はないと私には考えられるのであります。

山口博『閨怨の詩人小野小町』という書物を読みますと、『類聚三代格』所収、大同元年十月十三日の太政官符「氏女を貢せ令むべき事」には、「氏女」の年齢は従来は40歳以下13歳以上であったものを、30歳以上40歳以下に改め、かつ無夫の者を採用して、嫁げば必ず替りの者を貢が令めよ」と述べられていること、そして採用の条件が、殊更に無夫の者であらねばならないように定められていることに注目して、小野小町もこのような無夫を採用の条件とした「氏女」の制度によって採用された婦人であったろうという説を出されていますが、「氏女」が無夫であることを採用条件としている理由は、他事に妨げられることなく宮仕えに専念出来る者であることが要求されていたからであって、それ以上の深い理由はなかったものと察せられます。ところが上掲の小町詠作和歌を観察したところから察すれば、小町の無夫を貫こうとする意志の厳重さは、ただ他事に妨げられることなく宮仕えに専念出来るためというような外的条件のものではなく、もっと深い精神性、自己のアイデンティティとするところの誇り高き決断であるように察せられます。確かにそのように平安前期に至っては、宮中出仕の女官の、その多くはこの改正せられた制度によって採用された氏女であったとすることには、何らこれを否定する理由は見出されませんが、それら採用された氏女のすべてが、小町の和歌で言い表されている程に深く無夫であることを自己のアイデンティティとし、これを自己の倫理にまで取り入れていたとは考えられません。山口博『閨怨の詩人小野小町』という書物が申していますように、小町もそのような新規程の「命婦」として宮廷に入った婦人である可能性は高いと考えられますけれども、小町が男夫を持とうとしなかったところの、その理由は、「命婦」の資格だけではないところの、さらにそれ以上の精神性が感じ取られます。そのような理由からして、小町は「内侍」に採用された中でも、人からは羨まれるような天皇からの特別な親任をもって、「内侍所」で「宝鏡」を奉斎する職務に就かないかという打診を受けた結果、小町もまた自分の生涯をこの職務のために奉げる決心をしたのではなかったかというようなことが私には想像されます。そのような点でも小町は「衣通姫」と共通する美点を持っているように思われます。この職務には「伊勢神宮」や「賀茂大社」に奉仕した斎女と等しいような特別な襟度が要求されていたであろうと考えられるのであります。

第四節　「内侍所」の「宝鏡」とは何か

このように内侍の中でも特に選ばれて斎女となった者が奉仕した「宝鏡」とは何物であったかということに関しましては、嘗(かつ)て主権在君の明治憲法下に在った時代の日本の学校で教えられていた歴史は、天皇の歴史そのもののような皇国史観でありましたので、そのような歴史では小学生の段階から「三種の神器」という存在を教えられていましたが、戦後以降の教育では大学生でも、これについては学んでいないと思われますので、ここではこの章の論述において必要とされる範囲で、「内侍所」の「神鏡」というものの性格を説明しておく必要があると思います。これについては井上光貞『古代の王権と即位儀礼』（井上光貞著作集第五巻所収）が、「三種の神器」に関する戦後を代表するところの、もっとも基本的な論文とされているようであります。また一方では岩波日本古典文学大系所収『日本書紀上』の補注２「三種神器」が、その知識を得るのには簡潔にして要を得ているように思われます。この天皇家に代々伝えられた伝世物は、早く『日本書紀』の「允恭天皇紀」「顕宗天皇紀」――五世紀代のこととされています――において、「天皇の璽符」または「天子の璽」などとして語られ、それに続く６世紀代のことと目せられる「継体天皇紀」では、「天子の鏡剣の璽符」という名で語られていますので、この宝物はそれを伝領することで天皇であることが証明される特別な「鏡」と「剣」とであったということが知られます。そしてこの古称が奈良時代の『養老令』にまで継承され、そこでは「凡そ践祚の日、中臣、天神の寿詞を奏し、忌部神璽の鏡剣を上る」という文面が見出されます。「神璽」の「璽」は印（しるし）という意味でありますから、「神璽」といえば神代からの伝世品という意味に解せられます。また「践祚」の祚とは、天子の位を意味し、践はその上に足を履み入れて立つという意味に解せられますので、簡単に言えばそれは天皇位を継承してその地位に就くことを意味しています。この儀礼を経ないで天皇位に就くことはあり得なかった次第であります。そして更に時代が下って平安時代になりますと、この「践祚」の儀礼は十一月中旬の「卯」の日から四日間に渡って盛大に行われるようになった天皇の即位を記念した「大嘗祭」の中で行われたことが、その時代の儀式を規程した『貞観儀式』という書物によって知られます。それに拠って申しますと、十一月の中の「卯の日」に、新穀をもって醸した神酒を、天皇自らが祖霊に供したその翌日の「辰の日」の行事として、「豊楽院」に居並ぶ文武百官の見守る中でこの「践祚」の儀礼が盛大に行われるようになったことが知られます。その次第といえば、神祇官の「中臣」が、榊を奉げ持って「豊楽院」

の庭に参上して、天皇の即位を慶賀する「天神の寿詞」というものを読み上げると、これまた神事に関わることを職務としている「忌部」に属する者が、この「神璽の鏡剣」を天皇の御前に奉げることになっていたことが知られます。ところがこの「践祚」の儀式次第が平安時代前期の「仁明天皇」(810～850年)の即位に当たって変更されるに到ったようであります。このことに関しましては石野浩司『温明殿の成立―内侍所奉斎鏡と「璽筥」の関係―』(皇学館大学神道研究所紀要第24輯)という神道史家の研究論文から、私は詳細な知識を得たことを、まずここで申し上げて置かなければなりません。以下はそれに従ったところの多い私の説明であります。ところでいま申しましたように、『貞観儀式』の規程するところでは天皇の代替わりに当たっての「神璽の鏡剣」奉上は、「大嘗祭」の第二日「辰の日」に「豊楽院」の庭上で「忌部」の手によって行われたのでありますが、この『貞観儀式』よりは六十年ばかり後の時代に記述されたと目される『西宮記』という儀式書では、「天長」の「大嘗会」よりは、新帝に奉るべき「神璽の鏡剣」が「忌部」には下されなくなり、したがって「大嘗祭」「辰の日」の「忌部」による新帝への「神璽の鏡剣」の奉上は廃されて、「中臣」の「寿詞」ばかりが読み上げられる儀礼になってしまっている旨を記した「仁和別式」という、今日には伝わっておりませんが、当時には存在していた文書の文面が引用されています。そしてそれより更に三十年ばかり下った年代の儀式書『北山抄』では、「神璽の鏡剣」が「忌部」に渡し下されなくなった理由としては、これまた今日には伝わらずして当時は存在した「天慶記」という文書の、次のような文面が引用されています。すなわちその文面とは「件の鏡剣は御所より暫く下し給ひて之を奉る。而るに天長に或る人の奏すらく、輙く重物を給へば事の危ふきこと無きにしも非ず者ば、其の後、忌部申すと雖も給はず」というものであります。すなわちこの「天慶記」という文書に従って言えば、「大嘗祭」「辰の日」の「神璽の鏡剣」奉上儀礼は、「中臣の寿詞」が奏上されるだけのものになってしまい、「神璽の鏡剣」そのものの奉上は行われなくなってしまったその理由は、「天長の大嘗会」すなわち「仁明天皇」即位の大嘗会が行われる際に、「神璽の鏡剣」というような貴重な重物を輙く「忌部」のような「神祇官」の下っ端の者に扱わせるようなことをすれば、危うい事が起こらないでもないと、ある人が言ったので、それ以後は忌部がお願いを申し出ても、「神璽の鏡剣」を大嘗会の庭上に請け出すことは出来なくなったからだというのであります——このように「神璽の鏡剣」が、いわゆる「門外不出」の宝物と見做されるようになったのは、「仁明天皇」時代からだということには、見逃し難い意味があることは後程指摘することになりますが、「仁明天皇」以前でも、すでに「神璽の鏡剣」は、天皇の崩御または譲位の意思表明とともに、即刻にそれは次の天皇に予定された皇太子の在所に運ばれるという慣行へと移行していたようであります。そしてこの「神璽の鏡剣」の即刻の受け渡しが「践祚」と称される儀礼になっていたようであります。この際の儀礼については、先に述べました儀式書『西宮記』は、「天皇譲位の時、内侍二人をして神璽、宝剣を新帝に渡らせらる。但し先皇崩ずるの時は、大臣以下の諸卿は太行皇帝の御在所に就きて、神璽宝剣を受け取り、近衛少将に持たしめ、新皇の御在所に奉る」とありますが、これの実際例として「桓武天皇」の崩御の場合を、国史『日本後紀』大同元年3月17日条から引用いたしますと次の通りです。「頃く有りて天皇正殿に於いて崩ず。春秋七十。皇太子哀号し擗ち踊ゆ。迷ひて起たず。参議従三位近衛中将坂上宿祢田村麻呂、春宮大夫従三位藤原朝臣葛野麻呂固く請じ扶けて殿を下りて東廂に遷す。次に璽併びに剣璽は東宮に奉る。近衛将監従五位下紀朝臣縄麻呂、従五位下多朝臣入鹿相副ひて従ふ」。これは崩御の場合の神器の授受でありましたが、さらに生前譲位の場合として清和天皇から陽成天皇への神器の授受の有様を、国史『日本三代実録』貞観18年11月29日条から掲げますならば次の通りです。「皇太子東宮より出でて牛車に駕し染殿院に詣づ。是日、天皇皇太子に譲位。右大臣従二位兼行左近衛大将藤原朝臣基経、幼主を保輔て天子の政を摂り行ふこと忠仁公の如し」と記して、以下には長文の詔勅が続きます。そしてそれから「皇太子、天子の神璽、宝剣を受け、鳳輦に御して東宮に帰し、文武百官の扈従すること常の儀の如し」と記録されています。このように時代が平安時代に入りますと、新しく即位する天皇への「天子の神璽、宝剣」の奉上儀礼は、「大嘗祭」の第二日目の、群臣環視の中での華やかなものと比較すれば、大臣以下のごく限られた人物ばかりによって行われ、ずいぶんに衆人の目から遠ざけられた密やかな儀礼になったものの、一方では衆人の目からは遠ざけられるに従って、その尊貴さが一段と強調されたものになって行ったようであります。

さて「神璽の鏡剣」は天皇位を象徴する宝物として、必ず次の天皇へと継承されなければならない伝世物であり、またこれは天皇日常の「御在所」——それは主として「仁寿殿」、後には主として「清涼殿」ということになりますが——に安置され、「禁中」と称された「大内裏」という場所から外に出る行幸の場合では、この「神璽」と「剣」とは、常時天皇の身に随伴することになっていたようであります。そしてこの「鏡」と「剣」とに関しては、それぞれに神秘な来歴が『古事記』『日本書紀』において語られています。これを語れば話は長くなりますけれども、これらの宝物がただの宝物に止まらず、神秘なご神体という高さにまで昇華されて崇められるようになった次第は、やはりここで話しておかなければならない必要事と考えられますので、しばらくこれについて語ることにいたします。それは日本神話の最高神であるところの「タカミムスビ」神の意志を承けて、「アマテラス」大神が、自分と「スサノヲ」の命との間で出来た長子の「アメノオシホミミ」の命を「葦原中国」の統治者と定めて、これを天上から地上に向けて差し遣わすことになります。ところがそのことが定まったところで、「アメノオシホミミ」の命に児が産まれましたので、父である「アメノオシホミミ」の命はこの生まれた「ヒコホノニニギ」の命を「葦原中国」に遣わせることにすると「アマテラス」大神に申します。そこで「アマテラス」大神は新しく生まれた「ヒコホノニニギ」の命を地上に差し遣わすことになり、「アマテラス」大神はある特別な鏡を「ヒコホノニニギ」の命に譲渡し、「此れの鏡は、専ら我が御魂として、吾が前を拝くが如斎き奉れ」と仰せられたというのであります。その鏡とは「アマテラス」が「天の岩屋」に籠って世界中が真っ暗になってしまったとき、これを岩屋の外に誘い出してこの世を明るくすることが出来た尊い鏡であったと記紀神話は語っています。またこの剣について言えば、これは「アマテラス」の弟に当たる「スサノヲ」の尊が「出雲」の地に降り、年毎に「越（こし）」の国からやって来て、人間の娘を毎年一人ずつ食い殺してしまうという凶悪な「八岐（やまた）の大蛇（をろち）」を退治したのでありましたが、その切り裂いた大蛇の尾から現れ出たのがこの「神璽の剣」であるというのであります。すなわちこの「神璽の鏡」と「神璽の剣」とは、いずれも国土から邪悪を払い除けて、世の中を明るく照らすという呪能を有する宝物だという大変に重い伝承を伴って、歴代天皇の宮殿に留められて来た宝物ということになりますが、この大変に神秘にして重い宝物と、同じ宮殿で日々を送ることに畏れを覚えた『日本書紀』十一代目の「垂仁天皇」は、新しく設立されようとする伊勢神宮へ斎女として赴任する皇女の「倭（やまと）姫」に、この二種の宝物を託し、その神宮において、これを奉斎せしめることにせられたと記紀は語るのでありました。ところが伊勢神宮に移遷されて後には、この「剣」の方は「倭姫」の計らいによって東国征伐に赴く皇子「日本武尊（やまとたけるのみこと）」の手に護身用として貸し与えられ、この「剣」は東国征伐をする「日本武尊」の身を賊軍の手から護り救い出す善い働きをしたのであったと記紀は語るのでありました。そしてこの「剣」は最終的には「美濃国」の「熱田神宮」に留まることとなった経緯を記紀は物語っています。そしてこのような大変に重い伝承を持った神物の管理を託され、これを専らの職務として来た「忌部（いんべ）」氏の家記として書き表されたところの『古語拾遺』という文書に拠りますと、「神璽の鏡剣」がこのような経過をもって、天皇の側近くから離れた伊勢神宮や熱田神宮へと移遷されてしまった後には、この二種の神物を模造した「鏡と剣」とが新たに鋳造されて、その模造品が歴代天皇の御在所で伝世的に奉持されるに到ったというのであります。その後この「神鏡」とされた鏡は天徳４年（960年）、寛弘２年（1005年）など四度の内裏火災に遭い、また「剣」は平家滅亡の際には「安徳天皇」とともに「壇ノ浦」の海底に沈むなど、「神璽の鏡剣」は消失したり、またそれに代わる代替の鏡剣をもってして、今日でも皇居「賢所（かしこどころ）」の宝物として伝存しているようであります。

第五節 「宝鏡」は「清涼殿」から「温明殿」に移遷された

けれどもここでお話は平安時代に戻ることになりますが、それまで「神璽の鏡剣」として一括りに取り扱われて来た「鏡」と「剣」とが分離され、「剣」は歴代天皇の護身の働きをする宝物として、これまで通り天皇の身から離れず御在所に留め置かれたものの、「鏡」に関しては、これは歴代天皇の先祖とされる「アマテラス」大神の御霊代（みたましろ）として伝えて来たものでありますから、これに対して無礼を犯すことがあってはならないという考えからでありましょう、平安時代のある時期からは、しばしば天皇日常の御在所となり始めていた「清涼殿」からは引き離され、同じ「内裏」の中でも別の殿舎の「温明殿」に移遷されることになったというのであります。先に述べましたように真正の「アマテラス」大神の御霊代（みたましろ）は、『古語拾遺』の語るところに従って言えば、「垂仁天皇」の時代にすでに伊勢神宮へ移遷され、それ以後の歴代天皇の許に置かれた「神璽の鏡剣」はその模造品（レプリカ）であるとされるのでありましたが、そのうちの「剣」は天皇の護身を意味する宝物と認識されて、それ以前と同様に、常に天皇の身近に置かれていましたが、「鏡」に関しては、これを記紀神話の語るところに従って言えば、天皇の先祖に当たる「アマテラス」大神の「御霊代（みたましろ）」でありましたから、宝物以上のもの、神社で言えばご神体のようなものと認識されるようになっていたようであります。神道ではご神体というものはただ一体に限定されるものではなく、それが各処へ分祀され各処で礼拝の対象となり得るものでありましたから、伊勢神宮の鏡が「アマテラス」大神の御霊代とされた外に、歴代天皇の身許に置かれた鏡もまた、伊勢神宮のそれに相当する神体と見做されるようになって、それは尊貴な宝物であるとされるにとどまらず、礼拝の対象とされることまでが始まっていたようであります。そのことについては『古今著聞集』（日本古典文学大系）——建長６年（1254年）成立、筆者は橘成季——という説話集では次のように語られています。すなわち「内侍所は、昔は清涼殿にさだめおきまいらせられたりけるを、おのづから無礼の事もあらば、其（その）恐れあるべしとて、温明殿にうつされにけり。此事いづれの御時の事にかおぼつかなし。彼殿、清涼殿より下がりたる、便なしとて、内侍所にさだめられたる方をば、板敷を高く敷き上げたりけるとぞ」と語られています。ここで神鏡が移遷されたという「温明殿」は、内裏中央に位置する「仁寿殿」を挟んで「清涼殿」とは反対側の東にある殿舎でありまして、この「神鏡」がその場所へ移遷される以前から、その殿舎にはその他の種々の宝物、すなわち印璽、大刀契、節刀、古鏡なども収められていた場所でありましたから、まあ言えばそのような天皇位に就いている天皇にとって必要とされた器物を収納した「お納戸」のような建物であったように理解されます。だからそのような場所に「アマテラス」大神の御霊代という伝承を持した「神鏡」などを移遷しても、「無礼の事」にならないようにと、その建物の床の板敷を以前よりも高くしたと『古今著聞集』は語っているのであります。そしてその移遷とともに、それまでは天皇の御在所「清涼殿」においてこの「神鏡」を奉斎していた女官の「内侍」もまた、この殿舎「温明殿」に移ることとなり、それ以来この殿舎の通称名は「内侍所」と称されることになったようであります。しかしながらその「神鏡」の「内侍所」への移遷は、『古事談』が語っていますように、何天皇の時代の事であったか確かではないというのであります。しかしながら甲田利雄『年中行事御障子文注解』という精細な研究成果が出版されていますので、これに拠って「神鏡」移遷の時期を申し上げることといたしますと、この文献の成立は時の太政大臣藤原基経が、殿上に近侍する王卿侍臣に、そのころ煩雑化して来た朝廷の年中行事の全体を容易く一覧して承知出来るようにと、「光孝天皇」の仁和元年（885年）に、その一覧を書き入れた「立て障子」を天皇御在所の「清涼殿」に立てたというのであります。そしてその文面の奥には「年中行事」に続けて「月中行事」――毎月朔日から晦日一か月の間で行われる行事――も書き出されています。そしてその「月中行事」としては、まず「毎朔日、内侍所御供事」という文面が見出されるのであります。でありますから、これを根拠にすれば、この『年中行事御障子文』の文面が出来上がった「光孝天皇」の仁和元年（885年）において、「神鏡」はすでに「内侍所」に移遷されていて、その場所での「神鏡」への「御供」がすでに始まっていたということが言えるのであります。

ただしこの『年中行事御障子文』に記載されている年中行事の中には、その成立年次とされる仁和元年以後に書き加えられた項目もあるということでありますので、それならば「内侍所御供」がすでに早く仁和元年に行われていたかどうかは不確実なこととなります。そしてその一方、鎌倉中期の成立と目される「師光年中行事」という文献があり、そこでは「内侍所御供」の始まったのは「宇多天皇」の「寛平年中」であると記し、明治政府設立の「修史局」編纂の『大日本史料』も、それに拠って「寛平年中　内侍所ノ御供ヲ始ム」という文面を作って掲げています。したがって「内侍所御供」の始まりに関しては「仁和元年」（885 年）と寛平年中（889 ～ 897 年）と、これには十年前後の年代の差が見られますが、それが仁和元年であれ寛平年中であれ、「宝鏡」移遷の下限はほぼその期間のこととしなければなりません。

第六節　「宝鏡」が「温明殿」に移遷されたのは「仁明天皇」承和９年であった

さて以上の考察によって、「宝鏡」が「清涼殿」から「温明殿」へと移遷された時期というものは、「内侍所御供」が始まった仁和元年または寛平年中（889 ～ 897 年）をもって下限とすることには、誰も異論を差し挟むことは出来ないと信じられますが、それは「宝鏡」に対する「御供」が毎月朔日に行われるようになったことに基づいてなされた判断であり、若しかすれば「神鏡」の移遷はそれよりも先に行われていて、それ以後の仁和寛平のある時期において、初めてそれへの「御供」が始まったという蓋然性も考えられねばなりません。したがって「宝鏡」移遷の時期を寛平年中（889 ～ 897 年）とするのは、その下限を示すものではあっても、その実際の時期がいずれの天皇の時代であったかということとは別問題であって、実際の移遷時期は、それよりももう幾らか遡った時期に設定出来る可能性を秘めているように私には考えられるのであります。ですからもし小野小町がそのような「宝鏡」にお仕えしていた「女官」であったとするのでありましたならば、その小町がお仕えしたという「宝鏡」は、まだそれが天皇の御在所「清涼殿」において「宝剣」とともに奉持されていたところのものであったか、それともそれがすでにもう「宝剣」とは離れて「温明殿」に移遷されていた時期のものであったか、そのいずれであったかが明らかになり、そうなればこの章の最初に掲げましたところの小町歌の状況理解は、いっそうその精細の度を加えることになるであろうと思うのであります。そこで私は以下において、その実際の移遷は下限とされる寛平年中（889～897年）よりは五代の天皇を遡った「仁明天皇」（在位833年～850年）の時代に、「仁明天皇」の意思によって行われた措置であったのであるまいかと推察される記録を、「仁明天皇」一代を記録した国史『続日本後紀』の中に見出し得ることを述べさせて頂こうと思うのであります。

そもそも天皇位は平安時代に入って「桓武」「平城」「嵯峨」「淳和」「仁明」「文徳」「清和」「陽成」「光孝」「宇多」「醍醐」と受け継がれて行ったのでありましたが、「嵯峨」「淳和」を経て「仁明」の代に到りますと、その宮廷行事には仏事の頻度の高まりが見られるようであります。これに関係する先行論文としては――私の知る限りで申すことになりますけれども――堀裕『「化他」の時代――天長・承和期の社会政策と仏教』（角田文衛監修『仁明朝史の研究』所収）が挙げられますが、今は先述の甲田利雄『年中行事御障子文注解』を手掛かりにして、その仏事の様相について考察を加えてみますと、そこに記された仏事としては、まず「御斎会（ごさいゑ）」という仏事が挙げられます。これは鎮護国家の利益（りやく）大なりと信仰される中国唐朝から伝来した『金光明最勝王経（こんくわうみやうさいしやうわうきやう）』という仏経典の講説聴聞を、国家安泰を願って「大極殿」において、正月八日から十四日までの七日間に渡って行ったものでありますが、この宮中法会の場面を『貞観儀式』と『延喜式』との規程から観察いたしますと、まずこの講説の聴聞のために召し出された皇太子以下のすべての臣下が「大極殿」東西の両門から入来して、五位以上の者は昇殿して「大極殿」の座に、そして六位以下は「大極殿」下の基壇の座に就きますと、これに続いて、この「御斎会」の主役であるところの三十二口の「請僧（しやうそう）」と、さらにこれから仏道修行を始めようとする三十四口の「沙弥（しやみ）」とが、寺院寺僧の管理を任とする「玄蕃寮（げんばれう）」の役人に率いられて、「大極殿」前面に広がる大庭を経過して、この僧侶の集団が「大極殿」に昇殿して来ると、「大極殿」の「高御座」――それは普通ならば天皇がその身を置くことになる場所でありますが――その場所に「釈迦」の画像とその高弟として名高い「阿羅漢」の画像が掲げられていて、雅楽の演奏がなされる中、三十二口の「請僧」はその二幅の画像の前でまず散華と焼香を行い、それからこの『金光明経』の講説と聴聞とがなされたように観察されます。「請僧」とは経文の講説のために、朝廷から招請を受けた高学浄行の僧侶で、経を講ずる「講師」、経を読み上げる「読師」、それから「斎会」の祈禱文を読み上げる「呪願師」、その他講説を聴聞する「聴聞僧」から成り、「沙弥」はこれから僧侶の資格が許されようとして修業を始めている者たちであります。この行事は正月八日から十三日まで行われ、この法会の最終日の十四日目においては、山城の国から献じられた稲二十四荷が庭上に列立され、この新年度から僧侶に任用されることとなる「年分度者」すなわち「沙弥」の「剃髪」「授戒」の儀礼が行われたのでありました。それから僧侶の日頃の勤行を労う「宣命」が読み上げられ、僧侶には頭頂から全身にかけて羽織る「被」が布施されました。「斎会」の「斎」は「とき」と訓まれ、僧侶が摂るところの午前一度の斎食――僧侶の食事は午前一度に限られていました――を意味した文字でありますが、そのことから広く僧侶を食事と布施とをもって供養することを意味する文字となりました。仏教の教義では僧侶は職業を持たず、国土人民のために専一に仏道修行に励むべき存在であり、したがって職業を持たない僧侶の、その生活の資料は国王以下の俗世人民の勤めるところということになっていましたから、この七日間の「斎会」に要した経費負担は、財政に窮乏の兆しが見え始めた当時の朝廷にとっては容易なものではなかったようでありますが、朝廷はこの法会を通して天下の泰平が保たれることに大きな期待を寄せ、これこそが朝廷のなすべき最重要事として、朝廷の財力が全く無力化してしまう室町時代に到るまでは、この法会の継続に力を尽くしていたようであります。この『金光明最勝王経』は、もし帝王が仏僧をして、この経文を講説せしめ、仏の教えを世間に広めることに努めるならば、仏国土守護のために天の東西南北に配置されている「四天王」は――その木造の激しい形相は今日でもしばしば寺門において見られるところのものであります――その僧侶と帝王以下の俗人の勤行と斎戒に感応して、国土に襲って来る闘諍、病疫、洪水、旱魃などの一切の災いを鎮めて、国家と人民を繁栄豊楽へと導くであろうと説くところの、「鎮護国家」の誉れ高い仏経であります。したがって朝廷は東大寺を始め諸国の国分寺をして、この佛経の講説と聴聞とに努めしめ、最も早いところでは「天武天皇」5年と9年（680年）、また「持統天皇」8年（694年）にも、宮中や諸寺において、この佛経の転読がなされたという記録が『日本書紀』に記録されています。また奈良東大寺の大仏建立でよく知られた「聖武天皇」の時代においては、この経が諸国に頒布され、これが転読されることを促す政令が何度も出されています。けれどもその「金光明経」の法会が、この「御斎会」のように毎年の年中行事として行われ、更に注目されるべきことは、僧侶の仏道修行を奨励する目的からでありましょう、この「御斎会」の果てる正月十四日の夜には、それら僧侶の中でも高学浄行の評価高い僧は選ばれて、「内裏」の中の殿上にまで召し上げられ、僧侶の研鑽の程を示す仏説の「論議」を、天皇の御前で披露するという栄誉までが与えられたのでありました。これは斎会の後に、「内裏」にまで僧侶が招き入れられて行われる仏教の論議という意味で、「内論議」（ないろんぎ）（うちのろんぎ）と呼ばれていますが、『類聚国史』が掲げるところの記録では、「嵯峨天皇」の弘仁4年（813年）と、それに続く「淳和天皇」の天長元年（824年）、そして天長10年（833年）と、都合三度の仏事がこの「御斎会」「内論議」という一連の仏事の始まりであります。ただし「嵯峨」「淳和」両天皇代に始まったこの「御斎会」と、その後に引き続いて行われた「殿上論議」とが、一続きの年中行事として、また国政上の制度として、毎年行われるようになったのは、「嵯峨」「淳和」の後を承けて即位して仏教に深く傾倒した「仁明天皇」の承和元年（834年）からであったということに、ただ今は注意を向けて置きたいと思うのであります。さらにこの「御斎会」とそれに続く「内論議」という年中行事が行われ始めますと――おそらくその構成メンバーは南都仏教、特に「興福寺」「東大寺」の僧侶が主体の法会であったようでありますが、それが行われた承和元年のその年の12月19日には、かの高名なる真言僧、大僧都傳灯大法師位「空海」もまたこの「御斎会」に対抗するかのようにして、次のような「上奏文」を朝廷に提出しています（『続日本後紀』承和元年12月19日条）。すなわち『金光明最勝王経』は、その経文を講説するだけでは空しいことです。これからの正月八日から十四日までの七日間は、佛法によく通じた僧二十七人と、沙弥二十七人を撰んで一室を荘厳し、「諸々の尊像を陳列し」「真言を持誦」して、仏世界を実現せしむるための実修法が是非とも必要でありますという趣旨の上奏でありました。そしてそれが何と言っても朝廷からの信頼が厚い空海の言うことでありましたから、その言い分は早速に採用されて、「内裏」の外側、その西に「真言院」という真言密教の祈禱場が出来上がり、「大極殿」で実施される「御斎会」と並んで、この顕密二教の仏事は「後七日の御修法」と名付けられるようになりました。これが「後七日の御修法」と称された理由は、『壒嚢鈔』（日本古典全集）という室町期の仏僧の手によって編纂された事典の記すところに拠りますと、「元日より白馬に至て神事多きに依て、七日までは出家参内せざる間、八日より始まる御修法なれば、後七日と云々」と説明されています。これに拠ると、宮中では正月一日から七日までは神事が多くて僧侶の参内は罷りならず、八日から十四日までが仏事の許される期間だから、これを「後七日」と称するのだというのであります。このように仏教の渡来以来、奈良平安の時代に到っても依然として神仏間の分離や対抗の意識が消し難く持続されていたようであります。けれどもいま論題としている「御斎会」が行われた「大極殿」や、「空海」の進言によって始められた「真言院」における「御修法」も、それらはいずれも禁中と称せられた宮城すなわち「大内裏」の内に存在した建物であったとはいえ、それはまだ「内裏」の外側にある建物であり、「御斎会」は仏事だといっても、それは国家の行政として行われていたのでありましたから、これに抵抗を覚えて、これを問題視するようなことは起こらなかったように思われます。しかしながら「御斎会」に続いて行われた「内論議」に至っては、大内裏の中でも、また特別に三重の塀に囲まれた「内裏」の中の「紫宸殿」とその奥に繋がる「仁寿殿」という殿舎で行われた仏事であり、このように「内裏」の囲い中にまで入って仏事が行われることは、まずそれ以前では稀な新しい出来事のように観察されるのであります。「内裏」の中でもその中央に位置する「仁寿殿」は本来、天皇が食事、休息、睡眠等をする「正寝」と定められていて、そこに据えられた「御帳台」、その所にこそ先述来の「神璽の鏡剣」が安置されていたに違いないのでありました。そこでの天皇が接触する人物といえば、天皇に仕える内侍司の女官の外には、時々訪れて来る天皇の兄弟子供などの近親者に限られていて、「内裏」に出仕して昇殿を許されているところの、左右大臣を始めとする「蔵人」や五位以上の臣僚たちとは、要事あれば限られた「殿上の間」において「御簾」を隔てて言葉を交わされたばかりのように観察されます。そしてこの「仁寿殿」の北側は皇后、夫人、女御など天皇の妻妾が居住する後宮で、他方その反対の南側に接続した殿舎が「紫宸殿」で、そこは天皇が政務を聴取し、また内輪の催し事を開いた場所でありました。このような「内裏」の特殊な様相は、高取正男『神道の成立』（平凡社ライブラリー）において指摘されていますが、この書物で述べられたところに拠りますと、天皇の御在所、すなわちその「寝殿」という場所に仏僧が招き入れられたということに関しては、奈良時代では『続日本紀』の神護景雲元年８月８日、「参河国」から瑞兆とされる「景雲」が現れたという報告を受け、時の天皇「称徳」がその御在所の「寝殿」で宴会を設け、その席に僧六百口が招待されたという記録のあることを取り上げておられます。また平安時代に入っては、「仁明天皇」以前では「平城天皇」が父「桓武天皇」の七七忌を、その「正寝」――「桓武天皇」の「正寝」とは「仁寿殿」のことでありましょう――に設けたという二度の記録が国史にある以外には、あまり見出されないような出来事であります。したがって正月十四日に「御斎会」が果てた後に、選ばれた僧は更に「内裏」の中の「紫宸殿」そしてそれに続く「仁寿殿」への昇殿が許され、「内論議」という仏事がなされ、しかもそれが「仁明天皇」の時代以後は恒例の年中行事にまでなって行ったというのは、禁中の慣例からすれば、前例の乏しい異変であったのではないでしょうか。先に取り上げましたところの『年中行事御障子文』などには、「内裏」での以上のような仏事を忌み嫌う特殊な性格が次のような文章で表示されています。それは「六月十二月の月次、十一月の新嘗祭前後の斎日は、僧尼及び重服、奪情従公の輩は内裏に参入するを得じ。軽服の人と雖も致斎の前、散斎の日は参入するを得じ。余の諸祭皆此の例に同じ」というものであります。すなわちこの文面に拠って申しますと、六月、十二月の月次祭や十一月の新嘗祭を始めとした種々の神事に関わって、「内裏」がそのための斎戒に服している期間は、僧尼及び近親者を喪って喪に服している者、それに奪情従公の者（職務の事情から喪中であっても出仕を余儀なくされている者）であっても、すべて内裏に参入することは許されないというのであります。しかしながら『養老令』の注釈書『令集解』という文献（貞観年間859～877年成立）では、「穢悪」とは「神の悪む所を謂ふ耳」と規程し、それに「仏法等を並べ同じに謂ふは世俗の議なり。文の制するところに非ざるなり」と記されています。すなわち貞観期では仏事はまだ神の悪む所のものであるということは明文化されず、それは俗説であるに過ぎなかったということになります。けれどもまたこれとほぼ同時代の『年中行事御障子文』（885年成立）では、神道の立場からして仏事を「穢悪」と見做すことが明文化されているということになります。すなわちそれは言い換えると、奈良時代ではまだ神事と仏事とが接近するような事案が少なくて、したがって神仏間の対抗意識も強く高まってはいなかったけれども、平安時代の「貞観」「仁和」の頃からは、南都、天台、真言の仏教が互いに競い合うようにして「大内裏」にまで進入して行ったことは、古くからのこととして、まだよろしいとしても、更には「内裏」の中にまで進み入るようになるにつれ、仏道に対する神道の側からの対抗意識が反射的に強化されて行ったように観察されるのであります。平安時代に入りますと、宮中では「大嘗祭」「新嘗祭」「月次祭」「祈年祭」など、天皇が主催し「神祇官」が執行する祭祀の数も多くなって行きます。そして「伊勢神宮」を始めとして「賀茂」「春日」「大原野」など皇室が特に尊重する各処の神社へ奉幣使が発遣される日には、天皇にも潔斎に服する務めが課せられていました。時にはそのような奉幣の勅使が宮中から出発する際には、天皇が「内裏」の南門「建礼門」にまで出向いて、これを見送ることもありました。また『続日本後紀』『日本三代実録』の記録を読んでいますと、神事と仏事とが同日に行われることがないようにして、もし神事と仏事とが同日に鉢合わせするような場合は、神事を優先して仏事は廃するという神事先行の原則が確立するにまで到っていたようであります。例えば元慶2年、貞観17年、貞観18年、この三か年度の四月八日では、その日に行われるはずの「灌仏会（くあんぶつゑ）」が、偶々（たまたま）「神祇官」執行の「梅宮祭」「平野祭」「大神祭」または「伊勢神宮」へ勅使を発遣する日などと重なっていましたので、それらの年の「灌仏会」は停止されて行われなかったことが知られます。このような神事を仏事よりも先行させるという原則は、仏事がせり上がって来る海の潮のように、抗し難い勢いをもって当時の宮廷人の心に押し寄せて来ていた時代傾向の中でも、神事を貶（おとし）めてはならないとする「神祇官」側の抵抗精神の表れであったように察せられます。そのことに関しては多田実道『伊勢神宮と仏教』などが詳しいようでありますが、最も広く知られていることを言えば、延暦23年（804年）に伊勢神宮の神主たちが伊勢神宮で行われている諸儀式や慣例の様子を京都の「神祇官」に報告した『皇大神宮儀式帳』という文献があり、それによりますと神宮では清浄を重んじて種々の「忌詞（いみことば）」を使うことを述べ、それには仏を「中子（なかご）」、経を「志目加彌（しめかみ）」、塔を「阿良々支（あららき）」、法師を「髪長（かみなが）」、優婆塞（うばそく）を「角波須（つのはす）」、寺を「瓦葺（かはらぶき）」、斎食を「片食」などと言い換えて、仏事に関係する言葉を排して、これを別の言葉をもってしていることを記しています。このことは『延喜式』「斎宮」にも規程されていますので、これは言葉遊びというような程度のことではなく、深刻な神仏隔離精神が伊勢神宮には存在していたという証拠としなければならないものでありましょう。かつ同類の現象として『延喜式』「斎宮」では、仏事を修する者には「中祓」を科すと規程されています。また次の文献の執筆年代は鎌倉初期にまで下りますけれども、「順徳天皇」の著作で『禁秘抄』という、禁中の行事慣例等に関係したことが種々事細かに記述されている文献が伝わっていますが、またここでも様々な神佛隔離現象が記されています。例えば夜毎に天皇の身辺を祈禱によって守護する務めをして来た「護持僧」も――「夜居僧（よゐのそう）」とも称されました――神事が執行される前の斎戒に服している時期は内裏に参入することは許されない。そして潔斎が課せられていない夜間であっても、護身の祈禱を奉る際には必ず直衣（なほし）を引懸（ひきかけ）て――これは僧衣を目立たないようにするという意味でありましょう——かつ天皇との間の距離も適宜に二間(けん)(4メートル弱)ばかりを隔てることなどが記述されています。そして天皇に近侍する「掌侍(ないしのじやう)」に関しては、「剣璽」に伺候する「内侍」は、白地(あからさまに)(それとよく分かるように)内侍の装束をして奉仕するのが例になっていると記されています——「それとよく分かるような内侍の装束」とは、まだ良くは考証してはいませんが、僧侶の僧衣に対抗して白装束をしていたのではなかったかと考えます。そして「内侍」は禁中でも殊(こと)なる重職であるから、その器量を撰びて補すべしと記し、この文章の最後は「凡(およ)そ内侍の官(つかさ)、僧の女(むすめ)は補さざる事なり」という、まことに仏事とあれば何でもかでもこれを排除して止まない事例を挙げて締め括っています。以上のこれらの記述によって、私どもに知らされることは、つまり「神璽の鏡剣」は徹頭徹尾、仏事や仏僧からは隔てられていなければならない存在であったということになるのではないでしょうか。しかし「鏡」と「剣」にまつわる伝承の中でも、「剣」は天皇の護身のために、御在所に留められて常時天皇の傍らに置かれたことは当然の成り行きであったことでありましょうが、「鏡」はその伝承からして、次第にそれは天皇の先祖「アマテラス」大神の御霊代(みたましろ)と目せられるものにまで神聖化されるようになっていたのでありますから、これは礼拝の対象となるご神体相当のものとして、仏事が年中行事として行われることが常態化してしまった御在所からは切り離して、他所で奉斎することにしようという考えが強まって来ていたのではないでしょうか。そしてこのような神仏分離の意識が強く働いた結果、『古事談』が語るところの「神鏡」の「清涼殿」から「温明殿」への移遷がなされたのであろうと考えられます。そしてそのような神仏分離の意識と配慮とが強まった時期といえば、それまでは仏僧の昇殿が許されそうもなかった天皇の常の御在所へ仏僧が請じ入れられ、そしてそのような仏事が年中行事として毎年に行われるようになるに至った「仁明天皇」代のことであったと、私には推測されるのであります。

「仁明天皇」の時代からは「御斎会」が年中行事となりましたが、それはまだ「内裏」の外側でなされる仏事でありましたから問題にはならなかったはずでありますが、その「御斎会」の果てた後の「内論議」は、「内裏」の中の殿舎「紫宸殿」「仁寿殿」で行われた仏事であり、しかもそれが年中行事として毎年のこととなったのでありますから、これに関しては神仏分離の原則を強く意識する人からは、よろしくないこととする意見などが出るようになったことが考えられます。すでに申しましたように天皇が即位しますと、毎年の「新嘗祭」は「大嘗祭」と名称を変え、四日間に渡る大規模な祭祀となりましたが、先にも述べましたように、そのような「大嘗祭」の第二日目では、新天皇の即位を文武百官に示すために、その祭祀の広庭において、「神璽の鏡剣」の奉上が行われたのでありますが、それが「仁明天皇」の「大嘗祭」の時からは行われなくなり、その理由はといえば「神璽の鏡剣」というような「重物」を衆人環視の中へ持ち出すことはよろしくないという意見からであったようでありました。このように「仁明天皇」の時代ころから、「神璽の鏡剣」の神聖化はいよいよ高まっていたように観察されるのでありました。

仏教の「鎮護国家」という思想の高まりに押されて、「内論議」という仏事が毎年のこととして「紫宸殿」「仁寿殿」で行われるようになって以来は、このような仏事から「アマテラス」大神の御霊代として神聖化著しくなったこの「宝鏡」を遠ざけることをするには、その「宝鏡」が安置されている天皇の常の御在所を「仁寿殿」から「清涼殿」へと移すよりは外はないと、「仁明天皇」は計画されたのではないかと私は想像いたします。天皇の常の御在所が「仁寿殿」から「清涼殿」に移ったのは「仁明天皇」代からであるとされていますが、その理由としては「仁明天皇」代から御在所であるところの「仁寿殿」で仏事が年中行事として催行されることが毎年の恒例となりましたので、そこに常時安置されていた「神器」が、このような仏事に触れることが畏れられた結果、天皇の御在所は「清涼殿」に移遷されるようになったことが考えられます。「仁明天皇」も即位当初の御在所は、平安京「内裏」建設以来の伝統に従って「仁寿殿」であったろうと考えられます。ところが国史の承和2年10月26日条を見ますと、天皇は「内裏」内で行われる「内論議」が年中行事化したこの時期において、「仁寿殿」から転じて「清涼殿」を日常の御在所とされ始めていることが判明いたします。しかしながら「紫宸殿」「仁寿殿」で行われる「内論議」という仏事から「神璽」を遠ざけるために、「正寝」を「清涼殿」に移されることとなったとしても、海潮（うしお）のように抗すべからざる勢いをもって高まって来る仏教信仰は、更にその「清涼殿」の中にまで進み入って来ることになったのであります。すなわち国史『続日本後紀』を読んで行きますと、「仁明天皇」の時代から「内裏」の中で年中行事として行われるようになった仏事は、この「内論議」だけに止（とど）まってはいません。この天皇の承和５年の12月15日から三日間に渡って「御仏名（おぶつみやう）」という法会が「清涼殿」で開かれています。この法会はそれ以前でも宮中で行われたことがあったようでありますが、この「仁明天皇」が行われた承和５年以後は、これが天皇常の御在所での年中行事となって行ったようであります。またそれに続いて承和７年の４月８日には「灌仏会（くあんぶつゑ）」という仏事が新しく御在所となった「清涼殿」で催され、これもまたこの時より以後は毎年行われる年中行事となるに至りました。このようにして「仁明天皇」代に入りますと、「嵯峨」「淳和」代には見られなかったところの、天皇日常の御在所となった「清涼殿」内での仏事が、その数少なからず出現しています。これでは仏事を避けて「正寝」を「仁寿殿」から「清涼殿」に移したのであったかも知れませんのに、その移遷を追っかけるかのようにして、この「清涼殿」にも「御仏名」「灌仏会」という二つの仏事が進出して来て、それが「仁明天皇」代からは毎年の行事として行われるようになったのでありました。この法会の様子を当時の儀式書や『延喜式』「図書寮」に拠って観察いたしますと、毎年四月八日から三日間に渡って行われた「灌仏会」では、「金銅盤」の上に載せた「金色釈迦仏像」一体が、天皇の昼の「御座所（おましどころ）」となるところの「御帳台（みちやうだい）」を「清涼殿」の奥に押し遣ったその跡に据えられ、昇殿を許された数人の僧侶がその前で行香、散華、読経を行い、それが終わると招かれて「廂（ひさし）の間」に詰めていた王公侍臣たちが、その「釈迦仏像」の前に進み出で、順次に仏像の頭上へ香水を杓（しやく）をもって注ぎ掛けるというのが、そのときの儀礼でありました。また「御仏名」とは、「一万三千仏像」――一万三千の仏を描いた図像でありましょう――の前には天皇の「御持仏」が据えられ、僧侶による行香、散華、そして「仏名経」の読経がなされたものであったように観察されます。このように仏画を掲げ仏像を据えたその前で、焼香の煙が立ち上り、僧侶の読経の声が響くその奥の間には「神璽の鏡剣」が安置されているとは、その話を聞けば、神仏の距離が接近し過ぎていて、今日の私どもの感覚でもずいぶん異常な事態を来(きた)しているように覚えるのであります。

第七節 「仁明天皇」承和９年には「内裏」の改修が行われている

このような情勢では、仏事を避けて「仁寿殿」から「清涼殿」へと移遷された「神璽」は、更に新しくその避けどころを求めねばならなくなったのではないでしょうか。そしてその更なる避けどころとなった殿舎が「温明殿」ではなかったかと私には考えられるのであります。この想像を裏付けるかのような記事が国史『続日本後紀』承和９年４月11日条に見出されます。すなわちそれは「天皇冷然院に遷(うつ)り御(おはしま)す。内裏を修理するを以てなり」というものであります。そしてその「内裏」の修理が終わったのでありましょうか、それから七か月後の12月17日条には「冷然院より本(もと)の宮に御(おはしま)す」と記されています。「冷然院」は「仁明天皇」の父「嵯峨天皇」が「大内裏」を外に出たその西側「二条大路」に面した場所に造営した私邸で、その後は歴代天皇がこれを利用して居住することがあったようで、「内裏」の修理が終わったので、その「冷然院」から「内裏」の「清涼殿」に戻ったというのであります。これは「内裏」のどのような修理であったのか、国史はその修理の殿舎や修理の理由や様子を記していませんが、これこそが先に取り挙げました『古今著聞集』が語るところの「温明殿」改修ではなかったかと私は推測してみる次第であります。念のために、『古今著聞集』の文章をもう一度掲げますと次の通りです。それは「内侍所は、昔は清涼殿にさだめおきまいらせられたりけるを、おのづから無礼の事もあらば、其(その)恐れあるべしとて、温明殿にうつされにけり。此事いづれの御時の事にかおぼつかなし。彼殿(かのとの)、清涼殿より下がりたる、便(びん)なしとて、内侍所にさだめられたる方をば、板敷を高く敷き上げたりけるとぞ」というものであります。

さてこの「神璽」の「温明殿」への移遷以後では、それはすなわち「清涼殿」から「アマテラス」大神の御霊代が退去なされ、もはや「清涼殿」では、それへの憚りがなくなりましたので、それ以後の「清涼殿」では堰を切ったかのように、年中行事の「御仏名」「灌仏会」の外にも臨時の仏事が次々と「清涼殿」で行われるようになりました。その仏事をざっと挙げてみますと、承和10年5月8日の「薬師経」の読経、承和12年3月6日の「大般若経」転読と「陀羅尼経」の行法。承和14年3月11日の僧六十四口、沙弥六十四口を請じての「大般若経」転読。それ以後も度々、天皇が「清涼殿」で四十一歳で崩御される嘉祥3年の3月21日に至るまで、種々の読経や修法が行われます。そして崩前三日に至って天皇は「落餝入道、誓ひて清戒を受く」と国史は記述しています。すなわち「仁明天皇」は自分の常の御在所「清涼殿」を寺院であるかのようにして、その場所で自らを僧体になされたというのであります。天皇はこの時期――承和九年には伴健岑、橘逸勢らの謀反発覚し、これに関連して「恒貞親王」を廃太子、藤原順子所生の「道康親王」を皇太子に指名する事件が起こりました。そしてそのような望みもしない出来事で心を悩まされることが原因で「物怪」に苦しまれたようで、そのための修法が度々行われ、御在所「清涼殿」はほとほと寺院のような性格を帯びていたのでありました。「仁明」の跡を受けて即位された「文徳天皇」は、「清涼殿を移して嘉祥寺と為す。この殿は先皇の讌寝なり。今上これに御すに忍びず。故に捨てて仏堂と為す」と、国史の仁寿元年2月13日条には記録されています。ここにいう「嘉祥寺」は天皇の「深草御陵」の傍らに設けられた寺院でありましたが、現存してはいないようであります。ですからこのような状況になっていた「清涼殿」でも、なおもその処において変わらず「アマテラス」大神の御霊代とされた「宝鏡」が安置され、そしてそこで平然と仏事が催されていたとは到底考えられることではありません。斎木涼子「内侍所神鏡をめぐる儀礼――十一世紀における神聖化」(『洛北史学』第19号)を読みますと、『殿暦』天永3年5月13日条を取り上げ、内裏となっていた「賀陽院」が焼亡して天皇は法皇の居所であるところの「六条院」に遷り、法皇と同居せられることとなりました。すると天皇とともに移遷して来ていた「内侍所神鏡」が法体の法皇と同居するのは如何なものであろうかという異論が出て、その結果として法皇は「頭弁実行朝臣」宅に遷御なされたということを指摘し、「神鏡」は如何に仏道とは共存し得ない存在であるかの証左としておられます。火災で天皇と法皇とが避難場所を同じくすることになった時、神鏡が法皇と同じ処に存在することが問題となり、法皇が別の邸宅に移動したというのであります。「内侍所神鏡」はそれがすでに法体となった法皇と同居するのは宜しくないというのであります。当時はすでに「神仏習合」が進みつつあったのではありますが、それだけにまたそれに対抗する考えが反射的に強まって、「神仏分離」を神経質に主張し、それを実行に移す力も強まっていたように伺われます。

このようにして「宝鏡」の「温明殿」移遷は、「内侍所御供」が開始された「寛平年間」を下限として、それよりは何程か遡った早い時期であったと考えられたのでありましたが、その実の移遷は考えられる下限の「寛平年間」それよりも五十年ばかり早い「仁明天皇」の「内裏」改修が行われた「承和年間」のことであったのではないかというのが私の推測であります。

第八節　仁明以後の文徳、清和、陽成の時代も「宝鏡」は「内侍所」に存在していた

さて前節で述べましたように「仁明天皇」崩後の「清涼殿」は取り壊されたのでありますから、当然の成り行きではありますが、それ以後の国史には「清涼殿」の名は現れません。そして「文徳」「清和」二代の天皇を経過して、「陽成天皇」の元慶元年八月十一日に至って、国史には「名僧を清涼殿に延べ屈して修法を始む。天皇の聖体乖豫（かいよ）、未だ平善に就かざるを以てなり」という記文が現れ、この記文において「清涼殿」の名が再び見られますので、この時期には「清涼殿」の再築を見ていたことが知られます。そして元慶3年4月22日の国史には「天皇弘徽殿より清涼殿に御す（おはします）」とありますので、この時やっと十二歳に達した「陽成天皇」は、それまでは母后が身を置いていた「弘徽殿」において母后と同居されていたと察せられ、今初めて母親から独り立ちして、この再築の「清涼殿」に移動し、この殿舎を自分の御在所とされたようであります。ですからこの「清涼殿」が再築されるまでの「文徳」「清和」の二代を経て「陽

成天皇」のこの時期に至るまで、天皇の御在所は「内裏」の中ではなかったように察せられます。これについては目崎徳衛『貴族社会と古典文化』に収められた「文徳・清和両天皇の御在所をめぐって」という論文において指摘がなされていますように、「文徳天皇」は即位後も「内裏」には入らず、その外にある「東宮雅院」または「梨本院」という「仁明天皇」の別院であった場所、あるは先にも述べた「大内裏」から外に出た「冷然院」内の一つの殿舎を「内殿」と称し、その処を日頃の御在所とし、「仁明天皇」以来「清涼殿」で行われていた仏事「灌仏」「御仏名」もこの場所で引き継がれて実施され、また政治上の要務あればその「内殿」から「内裏」に赴かれていたようであります。また生誕八か月で皇太子、そしてまだ元服の年齢に至らない九歳の幼年で即位した「清和天皇」も、「神器」は皇太子の資格をもって「東宮直曹」において受け取られたものの、自身の身体はその後も「内裏」には入らず、居所は依然として「東宮」に留まり、なおもその場所で母后「藤原明子」の養育を受けておられたようで、それはその年齢からして無理からぬことでありました。このように「大内裏」を外にした処を日常の生活の場所にしていた「文徳天皇」と「清和天皇」の時代に、「宝鏡」もまた天皇とともに「大内裏」を出た「内殿」とやら申す場所に運ばれていたと考えることは出来ませんので、その時の「宝鏡」は「仁明」時代と同様に「温明殿」に留まっていたと考えてよいのではないでしょうか。そして生年十六歳に達した「清和天皇」は貞観7年11月4日、母后から独立して「内裏」に入り、平安宮建設当初の理念に戻って、「仁寿殿」をその御在所となされた時は、朝廷もこれを大きな慶事としたのでありましょう、それを報告するための使者が「伊勢神宮」へ派遣されたことが国史に記録さています。しかし「仁寿殿」という殿舎はやはり広きに過ぎて日常生活の場所としては適していなかったのでありましょうか、「陽成天皇」代に至って「清涼殿」が再築されますと、「陽成天皇」はその再築「清涼殿」に復帰されたのでありますが、その際に「宝鏡」も「清涼殿」に復帰したか、それとも「温明殿」に留められていたかどうかは記録がありませんので明らかではありません。ところが国史の元慶7年11月10日条に拠って申しますと、この「陽成天皇」は何としたことか、自分の乳母子を誤って殿上で殺すという驚くべき大失敗を仕出かします。そしてこれでは天皇位に留めておくことは出来ないと、時の関白太政大臣「藤原基経」が決断したのは当然のことでありましょう。しかしながらその時天皇はまだ十七歳で、その年齢では次に皇位に就く皇太子はまだ定められてはいませんでしたので、順序としてまず大急ぎで「仁明天皇」の第二皇子で五十五歳にもなっていた「時康親王」を皇太子に選び定め、それからその翌年の二月朔日に至って退位の意思が自発的に天皇自身から表明されます。その理由は「病　数発り、動すれば多く疲れ頓る。社稷の事は重く、神器守り叵し」というものでありました。そして天皇の御在所は「清涼殿」であったようでありますが、どういう訳があったのかまず「綾綺殿」に移り、そこから「内裏」の外へ出て「二条院」に入り、天皇のこの移動とともに「禁中」から運ばれて来た皇位の璽であるところの「神器」もまた、この「二条院」から次の天皇に定められた皇太子「時康親王」の許に送り届けられることになったのであります。そして「時康親王」もまた「二条院」の東隣にある「東二条宮」にまで出向いて来ておられましたので――あるいは「東二条宮」は「時康親王」の元からの在所であったかも知れませんが――「陽成天皇」が出向かれた「二条院」から、皇太子「時康親王」が来ておられる「東二条宮」までの距離は歩いて数百歩の場所だったと国史は伝えています。そしてこの際の「神器」の受け渡しの儀礼「践祚」は、関白太政大臣「藤原基経」が設計したのでありましょうか、天皇の権威を揺るがしかねない殺人事件が原因の譲位でありましたので、却ってそれを取り繕おうとするかのように、親王大臣を始めて参議に至る多くの太政官を揃えたところの長大な隊列が組まれ、それは行幸に準じた――ただし行幸ならば本来は駅鈴、警蹕があるはずなのでありますが、今は流石にそれは「内裏」の「承明門」内側に留め置かれていたと国史は記録しています――威儀を正した規模盛大なる出御でありました。いまそれを記録している国史『日本三代実録』から、その要点を抜き出してみますと次の通りです。

　天皇「綾綺殿」より出て二条院に遷幸す。二品行兵部卿本康親王、右大臣従二位兼行左近衛大将源朝臣多――（以下大納言一名、中納言二名、参議

五名が続きますが、その官位姓名は省略します）――扈従の文武百官の供奉常の如し。但し少納言鈴を賜ふの状を奏せず。諸衛警蹕を称せず。神璽宝剣鏡等は例に依りて相従ふ。駅鈴、伝符、内印、管鑰等は承明門内東廊に留め置き、参議正四位下行左大弁兼播磨守藤原朝臣山蔭――（以下二名の官位姓名は省略します）――をして留守せしむ。文武百官を院の南門に会し、詔して曰く――（以下には践祚に当たって読み上げられた宣命が掲載されていますが省略）――中納言在原朝臣行平、庭に於いて之を誥ぐ。事畢りて王公以下拝舞して退く。是に於いて神璽宝鏡剣等を以て王公に付し、即日に親王公卿歩行し、天子の神璽宝鏡剣等を今皇帝に、東二条宮に於いて奉る。百官諸仗囲繞して相従ふ。二条院と二条宮とは相去ること東行数百歩。この夜皇太后常寧殿より出でて二条院に遷り御す。

以上の記録の最後が「この夜皇太后常寧殿より出て二条院に遷り御す」という一文をもって締め括っているのは、退位当時まだ十七歳であった天皇を、それまで「常寧殿」において後見して来た母后「藤原高子」もまた、天皇が「内裏」を去るのとともに「内裏」を出て「二条院」へ転居することになったことを表しています。この婦人は「陽成天皇」を補佐した時の関白太政大臣「藤原基経」の実妹でありながらの、このような不始末をもって「内裏」を退去することになったのには、何となく哀れを覚えますが、なおこの婦人には後年密通の疑いが掛けられて廃后の憂き目を重ねたことも、また痛ましいことでありました。

さて幾らか冗長な程に、「陽成天皇」の退位、そしてそれに伴う「光孝天皇」の「神器」受領の様相を詳しく陳述致しましたが、これを詳述致しました理由は、その際の移遷された「神器」が、「神璽宝鏡剣等」と記されていたからであります。「神器」をこのように「神璽」と「宝鏡」と「剣」等と三種に分かれて記録されていることは、国史のそれまでの記録では見られなかったことでありました。そもそも「践祚」に際して譲り渡される「神器」という御物の、その書き表し方、すなわち表記文字はそれぞれの記録において、その記録者の間において統一がなかったと見えて一定していないことに気付かされます。しかしその多様さについては、これを『日本書紀』の時代にまで遡ることは致しませんが、今はまず『養老令』「神祇」と『貞観儀式』の場合を言えば、「神器」は専らこれを「神璽之鏡剣」すなわち「鏡」と「剣」の二種として表記されて来ました。そして「神器」が「桓武」から「平城」に渡った場合、それは国史の記録では「璽幷釼樻」と表記されています。この場合の「璽」とは「しるし」という意味ではなく、「宝鏡」を納めた箱状の容器「璽筥」を指しているように察せられます――漢和辞典では「筥」は「円形の箱」と釈しています――つまり「璽幷釼樻」とは鏡を納めた「璽筥」と、釼を納めた「釼樻」という意味であると察せられます。そしてその「釼樻」には「釼」ばかりではなく、すぐ後に申しますように「符節鈴印」など、「神器」に次いで天皇たる者の権威を示す雑多な器物も納められていたように観察されます。これに続く「嵯峨」「淳和」の「践祚」儀礼すなわち「神器」の受け渡しの状況は、国史がその部分で欠巻していて不明です。そして「仁明」から「文徳」に渡った場合、それは「天子神璽寶釼符節鈴印等」と表記されています。この場合では「神璽寶釼」に続いて「符節鈴印」という器物も受け渡しされたことが記録されていますが、「符」とは「太政官符」、「節」とは天皇が特別な使命に任じた者に対して与える標の物、「鈴」は天皇の隊列が使用する駅鈴、「印」は天皇の印章でありますから、つまり「符節鈴印」とは天皇たる者の権威を示した威儀の諸物でありますから、天皇御在所から皇太子居所への「神器」移遷の際の隊列には、これらの諸物もまた「樻」に容れられて移動の対象とされたらしく、記録として「符節鈴印」という言葉が現れていない場合でも、それらも「神器」移遷に伴って常に行われていたものと察せられます。それの証拠として、『文徳天皇実録』の神器が「文徳」から「清和」に渡った際の記録では、「璽印樻等」と記録さていますのに、同じことでもそれが「清和」が「文徳」から受け取った時の記録『日本三代実録』では、「天子神璽寶釼節符鈴印等」と表記されていることから、それは事実の有無ではなくて、ただ記録の有無に関したことであったように観察されます。次は「清和」から「陽成」への場合でありますが、これは「天子神璽寶釼」とのみあって「節符鈴印等」の文字はありません。しかし上に述べましたように「節符鈴印等」の受け渡しも行われたように考えらええます。しかし今は「節符鈴印等」の有り無しが問題なのではありません。いま問題であるのは「陽成」から「光孝」への場合に限って、その時の記録は『日本三代実録』から抜き出して先に掲げて置きましたように、そこでは「神璽宝鏡剣等」と品物の数が三種になっていることであります。それまでの「践祚」では、上で観察してまいりましたように、「神璽」と「宝剣」との二種の「神器」の受け渡しのみが記録されていたのでありましたが、この「陽成」から「光孝」への場合に限っては、「神璽」と「宝鏡」と「剣」との「三種の神器」の受け渡しが記録されているのであります。そこでそのようなことが何故起こったのか、その原因を明らかにされたのが、すでにこの章の第４節で申しましたところの「石野論文」であります。以下は「石野論文」に拠って申し上げるのでありますが、まず「三種の神器」は「養老神祇令」や「貞観儀式」では「神璽之鏡剣」と表記されていて、その場合の「神璽」という語は、ただ「神聖なるもの」という抽象的な意味を表す修飾語であって、そしてそれはそれに続く「鏡剣」を修飾する修飾語の働きをしていた言葉であったに違いありません。ところがそれが「桓武」から「陽成」に至る歴代天皇の「践祚」の場面を伝えた国史の記録における「神璽」という語の用い方は、もはや抽象名詞ではなく、その「神璽」という語は「宝鏡」を納めたところの、四隅の角が取れて丸味を帯びた筥（はこ）、すなわち広く一般的には「璽筥（じきょ）」と称せられた事物を指す具体名詞として用いられているように解せられます。最も解りやすく言えば、国史が「神璽」と表記しているところの事物とは、「宝鏡」を納めた容器そのものなのであります。ところが「仁明天皇」の代に至っては、その「璽筥」から「神鏡」が取り出され、その「神鏡」が「璽筥」を出て「温明殿」へ運ばれたのであろうと推測されるのでありました。するとそれならば「神鏡」が取り出されて「温明殿」に運ばれた後の「璽筥」は何物も納まってはいない空箱（からばこ）になったのかと申しますと、左様（さよう）ではなく「璽筥」の中は「懸子（かけご）」をもって上下二段に分かれていて、その上段には「神鏡」が、そして下段には「勾玉（まがたま）」八個が置かれていたであろうと「石野論文」は推察されているのであります。したがってそのような経緯をもってすれば、「神器」と称される実態は、八個の「勾玉」ばかりが納まった「神璽」という容器と、その

「神璽」から取り出されて「温明殿」へ運ばれて、その処で安置されている「宝鏡」と、それから従前より変わることなく天皇の身辺で奉斎されて来た「宝剣」と、併せて世上謂う所の「三種の神器」が、この「陽成天皇」時代に到って初めて成立することとなったのでありました。それまで八個の「勾玉」は「神璽」と称される容器の下段に秘められ、その上段には「宝鏡」が納められていたのでありますが、「神璽」と称された容器の上段に置かれた「神鏡」が取り出されて、それが「温明殿」に運ばれるに至っては、「神璽」は八個の「勾玉」を納めた容器を指す言葉になった次第であります。「神器」というものは本来「鏡」と「剣」の二種であったのか、それとも最初から「鏡」と「剣」と「玉」との三種であったのかは、近世国学者の間で大きな議論になっていたようでありますが、この「神器」が二種から三種に変わったのは何故か、またそれはいずれの天皇の代からのことであるかの問題を、以上のように解決したのが先述の「石野論文」であります。そしてその「神鏡」が「璽筥」から取り出されて、御在所の「清涼殿」から「温明殿」に移遷されたのはいずれの天皇の時代のことであったかという問題に関しては、すでに先述致しましたように、その時期は「承和9年」の「仁明天皇」の内裏改修時であったのではなかろうかというのが私の推察なのであります。そしてすでに申しましたように、「仁明天皇」崩後の「清涼殿」は、次の「文徳天皇」によって、「仁明天皇深草陵」の傍らに「嘉祥寺」として移築されて存在しなくなり、そして「清涼殿」が「内裏」の中で再築されて再現したのは、「文徳」「清和」の二代を経過した後の、三代目の「陽成天皇」の時代であります。でありますならば「文徳」「清和」二代の天皇を渡った「神器」といえば、それは国史の記録の上では依然として従来通りの「神璽」と「剣」の二種と書かれていても、その「神璽」からは「神鏡」は取り出されて「温明殿」に運ばれていますので、その「神璽」には「勾玉」ばかりが納まった「璽筥」以外の何物でもないのであります。そしてこの「陽成天皇」の譲位に当って「光孝天皇」が譲り受けられた「神器」というものを、国史『日本三代実録』の記録に拠って申せば、すでに申しましたように「神璽宝鏡剣等」と三種の品物のように表記されていますので、これに従って言えば、「光孝天皇」が受け取られた「神器」は明らかに「神璽」と「宝鏡」と「剣」との三種であり、つまりこの時期においては、「神器」といえば勾玉と鏡と剣との三種として記録されるに到ったようであります。

そこで次に考察されねばならないことは、それまでの「神器」授受といえば、記録の上では上段には鏡、下段には勾玉が納まった「懸子(かけご)」式の「神璽」と、「剣」を納めた「剣櫃」との二種ばかりであったものが、なぜ「陽成」から「光孝」への「神器」授受においては、「神璽」「宝鏡」「剣」の三種として記録されているのかという、その原因であります。それは以下のように説明するより外には考えようはないものであります。すなわち「陽成天皇」の譲位に際しての、「陽成」から「光孝」への「神器」の譲り渡しは、宮城の外、すなわち「大内裏」を外にした処に所在した「陽成天皇」の行在所「二条院」から始まって、その東方の皇太子が所在する「東二条院」に向かってなされた移遷でありましたから、それは「大内裏」からまことに近い処ではありましたが、やはり大内裏の外なのであります。そして大内裏からその外側へ出る天皇の出御は、すべて「行幸」の形式を履むのが当時の定例でありましたから、「行幸」においては「神器」もまた必ず天皇に伴わなければならないのでありました。ですから「宝鏡」は「陽成」以前の「仁明」の代にすでに天皇の御在所「清涼殿」を離れて「温明殿」に移遷されていたと考えられますけれども、「行幸」の場合では、「宝鏡」もその「温明殿」を出て、「清涼殿」で奉斎されている「神璽」と「剣」と再び合体して、「行幸」の隊列に加えられていたに違いありません。そして「仁明天皇」時代に「宝鏡」がすでに「温明殿」に移遷されていたとしても、「仁明」から「文徳」、「文徳」から「清和」、「清和」から「陽成」に到るまでの歴代の「践祚」において、その「神器」の受け渡しは、「大内裏」の内側に所在した「東宮」とか「皇太子直曹」と称された処で行われたように観察されますので、したがってその場合の「神器」の受け渡しは、けっして「禁中」と称された「大内裏」の外に出ることはありませんでした。ですから「温明殿」に移されていた「宝鏡」はその「温明殿」から動くことはなく、したがって譲位の天皇から次期天皇すなわち皇太子へ渡った「神器」といえば、「勾玉」八個を納めた「神璽」と「剣」とばかりで終わっていたに違いないのでありました。ところが「陽成」から「光孝」への「神器」授受に当たっての、その受け渡しの隊列の経路は、宮城を出て宮城の外の「二条院」という場所を経過して、その東にある「東二条宮」という場所に到るものでありましたから、それは明らかに「大内裏」の外へ出た天皇の「行幸」に準じたものであったに違いありません。したがってすでに「温明殿」に安置されていた「宝鏡」も、「勾玉」八個を納めた「神璽」と「剣」と合流して、「三種の神器」として「陽成天皇」から「光孝天皇」へと譲り渡されたことになったと考えられます。

さてそれまでに「神璽」「剣」に併せて、その「神璽」から取り出した「宝鏡」をも、先代の「陽成」から譲り受けられた「光孝天皇」は、即位後の元慶8年2月28日には「東宮」を出て「仁寿殿」をもって「正寝」と定められ、そして「仁寿殿」が再び天皇の御在所となったことは、「承和の天子」すなわち「仁明天皇」の旧風に効（なら）ったことだと『日本三代実録』は記しています。そして以後一貫して、この天皇の「正寝」は「仁寿殿」で、その崩御も「仁寿殿」でありました。そしてすでに年中行事として定まっていた「灌仏会」も「御仏名」もこの「正寝」すなわち「仁寿殿」で行われています。そしてその際に「光孝」が「陽成」から受け取られた「神璽宝鏡剣等」のうち、「宝鏡」だけは「仁明天皇」時代の例に従って、天皇の御在所を離れて「温明殿」に戻されたのではなかったかと想像されます。あるいは「光孝」は「陽成」から受け取った「神璽宝鏡剣等」を、平安時代始まりの「桓武」「平城」「嵯峨」「淳和」の時代に戻って、すべて「仁寿殿」に留められたかは、そのいずれであるかを知る手掛かりはありませんが、さらに時代が「光孝」から次の「宇多天皇」へと移り、再び「清涼殿」が天皇の常の御在所となった時に——その時期が寛平3年2月19日であったことは『日本紀略』にその記録が見られます——それを機に「宝鏡」だけは「仁明天皇」の先例に拠って再び「温明殿」に戻され、そして戻したばかりではなく、戻したことを契機にして、「内侍所御供」を創始されたということも考えられます。つまり結論としては「宝鏡」の「清涼殿」から「温明殿」移遷は、「清涼殿」で仏事が頻繁に行われるようになった「仁明天皇」代の、多分に天皇個人の考えから発した、非公式の措置であって、その後「文徳」「清和」「陽成」に到るまで、「清涼殿」が存在しない期間がありましたので、その「清涼殿」が存在しない期間では、自ずと「宝鏡」は「仁明天皇」の時代のままに「温明殿」で奉斎される状態が続いたと考えられ、しかしまだその「宝鏡」の「清涼殿」安置は、制度として固まる程には至っていなかったと言えるでありましょう。そして途絶えていた「仁明天皇」の先例を継いで、「清涼殿」が再び天皇の御在所になり始めた「寛平年間」すなわち「宇多天皇」時代に到っては、「宝鏡」の「温明殿」での奉斎も次第に制度として固まって来たのではないでしょうか。このいささか煩雑な経過が上手く説明出来ているかどうか恐縮ものではありますが、つまりこのように「宝鏡」の「温明殿」への移遷は、最初は「仁明天皇」と、この天皇を取り巻く「内侍」たちの非公式な処置であったことから始まったものの、「仁明」以後「清涼殿」は「文徳天皇」によって解体されて存在せず、したがって「文徳」「清和」の時代でも「宝鏡」はそのまま「仁明」時代と同様に「温明殿」で奉斎されていたに違いなく、「陽成」の時代になって「清涼殿」が再建されるに到り、「陽成」から「光孝」へと「神器」が受け渡しされた際には、「神器」はすでに勾玉と鏡と剣との三種に分離して記録されるようになっていたということであります。そして「光孝」「宇多」の時代に到って「宝鏡」は御在所の「清涼殿」を離れて「温明殿」で奉斎されるということが、ようやく制度として固まり始め、そこで『年中行事御障子文』記すところの「毎朔日、内侍所御供事」も行われるようになって行ったのではないでしょうか。このように「宝鏡」の「温明殿」移遷は、何年何月何日という日付の付いた「太政官」の政令で定められたものではなく、天皇とその取り巻きの「内侍」など、ごく内輪の配慮で始まった措置であったので、国史には記録されることがなく、したがって後代には勿論のこと、同時代の人にとっても、その時期が明瞭なことではなかったのでありましょう。それ故に『古今著聞集』の「此事いずれの御時のことか、おぼつかなし」という曖昧な叙述が生まれたのであろうと考えられます。

第九節　小町が「小町」と称せられた理由推測

さて以上は確証がなくて、証拠といえばそれらしき状況証拠ばかりのストーリーとなりましたが、ただ確かなこととして言えることは、小町が生きた時代というものは、当時の澎湃(ほうはい)として高まって来た仏教信仰による仏事の「内裏」への進入と競り合うようにして、「宝鏡」もまた「アマテラス」大神の御霊代として、その昇華と神格化が進んで行った動揺の激しい時代であったということであり、そのような「仁明天皇」代の空気の中で、小野小町は「温明殿」での「宝鏡」奉斎に任ぜられた初代の内侍であったのではなかったかということであります。「アマテラス」大神を「伊勢神宮」において奉斎したのが「斎宮」と称せられた当代の皇女であったように、「温明殿」の「宝鏡」を奉斎するのも、本来の理念からすれば、これもまた当代の皇女に準ずるような高貴な未婚女性が適当していたかも知れません。にも拘らず卑官の身でその任を仰せつかった小町の意気込みは、冒頭に掲げた小町の和歌によく表れているように察せられます。そして「仁明天皇」もまた小町のその精励を嘉(よみ)し、その晩年には「半町」の給与をもって待遇されたのではないかと、これまた私の想像ではあります。しかし想像は空想ではありません。何らかの事実に基づいてするのが想像であります。いま私がそのように想像する根拠を申しますと、「仁明天皇」の一代を記録した国史『続日本後紀』の承和５年３月15日条には「左京二条二坊十六町二分之一、掌侍(ないしのじやう)正五位下大和宿祢館子(たてこ)に賜ふ」という記事が見出されます。「神器」を奉斎する「内侍」も、ここにいう「掌侍」の中から選ばれてする職務でありますが、その「大和」氏出身の「館子」という女性が、どのような職務に従事して、そしてどのような功績があったのかは不明でありますが、何らかの功績をもって「条坊制」でいうところの「左京二条二坊十六町」という「一町」――その広さは大略120メートル四方――の半分を給与されることになったというのであります。そしてそれが特別な褒賞でありましたから、このように記録に留められたようであります。『古今和歌集』の和歌作者に「三条町」という女性があり、これは「文徳天皇」代の「更衣」で、「条坊制」の「三条」に属した「一町」を給与されていましたので「三条町」と呼ばれたとするのが通説のようであり、また「三国町」と称された「仁明天皇」代の「更衣」がありますが、この場合の「三国」は出身の「氏」を示し、「町」はやはり待遇として与えられた「条坊制」の「一町」を表していると考えられます。しかし小町は「更衣」といったような高い身分ではなく、「掌侍正五位下大和宿祢館子」と同程度の身分の女官であったらしく、小町もまたその「宝鏡」奉斎の精勤が賞せられて「一町」の半分の広さの家地を給与として受けた女官であったろうというのが私の臆測であります。「一町」の広さの宅地が給与された者が「町」であり、その「半町」を給与された者が「小町」と称されたのではないでしょうか。「半町」と言ってもその広さは7,200平方メートルでありますから、それは約200坪程度の広さであったと考えられます。内裏に勤務した官女（宮人）は「内侍所」などで寝泊まりした中で、小町は「宝鏡」奉斎という特別な職務に任じられていたので、内裏を外に出た町に住居を与えられる待遇を受けていたのではなかったのでしょうか。

「宝鏡」を奉斎する「内侍」といえば、菅原孝標女が著すところの『更級日記』で、この日記の筆者が宮仕えに出た「祐子内親王」――「後朱雀天皇」の第一皇女――のお供をして「内裏」に参内した折に、兼ねて聞き及んでいた「内侍所」の「天照御神」を拝ませて頂いた時の印象を、「四月ばかりの月の明きにいと忍びて参りたれば、博士の命婦は知るたよりあれば、燈籠の火のいとほのかなるに、あさましく老い神さびて、さすがにいとよう物などいひゐたるが、人ともおぼえず、神の現れ給へるかとおぼゆ」と記しています。これは小町の時代からは二百年ばかり下った時代のこととなりますが、「内侍所」で「宝鏡」を奉斎した内侍の風姿を描いた文章として、小野小町の在りし日の風貌を彷彿させる好資料でありますが、この場面に登場する老女は「博士の命婦」という名で呼ばれていますように、「宝鏡」を奉斎する「内侍」には、学問に堪能な博士の子女などが任ぜられたように察せられます。したがって小野小町の父は何者であったかについては、漢詩文の才をもって聞こえた当時の「小野篁」であったという説がありますが、その説に惹かれる私ではあります。　（以上）

第八章　『古今和歌集』恋歌は非行、愚行の惑乱を諷諫するものであった

　　題しらず　　　　　　　　　　　　　　　　　　　清原深養父
恋死なば誰が名は立たじ世の中の常なきものと言ひはなすとも（巻12・603）
　　題しらず　　　　　　　　　　　　　　　　　　　よみ人しらず
玉くしげ明けば君が名立ちぬべみ夜深く来しを人見けむかも（巻13・642）
　　橘　清樹が忍びに逢ひ知れりける女のもとよりおこせたりける
　　　　　　　　　　　　　　　　　　　　　　　　　よみ人しらず
思ふどちひとりひとりが恋死なば誰によそへて藤衣着む（巻13・654）
　　返し　　　　　　　　　　　　　　　　　　　　　橘　清樹
泣き恋ふる涙に袖のそほちなば脱ぎ変へがてら夜こそは着め（巻13・655）
　　下つ出雲寺に人のわざしける日、真静法師の導師にて言へりける
　　ことを歌によみて、小野小町がもとにつかはしける
　　　　　　　　　　　　　　　　　　　　　　　　　安倍清行朝臣
つつめども袖にたまらぬ白玉は人を見ぬ目の涙なりけり（巻12・556）
　　返し　　　　　　　　　　　　　　　　　　　　　小野小町
おろかなる涙ぞ袖に玉はなす我はせきあへずたきつ瀬なれば（巻12・557）

この章では上記六首の和歌に関する私の読解を述べることによって、『古今和歌集』恋歌は非行、愚行の惑乱を諷諫するものであったということの理由を明らかにしてみようと思います。

第一節　恋死なば誰が名は立たじ世の中の常なきものと言ひはなすとも

まず始めに第一首目の「恋死なば誰が名は立たじ世の中の常なきものと言ひはなすとも」という和歌に関して申しますが、この和歌の文意の理解に関しましては、大変に申し上げにくいことでありますけれども、正直申し上げまして、

私の見た限りの注釈書の中で、ほんの一二の注釈書を除いて、古来ほとんどの注釈書で誤った説明がなされ、それがそのまま今日に到っているように私には観察されるのであります。長い研究史を有する『古今和歌集』において、それまでの長い期間に渡って通説であったところのものを誤りと断じて新解釈を樹てるということは、私のような後学の者には重苦しいことでありますが、言わねば『古今和歌集』の心が明らかになりませんので、以下ではこのことを開陳させて頂きます。はっきり申し上げまして、この「恋死なば誰が名は立たじ世の中の常なきものと言ひはなすとも」という和歌の意味するところは次のようなことだと私は考えるのであります。すなわち「もし人が恋の苦しみの余りに死んだのであれば、それは大変な事件として、死んだ者やその相手などがどういう人物であったのか、またその死に到ったのには、どのような事情があったのかなどが詮索されたり、世間ではそれが言い騒がれたりするはずのものだが、自分がいま恋死したとしても誰の名も立つことはないであろう。世間が私の死を推し量って世の中の無常の所為にしてしまうことならば、それはあるかも知れないけれども」ということだと私は解したいのであります。ところがこの和歌に関しましては、例えば竹岡正夫『古今和歌集全注釈』は次のような口語訳を掲げています。すなわち「恋しく思って死んだら、どなたの評判が立たずにおろうか。（人の命というものは）世の中の無常な物と、たといあなたが言いくるめはしても」というものであります。そして「当然その裏には、私の名はもとよりあなたの名だって立たないわけはなかろうという意味になる」という説明を加えています。またその後に新しく出された片桐洋一『古今和歌集全評釈』の口語訳でも、「恋い死にしたら、誰の評判が立たないことがあろうか。あなたの評判も立ちますよ。『人の世が無常だから死ぬのです』と私が言いおいたとしても」とありますので、「恋死なば誰が名は立たじ」というこの和歌の初二句に関するこれら二つの口語訳は、いずれも「誰の評判も立たないで済むはずはない。あなたの評判が立ちますよ」という意味に解している点では変わりはありません。そしてそのような理解は注釈史上もっとも早い平安末期の藤原教長『古今集註』（日本古典全集）からすでに始まっているようであります。この藤原教長『古今集註』では、この和歌の第二句を訳して「タガナハタタジトヨメルハ、シナンワレハナニトカナモタタム、ツレナキキミガナコソタタムズラメ、無常ノヨナレバ、シヌルニコソナドイフトモ、ソレヲバヨソノ人モヰジトナリ」と説明しております。そして近世の契沖『余材抄』に到ってもこの解釈が継承され、この和歌の第二句をそのように解する根拠として、『余材抄』は『萬葉集』の「里人もいひつぐがねによしゑやし恋ひてもしなむ誰名ならめや」（巻12・2873）、また「人めおほみただにあはずてけだしくもわがこひしなば誰名かあらむも」（巻12・3105）の二首を挙げています。そして契沖『余材抄』が取り上げているこの『萬葉集』の二首の意味は、澤瀉久孝『萬葉集注釋』においても、それは「里の人も二人の仲を語りつぐように、ええままよ、あなたを恋ひて恋死に死んでしまはう。そのために立つのはあなた以外の誰の名であらうぞ」と釈し、第二の歌についてもまた「人目が多くてぢかに逢はずに、もしも私が恋ひ死んだならば、その為に立つのは誰の名でありませうぞ」というものであります。ですからやはり澤瀉久孝『萬葉集注釋』においても、「誰が名ならめや」「誰が名かあらむも」という歌句の意味は「あなた以外の誰の名が立つというのか。あなたの名が立つのですよ」という意味に理解しているように察せられます。そしてそのような解釈は澤瀉『注釋』だけの理解ではなく、『萬葉集』の注釈史一般の通説になっているように察せられます。しかし『萬葉集』のこの二首をこのように理解することは、これまた納得し難いところがあるように私には考えられます。それはなぜかと言えば、『余材抄』が掲げたこの二首の歌「里人もいひつぐがねによしゑやし恋ひてもしなむ誰名ならめや」「人めおほみただにあはずてけだしくもわがこひしなば誰名かあらむも」という歌の言葉は、これを素直に受け止めるならば、「もしいま自分が恋死にした場合、人々の間では誰の名が立つのであろうか」という疑問文か、もしくは「いや誰の名も立つことはない」という反語文であるとするより外はない文章ではないかと考えられるからであります。ところが『萬葉集』の私が見た限りの多くの注釈書が、この「誰が名ならめや」「誰が名かあらむも」という文を釈して「誰の名が立つというのか。あなたの名が立つのですよ」という言外の意味があるとしているところが、何としても私の腑に落ちないところなのであります。「誰が名ならめや」「誰が名かあらむも」は「誰の名が立つだろうか」という疑問文か、または「誰の名が立つだろうか。誰の名も立たない」という反語文とする以外には解釈され得ない文なのではありますまいか。

ところが通説がなぜこの二首を、そのような「あなたの名が立つのですよ」というような言外の意味があるとして、この歌を解釈するに到ったのか、その原因を考えてみますと、『萬葉集』にはこれとよく似た類似の語法を採った歌が幾つも存在していることが見出され、いま問題の「誰が名ならめや」「誰が名かあらむも」もまたその語法に属する文としてその意味が読み取られるに到ったという経緯が考えられます。しかしそれは「よく似た類似の語法」ではあっても、けっして同一の語法ではありませんから、これを同一の語法としてしまうことは「混同」であるとしなければならないと考えられます。そのような『萬葉集』には多い「類似の語法」の歌を次に掲げてみることに致します。

朝霜の消易き命誰がために千歳もがもと我が思はなくに（巻7・1375）
磯の浦に来寄る白波反りつつ過ぎかてなくは誰にたゆたへ（巻7・1389）
ほととぎす来鳴きとよもす橘の花散る庭を見む人や誰（巻10・1968）
棚機の五百機立てて織る布の秋さり衣誰か取り見む（巻10・2034）
ちはやぶる神の持たせる命をば誰がためにかも長く欲りせむ（巻11・2416）
浅葉野に立ち神さぶる菅の根のねもころ誰が故我が恋ひなくに（巻12・2863）。

これら歌々に出ている「誰」「誰か」「誰がため」「誰が故」という言葉に、いずれも共通して見られるところの表現といえば、これら歌々は、皆それぞれに心に深く思う特別な人物の存在していることを謡おうとしているのでありますが、それが誰であるかは今更言うまでもないことという強調語法を採っていると察せられます。例えば「磯の浦に来寄る白波反りつつ過ぎかてなくは誰にたゆたへ」（巻7・1389）という歌ならば、その意味は「磯の浦に寄せ来る波が寄せては返り寄せては返りしているように、自分もまたこの処を立ち去れないのは誰のせいなのか、あなたにはそれが誰であるかは解かっているでしょうけれども」

「それは言うまでもなく私が心に深く思っているあなた自身の所為ですよ」という意味に解せられるのであります。そしてこの種の強調語法は『萬葉集』ではこのように多くみられますが、『古今和歌集』でも「みちのくの信夫もぢずり誰ゆゑに乱れむと思ふ我ならなくに（巻14・724）の「我ならなくに」が、この流れを汲む強調語法に属しているように解せられます。それはすなわち「私ではなく、あなたの所為ですよ」という意味に解せられます。そしてこれら歌々の表現についてならば、すべての注釈書がそのように解していて、これについては私も異議を立てる者ではありません。

しかしながら、ここで申し上げなければならないことは、同じように「誰が」「誰れ」という不定称の代名詞が用いられている歌だといっても、それだけの理由をもって、『余材抄』が掲げましたところの、「里人もいひつぐがねによしゑやし恋ひてもしなむ誰が名ならめや」（巻12・2873）、また「人めおほみただにあはずてけだしくもわがこひしなば誰が名かあらむも」（巻12・3105）という、この二首の第五句「誰名将有哉」と「誰名将有裳」をもまた、そのような婉曲語法として解釈するのには私は同意出来ません。「誰名将有哉」また「誰名将有裳」という歌句の中の「有」は、出現の意味を示す文字でありますから、いずれもそれは「誰かの名が世間に現れ出るであろうか、いやそういうことはない」という、ごく普通の反語体の文として解するのが正解であり、またそのように解するより外はない語法であると察せられるのであります。そして『余材抄』が指摘していますように、この『萬葉集』二首を本歌として作られていると察せられるところの、「恋死なば誰が名は立たじ世の中の常なきものと言ひはなすとも」という、この和歌の第二句「誰が名は立たじ」は、これまた「誰かの名は立つことはないだろう」という、ただそれだけのことを言い表している、ごく普通の否定推量として解すべきであって、それ以外の別の解が他にあるようには私には考えられないのであります。ところがこれらをも「誰の名が立つであろうか。立つのは外ならぬあなたの名前ですよ」と、これをもまた上に掲げて考察致しましたような『萬葉集』には多く見られる婉曲語法として解したのには無理があるように考えられます。もし和歌の本文が「恋死なば立つは誰が名か」というものであったならば、そのときこそまさしく、歌句は「自分が恋死にしたならば、そのとき立つのは誰の名か、それは言うまでもなくあなた様の名でございますよ」という意味に解釈するより外ないことになりましょう。またあるいは「恋死なば誰が名立つらむ」というものであったならば「自分が恋死にしたならば誰の名が立つでしょうか、それはおそらくあなた様の名でございましょうよ」という意味に解することになりましょう。しかしそのように「恋死なば立つは誰が名か」「恋死なば誰が名立つらむ」と記している『古今和歌集』の本文の存在は、どこを探しても見出し得ません。『古今和歌集』の本文はすべて「恋死なば誰が名は立たじ」となっています。そしてその歌句といえば「自分が恋死にしたとすれば、それが原因で誰かの名が立つということはないだろう」という意味に解するより外はない単純至極な否定推量の文であるというより外はないでありましょう。

しかしながらこの章冒頭の「恋死なば誰が名は立たじ世の中の常なきものと言ひはなすとも」を「自分がもし人恋ふる激しさのあまりに命を落としたとしても、誰の名も立つことはないだろう。たとえ自分の死の原因は恋死であるとは世間の人は気付かずして、それを世の中一般の無常の死だとすることはあろうとも」という意味に解するのは私一人だけの誤解ではあるまいかとも考えたのでありますが、昭和35年新訂の窪田空穂『古今和歌集評釈』では、この和歌の第二句「誰が名は立たじ」は「あなたの評判は立つまい」と釈し、末句の「世の中の常なきものと言ひはなすとも」の主語を世の中一般の第三者とすることに改訂されていることを見出しました。私が手許に置いて見て来ました窪田空穂『古今和歌集評釈』は昭和12年出版の旧版でありましたので、この新訂『評釈』が出たことによって、私はようやく我が友を得たことになります。さらに片桐洋一『中世古今集注釈書解題一』で紹介されたところの『古今集聞書』と題する書物も、この和歌の「恋死なば誰が名は立たじ世の中の」という歌句を取り上げて、この歌句には「われもひともといふ心也」という釈文を付しています。そしてこの釈文は「我もそしてその相手の人も、その名は立つことはない」という意味に解しているとすれば、それならば私と解釈を同じくする友は、僅かにもう一人増えたことになります。さらに申しますと松田武夫『新釈古今和歌集』においては、「たが名は立たじ」を釈して「あなた以外の誰の評判もたつまい。あなたの薄情が評判になるに違いない」と釈した上で、さらに「窪田氏評釈では、『あなたの評判にはならないだろう』と、反対に解している」と述べて、窪田氏評釈の解が誤っているかのような言葉を付加していますけれども、この「反対に解している」釈こそが正解であるように、私には受け取られるのであります。

第二節 「恋死」の法制史的背景

このような誤解が訂正されることなく、長く続いて来た原因として考えられることは、「恋死」という歌語の意味把握が正しく行われて来なかったところに原因があるように観察されます。そもそも「恋死」とは『萬葉集』の歌から始まった歌語であったことはすでに先の拙著『古今風の起原と本質』、『萬葉集作者未詳歌巻の読解』や本書の第六章でも論述したところの事項ではありましたが、『古今和歌集』の時代になりましても、この歌語の意味は幾らか拡散されながらも継承されていて、ただ単に恋する苦しみの余りに衰弱して死んでしまうという意味ではなく、世間の掟とか規範とかいうものに反していて、家父長などがけっして容認してくれそうもない恋をしている者どうしの間で起こるところの、多分に罪の意識が濃厚な、その時代の考え方に従って言えば、「その罪ゆえに神に疎まれて」死亡することが「恋死」本来の意味であったというのが私の考えであります。世間に幾らでもある無常が原因の死ではなく、恋が原因で死ぬとは大変に事件性豊かな出来事でありますから、口性(くちさが)ない世間ではその恋が原因で死んだという人物は何という者であるか、そしてその恋の相手は誰であったのかと、この両人の名を始めとして、その恋の事情などが詮索され言い騒がれ、後の世まで語り伝えられたりもしたものであったと考えられますが、この「恋死」という語を歌中に含んだ和歌を『古今和歌集』の中から拾い出してみますと、「吉野川岩切り通し行く水の音には立てじ恋は死ぬとも」(巻11・492)、「山高み下行く水の下にのみ流れて恋ひむ恋は死ぬとも」(巻11・494)などいう和歌が目に入りまして、それら「恋死」を謡った和歌を通して「恋死」というものの性格を尋ねてみますと、それは恋だといっても、その相手に逢うことはなく、ただ恋する自分自身の胸にばかり秘めたような秘密の状態で死ぬのでありますから、それ故にそのことが人に知られたりするようなこともないはずであり、さらには自分がいま誰かを恋しているという気配さえも人には気取られないようにして過ごして来ている状態のように察せられます。およそ恋と称するものは多分に心理的な出来事で、あまり人には知られたくはないものではありますけれども、その知られたくない程にも差がありましょう。その中でも社会的に許されない不義とされた恋は、格別に人に知られないように心配りしなければならない恋でありましたから、もし自分がいま自分の恋ゆえに死んだとしても、世間は自分が恋で苦しんでいた者であったことに気付く人間は滅多にないはずであり、したがってそのような状態の中で死んだのなら、この人物がまさか人に言えないような恋をしていたとは誰も気付くことはなく、したがってそれは世の中にいくらでもある無常が原因の死であるように受け取られ、したがってその恋の相手が誰であったかというようなことも詮索されようはずがなく、誰の名も言い騒がれることはないだろうという、深くて大きな罪の深海の底で一人寂しく死んで行く者の孤独感が、この歌の心であると考えられるのであります。

すでに広く言われていますように、恋とは互いに相逢うことが出来ない状況にある者どうしの間で起きるところの、相逢おうとする願望や情緒であるかと考えられますが、その中でもそれが嵩じては死に到るという「恋死」という現象は異常であります。「死ぬる命生きもやすると試みに玉の緒ばかり逢はむと言はなむ」（巻12・568）という和歌が『古今和歌集』に見出されますように、恋うる心が嵩じれば、ただそれだけの原因で人は死んでしまうものだということが、事実であるかどうかは当時の人々の間でも確信の持てないことであったようであります。でも「恋死」といえば、宗教的あるいは道義的あるいは法制的な制約が原因で逢会が決して許されないような状況に厳しく置かれている者が、それにもかかわらず相逢おうとする願望を捨てきれずにいるところに罪の意識が嵩じて、これでは自分は神さまの罰とか社会的な制裁を受けて死んでしまうのではないかという強迫観念に捉われている状態をいうところの、和歌の世界のみで用いられる特別な言葉であったと考えられます。すでに拙著『古今風の起原と本質』で取り上げた事項でありますが、養老年間に編纂されて天平宝字元年から施行されました『養老令』という当時の行政手続きを規程した法令集が存在していまして、戸籍を編成するための必要からでありましょう、その「戸令」の条文では、婚姻成立の第一条件としては、「凡そ男の年十五、女の年十三以上にして婚嫁を聴せ」という条項があります。そして第二条件としては「凡そ女に嫁はせむことは、皆先づ祖父母、父母、伯叔父姑、兄弟、外祖父母に由れよ。次に舅従母、従父兄弟に及ぼせ。若し舅従母、従父兄弟、同居共財せず、及び此の親無くは、並に女の欲せむ所に任せて、婚主と為よ」ということを規程した条文が存在しています。また「凡そ先づ姧して後に娶て妻妾と為らば赦に会ふと雖も猶し離て」(『日本思想大系』『律令』) という規程を立てていることは、すでに他でも申しましたが、このような厳しい規程を今思い出さなければならないでありましょう。そしてこれらの条文には、平安時代では「礼を以て交はらざる姧と為す也」という見解が当時の法学者によって付加せられています。そしてさらに「礼を以て交はらざる」とはどういうことかといえば、この条文に先行して、子女を娶るには先ずその子女の祖父母、父母に申し出て、その許しを得なければならず、その「許婚」が出る前に「非礼」すなわち社会常識に反した交際があれば、その発覚が成婚の後であろうとも、その男女は発覚の時点で離婚せしめられ、これは国家に「大赦」の恩典があった場合でも、赦免の対象にされることはないと規程されています。そのように婚主 (祖父母、父母それ無くばそれに相当する親族) の許諾なくして男女が心を通わし始めることは、大へんな重罪であったことが知られます。そして男の側から結婚の「礼辞」を受けた女家の「婚主」は、その子女の結婚に関する責任を負う者になるのでありましたが、この「婚主」は上記の広範囲な親族に——これを「所由親族」と称しました——このことを広く伝えて、これに関する意見を聴取する義務を負っていたようであります。これを行っていなければ「婚主」は「違令」の罪を科せられ、そしてもし「所由親族」から異論が出ている場合は、その異論は三か月間有効であると規程されています。ということは「婚主」から子女の結婚申し入れの件に関して報告を受けた「所由親族」の中の誰かから異論が出たならば、相談を持ち掛けた「婚主」はその異論を尊重して、その成婚を取りまとめることは先送りしなければならなかったようです。ただしその先送り限度は三か月間であるということになると察せられます。なぜならば、これに関して「戸令」は「凡そ女に嫁せ、妻棄てむことは、所由に由れずは、皆婚成らず、棄を成さず。所由後に知りて、三月に満つまでに理することせずは、皆更に論ずること得じ」という条文を記載しているからであります。すなわち異議申し立ての権利は三か月間を限度にして有効であるというのでありますから、それ以上の時が経過すれば、異論は失効して「婚主」であるところの祖父母、父母の決定に任せるよりは外なかったのでありましょう。親族から出される意見が如何ほど尊重された古代社会でも、何時までも親族の異論に耳を藉していたならば、成婚に到ろうと願う当人どうしには大へんに深い痛手となりますから、そのような規程が定められていたのであろうと察せられます。日本の律令は主に「唐令」を踏襲している場合が多くて、そこからは古典中国の大家族制と、それを統率する家父長権の厳重さが感じ取られます。今取り上げておりますこの和歌の前後に配列されている歌群の恋は、いずれもまだ相互に相逢うことがない段階のものでありますが、それはそのような「令」の規程に由来する現象であったように察せられます。『古今和歌集』は勅撰でありますから、取り分けてそのような国家の法律が持つ権威を和歌の上でも示しておきたい意図があったことも考えられます。「恋死」とはこのように非常に重い権威を持った家父長権の許で、ふとした事が原因で、不覚にも到底許されそうもない関係に落ち入ってしまった男女の間で起こる苦しい心理状態を言い表した歌言葉であったと考えられますが、このような厳重な家父長権の重圧の下で、家父長が承認してくれそうにもないような恋がもし発覚して世間に知られたならば、その時こそは自分自身や、その恋の相手が誰であるかと、その名前も言い騒がれることになるけれども、もしそのような恋をしていることをゆめゆめ「おくびにも出さない」

状態の中で、その罪の重さ、良心の呵責の余りに死んでしまえば、自分やその相手を始めとして誰の名も立たないはずだ。そしてその果てに死を迎えることになったとしても、人々はその実情を知らずに、それは無常の死だとして片づけてしまうことはあり得ることかも知れないというのが、この「恋死なば誰が名は立たじ世の中の常なきものと言ひはなすとも」(巻12・603)という和歌の真意であると考えられます。

さてこの和歌に関して言い残したことが一つあります。それはこの和歌の詠み手が「清原深養父」であることです。この人物はかの有名な『枕草子』の筆者「清少納言」の曽祖父です。『古今和歌集』には十八首の和歌が入集しています。そのうちの六首が恋歌です。このことからでも察せられるように、この人物は好んで和歌を詠んだらしく、当該のこの和歌も、人に識られれば言い騒がれて、どのような目に遭わされるかも知れない危ない恋に陥っている男女——江戸時代ならば「心中」してしまわねばならないような男女——そのような気の毒な男女が世の中の片隅で息づいているであろうと想定して謡ったこの人物自身の創作芸謡であり、彼自身の体験を謡っているとは到底考えられない和歌であります。

さらにこれに続き、これと部類を同じくすると察せられますところの和歌は『古今和歌集』巻十二に多く見出されますが、それは次の通りであります。

津の国の難波の葦の目もはるに繁き我が恋人知るらめや(巻12・604)
手も触れで月日経にけるしら真弓起き臥し夜はいこそ寝られね(巻12・605)
人知れぬ思ひのみこそわびしけれ我が嘆きをば我のみぞ知る(巻12・606)
言に出でて言はぬばかりぞ水無瀬川下に通ひて恋しきものを(巻12・607)
君をのみ思ひ寝に寝し夢なれば我が心から見つるなりけり(巻12・608)
命にもまさりて惜しくあるものは見果てぬ夢のさむるなりけり(巻12・609)
梓弓引けば本末我が方によるこそ増され恋の心は(巻12・610)
我が恋は行くへも知らず果てもなし逢ふを限りと思ふばかりぞ(巻12・611)
我のみぞ悲しかりける彦星も逢はで過ぐせる年しなければ(巻12・612)
今ははや恋ひ死なましを相見むと頼めしことぞ命なりける(巻12・613)

頼めつつ逢はで年経る偽りに懲りぬ心を人は知らなむ（巻12・614）

命やは何そは露のあだものを逢ふにし換へば惜しからなくに（巻12・615）

このような歌群の中でも、その最終の615番歌に至っては、逢うためには命を失うことも辞さないと謡っているのでありますから、それが歌世界特有の誇張表現であるとしても、その強烈な情熱には驚かされます。そして平安朝の貴紳社会では男女間の道徳が緩やかであったというのは誤った俗説であって、それ程にまで恋に逸(はや)る男女の心を重く抑圧した道徳や法制が『古今和歌集』では謡われ、そしてそれが通用していたことが、文学史としても認識される必要があると考えられるのであります。

次には巻十二に続いて巻十三の主題とは何であったかを問うことに致します。

弥生の朔日より、忍びに人にものら言ひて、後に雨のそほ降りけるに、詠みて遣(つか)はしける。　　　　在原業平朝臣

起きもせず寝もせで夜を明かしては春のものとてながめ暮らしつ（巻13・616）

これは巻十三冒頭の和歌であります。『古今和歌集』も巻十三に入りますと、情熱を胸に秘した男たちが、遂に意を決して、女家に向かって使者を立てて婚姻の申し入れをし、その内諾を得たと察せられるような歌々が展開して行きます。これを「忍び」と称したのではないかと観察されます。結婚当事者は相手に和歌を書き入れた文を遣わして、何よりも大切なことは、それがごく内密になされなければならなかったことでありますけれども、情熱の相手のそれに対する反応を聞き出して、結婚成立の可能性を見計らって置く必要があったからでありましょう。十四五歳から二十歳ごろの少年が、自身の結婚のために女家の祖父母、父母宛てに使者を立てるという行為は、これまでしたことのない不慣れな心労の伴う行為であったことでありましょう。その際の心配りや心労の程が詠まれているのが、この和歌であったというのでありましょう。上掲の「業平」の和歌とその詞書とからは、そのようなことが想像されます。工藤重矩『平安朝の結婚制度と文学』や、また胡潔『平安貴族の婚姻慣習と源氏物語』によって論じられていますことは、平安朝の婚姻制度は一夫多妻制ではなく、厳格

な一夫一妻制ではあったけれども、その正妻の外に妾を娶ることが広く許されていたということであります。そしてさらに厳密に言えば、本来の古典中国では「妻」と「妾」とでは、その法的待遇の面ではその最初から大きな差等があったようでありますが、日本の国俗としては元来一夫多妻制であったところのものを、「戸令」制定以後においては、その多妻の中から一人を正妻に立てて、その他の婦人は妾として戸籍に記録される程度の差等であったにすぎないという推定がなされています。このようにして「令制」以後でも男夫は妻以外に幾人かの妾を持つことは許され、祖父母、父母などの身寄りも失い、頼りとする者といえば侍女ばかりといった女性の場合ならば、豪貴な男性の庇護を受けて幸福を得られる機会もある訳でありますから、このような妾制度が存在したことで救われる婦人も多かった平安時代でありましたけれども、『源氏物語』を眺めておりますと、「光源氏」がもっとも重んじたのは「紫の上」という婦人であったようでありますが、その「光源氏」が皇女「三の宮」を正妻として娶ることになった際には、「紫の上」には相当な心の傷みがあったように述べられていることが書かれていますし、また新しく手に入れた「玉鬘」という婦人の許へ赴こうとして自邸を出る貴公子の「髭黒」という男夫に向かっては、狂乱して「薫香」の灰をぶっ掛け、果てには父の住む実家に帰って離婚してしまった「髭黒」の「北の方」の描かれ方などを考慮すれば、やはり正妻の外に男性がさらに婦人を娶るということは、国家の法律であるところの「令」が容認するところのものとはいえ、正妻にとってはやはり好ましい出来事ではなく、これを耐え難いこととした婦人も多かったように考えられます。更には妻以外の婦人と交わることを禁じた「不邪淫戒」を勧めた仏教道徳がすでに普及し尊重されていた平安時代でありましたから、正妻の外にさらに無遠慮に妾を娶るような行為は、宜しくない行為とされていたに違いありません。ですから女家に対して行われた結婚の申し入れが、すでに正妻を有する男性からのものであったり、そしてそのような申し入れが女家の祖父母、父母や親族の間で取り沙汰されたような場合では、厳しい反対意見が出たことも想像出来ないことはありません。さらに次のようなことも考えられます。シェークスピアの「ロメオをジュリエット」の間柄のように、我が家は彼の家とは昔から折り合いが悪く、婚姻関係を結んで付き合いの出来るような間柄ではないのだという反対意見が飛び出すことなども考えられます。けれどもまだそのような議題は生易しいことであったかも知れません。もっともっと困難な問題が浮かび上がることがあります。それは「令」を始めとして当時の社会道徳からして、けっして容認されることがない男女関係もあり得たからであります。次に掲げましたところの歌群の多くには、詞書が付されていないので、それぞれの和歌の個々の状況が知られる手掛かりは得られませんけれども、要するにそこに暗示されている男女の間柄といえば、それは法制的あるいは道徳的には到底許容される間柄のものではなかったのではないかと想像される結婚があります。したがって正妻としてではなく、たとえ妾の場合であっても、そのような男女の間柄では、家父長を始めとして広い範囲の親族においては、その承認は到底出来ないものとなり、結果としては、どれ程の年月を経ようとも、世間の容認を得た成婚には到ることがあり得ない種類の恋愛もあったということもあります。以下の歌群はこのような世間に対しては絶対絶命、けっして大ぴらにしてはならない間柄を謡った和歌であると察せられます。

今朝はしも置きけむ方も知らざりつ思い出づるぞ消えて悲しき（巻13・643）
寝ぬる夜の夢をはかなみまどろめばいやはかなにもなりまさるかな（巻13・644）
君や来し我や行きけむ思ほえず夢か現か寝てか覚めてか（巻13・645）
かき暗らす心の闇に迷ひにき夢うつつとは世人定めよ（巻13・646）
むばたまの闇の現はさだかなる夢にいくらもまさらざりける（巻13・647）
さ夜ふけて天のと渡る月影にあかずも君を相見つるかも（巻13・648）
君が名もわが名も立てじ難波なる見つともいふな逢ひきともいはじ（巻13・649）
名取川瀬々の埋もれ木あらはればいかにせむとか相見そめけむ（巻13・650）
吉野川水の心は早くとも滝の音には立てじとぞ思ふ（巻13・651）
恋しくは下にを思へ紫の根ずりの衣色に出づなゆめ（巻13・652）

花すすき穂に出でて恋ひば名を惜しみ下結ふ紐の結ぼほれつつ（巻13・653）
思ふどち一人一人が恋死なば誰によそへて藤衣着む（巻13・654）
泣き恋ふる涙に袖のそほちなば脱ぎかへがてら夜こそは着め（巻13・655）
現にはさもこそあらめ夢にさへ人目をよくと見るがわびしさ（巻13・656）
限りなき思ひのままに夜も来む夢路をさへに人はとがめじ（巻13・657）
夢路には足も休めず通へども現に一目見しごとはあらず（巻13・658）
思へども人目づつみの高ければ川と見ながらえこそ渡らね（巻13・659）
たきつ瀬の早き心を何しかも人目つつみのせきとどむらむ（巻13・660）
紅の色には出でじ隠れ沼の下に通ひて恋は死ぬとも（巻13・661）
冬の池に棲むにほ鳥のつれもなくそこに通ふと人に知らすな（巻13・662）
笹の葉に置く初霜の夜を寒み染みはつくとも色に出でめや（巻13・663）
山科の音羽の山の音にだに人の知るべく我が恋ひめやも（巻13・664）

上記歌群は制度的に逢会は絶対的に許容されない男女の間柄を謡った和歌であると察せられますが、取り分けて「君や来し我や行きけむ思ほえず夢か現か寝てか覚めてか」「かき暗らす心の闇に迷ひにき夢うつつとは世人定めよ（巻12・645、646）という贈答の二首には、「業平朝臣の伊勢の国にまかりたりける時、斎宮なりける人にいとみそかに逢ひて、またの朝に、人やるすべなくて思ひをりけるあひだに、女のもとよりおこせたりける」という詞書が付せられていますので、これは当時の宗教、道徳、法制のどのような面から見ても、これは厳重に禁じられて許されることのない恋であることは明らかであります。斎宮などいう最上級に神聖な神に仕える斎女に関係する恋愛であったからであります。このような「伊勢神宮」に派遣された斎女を穢すという人の耳目を聳動させた歌語りの、もっとも古いものは「天武天皇」の第三子「大津皇子」が時の斎宮「大伯皇女」に秘かに逢ったというものにまで遡らねばなりません。『萬葉集』巻二では「大津皇子、竊かに伊勢の神宮に下りて上り来る時に、大伯皇女の作らす歌二首」と題して、「我が背子を大和へ遣るとさ夜ふけて暁露に我が立ち濡れし」「二人行けど行き過ぎかたき秋山をいかにか君がひとり越ゆらむ」（巻2・105、106）という歌が記されています。この歌の作者「大伯皇女」と「大津皇子」とは、生母が同じの実姉弟の関係であります。ところがこの二首で描かれているところの思い遣りは、恋人どうしのそれのような言いっぷりであります。それというのは、おそらくこの歌の語り手は、この二人の間柄を恋愛関係として語ろうとしているからだろうと考えられます。同腹の姉弟の間柄でありながら恋愛関係であり、その上に姉といえば伊勢の斎宮であり、弟の皇子がそれに秘かに逢ったというのでは、それは正しく国家転覆の大罪以外の何ものでもありません。さらに「石川郎女」という婦人とも秘かに逢い、その非行が「津守連通」の卜占によって暴かれたという題詞の付された「大舟の津守が占に告らむとはまさしに知りて我が二人寝し」（巻2・109）という「大津皇子」作の歌も『萬葉集』には収められています。「石川郎女」とはどのような身分の婦人であったのかは、今日からすれば不明でありますが、何かの変事が天皇の身辺で起こり、それが卜占に問われたところ、その原因が「大津皇子」と「石川郎女」との情事にあるということになったように察せられます。『日本書紀』に拠って申せば、「朱鳥元年」の九月九日に父の「天武天皇」が崩じ、その翌月にはこの「大津皇子」に謀反の企てがあったという理由で、これに関係したとされた三十余人が捕らえられ、皇子は「譯田舍」で死を賜ったと記されています。これが『日本書紀』という正史が語るところの史実であるとされていますけれども、罪を負って死んでしまったところの「大津皇子」は、その世間を驚かせた謀反発覚以後では、『懐風藻』の評伝に記されていますように、「性頗る放蕩にして法度に拘わらず」という評判が出来てしまい、口性ない世間はその評判を背景にして、大津皇子は元来奔放な性格の人物であって、上述の伊勢斎宮に秘かに逢うことがあったとか、あるいは「石川郎女」という婦人とも逢会がなされていたという風な、人が興味をもって聞き耳を立てるような歌語りを好んでするところの歌芸人が、『萬葉集』の編纂時に存在していたことが想像されます。「さ夜ふけて天のと渡る月影にあかずも君を相見つるかも」（前掲）という和歌は、相見ることがあるはずもなかった間柄の男女が、何としたことか偶然にも月の光の下で相手を見知り合ってしまった罪悪感を謡っているように察せられます。これも『源氏物語』でいうならば、「光源氏」が宮中「桜の宴」

後に、「右大臣」の六女「朧月夜」と月の光の下で偶然に出会った場面が思い起こされます。「光源氏」はこの「右大臣」からはひどく憎まれていた存在でありましたから、その愛娘と「光源氏」とが相識る間柄になったということは、「右大臣」にとっては許しがたい行為であり、なおかつ父親の許しなく交わったのでありますから、この結婚は絶対的に表沙汰には出来ません。発覚すれば大変な事になります。さらにこのように決して想いを掛けてはならないと知りながらも、特別な身分の女性に心乱してしまい、これは誰にも告げる訳には行かないことなので独り悶え苦しむということ、そのような誰にも言えない恋を自らの情熱で仕出かし、そのために自分の身を滅ぼして行く有様を、『古今和歌集』のあちらこちらでは、飛んで火に入る「夏虫」に喩えて謡っているように察せられます。すなわち「夏虫の身をいたづらになすこともひとつ思ひによりてなりけり」（巻11・544）、「宵の間もはかなく見ゆる夏虫に迷ひまされる恋もするかな」（巻12・561）、「夏虫を何かいひけむ心から我も思ひにもえぬべらなり」（巻12・600）という類の和歌が『古今和歌集』のあちらこちらに見出されます。このような悲しい間柄は「結ぶの神」の結び間違いによるのか、それとも「結ぶの神」の悪戯によるのかも知れませんが、当時の人々の心に興味深く受け止められた物語であったらしく、『源氏物語』にもこの種の恋物語りはいくらも出てまいります。その中でもっとも大きな事件は「光源氏」の「藤壺中宮」への思慕でありましょう。これがもし誰か人に知られようものなら大罪になります。当時の刑法に相当する「律」には「不孝」という罪名があり、その一つとして「父祖の妾を姧す」という事例が挙がっています。でも「藤壺」はそのような父の妾であること以上に、中宮という甚だ高い身分でありますし、さらに「桐壺帝」は「光源氏」の父であるばかりか、一国の帝王の身でありますから、「光源氏」が「藤壺」に想いを掛けたというこの場合の罪は、ただの「不孝」にとどまらず、「律」がいうところの「大逆」もしくは「大不敬」に処せられたかも知れない重罪であったということになります。しかしながらそのような危機も、「藤壺」に仕える侍女「王命婦」の巧妙な詐術によって、夢の逢会にとどまり、したがって実事の大罪を犯すことには辛うじて到らず、そして自らの自主的な須磨退去、そして須磨の浜辺での「禊(みそ)ぎ」が功を奏したこともあり、また夢の中で亡父「桐壺帝」から罪の赦しを受けたことなどで、断罪の崖っぷちから辛うじて逃れ出ることが出来て事なきを得た「光源氏」であります（この間の経緯は「神戸学院大学人文学部紀要第二号」所収「光源氏の無罪を立証する」という拙論で詳論いたしました）。光源氏の「藤壺」への思慕は「王命婦」の詐術によって夢の逢会にとどまり、実事の大罪に及ばなかったことは大変な幸運でありましたが、その因果の応報というべきか、その後に光源氏の正妻の座に据わった「女三の宮」を、この婦人を思慕して止まない「柏木」が犯すにいたり、果てには一児を生すに到っては、その大罪は滅多に消し難く、「柏木」は病没致しますが、これなどは罪の重さに耐えかねた「恋死」の範疇に入る死没であったに違いありません。

そしてそれは第五章で述べましたように、「スサノヲ」がその人間的な弱さから共同体の掟を守ることが出来ず、種々の罪を犯しますけれども、それが厳重な「祓除(はらえ)」を受けたことによって、「葦原中国」を開拓開墾してその国主となる「大国主」「大物主」を生み出したところの祖神と成ることが出来ましたことと同様に、「光源氏」もまたそれと類似していて、須磨の浜辺での「禊ぎ」を契機にして、この人物の罪は清算され、京都に帰還して後は何の妨げに遭うこともなく、太政大臣の地位にまで栄進して行きました。ですから「スサノヲ」と「光源氏」と、この両者には共通するところの人間形成過程が存在していることに気付かされる次第であります。青年は若くて未熟なところを残していて、何事も情熱の赴くままに行動して種々の失敗や乱暴を犯すものだが、そのように活力豊かな青年こそが、その罪清められ悔い改められたときには、天下を取るような頼もしい大人(おとな)に成ることが出来るのだ。だから若者の非行は赦されるものだとする思想は、スサノヲの行動にも光源氏の行動にも関しても共通して語られているところの、日本社会一般の人間形成理論であったことに、私どもは気付かされる次第であります。

また「光源氏」が十七歳だった時には、「六条御息所(みやすんどころ)」という今は亡き東宮の配偶者だったという、これまた大変に高貴な身分の婦人との情事もあったようでありました。しかしこの間柄も世間には公表が憚られるようなものでありました。またこのような恋は相手の身分が高い婦人の場合であるとは限られず、逆に相手が世間から憚られるような卑賤な身分である場合もあり、これも『源氏物語』で言うならば、「光源氏」が好色の手を伸ばしたところの「夕顔」は、娼婦のような女性ではなかったかと察せられます。でありますから、この二人が共寝しているところを「物の怪」が突如に襲って来て女性は死亡し、その死に当たっては、そのことが世人に知られて名が立つようなことがないようにと、慎重な心遣をもって「光源氏」がこの女性を葬送したことが『源氏物語』で語られています。「光源氏」が老齢の「伊予守」の妻になっている「空蟬」を犯した事も、人に気付かれれば大変な汚名を着ることになりますが、このことも秘したままで終わってしまいました。『源氏物語』を読んでいると、平安時代の都人士は、このような非行を次々と重ねていたのかという誤解に到る恐れがありますが、実はそういう事件の起こることは極めて少なく、極めて少なかったからこそ、稀に起こって発覚すれば人々は大きな興味を示して、その者たちの名や、死に到るまでの事情を詮索して言い騒ぐことになります。そこでそのようなことを当て込んで遊女などが、この種の悲痛な歌物語を創作して謡い始めた次第が私には想像されます。『伊勢物語』第八十九段にも、「恋死」という言葉を歌中に取り入れた「人知れず我恋ひ死なばあぢきなくいづれの神に無き名負ほせん」という和歌が出ています。そしてこの和歌には「昔、いやしからぬ男、我よりはまさりたる人を思ひかけて年経たる」という説明文を付しています。身分の差別が大きかった平安の貴族社会で、「卑しからぬ男」といえば、身分が低くない男という意味に解してしまいそうになりますが、ここでは身分の高下ではなく、品位の程をいっているのでありましょう。つまりここでの「卑しからぬ男」という言葉の意味は、世間の信用は悪いものではない人格の確かな男という程の意味でありましょう。ところが困ったことには、そのような者が世間から受けていた信用に反して、「我よりまさりたる人」に思いを懸けてしまったというのが、この詞書の意味するところのものでありましょう。でありますからこの男は社会的な体面を気遣って、自分の恋を胸にのみ秘して、相手の女に打ち明けることは無論のこと、自分の恋は誰にも語らず知られずに年を過ごし、そしてこの男はふと思ったのでありましょう。この重い罪の果てに、いま自分が死ぬことになれば、まさかこの実直な自分が不逞にもあの高貴な婦人を恋していたとは誰も想像出来ないに違いなく、したがって人々はその真相を知らないままに、この自分が愚かにもどの種の罪を犯してどの種の神さまに打たれて死んだのであろうかと考えるであろうというのが、この和歌の意味であろうと察せられます。このように『古今和歌集』から『伊勢物語』のような「歌語り」がたくさん発生し、『源氏物語』の作者「紫式部」などもこの種の歌語りのすぐれた読者であって、上記さまざまな『源氏物語』の諸場面は、『古今和歌集』の上に掲げましたようなこの種の和歌から語り出されたのではなかったかと私には想像されるのであります。

第三節　玉くしげ明けば君が名立ちぬべみ夜深く来しを人見けむかも

さて次にはこの章の冒頭に掲げた「玉くしげ明けば君が名立ちぬべみ夜深く来しを人見けむかも」（巻13・642）という和歌の理解に立ち入ってみようと思います。この和歌のように世間に向けて公表出来ないような間柄では、永遠に二度と相逢うことはない間柄になるか、あるいはずうずうしくも、人目に付くことを怖れながらの「忍び」の状態を続けることがあります。おそらくはこの和歌の女主人公は遊女ではなかたかと私には想像されます。なお契沖『余材抄』以降の新注では、この和歌の情景を「夜が明けてから女の家を出るならば、それが人の目に触れて女に悪い噂が立つので、男はまだ夜深いうちに帰って来たが、それでも人は自分の姿を見ていたかも知れない」というように解し、女に悪い評判の立つことを気遣う男の歌としているようでありますが、夜深いうちに早くも女の家を出て帰って来たというのでは、いくら早いといっても、その時刻がチト早すぎるのではありませんか。これはやはり人目に付くことを怖れ、それで夜深くなってから女家を訪れて来たという意味に解すべきだと考えられます。まだ夜深いうちに早くも帰って行ったというのであれば、遣って来た時刻はそれよりももっと早い人の目に立ちやすい時刻になってしまうではありませんか。また来るのも帰るのも夜深いうちにするのならば、女の家に滞在する時間はなくなるではありませんか。「玉くしげ明けば君が名立ちぬべみ」という歌句を読む今日の私どもは、この歌句の意味が「一夜明けたら早くもあなたの評判が立ってしまうことになるので」というものであり、けっして「一夜明けたら間違いなくあなたの姿が見付けられてしまうので」という意味ではないことに気付かなければなりません。つまりこの和歌は昨晩の出来事、すなわち男が女の家に入り込んだことを見ていた人がいて、その結果一夜明ければ早くもその忍び込んだ者の名が人の噂になることを警戒して、男は用心深く人気の少なくなった「夜深く」に遣って来たのであるけれども、それでも誰か人がそれを見ていたかも知れないという怖れの心が、この歌句の意味であることを認識して頂きたいものであります。ですからこの和歌は男が自分の名の立つことを怖れて、人目に付かぬようにして「夜深く」遣って来たことを謡った和歌であると解したいものであります。けっして「夜深く」帰って行ったのではありません。この和歌の詠み手はおそらく娼婦のような女性でありますから、自分の名の立つことなどを恐れねばならないような存在ではありません。これは男が女の身の上を気遣った和歌ではなく、娼婦のような女性が自分ところへ遊客として遣って来たある都人士の名が立って、その体面が汚されるかもしれないことを気の毒がっている女の和歌であろうというのが正解ではないでしょうか。『両度聞書』『栄雅抄』『八代集抄』等の旧注は、いずれもそのような女の歌と解していますが、近世近代の注釈ではごく最近出版された和歌文学大系『古今和歌集』（明治書院）の頭注ばかりが正解であることを、ここで申し述べて置きます。

第四節　思ふどちひとりひとりが恋死なば誰によそへて藤衣着む
泣き恋ふる涙に袖のそほちなば脱ぎ替へがてら夜こそは着め

さて次には冒頭に掲げた四首の和歌の第三、第四番目「思ふどちひとりひとりが恋死なば誰によそへて藤衣着む」（巻13・654）「泣き恋ふる涙に袖のそほちなば脱ぎ替へがてら夜こそは着め」（巻13・655）という二首一組の贈答和歌の意味するところのものを考えてみようと思います。これには「橘清樹が忍びに逢ひ知れりける女のもとよりおこせたりける」という詞書すなわち状況説明が付加されている「よみ人しらず」の和歌であります。まず言葉の語義として「思ふどち」とは「互いに思い合う者どうし」ということであろうと考えられます。しかしその次には「ひとりひとり」という言葉が出ていますが、この言葉には再考を要する大きな問題が残っています。この語の意味に関して契沖『余材抄』以降の多くの新注は、『竹取物語』に「かぐや姫」に会いたいと昼夜の別なく訪れて来る貴公子たちの熱心さに責め立てられて、「竹取の翁」が「かぐや姫」に、そのように熱心な貴公子の「ひとりひとり」に当たって、そのうちの誰か一人を選んで結婚するようにと勧める場面がありますが、その場面で「翁」が「かぐや姫」に申した言葉とは、「変化の人といふとも、女の身持ちたまへり。翁のあらむ限りは、かうてもいますかりなむかし。この人々の年月を経て、こうのみいましつつのたまふことを、思ひ定めて、一人一人に会ひたてまつり給ひね」というものです。「翁」の「かぐや姫」に申したこの言葉の意味を解りやすく説明いたしますと、「あなたは竹の節から出て来た変化の身ではあっても女の身を持っていらっしゃる。そして翁が生きている間はこのように求婚に背を向けていることも出来ますよ。しかし私がこの世から姿を消した後が気掛かりです。ですから専心このように求婚のためにお越し下さる殿様方を受け入れて、あなた様も思いを定めて、きちんと求婚者一人一人にお会い申し上げなされ」ということになりましょう。するとそれまでいずれの求婚者にも関心を示さなかった「かぐや姫」が、「翁」のこの結婚の勧めに同意して、「よくもあらぬかたちを、深い心も知らで、あだ心つきなば、後に悔しき事もあるべきをと思ふばかりなり。世のかしこき人なりとも、深き心ざしを知らでは、あひがたしと思ふ」と「かぐや姫」が言ったというのであります。すなわち「かぐや姫」は「姿かたちのすぐれない魅力に乏しい私という女が、男の深い心の程を確かめないままにお会いして、後に私を疎んじるような心が出来したならば、後悔することがあるに違いないと思うので申し入れをお断りしているだけのことです。世の中のどんなに賢明な人でも、相手の深い心ざしの程を確かめない限りは、逢うことはしていないと私は思います」と言ったというのであります。「かぐや姫」がこのように結婚の勧めにまともに乗って来たのを喜んで、「翁」は「では一体どのような心ざしのお人に逢おうとなさるのか」と尋ねますと、「かぐや姫」は「いや大きな事を申し上げているのではありませんよ。人の心の深い浅いは同じようなもので大差はありません。私はそう考えておりますので、ただ私が見てみたいと考える物を見せて下さった人を、その人を心ざしのすぐれたお方として、私はお仕えすることに致しましょう」と答えたというのであります。そこで物語の中の有名な場面でありますが、我こそはと思う貴公子、五人の求婚者一人一人を呼び出して、「かぐや姫」はこの世にはあり得ない品物を持って来て見せてくれるようにという難題を出すことになります。さてこのように物語を読んで来て申さねばならないことは、「かぐや姫」が五人の求婚者一人ずつを相手にして、この世にはあり得ない品物を持って来てくれるようにお願いしたことが、「思ひ定めて一人一人にあひたてまつり給ひね」という言葉の意味であったということなのであります。すなわち「一人一人」とは求婚者五人の一人一人に当たってみた上で、その中から婿を一人選ぶことが、この言葉の意味であると理解されるであります。ところがこの「一人一人」に関する古語辞典の意味説明は曖昧を極めています。例えばその意味を「どちらかひとり」「だれかひとり」と説明した上で「右の大臣も、あまたものし給ふ御むすめたちを、ひとりひとりはと心ざし給ひながら、え言に出で給はず」（源氏、匂宮）という文例を挙げています。しかしこれも本当は「右大臣は、妻とするにふさわしい人物を選ぶためには、多く持っていらっしゃる娘さんたちの一人一人に当たってみた上で、その中の一人を選んでみては如何かと心ざしながらも、それを言葉にして申し出されることはお出来にならなかった」という意味に解すべきではないでしょうか。さらに「一人一人」の用例として辞典や注釈は、『大和物語』第百四十七段を挙げています。この物語は『萬葉集』巻九所載の「菟原処女（うなひをとめ）」伝説歌の流れを汲むものでありますが、これを『大和物語』の本文に従って申しますと、その昔、摂津の国、菟原（うばら）に住む一人の娘に、二人の男が求婚するという困ったことがありました。一人は娘と同じ「菟原」に住む男で、もう一人は「和泉国」

の男でありましたが、年月を重ねる中でも二人の心ざしの深さは変わらず、娘はどちらの男を選ぶことも出来ずに困り果てていました。親はその様子を察して「かく見苦しく年月を経て、人の嘆きをいたづらに負ふもいとほし。一人一人に会ひなば、いま一人が思ひは絶えなむ」と言うと、娘は「自分もそう考えるけれども、二人の心ざしの程が同じようなので決めかねている。どうすればよいでしょうか」と答えるので、親は「生田川」に面して建てた「平張」の天幕に住んでいる娘の場所に二人の男を招き、この川に浮かんでいる水鳥を射て、これを射当てた方に娘を奉ろうと申し出ると、二人の男も賛成して矢を射ますけれど、一人の矢は水鳥の頭に、もう一人の矢は水鳥の尾に命中したので、どちらの男を夫にするかには決着が成らず、娘はとうとう心疲れて川に落ち込んでしまいました。すると男二人のうち一人は娘の足を、もう一人は娘の手を捕らえて死んでしまい、死んだ娘の塚の両側には二人の男の塚も作られて今に至るまでそれが残っているというお話であります、さらにこの説話には後日談が付いていますが、それは長くなり過ぎますので省略しましょう。このお話にも「かく見苦しく年月を経て、人の嘆きをいたづらに負ふもいとほし。一人一人に会ひなば、いま一人が思ひは絶えなむ」という語りがあり、それには「一人一人」という言葉が見出されます。そしてその意味を考えてみると、それは「見苦しいことには何年もの間、結婚を決め兼ねて相手を嘆かせているのは困ったことだ。それなら求婚者の一人一人と逢ってみたら、一人の女が二人の男を夫にすることは出来ない事だから、二人の男のどちらか一人の思いは自ずと絶えるであろう」という意味であろうと考えられます。すなわち「一人一人」とは、従来言われているような「何人かの中の一人を選んで会う」という意味ではなく、「五人いるならその五人の一人一人に」また「二人いるならその二人の一人一人に」会ってみるという意味に解せられます。だからこそ「かぐや姫」は五人の一人一人に難題を吹っ掛けることが出来たのであり、「菟原処女」は二人の青年に水鳥を射させることが出来たのではないでしょうか。

さてそのような定義を踏まえた上で、いま問題の「思ふどちひとりひとりが恋死なば誰によそへて藤衣着む」という和歌の解釈に入ることになります。そしてこの和歌には「橘清樹が忍びに逢ひ知れりける女のもとよりおこせたりける」という詞書が付けられています。ですからこの和歌に関して知られることはこればかりでありますが、このことから察すれば、「橘清樹が忍びに逢ひ知れりける女」には「橘清樹」が訪れる以前から、すでに通わせていた他の男があったらしく察せられます。ですから「橘清樹」は「忍び」でこの女に逢わねばならなかったのであります。当時の社会通念では男性は「妻」の外に複数の配偶者を「妾」として持つことは許容されていましたが、女性が一人の「男夫」の外に、更に男を迎えることは許容されていません。ですからこの種の男女関係は世間に知られれば都合の悪い事になります。そこで相手の女は「橘清樹」の許へ、次のような文を寄越してきたのであります。「私という女に想いを寄せる男が二人いることになりました。初めの男に次いであなたは二番目の男です。ところが私という女と想いを交わした男二人が、それぞれ私ゆえの「恋争い」をし、その果てに死んでしまったとすれば、私はいずれの男のために「藤衣」——これは今日でいう喪服であります——を着ることになるのでありましょうか」「一人の女が二人の男夫を持ち、そしてその二人が死亡したために二つの喪服を着るわけにはまいりませんので」というのが、女から「橘清樹」の許へ届いた文であったように察せられます。そこで「橘清樹」もこれにはしたたかに答えました。「泣き恋ふる涙に袖のそほちなば脱ぎ替へがてら夜こそは着め」と答えたのでありました。この和歌の言葉の意味はといえば、「昼の間は以前の元からの男夫を失った悲しみのための涙でその喪服の袖は濡らし、夜になればまた別の喪服に脱ぎ替え、その時の脱ぎ替えた喪服はもう一人の男、すなわち「橘清樹」私という男の死のための喪服とするが宜(よろ)しい」というものです。「脱ぎ替へがてら夜こそは着め」という言葉の意味は「夜の脱ぎ替えた喪服こそは、私の死を悼む喪服とするがよろしい」というもので、「こそ～め」は相手に何らかの行為を勧める言葉であります。

これは一人の女が二人の男から想いを寄せられたことに当惑する和歌であると解せられます。『萬葉集』巻九の「菟原処女(うなひをとめ)」伝説を継承した『大和物語』（第百四十七段）の説話は、当時の平安朝社会では広く知れ渡っていたらしく——当時この説話が絵巻物になっていたことが『大和物語』の同段において語られています――思い上がったことには、自分自身を二人の男から激しい想いを寄せられ、その二人の男を自殺に追い遣った「莵原処女」に擬していたことが考えられます。多くの注釈書は「橘清樹」が女のために喪服を着ると解しているようでありますが、それは当時の慣習ではあり得ないことでありました。『令集解』「葬喪令」には「凡そ服紀は君、父母、及び夫、本主の為に、一年。祖父母、養父母に、五月。曽祖父母、外祖父母、伯叔、妻、兄弟、姉妹、夫の父母、嫡子に、三月。……（省略）……兄弟の子に、七日」と規程されていて、「男夫」の服紀に関しては「古記に云ふ、妻妾は夫の為に服一年、夫は妾の為には報服无(な)し」と記載されています。すなわち「男夫」は「妻」の為には一年の喪に服すけれども、「妾」の為の喪は無し、しかし「妻妾」は「夫」の為には一年の服が規程されているのであります。ですから「橘清樹」が「忍びに逢ひ知れるける女」とは「妾」の部類に属する女性であったでありましょうから、この女性の為に「橘清樹」が喪に服することは、その時代の規程からしてはあり得ないことであったに違いありません。しかし「橘清樹」のために、この女性には一年の服紀規程があったようであります。しかし申しましたように女性が二人の「男夫」を持つことは許されていませんでしたから、二人の「男夫」のために二つの喪服を着ることなどは空想に類する滑稽事であります。でも実際にこれを実行するのであったならば、もう一人の男の為の服紀は人目に付かない夜分が適しているというのが、この和歌の心でありましょう。以上が「思ふどちひとりひとりが恋死なば誰によそへて藤衣着む」「泣き恋ふる涙に袖のそほちなば脱ぎ替へがてら夜こそは着め」という贈答歌二首に関する私の解釈であります。ところがこの和歌に出ている「ひとりひとり」という、この簡単な言葉の意味が、『古今和歌集』のすべての注釈書において、「ひとりひとり」とは幾人かいる中の一人をいう言葉であると解しているものですから、この男女贈答二首の和歌の意味するところが解らないものになっていたことは大きな損失であったというより外はありません。

第五節　つつめども袖にたまらぬ白玉は人を見ぬ目の涙なりけり
おろかなる涙ぞ袖に玉はなす我はせきあへずたきつ瀬なれば

この二首の贈答には「下つ出雲寺に人のわざしける日、真静法師の導師にて言へりけることを歌によみて、小野小町がもとにつかはしける」という詞書が付せられていますように、「人のわざ」すなわち人が死んで「七七（しちしち）か日」の「満中陰」の法事が行われた日のことであろうと私には解せられます。諸注は「追善」の法要だと受け取っているようでありますが、「追善」の法要ならば「三回忌」「七回忌」「十三回忌」などなどがありますが、この場合は故人の死から、それ程遠くは離れていない時に催された「法要」であろうと察せられます。これは「後のわざ」などとも称せられた法事であります。なぜならば上記の小野小町の和歌では「我はせきあへずたぎつ瀬なれば」すなわち「自分のとどめることの出来ない涙は滝の瀬のようだ」と申しているからであります。それは人を喪ってまだ多くの月日が経過しない時の人の心の状態を表す言葉であると察せられます。「一周忌」「三回忌」などでは、もう使われるべき言葉ではないと考えられます。幾つかの注釈書では、「導師」の法話に対する感激の涙だとする考えがあるようでありますが、それならば、「有難さのあまりに静かに涙を拭（ぬぐ）う」というべきであって、涙が滝のように迸（ほとばし）るという言い方は適当していません。さらにこの上に、この涙が男女の間柄で流す涙として、自分のその涙は滝のようで、あなたの袖の上の露のような少ない涙ではないと解釈している注釈書も見られますが、これはとんでもない誤解でありましょう。この二首の贈答では、人を喪ってまだ深い悲しみを表すべき時期であるにもかかわらず、「導師」の法話に託（かこつ）けて、贈り手の「安倍清行」が小野小町に言い寄ったのでありますから、これに対しては、何時ものような温和な小町とは違って「おろかなる涙ぞ袖に玉はなす」と、相手の色恋で流す涙を愚の骨頂として叱り飛ばしたのは、至極当然の対応であったことは申すまでもないことではありますまいか。

以上は『古今和歌集』「恋歌」の部立てから幾つかの和歌を抜き出して、それに私自身の読解を加えたものでありますが、それらを通して思うことは、恋歌のほぼすべてにおいて言えることではないかと考えますが、恋歌とは非行、愚行の惑乱そのもののような観を呈していて、それらは遊女、歌姫たちが「歌語り」にして、それを聴く者を楽しませていたものであったのではないかと私は考えます。そしてそれら恋歌の中には名のある歌人の作も見られますが、それらは遊女、歌姫たちの謡いぶり、口ぶりを真似て作ったもので、それが「あはれ」をその趣味とする芸謡となり、歌語りとなったのであろうという道筋を私は考えます。

本居宣長『石上私淑言』が述べるところの言説は、すでに第四章第五節でも取上げましたように、これは『古今和歌集』の「序説」あるいは「入門」とでも称せられるような位置に立つ論文であると私は高く評価する者でありますが、そこでは『古今和歌集』恋歌の上記のような事情に関しては次のような説明を加えています。「問云、恋は、から書にも禮記には人の大欲といひ、すべて夫婦の情とて深き事にすめれど、それはおのれおのれが妻をこひ夫を思ふことなればさも有りぬべきことなり。然るに歌の恋は定まりたる定まりたる夫婦のなからひのみにはあらず。あるは深き窓の内にかしづきて親もゆるさぬ女を懸想し、あるは親しき閨の内に居て人のかたらふ妻に思ひをかけなど、すべて猥りがはしくよからぬ事のみなるに、それをしもいみじき事にいひ思ふはいかに。答云、前にも言へるやうに、色にそむ心は、人毎にまぬがれがたきものにて、此のすじに乱れそめては、賢きも愚なるも、おのづから道理にそむけることも多くまじりて、終には国を失ひ身をいたづらになしなどして、後の名をさへ朽たし果つるためし、昔も今も数しらず。さるは、誰も誰も悪しき事とはいとよく弁へしることなれば、道ならぬ懸想などは、殊に心から深く戒めつつしむべき事なれども、人みな聖人ならねば、この思ひのみにもあらず、すべて常になすわざも思ふ心もよき事ばかりはありがたきものにて、とにかくにあしき事のみ多かる中にも、恋といふものはあながちに深く思ひ反へしても、猶しづめ難く、みづからの心にしたがはぬわざにしあれば、よからぬ事とはしりながらも、猶忍びあへぬ類ひ世に多し。まして人しれぬ心の内には、誰かは思ひかけざらむ。たとひうはべは賢しらがりて、人をさへいみじく禁(いさ)むるともがらも、心の底をさぐりてみれば、この思ひはなきことかなはず、殊に人の許さぬ事を思ひがけたるありなどよ、あるまじきこととみづからおさへ忍ぶにつけては、いよいよ心の内はいぶせくむすぼほれて、わりなかるべきわざなれば、殊にあはれふかき歌もさる時にこそはいでくべけれ。されば恋の歌には道ならぬみだりがはしき事の常に多かるぞ、もとよりさるべきことわりなりける。とまれかくまれ歌は物をあはれと思ふにしたがひて、よきこともあしき事もただその心のままによみいづるわざにて、これは道ならぬ事、それはあるまじき事と心に擇（え）りととのふるは本意にあらず。すべてよからぬことはいさめとどむるは、国を治め人を教ふる道のつとめならば、よこさまなる恋などはもとより深くいましむべきことなり。さはあれども、歌は其の教への方には更にあづからず。もののあはれをむねとしてすじ異なる道なれば、いかにもあれ其の事のよきあしきをば打ちすてて、とかくいふべきにあらず」　（以上）

第九章　月やあらぬ春や昔の春ならぬ
わが身ひとつはもとの身にして

五条の后宮（きさいのみや）の西の対に住みける人に、本意（ほい）にはあらでもの言ひわたりけるを、正月（むつき）の十日あまりになむ、ほかへかくれにける。あり所は聞きけれど、えものも言はで、又の年の春、梅の花さかりに、月のおもしろかりける夜、去年（こぞ）を恋ひてかの西の対に行きて、月のかたぶくまであばらなる板敷にふせりてよめる

在原業平朝臣

月やあらぬ春や昔の春ならぬわが身ひとつはもとの身にして（巻 15・747）

第一節　この和歌の解釈に関する問題点

この和歌は『古今和歌集』の中でも、とりわけて抒情性豊かな名歌とされているようであります。しかしながらこの和歌の言葉の解釈に関しては説が二つに分かれ、今日に到っても決着がついていない有り様です。そして決着が今日に到るまで、なお付いていないという点でも、また有名になっている和歌であります。そこでこの未解決の問題を取り上げて、それに決着をつけてみたいと試み、そして決着をつけることが出来たのではないかと私が自信しているのがこの章であります。よってこの章には大方の厳格なご批判を賜ることが出来れば幸いに存じます。

さてこの和歌において、解釈がどのように相違して決着がつかないのかと申しますと、それはこの和歌の上句「月やあらぬ春や昔の春ならぬ」を反語文として読むべきであるのか、あるいは疑問文として読むべきであるのか、そのいずれに解すべきかで、解釈が割れている点であります。すなわちこの上句を「もはや月も春ももう昔のような月や春ではないと言うのか、いや少しも変わらず昔のままであるよ」と反語の意に解し、そしてそれを承けて下句を「ただ自分

の身一つだけがすっかり元の身に戻ってしまっているよ」という意味に解すべきか、あるいは上句を「月も春ももうすっかり変わってしまったのではないだろうか」と疑問の意に解し、そしてそれを承けて下句を「ただ自分の身一つばかりが変わらず元のままであるよ」という意味に解すべきかであります。ところで和歌は三十一文字から成る大変に言語量の乏しい表現体でありますから、読みようによって幾通りにも解せられて解釈が定まらないということは幾らでもあり得ることであります。だからその弱点を乗り越えるためには和歌に詞書というものが添えられたり、あるいはこの和歌はこういう場において作られたものだよという説明がなされる「歌語り」というものが発達して来ました。そして幸いなことにいま当該のこの和歌に関しては『古今和歌集』では長文の詞書が付され、またこの和歌は『伊勢物語』第四段にも掲出されていますが、そこでも長文の「歌語り」が付されています。ですからその詞書やあるいは「歌語り」の本文をよく読んで、この和歌の成立事情をよく了解した上で、この和歌の言葉の意味を汲めば、難なくその和歌の言葉の意味は正しく理解出来るはずなのであります。そこで私は『古今和歌集』の詞書本文をしっかりと読み込みました。そしてそれに続いては『伊勢物語』の「歌語り」本文もしっかりと読み込みました。すると古今、伊勢双方の本文は同一の事情を語っているものと予想致しておりましたのに、この両者の本文において少しばかりの相違のあることに気付かされました、そしてしっかりと読み込んで行きますと、その本文の相違は小さいけれども、しかしその相違は、この和歌の成立事情の説明において、決定的に大きな相違を作り出しているということに気付かされました。古今集の詞書に従ってこの和歌の成立事情を理解し、その理解の上に立ってこの和歌の意味を考えるのと、伊勢物語の「歌語り」に従ってこの和歌の成立事情を理解し、その理解の上に立ってこの和歌の意味を考えるのとでは、その間の相違は大変に違って来ることに私は気付いたのでありました。そして古今集の詞書に従ってこの和歌の言葉の解釈を致しますと、「月やあらぬ春や昔の春ならぬ」という上句は、この章の始めに掲げましたところの「もはや月も春ももう昔のような月や春ではないと言うのか、いや少しも変わらず昔のままであるよ」

と反語の意に解されることとなり、もしこの和歌の成立事情を伊勢物語の「歌語り」に従った上でこの和歌の言葉の意味を汲み出しますと、それはこれも初めに掲げましたところの「月も春ももうすっかり変わってしまったのではないだろうか」と疑問の意に解されることになることに、私は気付かされたのでありました。ですからこの事実に従って申しますならば、この「月やあらぬ春や昔の春ならぬ」という歌句が反語文であるか、疑問文であるかは、古今集か伊勢物語かいずれの本文に依拠して解釈したかによって定まることであると言わなければならないという結論に私は達したのでありました。

第二節　『古今和歌集』本文と『伊勢物語』本文との相違点

以上はまずこの章の結論を申し上げたことになりますが、これに続いては、この結論に到るための論証に入らなければなりません。従来のこの和歌に関する注釈書類を見て行きますと、その和歌の解釈が『古今和歌集』の詞書本文に従ってなされたものであるか、あるいは『伊勢物語』本文に従ってなされたものであるか、その前提については一切述べられていないことに気付かされます。それはおそらく古今の詞書も、伊勢の「歌語り」も、その言葉には小異があっても、その語っている内容はまったく一致しているという前提に立っているからだろうと察せられます。でも言葉の違いは小さくとも、語りの内容はずいぶん違っているのでありますから、この当該の和歌の意味の汲み取りも違って来ているのであります。ですからこの節では古今の詞書本文と、伊勢の「歌語り」本文とを並べ合わせて、その内容がどのように相違しているか、そのところを先ず指摘しなければなりません。古今の本文はこの章の最初に掲げてありますので、伊勢の本文だけをここに掲げますと次の通りです。（掲げた本文は天福二年本、三条西実隆書写を底本として作成されたところの、片桐洋一『伊勢物語全読解』の本文に従います）

昔（むかし）、東（ひんがし）の五条に大后（おほきさい）の宮おはしましける、西の対にすむ人有りけり。それを本意（ほい）にはあらで、心ざしふかゝりける人**ゆきとぶらひけるを**、正月の十日ばかりのほどに、ほかにかくれにけり。ありどころは聞けど、人の行き通ふべき所にもあらざりければ、猶、憂(う)しと思ひつゝなんありける。

又の年の正月に、梅の花ざかりに、去年(こぞ)を恋ひて行きて、**立ちて見、ゐて見、見れど、去年(こぞ)に似るべくもあらず**。うち泣きて、あばらなる板敷に、月のかたぶくまでふせりて、去年(こぞ)を思ひいでてよめる。

月やあらぬ春や昔の春ならぬわが身ひとつはもとの身にして

とよみて、夜のほのぼのとあくるに、**泣く泣くかへりにけり**。

さて古今と伊勢とでは、その本文において、どのような相違があるかを指摘致しますと、それは太字にした部分がそれでありますが、今はその中でも「ゆきとぶらひけるを」という伊勢の本文に対して、古今ではその処が「もの言ひわたりたりけるを」という本文になっていることについてまず論じてみようと思います。それは一見大したことのない相違であるように考える人があるかも知れませんが、当時の婚姻風習から見れば大きな相違であることに気付かねばなりません。古今では「五条の后宮の西の対に住みける人に」在原業平が「もの言ひわたる」――すなわち執拗に交際を申し入れていたことがあったというのであります。ここで私が「執拗に」と申しました理由は、詞書が「もの言ひわたりける」と語っているからであります。男性が女性に「もの言ふ」とは男性が女性に交際を求め、交際が進めばその先には結婚もしようという申し入れであったのでありますが、それを詞書では「言ひわたる」と語っていますから、この男性の交際申し入れは容易には進まず、長い期間に渡って何度も繰り返されていたことが判明します。というわけは相手は手堅い人で、一度や二度の申し入れでは申し入れに応じてくれなかったからであろうとしなければなりません。ところが伊勢の本文では、このところが「ゆきとぶらひけるを」というものでありますから、すでにこの歌の主人公在原業平は、「五条の后宮の西の対に住みける人」とはもう相逢って好い仲になっていたというのであります。このように古今と伊勢とでは語りが大へんに相違しているのであります。当時の結婚手続きとしては、身分の高い未婚の娘に、その家父長の同意を取り付けないままで交際や結婚するということは、まずあり得ないことであり、また絶対にあってはならないことでありました。そのことを指して詞書は「本意(ほい)にはあらで」と言っているのであります。「本意」とは広く一般的には「本来の意図するところのもの」という意味でありますが、また「本来のあるべき原則」という意味にも使われ、ここでも「本来あるべき婚姻手続き上の規範」という程の意味で使われていると解するのが、もっとも理に適っているようであります。ですから「本意にはあらで」と言えば「婚姻本来のあるべき規範に反して」という意味に解せられます。なぜならば『養老令』の「戸令」の条文には、すでに第八章第二節で申し上げましたように「凡そ女に嫁せむことは、皆先づ祖父母、父母、伯淑父姑、兄弟、外祖父母に由れよ。次に舅従母、従父兄弟に及ぼせ。若し舅従母、従父兄弟、同居共財せず、及び此の親無くは、並に女の欲せむ所に任せて、婚主と為よ」とあり、また「凡そ先づ姧して、後に娶きて妻妾と為らば、赦に会ふと雖も、猶し離て」とあります。すなわちこの二つの条文から知られることは、結婚するには、まず祖父母父母を始めとするずいぶん広い範囲の親族の同意を得ること、そしてその手続きを経ずに妻妾と為し、それが発覚して離婚せしめられたならば、たとえ大赦があった場合でも、それは赦されない犯罪として永久にその結婚は許されることはないという程の重罪とされていたということであります。そしてこの条文を釈した『令集解』には「仮令媒人直に女の許に詣づとも、先ず祖父母父母に申せ」と記されています。ですからこれは使いの者が男からの和歌などを女に届けたとしても、女はまずそのことを祖父母父母に申さねばならないという規程のように解せられます。それは日本の倭国時代からの固有の慣習であったのではないかとも推測されますが、それについては論証を要する問題であり、今は少なくとも大唐の令制を取り入れた以後の日本の結婚制度として、このように規定されていたことは動かない事実であります。ですからこの和歌の主人公とされる「在原業平」が「西の対屋」で暮らす女の許に、直接に和歌などを記した文の使いを出したのでありましょう。しかしそれは確かな身寄りのない女などに対しては通用することであったかも知れませんが、皇后の庇護や後見を受け、しかもそれが暮らす屋敷の「対屋」に住む程の女性に対してすることではなかったらしく、そのところが「婚姻手続き上の規範」から言えば、行儀作法の上では芳しくありませんので、詞書は「本意にはあらで」と書いているのだと解せられます。『源氏物語』などを読みますと、「光源氏」は「夕顔」「紫の上」「末摘花」などとは、ほとんど「令」が規程しているような「主婚」を立てることなく結婚はしておりますけれども、それはこれら女性はいずれも祖父母父母などの保護者を失った者たちでありましたから、それら女性に文の使いを出すことは左程問題になることはなかったばかりか、それは有力な「光源氏」の庇護を受ける身となるかも知れない慶事として、これについては異議を唱える親族はまずいなかったはずであります。でもこの詞書の場合のように非常に有力な人物の保護監督下にあるらしい女性に、業平は使いの者に和歌などの言葉を託して、交際を求め続けていたようでありますから、「本意にはあらで」という言葉は、その点を指摘しているのだと私は考えて置きたいのであります。ところが多くの注釈書を見ても、「本意にはあらで」という言葉の意味をそのように解することはせず、例えば「自分の本来望んでいる状態ではない」などと意味のよく判明しない解釈を出しています。その中で唯一北村季吟『伊勢物語拾穂抄』がこの言葉に関して「親はらからゆるして通ふこそ本意なれ。それにはあらでの心也」と釈しているのが私には正解であるように考えられます。でもそれは『伊勢物語』の本文解釈において付せられた注解であります。先に申しましたように『伊勢物語』本文では「ゆきとぶらひけるを」という言葉になっていて、その場合では祖父母父母の許諾なしに男女が好い仲になることは、それはもう「令」制違反であることは顕然の事実でありますから、「本意にあらで」という一句が文中に出ていても何ら理解に苦しむことではありませんが、『古今和歌集』本文の「もの言ひわたりけるを」という程度の行為ならば、たとえ相手が高貴な家の娘であっても平安朝の時代ではあり得た風俗でありますから、これをも「令」制違反として、これを「本意にはあらで」としたことにはいささか適切でない感を覚えます。ですからこの「本意にはあらで」という一句は、「ゆきとぶらひけるを」と語る伊勢の本文では意味ある言葉でありますが、「もの言ひわたりたりけるを」という古今の本文では、むしろ無くもがなの一句であります。そこで考えられることは、元来この一句は『伊勢物語』の「歌語り」で使われてこそ意義ある言葉でありますけれども、その『伊勢物語』の「歌語り」を『古今和歌集』の編者が『古今和歌集』に採用して編入しようとしたとき、この「本意にはあらで」という一句は削除すればよかったのに、削除しないままに残してしまったという経緯が考えられます。すると「もの言ひわたりたりけるを」程度の行為では婚姻手続き上の一般原則としては違反とは言えませんので、「本意にはあらで」という言葉を「穂にはあらで」すなわち「人目につかない忍びの状態で」という意味の本文に改めて、この不合理を避けようとした『古今和歌集』の諸本がかなり多数に及んでいます。近代では新潮日本古典集成 奥村恒哉『古今和歌集』がそれであります。でも「穂に出づ」という言葉は存在していますが、「穂にはあらで」という歌ことばは見当たりませんので、この本文には無理があるようであります。

しかし本書が採用している定家本は、改変することなく「本意にはあらで」という言葉を本文としていますので、この場合では、先にも述べましたように「自分の本来望んでいる状態ではない」などと意味のよく判明しない訳注を付する苦しい処置を採っている注釈書が多いようであります。しかしそれは注釈者の責任が問われる事案ではなく、『古今和歌集』編纂者が、『伊勢物語』のこの「歌語り」本文を改変して『古今和歌集』に取り入れようとした時点において、この「本意にはあらで」という一句を削るべきであったにもかかわらず、それをしなかったところにこそ、その責任が問われなければならないと、私には考えられます。

議論が少し枝葉に分かれてしまったようでありますが、ここで本論に戻り、さらにこの和歌に付せられた「歌語り」において、古今と伊勢との間にあるところの、もう一つの相違点を指摘しなければなりません。それはこの対に住む女性の保護者（皇后宮）が、自分の庇護している「西の対屋」の女性に、物言い渡る男（古今の場合）あるいは忍びに通う男（伊勢の場合）が出来たということに気づいて、親権者がその女性を「西の対屋」から他処に移して、その所在を隠してしまったという場面についてであります。それは旧暦正月の十日あまり、今日の暦では二月中旬ごろのことでありますが、そのころを最後にして、この和歌の主人公は、その情熱の対象であった「西の対屋」の女性との関わりを失ってしまったのであります。そしてその女性の隠された場所は耳にすることは出来ましたが、その場所は警戒が厳重であったらしく、もう以前のようにものを言い入れたり、忍び入ったりする隙(すき)がないままに一年が経過して、今年もまた梅の花は咲いたものの、それは見失ってしまった「西の対屋」の女性を徒(いたずら)に思い出させるだけのものとなり、昨年とそっくりそのままの空の月のすばらしい夜が巡って来ると、在原業平すなわちこの和歌の作者は、今はもう「西の対屋」の女性の住んでいない無人のあばら家に忍び入って――古今の語りでは、男はそれまでは文の使いを出していたばかりでありますから、このときに初めて「西の対屋」を訪れたことになります――月の傾くまで板敷に臥せって詠んだ和歌がこれだというのであります。けれどもこの場面についての古今と伊勢との「歌語り」の間には、一つの大きな相違が見出されます。伊勢の場合ではその「西の対屋」を照らしている月光、それに春になったことを告げるところの梅の花、それらはかって訪れた場所でその女性と一緒に眺めたものでありますが、もうその女性を見失ってしまった現在では、もう昔同様に輝いては見えず、もうすっかり変わってしまったように疑われるのに、その中でも変わらないのは我が身一つのその女性への情熱ばかりであるというのが、「月やあらぬ春や昔の春ならぬわが身ひとつはもとの身にして」という和歌の意味ということになります。ところが古今の「歌語り」では、先に申しましたように、この和歌の作者がこの「西の対屋」に来るのは今日が初めてでありますから、そこを照らしている月光も、春の到来を告げている梅の花盛りもまた初めて眺めるところの光景であったのであります。そこでこの和歌の作者であるところの在原業平は思ったのでありました。「ただ今目の前に眺められるところの月の光や春の到来を告げる梅の花盛りは、まだ希望に胸を膨らませた状態で眺めた去年の京に市街で眺めたそれらと少しも変わることはない。何事も変わっていないその中で、我が身一つばかりが侘びしい独り身の自分に戻ってしまったことだ」というのが、この「月やあらぬ春や昔の春ならぬわが身ひとつはもとの身にして」という和歌の意味ということになります。つまりこの和歌の場合の「もとの身」とは、恋人など持たなかった独り者の身に戻ってしまったことを謡っているのであり、『伊勢物語』が語るところの「もとの身」とは、すべてが変わってしまった中で、我が身一つばかりが昨年と変わらず熱い情熱の身でいることをいうのであります。その違いはこの和歌の解釈に起因することではなく、その和歌の状況説明、すなわち詞書や「歌語り」が古今と伊勢との間で相違していることに起因する現象であるということであります。すなわち『古今和歌集』の場合の「もとの身」は『伊勢物語』が語るところの「もとの身」とは異なり、『古今和歌集』の場合では恋人の持たない元の木阿弥に戻った状態を指しているらしく、そして「もとの身」の意味がそのように相違することに応じて「月やあらぬ春や昔の春ならぬ」というこの和歌の上句の意味把握も違ってくるのであります。でも従来の注釈書でそのような解に及んでいるのを見たことはありません。ただ竹岡正夫『古今和歌集全評釈古注七種集成』が、藤村作『古今和歌集』（昭和三年至文堂）という注解書の名を挙げ――この書物を私は残念ながら見ていませんが――「ある説に『もとのみ』とは還元されたといふやうな意味で俗にいふスカンピンといふやうなものではないか」とあることを紹介していますが、これが唯一の正解を言い当てたものであろうと私には考えられます。　（以上）

第十章　ほのぼのとあかしの浦の朝霧に嶋がくれ行く舟をしぞ思ふ

題しらず　　　　　　　　　　　　　　　　　よみ人しらず

ほのぼのとあかしの浦の朝霧に嶋がくれ行く舟をしぞ思ふ（巻9・409）

この歌はある人のいはく、柿本人麿が歌なり

第一節　この和歌の仏教的性格

この和歌に関しては、『古今和歌集』から数えて三番めの勅撰和歌集『拾遺和歌集』という時代に活動した「藤原公任（きむたふ）」などは、彼自身の筆に成る『和歌九品』で、「上品上」という最高位に就け、「是は詞妙（たへ）にして余りの心さへあるなり」と評している名歌でありました。さらに『古今和歌集』から数えれば七番めの勅撰和歌集『千載和歌集』を編纂した「藤原俊成」の著述『古来風体抄』でも、「この歌、上古中古末代まで相叶える歌なり」とやはり大変に高い評価が与えられている和歌であります。つまり『古今和歌集』の時代よりも、時代が下る程に、評価の高まって行った和歌だと言えるでありましょう。というのは『古今和歌集』時代の作風といえば、「詞」においては掛詞や縁語に工夫を凝らしたり、「心」においては大へんに面白い想像力を発揮するなどしたものが多かったのでありますが、時代が下る程に「詞」としては風景を素直に捉えた和歌、「心」としては楽しく賑（にぎ）わしいものであるよりは、深い味わいのあるものが尊重される傾向が強まっていたようであります。いま取り上げている「ほのぼのと」という和歌も、これが平安時代後半期になって、大変にすぐれていると評されるようになったのは、「ほのぼのと」明るんで来た夜明けの「明石」の海には「朝霧」がどこまでも広く濃く一面に立ち籠めていて、その中を一艘の舟が対岸の淡路島に向かって姿を消して行く眺望を、この和歌はほとんどそのままに——「ほのぼのとあかしの浦」が掛詞になっているところが唯一技巧的ですが——素

直に謡っているところでありましょう。明石海峡では満潮と干潮の交替時には、大量の海水が狭いこの海峡——その幅４キロメートル——を通り過ぎますので、海水の流れが——急行電車の速さだと言われています——非常に早く激しく、また複雑に渦巻いたりしている危険な個所もあり、なおかつ南方洋上から吹き込んで来る湿暖な空気が、それよりも温度の低い瀬戸内のこの海面に流れ込んで来ては、その処で冷却され、濃い朝霧を立ち上がらせる日々が多く、そのときには海上を進む舟がその方向を見失って遭難してしまうことがあったりするのが明石海峡でありました。ですからそのような海上を明石から出て対岸の淡路島の浜辺まで渡って行く舟の様子を眺めて、その舟に乗っている者が誰であろうとも、ただそのような舟に身を委ねて旅する者たちの心細さを思っているのがこの和歌の心でありましょう。この和歌の作者のこのような思い遣りの心、またそのような危なっかしい舟に身を委ねてでも旅しなければならない人間境遇への憐れみの心、それらは歌の詞では述べられていませんが、わずかに「嶋隠れ行く舟をしぞ思ふ」という第五句で暗示されていて、それが自ずとこの和歌を読む私どもの心を打つのであります。それがこの和歌について「藤原公任」が評した「余りの心」というものでありましょう。

この和歌の「嶋隠れ行く舟」という歌句の意味に関しては、「嶋の向こう側へ姿を消して行く舟」という意味に解して、旧い注釈書では、明石から対岸の淡路島を眺めては大きな淡路島があるばかりで、舟がその向こう側へ姿を消して行くとされるような島は明石の沖には存在していないと言う者がいることが述べられていますが、それは誤りで、この和歌の「嶋隠れ行く舟」とは嶋の向こうへと舟が姿を消すのではなく、淡路島そのものに向かって姿を消して行く舟という意味に解さなければなりません。そのように解し得る証左としては『萬葉集』の「わたつみの沖つ白波立ち来らし海人娘子ども島隠る見ゆ」（15・3597）という歌が挙げられます。すなわちこの歌は「沖では海に白波が立ち始めたらしく、危険を避けて海女の娘たちが島の方に向けて姿を消して行くのが見える」という意味でありますから、この「朝霧に嶋隠れ行く舟」という言葉も、島に向かって姿を消して行くという意味に解せられることになるでありましょう。

竹岡正夫『古今和歌集全評釈』では、和歌の終末句を「～をしぞ思ふ」という歌句で結んだ語法を『萬葉集』からすべて取り出され、また片桐洋一『古今和歌集全評釈』では、この語法は『古今和歌集』ではいま当面の「ほのぼのと明石の浦の朝霧に嶋隠れ行く舟をしぞ思ふ」とその次に出ている「旅衣着つつ馴れにし妻しあればはるばる来ぬる旅をしぞ思ふ」（巻9・410）と、その他では『後撰和歌集』の「おほかたも秋はわびしき時なれど露けかるらむ袖をしぞ思ふ」（巻6・278）が見出される程度であると記されています。でありますからこの語法は、『萬葉集』に特徴的な語法であると言えそうでありますが、ただしそのような万葉調とは決定的に異なる一点を、いま論題の「ほのぼのと明石の浦の」という和歌は備えていると私には考えられるのであります。しかしそれを言う前に、まず『萬葉集』中の「～をしぞ思ふ」の全例を掲げてみますと次の通りです。

梅の花折りかざしつつ諸人の遊ぶを見れば都しそ思ふ（巻5・843）
あしひきの山辺に居(を)りて秋風の日にけに吹けば妹をしそ思ふ（巻8・1632）
秋されば雁飛び越ゆる龍田山立ちてもゐても君をしそ思ふ（巻10・2294）
よしゑやし恋ひじとすれど秋風の寒く吹く夜は君をしそ思ふ（巻10・2301）
春柳葛城山に立つ雲の立ちても居(ゐ)ても妹をしそ思ふ（巻11・2453）
春日山雲居隠りて遠けども家は思はず君をしそ思ふ（巻11・2454）
窓越に月おし照りてあしひきのあらし吹く夜は君をしそ思ふ（巻11・2679）
終(を)へむ命ここは思はずただしくも妹に逢はざることをしそ思ふ（巻12・2920）
遠つ人猟路(かりぢ)の池に住む鳥の立ちても居(ゐ)ても君をしそ思ふ（巻12・3089）
春日なる三笠の山に居る雲を出で見るごとに君をしそ思ふ（巻12・3209）
豊国の企救(きく)の長浜行き暮らし日の暮れ行(ゆ)けば妹(いも)をしそ思ふ（巻12・3219）
淡路島門(と)渡る舟の梶間(かぢま)にも我は忘れず家をしそ思ふ（巻17・3894）
たまはやす武庫の渡りに天伝(あまづた)ふ日の暮れ行(ゆ)けば家をしそ思ふ（巻17・3895）

『萬葉集』には以上の「～をしぞ思ふ」という語法の外に、「伊香山野辺に咲きたる萩見れば君が家なる尾花し思ほゆ」（巻8・1533）など「～し思ほゆ」などいう類似の語法も多数見出され、今これらをもを取り上げますならば、用例はもっと増えることになりますが、煩雑になりますのでこれは省略いたします。

そこでこれら『萬葉集』十三首の「〜をしぞ思ふ」に限定して考察することにいたしますが、これらと『古今和歌集』の「ほのぼのとあかしの浦の朝霧に嶋がくれ行く舟をしぞ思ふ」というこの和歌の終末句「舟をしぞ思ふ」とを比較いたしますと、語法としては同型でありますけれども、『萬葉集』十三首の場合では「妹をしそ」が二例、「妹に逢はざることをしそ」が一例、「君をしそ」が七例、「家をしそ」が二例、「都しそ」一例であります。そこでいま『萬葉集』の場合の、まことに深く思って止まない対象とは「妹」「君」「家」「都」というものであることが知られますが、「妹」「君」「家」といえば、それらはすべて狭い一定範囲の縁者か知友を意味しており、「都」といえばこれまたある一定範囲の地縁であるとされる言葉であります。要するに『萬葉集』においては、深く思って止まない対象とするものは、これまで親しんで来た一定範囲の縁者、知友、地縁に終始していて、その狭い範囲を越え出るものではないと言えそうであります。然るにそれに対して、この『古今和歌集』の和歌「ほのぼのと明石の浦の朝霧に嶋隠れ行く舟をしぞ思ふ」の場合では、「舟をしぞ思ふ」と述べ、それは言葉としては舟がこの海峡を渡ることに関しての気遣いを言っている言葉でありますけれども、歌の心としてはその舟に乗っている人間への気遣いであると解して誤ることはないと思われます。しかし人を思い遣ると申しましても、『萬葉集』の場合のように「妹をしそ」「君をしそ」「家をしそ」というような狭い血縁関係に限定されずに、それは如何なる人であれ、人一般、すなわち舟に身を委ねている存在ならば、すべてそれに該当して、それが気遣われていると、私どもはこの和歌を読む場合には、そのことに深く想いを致さねばならないと考えさせられるのであります。その舟に身を委ねている者が、自分とどのような関係にある人であるか、どのような身分や境遇の人であるか、どの土地の者であるか、何の所用で舟を利用している人であるか、などなどその個別性においては、どのような限定もなされていないところこそが、『萬葉集』と異なるこの和歌の重要な特性であることに、この和歌を読む私どもは気付かなければならないと考える次第であります。それが『萬葉集』の歌の場合のように、妻が気遣われる、夫が気遣われる、家の者が気遣われる、都のことが思い出されるというような、自分と特定な関係にある縁者や知友が気遣われるのではなく、この『古今和歌集』の和歌の場合ではこれをもし仏教用語で言えば「衆生」とか、さらにもっと広く命あるもの、生類一般にまでも及ぶような仏さまの、人を差別しない広い慈悲心のような気遣いが、この『古今和歌集』の和歌には働いているように覚えるのであります。この和歌は一艘(そう)の小舟に身を委ねて、その途中では何事が起きるかも知れない危険な明石の海峡を渡って行く旅人の姿を思い遣っているのでありますが、それがそれだけにとどまらず、辛苦や不安に常々遭い易い不安定な人生を生きねばならない人間一般への思い遣りにまで到っていると言えましょう。この章の始めに申しました『和歌九品』は、この和歌のそのところを評して「是は詞妙(たへ)にして余りの心さへあるなり」と記したのであると受け取られます。したがってこの和歌は万葉の語法を継承はしているものの、その心においては萬葉調でないばかりか、古今調をも越えて、仏教的な中世を先取りしたような和歌であったということが言えるのであります。この和歌は、その終句「舟をしぞ思ふ」というこの言葉によって、後世にまで揺るぎない名歌の地位を獲得したように考えられます。

すでに第六章第十二節でも述べたところのことでありますが、「おもふ」という言葉は「重し」という形容詞と語幹を共有していることから、おそらく「思ふ」は「重し」という言葉から転じて来たものと考えてよいのではないでしょうか。「相手を重い者として受け止める」、けっして「軽くは扱わない」、今日の言葉でいえば対象を軽んじないという意味だと考えられます。いやもっと積極的に、「重し」とは人が対象を下から支えようとするときに覚える感覚でありますから、「思ふ」という言葉には、人を下から支えてあげたいという心が働いているに違いありません。この日本語の「思う」はたいへんに美しい言葉だと思われます。これについて参考までに申しますと、これと似た言葉に「恋う」というものがありますが、これはけっして「思う」とは似た言葉ではありません。「恋う」は「乞う」とか「請う」とも書かれますように、相手から何らかのものを乞い求め、請求し、そしてそれを得ようとする心で、もし得られ難くすれば惑乱狂乱にまで到るところ、あまり宜しくない心であります。『古今和歌集』の恋歌というものが、そういうものであることはすでに申し上げて来た通りであります。

第二節　この和歌の詠まれた場所

私はいまこの和歌を鑑賞するのに、「舟をしぞ思ふ」という歌句を取り上げて、この和歌には衆生一般の生き方を憐れみ、それを下から支えてあげようとする広い心があると申したのでありますが、事実としてこの和歌の作者は——それは「よみ人しらず」でありますが——すでに出家して仏の一切衆生を憐れむ心をもって己の心にしようと修行する仏教者ではなかったかと想像されるのであります。そこで次にはこの和歌には、そのような仏教的な環境があったのではないかと考えられるのでありますが、それについて考える前に、そもそもこの和歌はどのような場所で詠まれたものであるか、この節ではその場所の特定を図ってみようとする次第であります。さてこれに関しては、明石の地誌を扱った幾つかの諸書では取り上げられているところのことでありながら、この和歌を注解した如何なる注釈書でも取り上げられていない事項があります。それは「仁明天皇」一代の歴史を記録した『続日本後紀』の承和 12 年 8 月 7 日（845 年）条には、「淡路国、石屋（いはや）の濱と播磨国の明石の濱とに、始めて船併びに渡子（わたしもり）を置き、以て往還に備ふ」という一文が記載されていることであります。これに拠って考えますと、都が奈良に所在した時代では、「南海道」といえば奈良京を南下して紀の川北岸の川筋を下り、「加太」に出てそこから海峡を渡って「淡路国」の「由良」に出たのであろうと思いますが、都が京都に遷りますと、京都から「西国街道」を下って直接に明石に向かい、明石から海峡を渡って淡路島に着くという便法も盛んとなったことは自然の勢いであったに違いありません。無論このような交通の便が開かれる以前でも、淡路島と明石との間には舟の行き来のあったことは、『萬葉集』に「粟島に漕ぎ渡らむと思へども明石の門（と）波いまださわげり」（巻 7・1207）などによって知られますが、それが遷都 40 年を経た後の承和 12 年には、それが公式の通路に認められ、制度としてこの淡路島岩屋と播磨国明石双方の浜を繋ぐ船と渡し守とが設置されることになったと想像されます。ですからこの和歌も、この承和 12 年以降の新しい交通事情の中で詠まれたという蓋然性が考えられます。そこでこのことを前提にして、まずこの『続日本後紀』が記すところの「明石濱」とは現在の明石海岸のどの地点であるかということについて考えてみようと私は思い立ったのであります。これについては有難いことには、その見当がほぼ付けられるということであります。今から二十年ばかり前のことです。明石市東隣の神戸市西区に所在する神戸学院大学で私は教鞭を執っていたという便宜がありましたので、この「明石の浜」は今日のどの辺りに相当するのであろうかと、明石城内の兵庫県立図書館郷土資料室に幾度も通って、明石の歴史地理の探索に耽った一時期がありました。以下はその時期に作ったコピーやメモに基づいた上での考察であります。明石市を扱った郷土史は幾種か存在する中で、もっとも総合的で詳しいのは、明治44年に「神戸史談会」という結社が地域の旧い伝承や事物が急速に消えて行くその時期に当たり、これらを記録に留めるべく為されたのが、『西摂大観』という上中下三巻の大冊であります。そしてその第三巻「郡部」は号は素堂、仲彦三郎氏に——地元の漢詩人であったらしく、人名辞典では『西摂大観』「郡部」の編者とばかり記されています——依嘱して成ったようでありますが、その「明石町の地質」条には、次のような言葉があります。「また旧記古伝に拠れば、明石城址以南は、元海中にして波打ち寄せし処とぞ、而して後明石川の土砂押し流して、漸次今の明石町の地を形成せりと、旧明石川口は中崎にして、現時の両馬（りやうば）川口是なり、想ふに明石城の南を東に流れて、中崎の地に注ぎしが如し、後年今の「船上（ふなげ）村」に河口を変更するに至れり」と。さらに同書の「流域と古波止」という条では、「往昔の明石川は、城の南を東に流れて中崎に至り入海せしと、されば両馬川がその跡なりといふ、其後今の船上村に流域を変ぜしが如し、古記録によれば明石城以南は海中にて波打ち寄せし処なるより、自然明石川の土砂が押流されて今の明石を形成せりとぞ、また船上城廃止以前は明石川水多くして上流まで舟楫の便あり、川尻は漸く港を作り沖に波門（はと）の岩石崩壊し暗礁となり、航舟その難に罹れりと……」以上この『西摂大観』の文言は、明石の歴史地理を探る上で貴重な証言ではありますが、古代から近世に到るまでの「明石の浜」の変遷の長い歴史を、細事は切り捨てて一挙に要約して述べていますので、明石の歴史地理に始めて接する人々には恐らく解りにくい文章になっているのではないかと思います。そこで次にはこの『西摂大観』の証言をもう少し順序立てて説明して行く必要を覚えます。そもそも明石城が築城される以前の明石川は北の台地から南方向に向かって流れ下り——古くはこの川は「衣川」と称されて来たようでありますが——近世には明石城が築かれることになる「城山」の南辺当たりで、流れが二つに分かれ、一つの流れは東南方向に進んで「中崎」で海に注ぎ込み、さらにもう一つの流れは真っ直ぐに東に向かって「大蔵海岸」で海に注ぎ込み、川は水量多くて舟は上流まで漕ぎ上ることが出来たというのであります。要するに現今の明石城の南部に広がる市街地は、古い言い伝えに従って申しますと、奈良平安の昔では海の波が打ち寄せる浜辺であって、入江をなしていたようであります。

次にもう一つ、明石の地形の特徴として申し上げねばならないことは、瀬戸内海の激しい潮の流れが沿岸の土砂を削って運ばれて来た土砂が、幾らか湾入して潮流の緩やかになっていた明石の海岸の、その処から少し離れた沖合で沈殿し、それが堆積し、その堆積した土砂が東西方向に長く伸びて、細長い砂洲を形成し、それが天然自然の波止（防波堤）となって、その内側は波穏やかな明石の入り江となっていたことが推定されているのであります。それは明石平野の土砂のボーリング調査によって裏付けられることであり、それは地理学で言うところのラグーン現象であるとされています。その事実は「住宅・都市整備公団」の委託を受け、「兵庫県教育委員会」が昭和 57、58 年度の 2 年にわたって実施したところの、明石川中下流域の地形・地層、並びに弥生後期から平安末期鎌倉時代の考古学的遺構の調査報告書『玉津田中遺跡調査概報 I』を根拠にして知られる事実であります。さらにこの外に二三の郷土史の知見をも取り入れて私において作製致しました概念図が、別掲 古代明石の地形 であります。この図形では、近世に至っては「明石城」が築城されることとなる「城山」南辺は「海の波が打ち寄せる海面」になっていて、『萬葉集』の「近江の海湖は八十いづくにか君が舟泊て草結びけむ」（巻 7・1169）「我が船は明石之湖尓漕ぎ泊てむ沖辺な離りさ夜ふけにけり」（巻 7・1229）という二首を見較べて判る

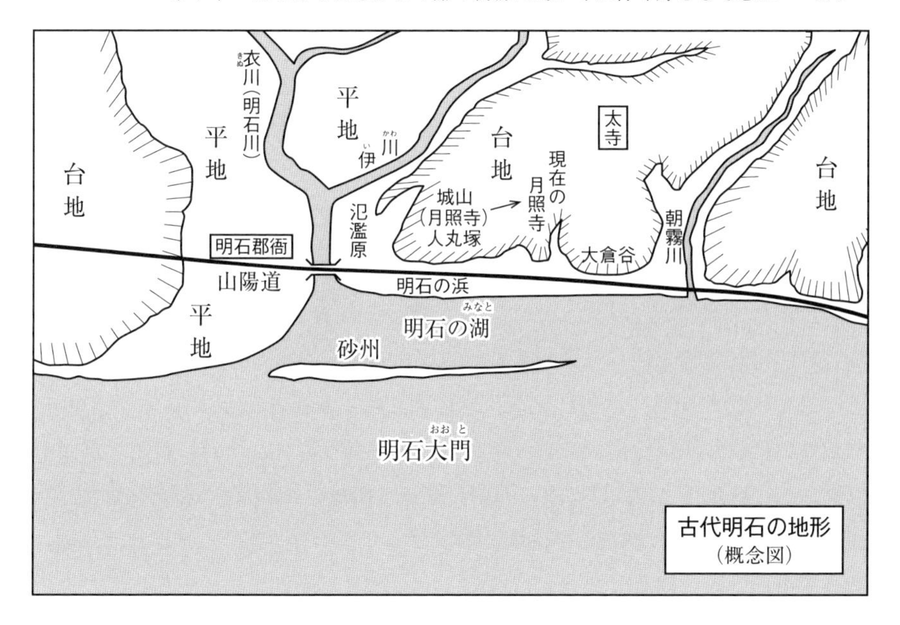

古代明石の地形
（概念図）

ことでありますが、これには「湖」という文字が当てられ、そしてこの「湖」という文字を「みなと」またはそれと同義の「みと」と訓まれていますことから察しますと、「明石の浜」は東西に長く伸びた天然の砂州で守られた波静かな入江をなした良港であったように想像されます。さらに『萬葉集』巻三には「柿本朝臣人麻呂の羇旅の歌八首」という題詞の下に八首の歌が出ていますが、その中には「燈火の明石大門に入らむ日や漕ぎ別れなむ家のあたり見ず」（254）「天離る鄙の長道ゆ恋ひ来れば明石の門より大和島見ゆ」（255）という明石の港に関連したと思われる二首が見出されます。それは明石の浜では長い砂州が天然の防波堤となり、その内側が波静かな入江になって、西国航路の重要な中継地点であったことは明らかであります。なお『源氏物語』「明石」の巻では、光源氏が「明石入道」の迎えで須磨から明石の地に移り住んだ時のことが物語られていますが、その移り住んだ明石の「浜辺の家」から、光源氏が「明石入道」の娘の居る「岡辺の家」に向かうある夜の風景描写には、「道のほども、四方の浦々見わたし給ひて、思ふどち見まほしき入江の月影にも」という言葉があります。ここでいう「思ふどち見まほしき入江の月影」とは、まさしくこの明石の入り江の海面に映った美しい月光であって、この処が平安時代では入江の海面に映る月の光の素晴らしいことで、その名が京都にまで聞こえていたことが知られます。だからその故にこそ、その処に建てられた寺が「月照寺」と名付けられたのであろうことが考えられます。そしてその入江で詠唱されたであろう「柿本人麻呂」作の歌が二首伝承されていたのでありますから、いま当該の「ほのぼのと明石の浦の朝霧に」という和歌、これも「人麻呂」作のものだと語る人物が現れて来たのも当然の成り行きであるように考えられます。

そして時代が進展する程に、後代には明石川と称されることになる「衣川」やそれに合流する「伊川」等の流域の台地開墾が進展し、それに伴って樹木が伐採されて裸地化した大地の上に大雨が降り注ぎますと、台地表面の土砂が「衣川」に流れ込んで、「衣川」下流の波静かだった「明石の湖」と呼ばれた海面は次第にその土砂で埋め立てられて行きます。そして中世に到って形成されたこの氾濫原は、播磨の守護「赤松萬佑」が時の室町幕府の軍と戦って敗れた「嘉吉の乱」（1441年）の戦場となった場所として、その名が歴史に留められていますが、さらに下った元和五年（1619年）には、幕命を受けた姫路城主小笠原忠政が、それまで「衣川」が海に注ぎ出る川口に所在していた「高山右近」以来の「船上城」を廃止する代わりとして、この「明石の浜」の背後に位置した「城山」に明石城の築城を開始します。そして築城によってその「城山」に所在していた「月照寺」は、その地から東へ700メートルばかり離れた小高い台地に移転させられ現在に到っています。また築城とともに、それまでこの「衣川」の土砂の氾濫原を流れていた幾筋もの川筋は一筋の「明石川」に整理され統一されました。それによって「衣川」の土砂で形成されて出来た氾濫原は全面的に陸地化されて、士族と商工業者等が居住する城下町になったようであります。そしてこれが今日の明石市の始まりとなっています。

第三節　人丸塚の仏教的環境

さてここで平安時代の明石に戻りますが、その承和12年頃に「明石の濱」と称されていた場所を、私が描きましたところの概念図古代明石の地形において指摘致しますならば、それは後には「明石城」が築かれることになる「城山」の麓の、山陽道に沿った海岸に所在したように察せられます。そしてその「城山」といえば北東部から伸びた台地の先端部で、そこには後に述べますように「月照寺」という寺院が存在していました。そしてそこから北東千メートルばかり進んだ台地には奈良時代のものと見られる「軒瓦」が発掘された「太寺（たいでら）」寺址も存在しています。また「城山」から北西1,500メートルばかり離れた「明石川」西岸の地には、「掘っ立て柱建物群」が発掘されていて「明石郡衙」址ではないかと推定されている処があります。またその実際の場所は確定されていませんが、この山陽道沿いには「明石駅家」も設置されていて、この「明石の浜」はこの地方の要衝であったようであります。ところが近世に到ってこの「城山」に明石城が築かれることになりますと、すでに申しましたように、そこに所在した「月照寺」と「柿本神社」との習合体は、そこから東700メートルばかり離れた高台に場所を与えられて移転することになります。そしてその移転させられた後の跡地は明石城の「本丸」となるのでありますが、この移転することになった「月照寺」「柿本神社」のものであったらしく察せられる「人丸塚」という高さ10メートル程の小山だけは、移動させられることなく元のままに保存されて今日に到っています。この「人丸塚」は中世では極度の尊崇を受けた歌聖「柿本人麿」に因（ちな）む遺跡でありますから、「後醍醐天皇」が討幕計画に失敗して「隠岐の島」への配流の難に遭われた際、山陽道を西に進み、この地でこの「人丸塚」に立ち寄っておられます。そのことを『増鏡』は「大倉谷と云所すこし過ぐる程ぞ、人丸の塚はありける。明石の浦を過ぎさせ給ふに、「島がくれ行く舟」ども、ほのかに見えてあはれ也」と叙述しています。ただし『増鏡』は「人丸塚」の存在は記していても、「月照寺」や「柿本神社」についての言及はありません。しかし昭和年代の「月照寺」住職、間瀬碩禅師が編述出版されたところの『月照寺寺伝』という書物では、「人丸塚」の始まりは次のように記されています。すなわち「嵯峨天皇」の弘仁2年（811年）空海がこの「城山」に一寺を建立して「湖南山楊柳寺」と称した。その後「光孝天皇」仁和3年（887年）

に時の住僧「覚証和尚」が一夜、人麿の霊夢を見て、この地に人麿の神霊が留まることを感得して、大和国「柿本寺」から「船乗(ふなのり)十一面観世音」を勧請し、寺中に観音堂を設けて海上安全を祈り、同時に寺内に人麿の祀堂を建てて、これを寺の鎮守となしたのが明石における人麿社の起源である。このとき寺号を「月照寺」と改めたとあります。海がない大和国の「柿本寺」に「船乗(ふなのり)」という語を冠した「十一面観世音」が祀られていて、それが「明石の浜」に勧請されたとは奇妙な伝承でありますが、しかしながら何時の時代であるかは判明しないものの、ある時期にはこの「明石の浜」には「船乗」という語を冠した「十一面観世音」が祀られていたという事績のあったことは信じられる事柄あると察せられます。なぜならばこれらの記述は当時の「月照寺」に伝わっていた何らかの文書に基づいて述べられたものであるに違いなく、そしてすでに申しました通り、「柿本神社」と併せて現今は明石城本丸の地から移転させられて、その東700メートルばかり離れた高台に転在することになりましたものの、移転後も「柿本神社」「月照寺」の習合体はその処から海峡を渡る多くの船の守り神となり、現在もなお「月照寺」は「船乗十一面観世音」と名付ける小型の観音像を拝見を許さぬ秘仏として所蔵し、今日ではその写真すら見ることが出来ない状態になっているようでありますが、嘗(かつ)ては影像ばかりが上述の『月照寺寺伝』に掲載されてあるのを私は実見して、それを模写した紙片は今も手許に所持しています。その紙片に拠って申しますと、世間一般の観世音菩薩像はハスの花びらを象(かたど)った「蓮台」の上に立った立像(りゅうぞう)でありますけれども、「月照寺」の秘宝としての観世音菩薩像は、船の舳先(へさき)を象った「台座」に立っていて、「海上波切船乗十一面観世音菩薩（人麿念持仏）という名称が付せられています。むろん「月照寺」が現在秘蔵せられるところの観音像が、上述の仁和三年「覚証」が始めて祀ったところのもの、そのものであるという証拠はありませんので、それはまず信じ難いこととしても、恐らくはこの秘蔵の観音像は、もっと時代が下った頃のものとしても、その秘仏がこの寺院の大切な存在になっていることは、「月照寺」はその建立の最初から、明石海峡を渡る舟の安全を祈ることを目的とした寺院であったことの証明にはなり得ていると考えられるのであります。そのように考えてまいりますと、先に述べましたように承和12年に「明石の浜」から淡路島「岩屋の浜」に向かう舟乗場が設けられると、間もなくその場所に、その対岸までの安全無事を祈る目的をもって、「十一面観世音」の祀堂が設けられ、その祠堂を祀る仏僧によってこの和歌が詠まれたという経緯が、ある程度の現実性をもって考えられるのであります。しかしながら、あるいは逆にこの和歌には広く「衆生」を憐れむ「観世音菩薩」の心が見られますことに基づいて、ある時代にこの和歌が詠まれた場所であるに違いない「人丸塚」に「観世音菩薩」像を祀る「月照寺」が建立されたという蓋然性も考えられます。「観世音菩薩」像が祀られていたからこの和歌が詠まれたのか、この和歌が詠まれたことによってその地に「観世音菩薩」像が祀られるに到ったのか、そのいずれが原因でいずれが結果であるかを推測する資料は見出せませんので、それは確定することは不可能でありますが、この和歌は「観世音菩薩立像」との結びつきが強く、「観世音菩薩」の心を心とした和歌であることは誤らないであろうと思われます。

第四節　種々の災難から人を救い出す「観世音菩薩」

さてこの章の最後の節として、「観世音菩薩」とはどのような菩薩であったのか、それが知られる文面を、『妙法蓮華経観世音菩薩普門品第二十五』から抜き出して、その部分を次に掲げることに致します。仏は無尽意（むじんに）菩薩に告げたもう。「善男子（なんし）よ、若し無量百千万億（むりょうひゃくせんまんのく）の衆生ありて、諸（もろもろ）の苦悩を受けんに、この観世音菩薩を聞きて一心に名（みな）を称（とな）えば、観世音菩薩は、即時（ただち）にその音声（おんじょう）を観じて皆、解脱（まぬが）るることを得しめん。若しこの観世音菩薩の名（みな）を持（たも）つもの有らば、設（たと）い大火に入るとも、火も焼くこと能わず、この菩薩の威神力（いじんりき）に由るが故なり。若し大水のために漂わされんにその名号（みょうごう）を称（とな）えば、即ち浅き処を得ん。若し百千万億の衆生ありて、金（こん）・銀（ごん）・瑠璃（るり）・硨磲（しゃこ）・瑪瑙（めのう）・琥珀（こはく）・真珠（しんじゅ）等の宝を求めんがために大海に入らんに、仮使（たとい）、黒風その船舫（ふね）を吹きて、羅刹鬼（らせつき）の国に飄（ただよ）わし堕（おと）しめんに、その中に若し乃至一人（ひとり）ありて、観世音菩薩の名（みな）を称（とな）えば、この諸（もろもろ）の人等（ら）は皆、羅刹（らせつ）の難を解脱（まぬが）るることを得む。この因縁を以って観世音と名づくるなり」（岩波文庫書き下し文に拠る）

（以上）

あとがき

本書の書式は国文学の領域ではまだ珍しい横書きを選択致しました。パソコンはそのまま使えば文章は横書になりますので、原稿を仕上げて、これを本にするときには縦書きに変換しようと思っていたのでありますが、原稿が出来上がってしまいますと、何故これをわざわざ縦書きに変えなければならないのか、これを是非とも縦書きに変換しなければならない理由は、私には見出せなくなっていました。そして思いました。『古今和歌集』はまさしく縦書きをもって出現した書籍であるに違いないけれども、横書きが広く通用する世の中になって、これに関する論文もまた横書きで書き表しても、その和歌の価値は少しも衰弱することなく保たれている強健な文学であることを証明するためにも、むしろそれを扱ったこの文章も、出版社に申し入れて、敢えて横書きのままで書物に仕立ててもらうことに致しました。

また本書の文体は、聞き手を直接目の前に置いて語る場合に使われる「ですます」の丁寧体を採りましたが、これの理由について申し上げますならば、『古今和歌集』というような書物は、この書物の目指していた目的から考えても、その読者は本来国文学の専門家の範囲内に留まらず、国民文学としてもっと広く一般の人々にも読まれて了解されることを志向していたはずの書物でありますから、専門家が研究室の中で呟（つぶや）いているような「だである」体で書くよりも、市民ホールなどで多くの聴衆の前で語らせて頂く市民講座のようなつもりで、本書は論述させて頂いたからであります。

またこの書物では『古今和歌集』や『萬葉集』から多くの歌を引用していますが、その本文は古今集に関しては、藤原定家筆「伊達本」（影印本）を底本とし、これを歴史的仮名遣いに、そして仮名文字は適宜漢字に改めるなどして掲出しました。ただし「真名序」本文は片桐洋一訳・注『古今和歌集』（日本古典新書・創英社）の本文をお借り致しました。また『萬葉集』に関しては佐竹昭広・木下正俊・小島憲之『萬葉集』（塙書房）の本文に拠ったことも申し上げて、それら先生へのお礼の言葉とさせて頂きます。その他国史大系、故実叢書などの漢文資料に関しても、読み易さを第一にして、すでに訳文のあるものはそれに従い、ないものに関しては私の訓読書き下しを用いたこともここに申し述べておきます。一冊の書物が出来上がるまでには、そのための自分の努力の何百倍とも知れぬ実に多くの先学諸先生のお陰を蒙ることになると、今更のようにその感を深くする次第であります。

（2025 年 3 月 1 日）

■著者紹介

今井　優（いまい・ゆたか）

1931年３月20日生れ
（旧制）大阪高等学校文科乙類卒業
（旧制）大阪大学文学部文学科卒業
大阪府立鳳高等学校教諭（国語）、
大阪府立天王寺高等学校教諭（国語）、
追手門学院大学文学部助教授、
武庫川女子大学文学部教授、
神戸学院大学人文学部教授を歴任。

著書『古今風の起原と本質』
　　『萬葉集作者未詳歌巻の読解』

了解　古今和歌集
―この歌集の詞と心を解き明かす―

シリーズ　扉をひらく　11

二〇二五年四月二〇日　初版第一刷発行

著　者　今井　優
発行者　廣橋研三
発行所　和泉書院
〒543-0037　大阪市天王寺区上之宮町七-六
電話　〇六-六七七一-一四六七
振替　〇〇九七〇-八-一五〇四三

印刷・製本　遊文舎
装訂　森本良成／定価はカバーに表示
本書の無断複製・転載・複写を禁じます

© Imai Yutaka 2025 Printed in Japan
ISBN978-4-7576-1122-1　C1395